MICHAEL JAN FRIEDMAN

SCHATTEN AUF DER SONNE

Star Trek™ CLASSIC
Band 56

Deutsche Erstausgabe

WILHELM HEYNE VERLAG
MÜNCHEN

HEYNE SCIENCE FICTION & FANTASY
Band 06/5179

Titel der Originalausgabe
SHADOWS ON THE SUN
Übersetzung aus dem Amerikanischen von
BERNHARD KEMPEN

Umwelthinweis:
Dieses Buch wurde auf
chlor- und säurefreiem Papier gedruckt.

Redaktion: Rainer Michael Rahn

Die Erstausgabe erschien bei POCKET BOOKS, a division
of Simon & Schuster, Inc., New York

Printed in Germany 1995
Umschlagbild: Keith Birdsong/Pocket Books/Simon & Schuster
Umschlaggestaltung: Atelier Ingrid Schütz, München
Technische Betreuung: M. Spinola
Satz: Schaber Satz- und Datentechnik, Wels
Druck und Bindung: Ebner Ulm

ISBN 3-453-08560-4

Für meinen Schwiegervater

MARVIN LAXER,

der niemals ein Nein
als Antwort akzeptierte.

Historische Anmerkung:

Diese Geschichte beginnt kurz nach den Ereignissen, die in *Star Trek VI – Das unentdeckte Land* geschildert werden.

ERSTES BUCH

McCoy

1

Ein Blutstropfen, auf dem Föderationsplaneten Ssan: Er zittert einen Augenblick lang in der Brise, die durch ein offenes Fenster hereinweht, und fällt dann in das große, mit weißen Sandsteinfliesen gekachelte Bassin. Der Tropfen löst eine Serie von konzentrischen Wellen im Wasser aus, das bereits mit Blut vermischt ist, bis die Wellen die Wände des Bassins erreichen und sich dort verlaufen.

Etwa einen Meter über dem Bassin steht eine Sitzbank, die ebenfalls aus weißen Sandsteinkacheln besteht. Das Morgenlicht aus dem offenen Fenster beleuchtet eine männliche Leiche in blaßblauem Morgenmantel, die ausgestreckt auf der Bank liegt. Das Gewand besteht aus weicher Ssan-Seide, die von Würmern aus den Bergen des südlichsten Kontinents gewoben wurde. Die Haut der Leiche, wo sie sichtbar ist, wirkt fast genauso bleich wie das Gewand. Die kleinen, indigofarbenen Augen haben sich nach oben verdreht, unter die knochigen Brauen des haarlosen Kopfes, der nach hinten über den Rand der Sitzfläche geneigt ist.

Ein dünner Blutfaden, so rot wie ein makelloser Rubin, entspringt dem offenen Mund der Leiche. Die Blutspur schlängelt sich träge und liebevoll über eine glattrasierte Wange bis zum langen, knollenförmigen Ohrläppchen – ein typisches Körpermerkmal der Ssana. Dort sammelt sich der Blutfaden und formt einen weiteren Tropfen.

Bevor dieser Körper zu einer leeren Hülle wurde, beherbergte er die Seele von Thur Cambralos, dem Obergouverneur von Pitur, dem größten Stadtstaat auf Ssan. Bis vor kurzer Zeit war er die Person mit der größten politischen

Macht auf diesem Planeten. Die Allgemeinheit wird ihn noch ein paar weitere Minuten dafür halten, bis sein lebloser Körper von einem Diener entdeckt werden wird.

Abgesehen vom dünnen Blutfaden gibt es kein äußeres Anzeichen für eine Gewalteinwirkung oder für die Todesursache, die diesem Körper das Leben nahm. Allerdings würde auch niemand damit rechnen, daß es ein solches Anzeichen gibt.

Denn auf dem Föderationsplaneten Ssan wird Mord als eine hohe Kunst betrachtet.

Pensionierung.

Leonard McCoy, der Erste Medo-Offizier der *Enterprise,* murmelte das Wort vor sich hin, während er zur strukturlosen Decke seines Schlafzimmers hinaufstarrte. Es klang so schwer, so endgültig. Wie der Hammerschlag in einem altertümlichen Gerichtssaal.

Wumm.

Hiermit verurteile ich Sie zum Rest Ihres Lebens. Möge Gott Ihrer Seele gnädig sein.

Er runzelte die Stirn und schlug die Bettdecke zur Seite. Dann setzte er sich auf und schwang die Beine herum – alles in einer einzigen Bewegung. Drüben an der gegenüberliegenden Wand stand seine Nemesis: ein grauer Lagercontainer aus Metall, wie ihn jeder Schiffsoffizier für sein persönliches Hab und Gut erhalten hatte.

McCoy hatte es nun schon zwei Tage lang vor sich hergeschoben, sich mit dem Container zu beschäftigen. Dabei war es noch gar nicht so lange her, als er sich auf die Pensionierung gefreut hatte. Doch das war vor den Ereignissen um den Klingonen Chang gewesen. Während des Kampfes gegen den Verräter und seine Verschwörung war der Doktor nachdrücklich daran erinnert worden, wie aufregend und befriedigend das Leben an Bord eines Raumschiffes sein konnte.

Andererseits waren damit auch Erfahrungen verbunden wie jene, die er in der klingonischen Strafkolonie auf Rura Penthe durchgemacht hatte. McCoy erschauderte, wenn er nur daran dachte – an die mörderische Kälte und die schneidenden Winde.

Doch das war nicht der Grund, warum er sich letztlich doch für die Pensionierung entschieden hatte. Er konnte sich einfach nicht vorstellen, wie er auf einem anderen Raumschiff diente oder Befehle von einem jungen Schnösel, der sich Captain nannte, entgegennahm. Es war einfach unvorstellbar, all das noch einmal von vorn durchzumachen.

Wenn er bessere Alternativen gehabt hätte, wäre seine Entscheidung vielleicht anders ausgefallen, aber es gab keine. Also stand er auf, durchquerte das Zimmer und stellte sich dem Lagercontainer wie ein Mann.

Das Ding war leer – auf erdrückende Weise leer, nur daß es für ihn noch erdrückender sein würde, wenn er es gefüllt hatte. Er blickte sich um und entdeckte ein Regal voll mit medizinischen Abhandlungen auf Magnetband, die er über die Jahre zusammengetragen hatte.

Die meisten Bänder stammten von Leuten, denen er niemals begegnet war. Nachdem er bald nichts Besseres mehr zu tun hatte, könnte er vielleicht einige von ihnen besuchen – um zu fachsimpeln und zu sehen, womit auf Planeten praktizierende Ärzte ihre Zeit verbrachten.

Er schüttelte den Kopf. Wollte er sich selbst auf den Arm nehmen? Zu diesem Zeitpunkt seines Lebens hatte er mit dem Arzt auf einem Planeten etwa genausoviel gemeinsam wie ein Romulaner mit einem Schleimwurm. Eigentlich sogar noch weniger. Die wissenschaftlichen Fragen, die diese Bänder behandelten, waren durchaus interessant, auf jeden Fall. Aber wenn die wissenschaftliche Fachsimpelei vorbei war, würde er sich nach dem Anblick der Sterne sehnen, die bei Warp drei vorbeirauschten, statt einen Rundgang durch das Labor irgendeines verkalkten Trottels zu machen.

McCoy seufzte. *Na komm schon!* sagte er sich. *Selbst eine Reise von tausend Meilen beginnt mit einem einzigen ersten Schritt.*

Mit absichtlicher Langsamkeit ging er zum Regal hinüber und nahm ein paar Bänder in jede Hand. Dann kehrte er zum Lagercontainer zurück und legte die Bänder hinein.

So! dachte er. *Der Anfang ist gemacht. Verdammt, vielleicht werde ich mich eines Tages fragen, warum ich nicht schon viel früher in Pension gegangen bin!*

Er nickte mürrisch. Eines Tages vielleicht. Etwa dann, wenn Schweine fliegen gelernt haben.

Ein Besucher klopfte an die Tür des Hauses von Kimm Dathrabin, dem Obergouverneur des Stadtstaats Tanul auf Ssan.

»Ja?« sagt ein Diener, als er die Tür öffnet und einen Blick auf den Besucher wirft, der ihm unbekannt ist.

»Mein Name ist Harn Baraffin«, stellt sich der Besucher vor. »Ich komme mit einer Botschaft von Pel Sarennos, dem Zweiten Gouverneur von Pitur. Ist Obergouverneur Dathrabin zu Hause?«

»Das ist er«, sagt der Diener, »aber er ist beschäftigt.«

»Es ist sehr dringend«, wirft Baraffin ein. »Es geht um Obergouverneur Cambralos.« Dann blickt er sich um und fährt in leiserem, vertraulicherem Tonfall fort: »Der Obergouverneur wurde von den Assassinen ermordet!«

Der Diener denkt über diese Neuigkeit nach. Der Grund, warum sein Herr angeordnet hat, keine Besucher empfangen zu wollen, ist der, sich vor Anschlägen der Assassinen zu schützen. Aber wenn Cambralos getötet wurde, möchte er bestimmt nähere Einzelheiten darüber hören.

»Also gut«, sagt der Diener und winkt den Abgesandten herein. »Folgen Sie mir!«

Nachdem er sorgfältig die Tür hinter ihm verschlossen hat, führt er den Besucher durch die große Vorhalle, an den zwei bewaffneten Leibwächtern vorbei und die breite, gewundene Treppe hinauf in den ersten Stock des Hauses. Sie kommen an mehreren berühmten Wandteppichen vorbei, die die Entwicklung der Herrschaft des Gesetzes in Tanul darstellen. Der Diener bringt den Besucher zur Suite des Obergouverneurs, vor deren Tür zwei weitere Wachen postiert sind.

»Alles in Ordnung«, sagt der Diener zu den Wachen. »Er ist ein Abgesandter von Pitur mit einer Botschaft.«

Die Wächter mustern den Besucher mißtrauisch. Einer holt einen flachen Stab aus Plastik hervor, an dessen Ende sich ein Stück Schwamm befindet. Der Schwamm wurde so behandelt, daß er auf bestimmte Chemikalien anspricht.

»Spucken!« sagt der Wachmann.

Der Abgesandte sammelt Speichel und läßt ihn auf den Schwamm tropfen. Dann hält der Wächter den Stab gegen das Licht. Die Farbe des Schwammes hat sich nicht verändert.

Er nickt dem Diener zu. »Sie können hineingehen«, sagt er.

Ohne weitere Diskussion öffnet der Diener die Tür und führt den Besucher hinein. Die Wände der Suite sind mit andersartigen Gobelins behangen, deren Thema eher unterhaltender als erbaulicher Natur ist. Vor tausend Jahren gehörten sie einem Sklavenhalter, der eine Vorliebe für phantasievolle junge Konkubinen hatte.

Sogar unter den gegebenen Umständen muß der Abgesandte unwillkürlich auf die Wandteppiche starren. Mit einem leisen, spöttischen Brummen geht der Diener zur anderen Seite des Raumes, wo er an eine prächtige Tür klopft.

»Ja?« dringt die Antwort des Obergouverneurs nach draußen.

»Da ist jemand, der Sie sehen möchte«, sagt der Diener. »Er kommt aus Pitur und hat Neuigkeiten von Obergouverneur Cambralos.«

Wenige Sekunden später öffnet sich die Tür, und die massige Gestalt des Obergouverneurs erscheint im Türrahmen.

Er blickt am Diener vorbei auf den Botschafter, der am anderen Ende des Raumes steht. Dann wendet er sich wieder dem Diener zu. »Wurde er überprüft?«

Der Diener nickt. »Das wurde er.«

Der Obergouverneur scheint sich etwas zu beruhigen und durchquert den Raum. »Sie haben Neuigkeiten für mich?« fragt er.

»Obergouverneur Cambralos wurde in seinem Badezimmer ermordet«, teilt der Abgesandte mit.

Dathrabin stößt einen unterdrückten Fluch aus. »Wann?« fragt er.

»In der letzten Nacht. Vermutlich gegen Morgengrauen.«

»Dann hat Sarennos jetzt seine Stelle eingenommen?«

»Richtig. Er hat mich beauftragt, Ihnen die Nachricht zu überbringen.«

»Ich verstehe. Wir müssen uns bald einmal treffen, Sarennos und ich. Es gab eine Reihe von ... Vereinbarungen zwischen Cambralos und mir. In erster Linie Belanglosigkeiten, aber ...« Er räuspert sich, als ihm bewußt wird, in wessen Gegenwart er seine Gedanken ausplaudert. »Auf jeden Fall müssen Sie ihm mitteilen, daß er sich mit mir in Verbindung setzen soll.«

»Das werde ich tun, Obergouverneur«, erwidert der Abgesandte. »Wäre das alles?«

»Ja – es sei denn, Sie hätten eine Idee, wie wir Shil Andrachis und seine Schurken loswerden können.«

Dies faßt der Diener als sein Stichwort auf. Er deutet auf die Tür und drängt den Besucher in diese Richtung. Doch kurz bevor sie sie erreicht haben, bleibt der Mann aus Pitur noch einmal stehen und blickt sich um.

»Obergouverneur?« sagt der Abgesandte. »Da wäre noch etwas.«

»Und was wäre das?« fragt Dathrabin.

»Das hier«, sagt der Besucher. Und bevor der Diener ein weiteres Mal Luft holen, geschweige denn eingreifen kann, hat der Botschafter den Raum durchquert, schneller als der Diener es für möglich gehalten hätte. Er springt und

trifft den Obergouverneur mit der Ferse mitten auf die Stirn.

Dathrabin schwankt einen Moment lang. Dann kippt er wie ein gefällter Baum nach hinten um. Es besteht kein Zweifel daran, daß der Hieb tödlich war, denn Assassinen machen keine Fehler.

Der Diener ist wie betäubt. Er kann sich nicht mehr von der Stelle rühren.

»Ich werde Sie nicht töten«, flüstert der Assassine. »Solange Sie mir keinen Anlaß dazu geben.«

Der Diener setzt sich nicht zur Wehr. Immer noch reglos sieht er zu, wie der Assassine über sein Opfer steigt, um nicht mit Dathrabins Schatten in Berührung zu kommen. Dann bückt sich der Ssana und klopft mit den Fingerknöcheln gegen vier Stellen – die Stirn, das Brustbein und beide Fersen des Obergouverneurs.

Der Diener weiß, daß an diesen Stellen die Seele wohnt. Der Assassine vertreibt die letzten Reste von Dathrabins irdischem Geist.

Nachdem dies getan ist, steht der Ssana auf und nähert sich dem Fenster, wobei er im Gehen sein Gewand abschüttelt. Darunter trägt er weniger prunkvolle Kleidung – sie ist eher dazu geeignet, an der Außenwand des Gebäudes hinunterzuklettern und sich durch die Straßen zu bewegen, ohne Aufmerksamkeit zu erregen.

Der Diener weiß, daß dort draußen zwei Wachen postiert sind, aber der Assassine wird mühelos mit ihnen fertig werden können, vor allem da sie nicht mit einem Angriff von oben rechnen. Er könnte schreien und damit vielleicht ihre Chancen verbessern, aber er ist kein besonders mutiger Mann.

Der Assassine dreht sich noch einmal zu ihm um. »Wollen Sie es nicht wissen?« fragt er.

Der Diener schüttelt den Kopf. »Wissen?« krächzt er.

»Warum die Überprüfung der Wächter nichts ergeben hat«, sagt der Assassine. Er versteht das Schweigen des Dieners als Zustimmung und holt einen winzigen Beutel aus dem Mund.

Er drückt den Inhalt heraus und beobachtet die Reaktion des Dieners, während etwas Flüssiges zu Boden tropft.

»Cambralos' eigener Speichel. Es war die Idee des Höchsten Assassinen. Ziemlich hintersinnig, nicht wahr?«

Er kichert, macht dann kehrt und springt ohne Zögern durch das offene Fenster.

Captain James T. Kirk starrte in das ernste, von dunklen Haaren umrahmte Gesicht auf dem vorderen Hauptbildschirm und beugte sich in seinem Kommandosessel vor. Sein Mund fühlte sich plötzlich wie ausgetrocknet an.

»Könnten Sie das bitte noch einmal wiederholen, Commodore?« bat er.

Commodore Montoya, eine zierliche Frau mit ausgeprägten Wangenknochen und geflochtenem, rabenschwarzem Haar, nickte. »Sie sollen sich hier auf Starbase Zwölf mit mir treffen, Captain. Nach Ihrer Ankunft werde ich Sie über die Details zu Ihrer Mission informieren.«

Kirk brummte. »Das glaubte ich auch verstanden zu haben.«

Pavel Chekov wandte sich von seiner Navigationskonsole ab und warf dem Captain einen verwunderten Blick zu. Fähnrich Joe Christiano am Ruder blickte sich ebenfalls zu Kirk um. Der Captain mußte Uhura gar nicht sehen, um zu wissen, daß sie genauso überrascht wie alle anderen war.

Montoya war die Reaktion auf der Brücke offenbar nicht entgangen. »Ich verstehe Ihre Verwirrung«, sagte sie zu Kirk. »Ihre letzten Befehle lauteten, zur Erde zurückzukehren, um dort wie geplant außer Dienst gestellt zu werden. Grundsätzlich hat sich daran nichts geändert. Doch da weder für Sie noch Ihre Offiziere ein dringender Anlaß zur sofortigen Pensionierung besteht, möchte Starfleet, daß Sie unterwegs einen kleinen Abstecher machen.«

Der Captain nickte. »Verstanden, Commodore.« Er versuchte, seine widersprüchlichen Gefühle unter Kontrolle zu bekommen, als er sich an Chekov wandte. »Setzen Sie Kurs auf Starbase Zwölf, Commander.«

»Aye-aye, Sir«, sagte der Russe, während er seine Neugier zurückdrängte und sich auf seine Aufgabe konzentrierte.

Kirk faßte wieder Montoya ins Auge. »Ist die Frage erlaubt, wohin Sie uns schicken werden?« wollte er wissen.

»Sie werden als diplomatische Gesandte auf Alpha Gederix Vier eingesetzt, einem Planeten, der von seinen Bewohnern Ssan genannt wird«, sagte sie.

Der Captain zuckte die Schultern. Er hatte noch nie davon gehört, obwohl der Computer bestimmt die Koordinaten und einiges über den geschichtlichen Hintergrund wußte.

»Wie dem auch sei«, sagte die Frau auf dem Bildschirm, »wir sehen uns in Kürze. Montoya Ende.«

Das Bild des Commodore war kaum verblaßt, als sich ein Gemurmel auf der Brücke ausbreitete. Kirk blickte sich zu seinen Offizieren um, die sofort ihre leisen Gespräche einstellten.

»Ich weiß auch nicht, warum man uns plötzlich wieder aus der Mottenkiste hervorgekramt hat«, sagte er, um die Frage zu beantworten, die sie alle beschäftigte. »Doch all jenen, die unsere Demission bedauert haben, möchte ich sagen, daß Sie sich keine großen Hoffnungen machen sollten. Wie der Commodore sagte, handelt es sich lediglich um einen kleinen Abstecher.«

Der Captain verspürte bei diesen Worten einen Stich – genauso wie vor drei Monaten, als Uhura ihnen zum ersten Mal Mitteilung von der Entscheidung gemacht hatte, die *Enterprise* auszumustern. Inzwischen hatte er sich einigermaßen mit ihrem Schicksal abgefunden. Er hatte sich sogar auf ihre wohlverdiente Pensionierung gefreut – auf die endlose Folge langer, fauler

Tage gemeinsam mit seiner ehemaligen und jetzigen Geliebten Carol Marcus.

Doch der Gedanke an eine weitere Mission, an eine neue, unerwartete Gelegenheit, Menschen und Orte zu sehen, die er noch nie zuvor gesehen hatte, gab ihm das Gefühl einer Art poetischen Gerechtigkeit. Als wollte das Schicksal ein altes Schlachtroß für treue Dienste entlohnen.

Auch wenn es sich nur um eine diplomatische Mission handelte.

Plötzlich verspürte Kirk den Drang, die Neuigkeit weiterzusagen. »Mr. Chekov«, teilte er mit, »Sie haben das Kommando.«

Und noch bevor Chekov seine Zustimmung geben konnte, war der Captain bereits auf dem Weg zum Turbolift.

»So weit ist es jetzt also gekommen«, sagt Zar Holarnis mit ungewohnt bedrückter Stimme. »Gnädige Gottheit! Wie konnten wir es zulassen, daß wieder ein Höchster Assassine an die Macht kommt?«

Holarnis, der spindeldürre Obergouverneur des Stadtstaats Larol, befindet sich in seinem Gouverneurspalast, zusammen mit seinem Zweiten und Dritten Gouverneur, seinen Beratern und seinem Sicherheitsoffizier. Jeder weiß, daß seine Frage nur rhetorisch gemeint war, so daß niemand eine Antwort darauf gibt.

»Vier Obergouverneure innerhalb eines Tages«, spricht Holarnis weiter. »Cambralos, Dathrabin, Lefarnus ... und jetzt Kinshaian.«

»Als nächstes werden sie hier zuschlagen«, sagt sein Sicherheitsoffizier.

»Gnädige Gottheit!« wiederholt Holarnis.

Und wieder sagt niemand etwas, nicht einmal sein Zweiter Gouverneur, der normalerweise ständig Ideen hat. Ein Flüstern geht durch den großen Saal, das jedoch unverständlich bleibt.

»Wir müssen unsere Verteidigung stärken«, beginnt der Sicherheitsoffizier zögernd. »Wir brauchen mehr Männer – nicht nur im Gebäude, sondern auch auf den Straßen in der Umgebung.«

Holarnis bedenkt ihn mit einem verächtlichen Schnaufen. »Glauben Sie, daß Cambralos keine Wachen hatte? Oder Lefarnus?« Er schüttelt den Kopf. »Nicht einmal die umfangreichsten Sicherheitsvorkehrungen werden Andrachis' Assassinen abhalten können.«

Der Sicherheitsoffizier runzelt die Stirn. »Was schlagen Sie also vor? Wollen Sie kapitulieren?«

Der Obergouverneur wirft ihm einen entrüsteten Blick zu. »Natürlich nicht«, sagt Holarnis. »Doch viel schlimmer als eine Kapitulation wäre es, wenn wir untätig hier herumsäßen. Ich muß mich an einen anderen Ort begeben, wo sie mich nicht finden werden.«

Der Sicherheitsoffizier brummt unzufrieden. »Jetzt? Während sie höchstwahrscheinlich den Gouverneurspalast beobachten lassen?«

»Tithranus hat recht«, sagt ein Berater auf den Einwand des Sicherheitsoffiziers hin. »Wenn sie Ihren Aufbruch bemerken, werden sie Ihnen folgen. Und dann haben Sie überhaupt keine Chance mehr.«

»Wenn ich allein aufbreche, vielleicht«, erwidert der Obergouverneur. »Wie wäre es aber, wenn sechs oder sieben Schwebewagen gleichzeitig losfliegen – alle gut bewacht, alle mit polarisierten Scheiben? Woher will Andrachis wissen, in welchem Wagen ich mich befinde?«

Alle Anwesenden blicken sich gegenseitig an. Der Dritte Gouverneur nickt. Bald darauf nicken auch die anderen – bis auf den Sicherheitschef. Doch sogar er scheint mit dieser Strategie einverstanden zu sein.

»Ein guter Plan«, bestätigt der Zweite Gouverneur.

»Ich werde alles Notwendige veranlassen«, bietet sich der Sicherheitsoffizier an.

»Haben Sie ein bestimmtes Ziel im Sinn?« fragt ein Berater.

»Natürlich«, erwidert Holarnis. »Aber ich werde es nur Tithranus anvertrauen.«

Unruhe breitet sich am Tisch aus. In den Augen der Versammelten blitzt Mißtrauen auf.

»Obergouverneur!« sagt der Dritte Gouverneur. »Wir sind doch sicher vertrauenswürdig genug für diese Information. Wenn wir Sie brauchen ...«

»Dann werden Sie mich in Kenntnis setzen, damit ich das Problem an den Obergouverneur weiterleiten kann«, entgegnet der Sicherheitsoffizier.

»Völlig richtig«, stimmt Holarnis zu. »Wenn Sie mich brauchen, wird Tithranus wissen, wo ich zu finden bin.« Er seufzt. »Glauben Sie mir, es mangelt mir nicht etwa an Vertrauen in Sie. Aber in meiner Verteidigung muß jede Schwachstelle vermieden werden.«

»Machen Sie sich um uns keine Sorgen«, beruhigt ihn der Zweite Gouverneur. »Unser Selbstbewußtsein wird es überstehen. Unsere wichtigste Sorge ist, daß Sie überleben, Obergouverneur.«

Zum ersten Mal seit dem Beginn dieser Sitzung erlaubt sich Holarnis die Andeutung eines Lächelns. »Danke, Penarthil. Mit etwas Glück werden diese Sicherheitsvorkehrungen nicht sehr lange nötig sein.«

Der Zweite Gouverneur verneigt respektvoll den Kopf. »Mit etwas Glück«, wiederholt er, doch zumindest der Obergouverneur hat den Eindruck, daß seine Worte nicht sehr optimistisch klingen.

McCoy setzte sich auf das Sofa im Vorraum seines Quartiers und hielt nachdenklich die zwei Schalenhälften einer *Phornicia*-Muschel in den Händen, die er gerade von ihrem angestammten Platz an der Wand genommen hatte.

Die fein strukturierten, rosafarbenen und zweifellos wunderschönen Muschelschalen sind auf Magistor Sieben – wie der Äskulapstab auf der Erde – das Symbol für die heilenden Künste. Die Magistorier behaupteten, wenn man eine *Phornicia*-Muschel ans Ohr hielt, konnte man die Stimmen all jener hören, denen ihre Ärzte das Leben gerettet hatten.

Unvermittelt wurde er vom Summen des Türmelders aus seinen Grübeleien gerissen. »Herein!« rief er.

Als die Türen zischend aufglitten, wurde die vertraute Gestalt Jim Kirks sichtbar. Mit seinem typischen Lächeln trat der Captain ein.

Der Doktor lächelte ebenfalls, aber nur halbherzig. Als sein Freund den Raum durchquerte, hielt er die Muschelschalen hoch.

»Hübsch, nicht wahr?« meinte er.

Kirk betrachtete sie und nickte. »Genauso hübsch wie die, die du mit der ersten *Enterprise* verloren hast.«

McCoy seufzte und senkte den Blick – der diesmal jedoch an den Muschelschalen vorbeiging. Zu seinen Füßen stand der verhängnisvolle graue Lagercontainer. Darin befanden sich bereits ein paar Magnetbänder und vor allem eine kostbare Flasche mit saurianischem Brandy. Er legte die *Phornicia*-Schalen in den Container und schüttelte dann den Kopf. »Packen habe ich schon immer gehaßt«, brummte er.

»Pille?« sagte Kirk.

Der Doktor blickte auf. Es war nicht zu übersehen, daß der Captain aufgeregt war – was McCoy überhaupt nicht verstand, da sie doch bald nicht nur dem Schiff, sondern auch sich gegenseitig adieu sagen mußten.

»Was gibt es?« fragte er.

»Stell dir mal vor!« sagte Kirk und befeuchtete seine Lippen. »Wir haben einen neuen Auftrag erhalten.«

Für McCoy klang das in etwa so, als hätte sein Freund gerade perfektes Klingonisch gesprochen. »Was …?«

Kirk lächelte wieder. »Eine Mission, Pille! Es ist noch nicht vorbei. Man will, daß wir uns noch ein letztes Mal nützlich machen.«

»Wer will das?« fragte McCoy und stand auf.

»Commodore Montoya auf Starbase Zwölf.«

Der Doktor versuchte, diese Information zu verdauen. Doch irgendwie hatte er schwer daran zu kauen.

»Aber ... warum ausgerechnet wir, Jim? Nicht daß ich einem geschenkten Gaul ins Maul sehen will, weiß Gott nicht. Ich meine, ich könnte schon noch einen letzten Triumphzug vertragen – vorausgesetzt wir landen nicht wieder an einem Ort wie Rura Penthe.«

»Du hast recht, in diesem Sektor treiben sich jede Menge Starfleet-Schiffe herum«, sagte der Captain. »Warum suchen sie sich also eins aus, das eigentlich schon ausgemustert ist?«

McCoy brummte. »Man hat dir nichts Genaueres über diese Mission verraten? Nicht einmal einen Hinweis?«

Kirk schüttelte den Kopf. »Noch nicht. Nur daß wir als diplomatische Gesandte auf einem Planeten namens Alpha Gederix Vier einspringen sollen. Die Bewohner nennen ihn allerdings ... Pille, stimmt was nicht?«

McCoys Gesicht war kreideweiß geworden. Sein Adamsapfel schob sich langsam die Kehle hinauf und senkte sich dann herab wie der Hammerschlag des Schicksals.

»Ssan«, sagte er. Seine Stimme war plötzlich voller Verbitterung. »Sie selbst nennen ihn Ssan.«

Kirk runzelte die Stirn. »Du warst schon einmal dort?«

»Darauf kannst du Gift nehmen!« erwiderte der Doktor. Plötzlich erkannte er, wie alle Teile des Puzzles zusammenpaßten, doch das Bild, das sie ergaben, gefiel ihm überhaupt nicht.

»Ich glaube, ich weiß, warum man uns für diese Mission ausgesucht hat, Jim. Weil sie jemanden brauchen, der Erfahrungen mit den Ssana hat ... jemand, der immer noch eine Starfleet-Uniform trägt. Und ich bin einer der ganz wenigen Offiziere in der Föderation, auf den diese Anforderungen zutreffen.«

»Ich verstehe«, erwiderte der Captain. »Also bist du es, bei dem wir uns für diesen Auftrag bedanken müssen«, stellte er fest. Es gelang ihm offenbar nicht ganz, die unerwartet ernste Situation zu überspielen.

»Scheint so«, stimmte der Doktor zu.

Er atmete tief durch, während ihn Erinnerungen bestürmten, die er lange Zeit zu vergessen versucht hatte. Er schluckte ein zweites Mal, als die Bilder ihn zu überwältigen drohten.

»Ich fürchte«, sagte McCoy, »deine Dankbarkeit wird sich schon bald in Grenzen halten.«

In der Hauptstadt des Stadtstaats Larol steht der Ssana namens Shil Andrachis auf dem Marktplatz und gibt vor, sich für eine wassergefüllte Schale mit Keimlingen zu interessieren. Doch in Wirklichkeit beobachtet er das Gebäude auf der anderen Straßenseite.

Bei dem Gebäude handelt es sich um den Gouverneurspalast, die Residenz des Obergouverneurs Holarnis. Mittlerweile müßte Holarnis von den Anschlägen auf seine Kollegen in den anderen Stadtstaaten gehört haben. Höchstwahrscheinlich tüftelt er jetzt Pläne aus, die sein Überleben sichern sollen.

Es ist Andrachis' Aufgabe, Holarnis' Pläne zu vereiteln. Er schwört, daß er diese Aufgabe erfolgreich erledigen wird.

Schließlich ist Holarnis nur ein Obergouverneur. Andrachis jedoch ist der Höchste Assassine.

2

Der arme Kerl«, keuchte McCoy. Er verzog das Gesicht, als er das verbeulte und verkohlte Wrack von Obergouverneur Holarnis' Schwebewagen auf dem kleinen Monitor im Zentrum des Besprechungstisches sah. Als er sich näher herabbeugte, sah er rote Blutspritzer auf den Scherben eines zerschmetterten Fensters, doch ansonsten gab es kein Anzeichen, daß sich einmal etwas Lebendes innerhalb der verrußten Metallmasse aufgehalten hatte.

»Er hatte überhaupt keine Chance«, fügte McCoy hinzu.

»Wie Sie vielleicht wissen«, sagte Commodore Montoya, »war eben das die Absicht. Diese Assassinen gehen ziemlich gründlich vor.«

Montoya saß am anderen Ende des Tisches hinter dem Monitor. Für sie bestand kein Grund, sich die Bilder noch einmal anzusehen, sie hatte zweifellos zur Genüge Gelegenheit dazu gehabt.

Jim Kirk, der unmittelbar rechts von McCoy saß, brummte zustimmend. »Ziemlich gründlich. Und Sie sagen, daß alle sieben Schwebewagen, die an jenem Tag losgeschickt wurden, das gleiche Schicksal erlitten?«

Montoya nickte. »Alle sieben, Captain. Holarnis hatte gehofft, sie zu verwirren, da sie normalerweise allein arbeiten. Er hat nicht damit gerechnet, wie schnell sich die Assassinen an die neue Situation anpassen würden.«

Sie blickte von Kirk zu Spock, der aus McCoys Perspektive gesehen hinter dem Captain am runden Tisch des Besprechungsraums saß. Genauso wie seine langjährigen Gefährten sah der Vulkanier konzentriert auf das Bild von Tod und Zerstörung, allerdings war ihm äußerlich nicht anzusehen, ob er etwas für die Insassen des Schwebewagens empfand.

»Zum Zeitpunkt seines Todes«, fuhr der Commodore fort, »war Holarnis die wichtigste politische Figur auf ganz Ssan. Diese Ehre ist nun auf Meladion übergegangen, den Obergouverneur von Orthun. Subraumkommunikation ist leider nicht so schnell, wie wir es uns wünschen. Inzwischen könnte also auch Meladion längst ein Opfer der Assassinen geworden sein.«

Scotty, der links von McCoy saß, schüttelte den Kopf und fluchte leise. »Nette Gesellschaft«, sagte er mit triefender Ironie.

Spock jedoch nahm diese Information mit vollkommener Gelassenheit auf – genauso wie vor mehreren Jahren, als er feststellen mußte, daß die gesamte, seinem Volk entstammende Besatzung der U.S.S. *Intrepid* mit einem Schlag ums Leben gekommen war.

»Bedauerlich«, lautete die ganze Antwort, zu der der Vulkanier sich aufraffen konnte.

»Bedauerlich?« wiederholte der Doktor und schüttelte in gespielter Entrüstung den Kopf. »Heulen Sie uns jetzt bloß nichts vor, Spock! Ich meine, wir reden hier davon, daß Leute sterben, zum Donnerwetter – nicht von der Geburtstagstorte meiner Großmutter.«

»Wie bitte, Doktor?« sagte Montoya. Offenbar wußte sie nicht, was sie sonst sagen sollte. Schließlich hatte sie auch nicht während der vergangenen zwanzig Jahre mit Spock zusammengearbeitet. Sie hatte keine Ahnung, wie sie auf diese Stichelei reagieren sollte.

»Schon gut«, beruhigte McCoy sie und lehnte sich wieder in seinem Sessel zurück. »Das ist eine alte Geschichte, und vermutlich wird sie niemals zu einem befriedigenden Ende kommen.«

»Mit anderen Worten«, mischte Kirk sich ein und legte dem Doktor eine Hand auf den Arm, »Sie können mit der Besprechung fortfahren, und ich möchte mich für diese Unterbrechung entschuldigen.«

»Eigentlich sollte ich mich entschuldigen, Captain«, sagte der Commodore, »weil ich wegen dieser Mission Ihre Pensionierung verzögert habe. Doch angesichts der Erfahrungen, die Dr. McCoy mit den Ssana gesammelt hat, und Ihrer eigenen Erfolge bei der Beilegung gewalttätiger Konflikte ...«

»Kein Problem«, entgegnete Kirk. »Ich glaube, es hat sich noch keiner von uns mit der Entscheidung abgefunden, die *Enterprise* außer Dienst zu stellen, so daß es keine unzumutbare Härte darstellt, noch ein letztes Mal mit ihr aufzubrechen.«

Montoya lächelte dünn. »Gut.« Sie tippte auf eine Schaltfläche einer kleinen Konsole, die in den Tisch eingebaut war, worauf sich das Bild auf dem Monitor veränderte.

»Alpha Gederix Vier«, sagte der Commodore und zeigte auf den fruchtbaren, wolkenverhangenen Planeten auf dem Bildschirm. »Von seinen Bewohnern als Ssan bezeichnet. Eine Welt mit einer langen und altehrwürdigen Tradition legaler Attentate.«

Spock runzelte die Stirn. »Institutionalisierter Mord. Ein Mittel zur politischen Kontrolle, vermute ich.«

McCoy schüttelte den Kopf und öffnete den Mund zu einer Erwiderung. Doch Montoya kam ihm zuvor.

»Die Assassinen würden es niemals als Mord bezeichnen, Mr. Spock. Ihrer Überzeugung nach vollziehen sie eine religiöse Handlung, wenn sie töten.«

Spock hob eine Augenbraue.

»Eine religiöse Handlung?« fragte Kirk nach.

»Stell es dir als eine Art Kult vor, Jim«, sagte McCoy. »Sie erfüllen eine bestimmte Aufgabe innerhalb der Gesellschaft. Dazu müssen sie bestimmte Rituale einhalten und sogar eine Aufnahmezeremonie über sich ergehen lassen.«

Montoya nickte. »Wer zum Assassinen wird, muß

sich gravierenden körperlichen, das heißt biochemischen Veränderungen unterziehen. Nach diesen Veränderungen ist die Person kein Ssana mehr, sondern... etwas anderes.«

McCoy erschauderte, als er sich daran erinnerte. Montoya hatte recht. Assassinen waren anders als die übrigen Ssana. Sie unterschieden sich von jeder Rasse, der er jemals begegnet war.

»Das ergibt für mich keinen Sinn«, warf Scotty ein. »Wie sich etwas Derartiges entwickeln...«

»Die Institution existiert schon seit Urzeiten«, unterbrach ihn McCoy. »Sie hat sich im Zusammenhang der Tendenz der Ssana zu Mehrfachgeburten entwickelt. Zwillinge sind dort die Norm und Drillinge überhaupt nichts Ungewöhnliches. Auf diese Weise wird unkontrolliertes Bevölkerungswachstum vermieden.«

»Das Überleben der Stärksten«, sagte Kirk.

Montoya nickte. »Assassinen genossen auf Ssan ein hohes Ansehen. Bis vor etwa vierzig Jahren, als einige Leute mit revolutionären Vorstellungen begannen, das Volk zu überzeugen, mit der Tradition zu brechen. Sie führten nicht nur die Geburtenkontrolle ein – was zuvor undenkbar gewesen war, obwohl die Techniken schon seit langem verfügbar waren –, sondern schafften außerdem die Institution der Assassinen ab.« Sie hielt kurz inne. »Doch die Institution wehrte sich.«

Wieder drückte Montoya auf ihre Kontrollen, und wieder veränderte sich das Bild.

Jetzt sahen sie das Porträt eines Ssana. Wie alle seine Artgenossen besaß er lange, knollenförmige Ohrläppchen und kleine, indigofarbene Augen, die tief unter vorspringenden Brauen lagen. Diese Augen hatten den glasigen Blick, den McCoy unwillkürlich mit Tod assoziierte.

Doch auch ohne diesen Hinweis hätte der Doktor gewußt, daß der Ssana nicht mehr lebte. Denn er kannte dieses Individuum und wußte, daß zu Lebzeiten nie eine Aufnahme von ihm gemacht worden war.

»Das hier«, sagte Montoya, »ist – beziehungsweise war – Li Moboron. Als Ssans Höchster Assassine ging er in Opposition zur neuen, fortschrittlichen Regierung, die unter anderem in Betracht zog, sich der Vereinten Föderation der Planeten anzuschließen.«

»Opposition?« McCoy lachte verbittert. »Es war ein verfluchter heiliger Krieg.«

»Wie der Doktor soeben erwähnte«, gestand Montoya ein, ohne mit der Wimper zu zucken, »handelte es sich um einen heiligen Krieg – eine Welle von gewalttätigen Anschlägen. Um sich dagegen zur Wehr zu setzen, engagierte die Regierung ihrerseits eine kleine Armee von Assassinen. Nach einem langen und blutigen Konflikt, in dem die Föderation zeitweise medizinische Hilfestellung leistete, trug die Regierung den Sieg davon und setzte die Reformen durch. Die Geburtenkontrolle wurde allgemein eingeführt. Und die Institution der Assassinen wurde gesetzlich verboten.«

»Verboten?« wiederholte Kirk. »Wie hat die Regierung das ihren eigenen Assassinen klargemacht?«

»Sie war dabei nicht sehr erfolgreich«, sagte McCoy.

Montoya warf ihm diesmal einen warnenden Blick zu, um ihn daran zu erinnern, daß sie die Einsatzbesprechung leitete und er den Mund zu halten hatte, sofern er keine relevanten Fragen hatte.

Normalerweise hätte der Doktor dies als Herausforderung aufgefaßt. Doch er mußte zugeben, daß die Frau recht hatte. Die Situation auf Ssan war nicht zum Scherzen, sondern sollte so sachlich wie möglich behandelt werden.

Montoya räusperte sich. »Zu Anfang gab es überraschend wenig Widerstand. Doch mit der Zeit gründeten die Assassinen – auf beiden Seiten wohlgemerkt – verschiedene Geheimbünde, die die Tradition der Assassinen in der Gesellschaft der Ssana am Leben erhielten. Natürlich gab es zwischen diesen Gruppierungen große Differenzen. Ohne den Segen der Regierung mußte jede Gruppe sich ihre eigene Definition zurechtlegen, wie ein Assassine sich verhalten sollte. Einige waren selbstredend etwas militanter als andere.«

»Ihnen fehlte ein Anführer«, stellte Spock fest, »jemand, der die Einzelkulte vereinigen konnte.«

»Genau«, sagte der Commodore.

Erneut drückte sie auf ihre Kontrollen. Diesmal erschien auf dem Bildschirm eine kleine Metallscheibe, auf der ein rotes Symbol zu erkennen war.

»Das Kreuz, das Sie hier sehen, ist ein stilisierter Dolch«, erklärte Montoya. »Der Kreis repräsentiert Alpha Gederix, die Sonne. Es ist das Symbol des Höchsten Assassinen. Wir haben das hier neben dem Wrack gefunden, in dem sich die Leiche des Obergouverneurs befand.«

McCoy richtete sich auf und fluchte leise. Er hatte das Ausmaß dieser Sache noch gar nicht begriffen. Er hatte überhaupt nichts begriffen.

Als Montoya ihnen Holarnis' Schwebewagen gezeigt hatte, hatte er den Anschlag für das Werk eines versprengten Geheimbunds gehalten – und er wußte, daß das bereits schlimm genug gewesen wäre. Doch wenn sich jetzt wieder jemand zum Höchsten Assassinen ernannt hatte ...

»Daraus ergeben sich zwei Dinge«, sagte der Commodore. »Erstens, daß die Assassinen irgendwie ausfindig machen konnten, in welchem Wagen sich Holarnis befand. Die übrigen haben sie lediglich zerstört, um jene zu warnen, die versuchen, die Opfer der Assassinen zu beschützen.«

»Und zweitens«, knurrte McCoy, »daß es einen neuen Li Moboron gibt.«

Montoya wandte ihre Aufmerksamkeit wieder dem Arzt zu, doch falls sie ihn hatte tadeln wollen, änderte sie schnell ihre Meinung, als sie den Schrecken sah, der sich auf seinem Gesicht abzeichnete.

»Er nennt sich Shil Andrachis«, teilte sie ihnen mit.

»Ein Schützling des letzten Höchsten Assassinen, wenn man seiner Propaganda Glauben schenken darf. Seine Ziele? Die Aufhebung aller Reformen und die Reinstitutionalisierung der Assassinen auf Ssan.«

»Und deshalb wurden Holarnis – und die anderen – ermordet?« fragte Kirk. »Weil sie seinen Forderungen nicht nachgeben wollten.«

Der Commodore nickte. »Die heutigen Obergouverneure waren vermutlich noch Kinder, als Moboron und seine Bewegung zerschlagen wurden. Nach vier Jahrzehnten könnten die Ssana vergessen haben, wie rücksichtslos diese Leute vorgehen. Auf jeden Fall haben sie diesmal nicht mehr die Möglichkeit, Feuer mit Feuer zu bekämpfen – beziehungsweise Assassinen mit Assassinen. Sämtliche Assassinen arbeiten jetzt für Andrachis.«

»Und an dieser Stelle kommen wir ins Spiel«, bemerkte Scotty. »Um diesmal mehr als nur medizinische Hilfestellung zu leisten.«

»Richtig«, sagte Montoya. »Sie sollen den Anführer der Assassinen finden und ein friedliches Abkommen mit Andrachis aushandeln – bevor diese vereinzelten Anschläge wieder wie vor vierzig Jahren zu Massenmorden werden.«

McCoy schüttelte den Kopf. »Das können Sie vergessen.«

Die anderen sahen ihn an, als hätte er selbst gerade einen Mord begangen. Spock hob eine Augenbraue, und Kirk runzelte die Stirn.

»Pille«, sagte der Captain, »noch vor einem Jahr hätte ich keinen Nickel darauf verwettet, daß wir es jemals miterleben werden, wie es zur Entspannung zwischen der Föderation und den gottverdammten Klingonen kommt. Aber wir haben es doch geschafft!«

Jim verstand überhaupt nichts. Aber schließlich war er auch niemals auf Ssan gewesen. Er hatte nicht miterlebt, was McCoy miterlebt hatte.

»Die Klingonen«, entgegnete der Doktor, »sind *Kin-*

der im Vergleich zu diesen Assassinen. Li Moboron hätte sich eher in die eigene Klinge gestürzt, als sich an einen Verhandlungstisch zu setzen. Und wenn dieser Andrachis sein Schützling war, wird auch er zu keinerlei Verhandlungen bereit sein. Weder mit der Regierung noch mit uns oder sonst jemandem!«

Commodore Montoya lehnte sich zurück und fixierte den Bordarzt. »Doktor McCoy hat recht, meine Herren. Es wäre ein großer Fehler, die Schwierigkeit dessen zu unterschätzen, worum die Föderation Sie bittet.«

»Aber?« warf Kirk ein.

»Aber wir bitten Sie trotzdem darum«, sagte Montoya. »Ich werde Admiral Jovanovich von den Bedenken Dr. McCoys in Kenntnis setzen, aber der Auftrag gilt nichtsdestotrotz. Noch weitere Fragen?«

Bevor McCoy etwas sagen konnte, antwortete Kirk: »Keine, Commodore. Ich glaube, wir haben alles gehört, was wir wissen müssen.«

Als sie zum Transporterraum zurückkehrten, waren die Falten auf McCoys Stirn noch tiefer geworden, obwohl Kirk das noch vor einer halben Stunde für unmöglich gehalten hätte. Mein Gott, der Doktor beschwerte sich nicht einmal darüber, daß ihm gleich seine Atome »durch die halbe Galaxis geblasen« wurden!

»Viel Glück«, sagte Commodore Montoya, die sich freundlicherweise bereit erklärt hatte, sie zu verabschieden.

»Menschen sind ihres eigenen Glückes Schmied«, bemerkte der Captain, womit er erreichte, daß sich Montoyas Mundwinkel kräuselten, was er als Lächeln interpretierte.

Tapfere Worte, dachte er. Aber es war schwierig, sich tapfer zu fühlen, während sein Bordarzt solche Angst hatte.

Verdammt, sie hatten doch schon viele gefährliche Situationen überstanden, nicht wahr? Und McCoy hatte sich noch nie so bedrückt gefühlt. Lag es vielleicht daran, daß Pille älter wurde und sich solchen Dingen nicht mehr gewachsen fühlte? Hatte die harte Zeit in der klingonischen Strafkolonie ihn mehr mitgenommen, als er zugab?

Oder steckte etwas anderes dahinter? Etwas über Ssan, das er noch nicht aus dem Sack gelassen hatte? Als Montoyas Transporterchef sie zu ihrem Schiff beamte, dachte Kirk darüber nach.

Es war seltsam, daß McCoy während all der siebenundzwanzig Jahre, die sie gemeinsam gedient hatten, nicht ein einziges Mal ausführlich über Ssan erzählt hatte. Vor allem, da sein dortiger Aufenthalt sein erster richtiger Weltraumeinsatz gewesen war.

Nach allem, was sie gemeinsam auf der *Enterprise* – sowohl auf der alten und jetzt auf der *Enterprise*-A – durchgemacht hatten, hätte Kirk gedacht, er wüßte alles, was es über seinen Freund Pille zu wissen gab. Doch es schien, als gäbe es da ein paar Geschichten, die noch nicht erzählt worden waren ... und ein paar Geheimnisse, die noch nicht gelüftet worden waren.

Vielleicht war es jetzt an der Zeit, einigen dieser Geheimnisse auf den Grund zu gehen. Denn als sein Freund war es die Pflicht des Captains, den Doktor von ihrer Last zu befreien. Natürlich könnte McCoy ihm sagen, daß es ihn überhaupt nichts anging. Aber das würde ihn nicht davon abhalten, es wenigstens zu versuchen.

Kurz darauf war der Transport abgeschlossen. Die Begleiter des Captains traten einer nach dem anderen von der Transporterplattform der *Enterprise*.

»Ähm ... Spock?«

Der Vulkanier drehte sich zu ihm um. »Ja, Captain?«

»Ich möchte gern, daß Sie das Kommando übernehmen«, sagte Kirk zu ihm. »Ich werde« – er warf einen Blick in McCoys Richtung – »mich ein wenig ausruhen.«

Der Erste Offizier neigte den Kopf. »Wie Sie wünschen, Sir.«

Nachdem diese Angelegenheit erledigt war, holte der Captain den Doktor ein, der bereits dabei war, den Raum zu verlassen. »Pille!« sagte er. »Warte doch mal!«

McCoy blickte sich zu ihm um. »Was gibt's?« fragte er.

»Wie wär's mit einem Drink?« schlug Kirk vor.

Als McCoy ihn ansah, schienen seine Gefühle wie ein Schwarm exotischer Insekten hinter seinen blaßblauen Augen zu wimmeln. »Ein Drink?« Er schüttelte den Kopf. »Tut mir leid, Jim. Jetzt nicht. Ich bin nicht in der Stimmung, den Thekenpsychologen zu spielen.«

Der Captain lächelte. »Du hast mich falsch verstanden. Diesmal wollte ich den Psychologen spielen. Du siehst aus, als könntest du einen gebrauchen.«

Der Doktor dachte einen Moment lang über das Angebot nach. »Klar«, sagte er schließlich. »Warum zum Teufel eigentlich nicht?«

Als sie gemeinsam auf den Korridor hinaustraten, legte Kirk ihm eine Hand auf die Schulter. »Wenn ich mich recht erinnere«, sagte er, »magst du deinen Brandy am liebsten bei Zimmertemperatur, richtig?«

»Zwei Grad wärmer«, korrigierte ihn der Doktor mürrisch.

»Zwei Grad wärmer. Das wollte ich eigentlich damit sagen«, versicherte ihm der Captain.

McCoy schluckte, spürte den Brandy heiß seine Kehle hinabrinnen und blickte über den Rand seines Glases hinweg Kirk an. Sein Freund wartete ab, ob der Drink bereits seine Stimmung gebessert hatte. Es sah ganz danach aus.

»Nun?« sagte der Captain und brach damit ein langes Schweigen.

Pille zuckte die Schultern und verzichtete auf jede Umschweife. »Es ist kein saurianischer.«

Kirks Blick verdüsterte sich. »Eine höchst zuvorkommende Bemerkung, Doktor. Dabei begann ich mich gerade wie ein guter Gastgeber zu fühlen.«

McCoy brummte betroffen. »So schlecht ist er eigentlich gar nicht. Ach, verdammt! Er ist sogar ganz gut.« Er schwenkte den Rest der Flüssigkeit in seinem Glas. »In meiner gegenwärtigen Stimmung könnte mich vermutlich nicht einmal der private Vorrat des saurianischen Kanzlers beeindrucken.«

»Du bist in schlechter Stimmung?« fragte der Captain beiläufig. »Das ist mir gar nicht aufgefallen.«

Der Doktor warf ihm einen finsteren Blick zu. »Weißt du was?« sagte er. »Du bist nicht nur ein miserabler Gastgeber, sondern auch noch ein miserabler Psychologe. Du darfst deine Patienten nicht so offensichtlich aus der Reserve locken. Du mußt behutsam vorgehen. Und langsam!«

Der Captain hob eine Hand. »Du hast natürlich völlig recht, Pille. Ich gelobe Besserung.« Er beugte sich vor und blickte seinem Freund in die Augen. »Dann erzähl mir doch jetzt einfach – ganz behutsam und langsam – was dir auf dem Herzen liegt.«

McCoy seufzte und wandte den Blick ab. Er wollte jetzt nicht darüber reden. Eigentlich wollte er niemals darüber reden.

»Es geht um Ssan?« bohrte der Captain nach.

»Ich habe dir doch schon von Ssan erzählt«, sagte der Doktor mit verärgerter Miene, obwohl er wußte, daß es ihm nichts nützen würde. Kirk ließ nicht so leicht locker.

»Du hast mir noch nicht alles erzählt«, drängte der Captain. »Jedenfalls nicht ausführlich. Ich will auch den Rest hören.«

McCoy dachte eine Weile nach. »Na gut«, sagte er schließlich. »Vermutlich hast du recht. Ich habe dir noch nicht alles über diesen Planeten erzählt.« Er entdeckte hinter Kirk eine Stelle an der Wand, auf die er starren konnte. »Verdammt, viel gibt es gar nicht zu erzählen. Nur daß es für mich eine schlimme Zeit war. Und ich habe ein paar schlechte Entscheidungen getroffen, unter denen ich den Rest meines Lebens zu leiden hatte.«

»Was für Entscheidungen?« fragte Kirk.

McCoy funkelte ihn wütend an. »Du gibst wohl nie auf, was?«

»Das gehörte zu meinen Einstellungsvoraussetzungen«, teilte ihm der Captain mit.

Der Doktor schnaufte. »Wie wär's mit einem weiteren Schluck von deinem mittelmäßigen Brandy?«

Kirk griff nach der Karaffe auf dem kleinen Tisch an seiner Seite und beugte sich vor. Pille hielt ihm sein Glas hin und sah zu, wie der Captain es füllte.

»Was für Entscheidungen...«, wiederholte McCoy nachdenklich. Eine gute Frage.

Er kippte den Brandy, dann blickte er wieder seinen Freund an, während er sich jetzt nicht mehr so in die Enge getrieben fühlte.

»Entscheidungen, die den Tod von Menschen zur Folge hatten«, sagte er ruhig.

Kirk schüttelte den Kopf, da er immer noch nichts verstand. »Du meinst, du hast einen Fehler begangen?«

Der Doktor fuhr sich mit den Fingern einer Hand durch sein dichtes graues Haar. »Gute Frage«, sagte er. »Ich wünschte, ich hätte darauf eine gute Antwort.« Er dachte einen Augenblick lang nach und ließ die Erinnerungen – die guten und die schlechten – in sich aufsteigen. »Ich schätze«, sprach er weiter, »einige Leute könnten sie für Fehler halten. Und ich?« Er dachte noch einmal nach. »Ich bin mir immer noch nicht sicher.«

Der Captain lehnte sich in seinem Sessel zurück. »Es gestaltet sich recht schwierig, über etwas zu reden, wenn man gar nicht weiß, worum es eigentlich geht. Ein paar Details wären vielleicht ganz hilfreich.«

McCoy nickte. »Du willst Details? Okay. Versetz dich im Geiste zurück: Du bist sechsundzwanzig Jahre, kommst frisch von der medizinischen Fakultät, bist Juniorarzt auf deiner ersten Trainingsmission. Und einer deiner besten …«

Der Interkomanschluß meldete sich, bevor der Doktor seinen Satz zu Ende gesprochen hatte. Der Captain ging zur Wand hinüber, an der sich das Interkom befand.

»Kirk hier«, antwortete er. »Sind Sie das, Spock?«

Am anderen Ende gab es eine kurze Pause. »In der Tat, Captain.«

Kirk grinste über die Zuverlässigkeit seines sechsten Sinns. »Was kann ich für Sie tun?«

»Wir hatten gerade Verbindung mit Commodore Montoya …«, begann der Vulkanier zu erklären.

Der Captain tauschte einen Blick mit seinem Ersten Bordarzt aus. »Aber wir haben die Starbase doch erst vor wenigen Minuten verlassen«, sagte er.

»Völlig korrekt«, pflichtete Spock ihm bei. »Sie hat jedoch inzwischen über Dr. McCoys Bemerkungen nachgedacht und entschieden, daß wir bei unserer diplomatischen Mission Hilfe benötigen. Wie es der Zufall wollte – ihre Worte, nicht meine –, hält sich gerade eins der besten diplomatischen Teams der Föderation in diesem Sektor auf und wartet auf einen neuen Auftrag. Der Commodore hat persönlich dafür gesorgt, daß es uns zugeteilt wird.«

»Diplomatisches Team …«, murmelte der Doktor. Seiner Ansicht nach standen Diplomaten auf der evolutionären Skala irgendwo zwischen einer Nacktschnecke und … einer anderen Nacktschnecke. Und jetzt waren seine eigenen Kommentare dafür verantwortlich, daß Montoya ihnen diplomatische Hilfe besorgt hatte. *Das hast du nun davon,* dachte er.

»Hat der Commodore gesagt, um welches Team es sich handelt?« fragte der Captain. Schließlich gab es mehrere, und einige davon waren besser als andere.

»Das hat sie«, bestätigte Spock. »Sie nannte den Namen Treadway. Clay und Jocelyn Treadway.«

Treadway, wiederholte McCoy in Gedanken. Plötzlich mußte er einfach lächeln.

Aber nicht vor Freude oder Vergnügen. Es war vielmehr das Lächeln eines Menschen, der es nicht mehr ertragen kann, dem es irgendwann leichter fällt, zu lächeln als zu weinen.

Kirk sah ihn an und wunderte sich zweifellos darüber, was den Stimmungswandel seines Freundes bewirkt hatte. »Was ist daran so komisch?« fragte er.

»Wie bitte?« fragte Spock.

»Das klären wir später«, sagte Kirk zu seinem Ersten Offizier. Er drückte ein zweites Mal auf die Schaltfläche und unterbrach damit die Verbindung.

McCoy spürte, wie sich seine Bauchmuskeln schmerzhaft zusammenzogen, als hätte ihn von innen eine Faust gepackt, die ihn nicht mehr loslassen wollte. *Treadway*, wiederholte er in Gedanken immer wieder. *Treadway!*

Während er immer noch wie ein Idiot grinste, stellte der Doktor sein Glas ab und schlug die Hände vors Gesicht. »Warum müssen es von allen verfluchten Diplomaten dieser Galaxis ausgerechnet *sie* sein?«

Kirk verengte die Augen. »Du kennst sie, Pille?«

Der Doktor hob den Kopf und warf ihm einen vernichtenden Blick zu. »Darauf kannst du Gift nehmen!« Sein Mund verzog sich vor unverhohlenem Haß. »Jocelyn Treadway ist meine Exfrau, Jim. Und Clay Treadway ist der Mann, der sie danach geheiratet hat.«

Der Captain mußte schlucken. »Jocelyn«, murmelte er. »Natürlich. Aber es ist doch schon so lange…« Er verstummte bedrückt.

»Meine gottverdammte Exfrau!« wiederholte McCoy. Er fühlte sich hundeelend – genauso wie in den schlimmsten Momenten auf Rura Penthe. »Verdammt noch mal, Jim, diese Geschichte kann sich nur der Teufel ausgedacht haben!«

3

»Ich wußte, daß es eines Tages passieren würde«, sagte McCoy. »Ich wußte es einfach.« Er blickte zu Kirk auf. »Ich mußte nur lange genug bei Starfleet bleiben, während sie beide als Diplomaten von Planet zu Planet weiterzogen. Dadurch wurde die Wahrscheinlichkeit beständig größer, daß wir ...«

»Du wußtest es?« fragte der Captain. »Du wußtest, daß Jocelyn wieder geheiratet hat und nun dem diplomatischen Korps angehört?«

»Ja, ich habe es gewußt«, sagte er leise. »Joanna hat es mir gesagt. Nicht absichtlich, versteht sich. Das hätte sie mir niemals angetan.« Er nahm wieder sein Glas und nippte am Brandy. Es war kein saurianischer, soviel stand fest. Aber im Augenblick war es ihm egal, wie der Drink schmeckte, der sich durch seine Kehle brannte. Er wischte sich die Lippen ab und stellte das Glas auf den Tisch.

»Es ist ihr herausgerutscht, während eines Heimaturlaubs. Wir hatten uns alle um den Truthahn versammelt, und Joanna sprach gerade mit Conner, meinem Enkel ...«

»Ich weiß, wer Conner ist«, warf Kirk vorsichtig ein.

Der Doktor schnaufte. »Ja, natürlich. Jedenfalls kann er damals kaum älter als zwei Jahre gewesen sein. Er wollte wissen, wo seine Großmutter war, und Joanna sagte ihm, sie wäre auf Chadrik Sieben, um den Chadrikanern zu helfen, sich gegenseitig wieder in die Augen sehen zu können.« Er lächelte schwach. »Verstehst du? In die Augen!«

Der Captain nickte. »Ich habe verstanden, Pille.«

Die Chadrikaner waren – genauso wie ein halbes Dutzend anderer intelligenter Spezies in der bekannten Galaxis – Zyklopen. So einen Witz konnte nur jemand wie Joanna machen, der sich lange genug im Weltall aufgehalten hatte.

»Ich glaube«, sprach Pille weiter, »sie hat für einen Moment einfach vergessen, daß ich daneben saß. Als ihr klar wurde, was sie gesagt hatte, nahm ihr Gesicht nacheinander drei verschiedene Rottönungen an. Aber es war zu spät. Die Katze war aus dem Sack. Und da habe ich sie gefragt, was zum Teufel in ihre Mutter gefahren war, dem diplomatischen Korps beizutreten.«

»Dann hat sie dir von Clay Treadway erzählt?«

McCoy schüttelte den Kopf. »Nein, sie sagte gar nichts mehr. Sie wußte, wie sehr mich das mitgenommen hätte.« Er hielt kurz inne. »Aber Conner war nicht so gnädig, das aufgeweckte Kerlchen. Er platzte damit heraus, daß Großmutter einen Mr. Treadway geheiratet hatte und sie jetzt gemeinsam Weltraummissionen unternahmen.«

Der Captain runzelte die Stirn. »Mein Gott, Pille! Conner ist jetzt zwölf. Das heißt, du weißt es schon seit einem Jahrzehnt!«

»Und ich habe dir nichts davon gesagt, ich weiß.« Er wurde plötzlich wütend. »Nun, ich muß dir ja auch nicht *alles* erzählen!« entgegnete er.

Doch er hatte diese Worte kaum ausgesprochen, als sie ihm schon wieder leid taten. Er ärgerte sich über seine Unbedachtheit.

»Schon gut«, sagte Kirk. »Du hast ja recht. Du mußt mir wirklich nicht alles erzählen.«

McCoy seufzte. »Ich konnte es einfach nicht, Jim. Der bloße Gedanke, daß Jocelyn wieder geheiratet hatte, bereitete mir Schmerzen. Und es auch noch laut auszusprechen … selbst dir gegenüber …« Er seufzte wieder, diesmal etwas lauter. »Dazu war ich einfach nicht stark genug.«

Kirk beugte sich vor und klopfte seinem langjährigen Gefährten auf die Schulter. »Du brauchst dich nicht zu entschuldigen, Pille. Jeder von uns hat ein paar Leichen im Keller.«

»Danke«, sagte er ein wenig verlegen. Und dann: »Jim? Wäre es ... ich meine ...?«

Kirk schien zu wissen, was sein Bordarzt ihm sagen wollte. »Wäre es in Ordnung«, vervollständigte er den Satz, »wenn du nicht dabeisein müßtest, wenn die Treadways an Bord gebeamt werden?«

McCoy nickte. »Ja«, sagte er. »Das meinte ich.«

Kirk lächelte.

»Spock und ich können den roten Teppich schon allein ausrollen«, beruhigte er den Doktor. »Wir werden uns auch um die Treadways kümmern. Du wirst überhaupt nicht mit ihnen in Berührung kommen, wenn es dir so lieber ist.«

McCoy seufzte und wandte den Blick ab. »Das wäre mir sehr lieb«, murmelte er. Dann erinnerte er sich an etwas: »Warte mal! Ich soll hier doch den Ssan-Experten spielen. Wie kann ich da ...«

»Vergiß es«, wurde er von Kirk unterbrochen. »Wenn die Treadways so gut sind, wie Montoya behauptet, brauchen wir dich vielleicht gar nicht. Und wenn ich mal eine Frage habe, kann ich mich ja trotzdem an dich wenden. Ich habe schon einige Situationen ohne deine Hilfe überlebt. Ich glaube, ich werde es auch ein weiteres Mal schaffen.«

Der Captain grinste. McCoy dachte, daß er jetzt ebenfalls grinsen sollte. Aber er konnte es nicht. Seine Gedanken drifteten unaufhaltsam zu einem fernen Ort, in eine andere Zeit. Zu einer kleinen Stadt in Georgia an einem bestimmten heißen Sommernachmittag.

Plötzlich hatte der Doktor das Bedürfnis, aufzustehen und die Vergangenheit abzuschütteln. Kirk blickte ihn besorgt an.

McCoy sagte: »Ich glaube, ich sollte jetzt gehen. Du mußt bestimmt noch Vorbereitungen für unsere Gäste treffen.«

In Wirklichkeit gab es nicht viel zu tun. Beide wußten das. Aber er wollte jetzt allein sein – und Jim kannte ihn gut genug, um Verständnis für seinen Wunsch zu haben.

Verdammt, Jim hatte im Laufe der Jahre ebenfalls schwere Verluste erlitten, den Tod seines Sohns und seines Bruders ... und von Miramanee ... und so vieler anderer, daß er sie wahrscheinlich gar nicht alle aufzählen konnte. Er wußte, daß man manchmal allein sein mußte, um verschiedene Dinge wieder ins rechte Licht zu rücken.

McCoy stellte seinen Brandy ab und zwang sich zu einem schwachen Lächeln. »Wir sehen uns später«, sagte er zu Kirk.

»Du weißt, wo du mich findest«, sagte der Captain.

Mit einem äußerst unguten Gefühl machte McCoy sich auf den Weg und verließ hastig das Quartier seines Freundes.

Jocelyn Treadway biß sich nervös auf die Unterlippe. Als Commodore Montoya sie und ihren Ehemann darum gebeten hatte, diesen Auftrag zu übernehmen, hatte sie daran gedacht, ihn abzulehnen. Schließlich war die Angelegenheit recht heikel.

Clay jedoch hatte darauf bestanden, daß sie gingen. Er hatte sie daran erinnert, daß sie in den diplomatischen Dienst getreten waren, um ihre Arbeit zu tun, und daß die Lage auf Ssan geradezu nach Leuten mit ihren Talenten als Vermittler schrie.

Es war ihr seltsam vorgekommen, daß ihr Mann so hartnäckig auf seiner Meinung bestanden hatte. Aber schließlich hatte Clay im Verlauf der Jahre ein stark ausgeprägtes Pflichtbewußtsein entwickelt. Es wäre das erste Mal gewesen, daß er einen Auftrag aus privaten Erwägungen abgelehnt hätte.

Also hatte sie sich einverstanden erklärt. Doch als sie jetzt an der Seite ihres Mannes auf der Transporterplattform der *Potemkin* wartete, fragte sie sich, ob sie wirklich die richtige Entscheidung getroffen hatte.

»Die Arbeit mit Jim Kirk wird Ihnen gefallen«, sagte Captain Gladstone, während ihr bärtiger Transporterchef mit seinem Kollegen von der *Enterprise* die Koordinaten austauschte. Gladstone war eine große, stattliche Blondine, deren gute Laune sich offenbar genausowenig unterdrücken ließ wie die üppigen Rundungen unter ihrer Uniform.

»Das ist auch mir zu Ohren gekommen«, erwiderte Clay und schenkte dem Captain ein strahlendes Lächeln seiner makellosen Zähne. »Der beste Kommandant der Föderation und so weiter – Anwesende natürlich ausgenommen.« Sein rotgoldener, gepflegter Schnurrbart zog sich in die Breite, um sein Lächeln zu unterstreichen. Unbewußt fuhr er sich mit den Fingern durch sein dichtes schwarzes Haar.

Jocelyn wußte, daß ihr Mann nicht absichtlich flirtete. Es war ein Reflex, der ihm sozusagen angeboren war. Deshalb ließ es sie völlig kalt. Eifersucht war etwas für Schulmädchen.

Nicht daß sie häufig Anlaß zur Eifersucht hatte, dachte Jocelyn. Nun gut, ihr Haar war fast völlig ergraut, und es hatten sich bereits hier und dort einige Fältchen gebildet, aber wegen ihrer dunkelblauen Augen drehten sich die Männer noch immer nach ihr um. Einige Männer zumindest.

Plötzlich blickte der Transporterchef auf. »Scheint alles bereit zu sein«, sagte er zu Gladstone.

Der Captain nickte. »Danke, Jonesy.« Sie wandte sich wieder den Treadways zu – in erster Linie Clay, stellte Jocelyn unwillkürlich fest – und verneigte als Abschiedsgeste den Kopf. »Eine gute Jagd«, wünschte sie ihnen.

Es ist keine Jagd, dachte Jocelyn, sondern eine Vermittlung. Es gab kaum zwei Tätigkeiten, die unterschiedlicher hätten sein können.

Doch dann riß sie sich wieder zusammen. *Sei nicht ungerecht,* dachte sie. Die Frau hatte es einfach nur so dahingesagt. Gladstone war genausowenig schießwütig wie jeder andere befehlshabende Starfleet-Offizier. Jocelyn war lediglich etwas gereizt.

Das lag am Ziel, zu dem sie unterwegs waren. Und an dem Menschen, dem sie dort begegnen würde.

Und vielleicht, mußte sie zugeben, war sie trotz ihrer gegenteiligen Beteuerungen doch ein wenig eifersüchtig.

Als hätte er ihre Gedanken gelesen, wandte Clay ihr sein lächelndes Gesicht zu. Auch wenn er vorher wirklich geflirtet haben sollte – jetzt jedenfalls drückte es etwas viel Vertrauteres und Tieferes aus.

Jocelyn seufzte. Die Flirts ihres Ehemannes blieben immer ohne Folgen. Er war so treu wie ein Planet seiner Umlaufbahn – zumindest das war niemals ein Problem gewesen.

Sie blickte sich um. Wo blieb nur der Transportereffekt?

Sie hatte sich kaum diese stumme Frage gestellt, als sie erkannte, daß sie sich gar nicht mehr im Transporterraum der *Potemkin* befand. Die neue Umgebung war praktisch identisch, nur daß Gladstone und der Mann, den sie Jonesy genannt hatte, verschwunden waren. An ihrer Stelle waren nun neue Gesichter erschienen. Zum Glück gehörte keins davon *ihm*.

Jocelyn wußte zwar, daß sie ihm irgendwann begegnen würde. Aber wenn es nach ihr ging, würde sie die Sache gerne noch ein wenig hinausschieben.

Sie und ihr Mann traten gemeinsam von der Plattform. *Komisch,* überlegte sie. Ganz gleich, wie oft sie gebeamt wurde, anschließend fühlte sie sich immer ein wenig unwohl. Doch sie würde natürlich niemandem etwas davon erzählen.

Jim Kirk kam auf sie zu und streckte Clay seine Hand hin, der ihm näher stand. »Botschafter Treadway«, sagte er. »Willkommen an Bord!«

»Captain Kirk. Das Vergnügen ist auf meiner Seite.« Clay drehte sich zu Jocelyn um. »Meine Frau dürfte Ihnen bereits bekannt sein.«

Der Captain nickte und begrüßte nun Jocelyn. »Freut mich, Sie wiederzusehen.«

Kirk war nicht mehr der draufgängerische Heißsporn, an den Jocelyn sich erinnerte. Auch wenn die Jahre ihre Spuren an ihm hinterlassen hatten, hatten sie es trotzdem nicht unbedingt schlecht mit ihm gemeint. Die paar Falten im Gesicht und die grauen Strähnen im Haar standen ihm ganz gut.

Doch er war immer noch kein besserer Lügner geworden. Er freute sich ganz und gar nicht, sie zu sehen – genausowenig wie vor dreißig Jahren. Jim Kirk wußte, welche Qualen sie seinem Freund bereitet hatte. Er konnte es nicht einfach vergessen und sich über ihre Anwesenheit auf seinem Schiff freuen.

Nicht daß es ihr etwa Spaß gemacht hätte, ihren Exmann auf diese Weise am Boden zerstört zu sehen. Gott wußte, daß sie jemandem, den sie so geliebt hatte wie ihn, niemals absichtlich Schmerzen zufügen wollte.

»Freut mich ebenfalls, Sie wiederzusehen«, sagte sie zum Captain. Doch sie stellte fest, daß es genausowenig ehrlich gemeint war wie seine Begrüßung.

Dann stellte Kirk sie einer weiteren uniformierten Gestalt vor, die sich bis jetzt im Schatten neben der Transporterkonsole aufgehalten hatte. »Das ist Mr. Spock«, sagte er. »Mein Erster Offizier.«

Ein Vulkanier, stellte Jocelyn fest. Gut. Ihre Arbeit fiel meistens etwas leichter, wenn sich ein Vulkanier an

Bord befand. Dadurch waren sie nicht die einzige Stimme der Vernunft.

Sie rechnete nicht damit, daß Spock ihnen wie der Captain die Hände schüttelte. Und er tat es auch nicht. »Ich höre, Ihre Mission auf Risa war erfolgreich?« fragte er, wobei er es irgendwie schaffte, gleichzeitig Jocelyn und ihren Mann anzusehen.

»Sehr erfolgreich«, bestätigte Clay. »In fünfzig Jahren wird niemand mehr wissen, daß es dort jemals einen Krieg gegeben hat.«

»Man überlegt sogar schon«, sagte Jocelyn, »den Planeten zu einem Vergnügungszentrum auszubauen. Die Idee ist gar nicht so schlecht, nachdem die Bewohner endlich aufgehört haben, sich gegenseitig umzubringen.«

Der Vulkanier wandte sich an Kirk. »Die Risaner waren fast zehn Jahre lang kontinuierlich in bewaffnete Konflikte verstrickt. Die Föderation hatte bereits zwei erfolglose Versuche unternommen, die beiden Seiten an einen Verhandlungstisch zu bringen.«

Der Captain nickte und gab sich Mühe, beeindruckt zu wirken, doch Jocelyn spürte, daß er mit ganz anderen Dingen beschäftigt war – mit Ssan zum Beispiel.

»Ich würde gerne mehr darüber hören«, sagte er zu Spock, »aber ich wette, unsere Gäste möchten sich zunächst etwas erfrischen, bevor sie sich wieder in die Arbeit stürzen.« Zu den Vermittlern sagte er: »Wir haben eine erstklassige Suite für Sie freigemacht, wenn das in Ordnung ist.«

Clay räusperte sich, und Jocelyn spürte, wie ihr das Blut ins Gesicht schoß.

»Eigentlich«, sagte sie zum Captain, »wären uns zwei Suiten lieber.«

Das stellte für Kirk ganz offensichtlich eine Überraschung dar. »Zwei?« wiederholte er.

»Ja«, sagte Jocelyn. »Mein Mann und ich … benötigen getrennte Quartiere, Captain. Der Quartiermeister der

Potemkin sollte Sie eigentlich davon in Kenntnis setzen.«

Jetzt war es Kirk, dem die Röte ins Gesicht stieg. »Ich muß mich für dieses Versehen entschuldigen«, entgegnete er. »Ich werde dafür sorgen, daß Ihnen sofort individuelle Suiten zur Verfügung gestellt werden.«

»Sie können gerne nebeneinander liegen«, sagte Clay und versuchte, seine Verlegenheit zu überspielen. Er warf Jocelyn einen Seitenblick zu, um sich zu vergewissern, daß sie keine Einwände hatte.

Ihr war jedoch klar, daß sie die Sache unnötig aufbauschen würde, wenn sie jetzt Einwände erhob. Mit einem Nicken gab sie ihren Segen – obwohl es ihr ehrlich gesagt lieber gewesen wäre, eine Unterkunft am anderen Ende des Schiffes zu beziehen.

»Also zwei nebeneinander liegende Suiten«, bestätigte der Captain. Ohne den Vulkanier anzusehen, bat er Spock: »Würden Sie sich darum kümmern, Mr. Spock?«

Der Erste Offizier nickte. Er wandte sich den Treadways zu und sagte: »Wenn Sie mir bitte folgen würden.«

»Gewiß doch«, erwiderte Clay, der schnell seine Fassade aus Zuversicht und zwangloser Autorität wiedererrichtet hatte.

Jocelyn bemühte sich, Kirks Blick auszuweichen, damit sie in seinen Augen nichts entdeckte, das sie nicht sehen wollte, und verließ zusammen mit ihrem Mann und dem Vulkanier den Transporterraum.

In einem der Freizeiträume der *Enterprise* aßen Uhura und Pavel Chekov zu Mittag. Als er aufstand, um ihnen noch etwas Kaffee zu holen, hörte sie unwillkürlich das Gespräch am Nebentisch mit.

»Attraktiv?« wiederholte Fähnrich Joe Christiano, der erst vor kurzem auf die Brücke versetzt worden war. »Darauf kannst du wetten. Ich meine natürlich für eine ältere Frau.«

»Sie ist für eine Frau jeden Alters attraktiv«, widersprach Dennehy, einer von Scottys Junior-Ingenieuren.

Wäre es nicht nett, dachte Uhura, *wenn sie über mich reden würden?* Es hätte ihr nicht einmal etwas ausgemacht, als »ältere Frau« bezeichnet zu werden.

»Und diese Augen!« schwärmte Christiano. »Was ist das für eine Farbe?«

»So eine Art... Blaugrau«, entschied Dennehy. »Ein wirklich hübsches Blaugrau.«

Oh, dachte Uhura, *ich schätze, sie meinen doch jemand anderen.*

»Weißt du, was ich gehört habe?« sagte der Fähnrich.

»Nein«, antwortete Dennehy. »Was?«

In diesem Augenblick kam Chekov mit dem Kaffee zurück. Als er die Becher auf dem Tisch abstellte, schüttelte er langsam den Kopf.

»Wissen Sie«, seufzte er, »ich hätte niemals gedacht, daß ich diese geschmacklose Brühe vermissen würde, die hier produziert wird. Aber als ich daran dachte, daß dies die letzte Mission ist, die wir gemeinsam unternehmen, kam mir plötzlich sogar der Kaffee...«

»Psst!« zischte Uhura. Sie neigte ihren Kopf bedeutungsvoll zur Seite, in der Richtung, wo Christiano und Dennehy saßen.

Chekov sah sie nur verständnislos an. »Was ist los?« fragte er.

»Nichts«, antwortete sie. »Setzen Sie sich einfach und hören Sie zu.« Dann deutete sie wieder mit einer Kopfbewegung auf die zwei jungen Männer.

Der Sicherheitsoffizier folgte ihrer Geste, verstand aber immer noch nicht, was sie meinte. Trotzdem tat er wie befohlen. Er kannte Uhura schon viel zu lange, um die Gründe in Frage zu stellen, warum sie etwas tat.

»Die Frau des Doktors?« rief Dennehy, ohne seine Überraschung zu verbergen.

»Seine Exfrau«, korrigierte Christiano. »Offenbar wurden sie schon vor langer Zeit geschieden. Vor sehr langer Zeit sogar – es dürfte etwa vierzig Jahre her sein.«

»Du willst mich auf den Arm nehmen!« protestierte der Ingenieur.

»Nein, glaub mir«, sagte Christiano. »Der Captain hat mit Mr. Spock auf der Brücke darüber gesprochen. Du weißt schon – als sie dachten, daß niemand ihnen zuhört.«

Dennehy schüttelte den Kopf. »Dr. McCoy und Jocelyn Treadway. Schwer zu glauben, daß sie jemals an dem alten Knacker interessiert war, weißt du. Oder daß sie ...«

Uhura erfuhr nicht mehr, was der Ingenieur noch hatte sagen wollen, weil Chekov es verhinderte. Er schob seinen Stuhl zurück, stand auf und ging zum Tisch hinüber, an dem Dennehy und Christiano saßen.

Es dauerte einen Moment, bis die beiden bemerkten, daß der Sicherheitschef auf sie zukam. Doch dann hielten sie sofort den Mund.

Chekov stemmte seine Handflächen zwischen dem Fähnrich und dem Ingenieur auf den Tisch, beugte sich vor und fixierte sie mit seinem Blick. Sogar von ihrem Platz aus konnte Uhura erkennen, daß die beiden blaß geworden waren.

»Wir wollen ein paar Dinge klarstellen«, sagte Pavel mit schroffer Stimme. Sein Kopf ruckte zum Fähnrich herum. »Erstens, Mr. Christiano, was auf der Brücke gesprochen wird, bleibt vertraulich, ganz gleich, ob es sich um geheime Informationen handelt oder harmloses Geplauder. Ist das klar?«

Der Fähnrich bewegte seinen Kopf hektisch auf und ab. »Ja, Sir.«

Dann wandte Chekov sich an Dennehy. »Und was Ihre Beschreibung von Dr. McCoy als ›alter Knacker‹ betrifft, so will ich es nicht gehört haben. Und ich will es auch nie wieder hören!«

Der Ingenieur nickte ernst. »Verstanden, Sir.«

»Doktor McCoy hat schon Menschenleben gerettet,

als Ihre Eltern noch nicht einmal geboren waren«, machte Chekov den beiden klar. »Er ist der am höchsten ausgezeichnete Mediziner in der ganzen Flotte. Das sollten Sie auf keinen Fall vergessen, wenn es Ihnen wieder einmal in den Sinn kommen sollte, nicht in höchsten Tönen über ihn zu reden.«

Dennehy nickte schneller. »Keine Frage, Sir.«

Der Sicherheitschef blickte sie abwechselnd an. »Wenn ich noch einmal hören sollte, daß Sie solche empörenden und herabsetzenden Gespräche führen, werde ich dafür sorgen, daß sie den Versorgungseinheiten für Goliardh Sieben zugeteilt werden. Habe ich mich deutlich genug ausgedrückt?«

Christianos Adamsapfel bewegte sich auf und ab. »Sehr deutlich, Sir.«

Damit schien sich Chekov zufriedenzugeben. Er richtete sich auf, zog theatralisch seine Uniform zurecht und kehrte an Uhuras Tisch zurück. Sie verspürte den Drang, seiner Vorstellung zu applaudieren, konnte sich jedoch beherrschen.

»So!« sagte er, als er sich setzte. »Damit dürfte jedem würdelosen Geschwätz über Dr. McCoy und seine Exfrau ein Ende gemacht sein.« Chekov warf den zwei jungen Männern einen abschätzenden Blick zu. »Zumindest hoffe ich es.«

Uhura lächelte. »Wissen Sie was, Pavel? Sie sind der beste Freund, den ein Bordarzt – und ein Kommunikationsoffizier – sich wünschen kann.«

Chekov erwiderte ihr Lächeln und hob seinen Kaffeebecher. »Sie haben wie immer völlig recht, Uhura.«

Zum wahrscheinlich fünfzehnten Mal nahm McCoy einen nagelneuen medizinischen Tricorder aus einem der Spezialschränke der Krankenstation. Mit geübten Bewegungen unterzog er die Einheit einem rigorosen Selbsttest, und genauso wie alle übrigen nagelneuen Tricorder war auch dieses Gerät in tadellosem Zustand.

Der Erste Bordarzt wußte sehr genau, wie überflüssig diese Tätigkeit war. Schließlich hatte sein Personal erst vor wenigen Wochen die gesamte Ausrüstung von den Tricordern bis zu den Biobetten strikt nach Starfleet-Vorschrift überprüft. Außerdem kam es heutzutage selbst bei den kompliziertesten Gerätschaften nur äußerst selten vor, daß sie kaputtgingen, so daß sogar diese Aktion ihm ein wenig vermessen vorgekommen war.

Doch die Alternative war, sich in die Schiffskorridore und Turbolifte zu begeben, auf die Brücke, in die Freizeiträume oder die botanischen Gärten – also am öffentlichen Leben der *Enterprise* teilzunehmen. Und diese Alternative war so erschreckend, daß er es vorgezogen hatte, sich während jeder wachen Stunde der letzten zwei Tage in der Krankenstation zu verschanzen.

Denn irgendwo in diesem Schiff hielt sich Jocelyn auf. Nicht die Erinnerung, sondern die reale Person. Der Gedanke machte ihm mehr zu schaffen als ein klingonischer Disruptor. Verdammt, ein Disruptor konnte nicht mehr bewirken, als ihn zu töten. Jocelyn jedoch konnte ihm weitaus Schlimmeres antun, wovon McCoy ein Liedchen singen konnte.

Das war schließlich der Grund gewesen, warum er überhaupt in den Weltraum aufgebrochen war. Um ihr zu entfliehen. Um dem bloßen Gedanken an sie zu entkommen. Und jetzt war sie ihm in sein Schiff gefolgt, das er bislang als seine letzte Zuflucht betrachtet hatte. Jetzt drang sie in seine Privatsphäre ein und zerstörte den zerbrechlichen Kokon aus Ruhe und Gewißheit, in den er sich in jahrelanger Kleinarbeit eingesponnen hatte.

Zorn durchfuhr ihn wie ein elektrischer Schlag. Welches Recht hatte sie dazu? Hatte sie ihm nicht schon genug angetan?

Ohne darüber nachzudenken, schlug er mit der Faust auf die unnachgiebige Metallverkleidung des Geräteschranks. Erst das metallische Scheppern machte ihn darauf aufmerksam, daß er immer noch den Tricorder in der Hand hielt.

Mit einem lauten Fluch überprüfte er die Anzeigen des Dings und erhielt nur ein digitales Wirrwarr. Offensichtlich hatte er die empfindliche Technik beschädigt.

»Großartig!« murmelte er. »Mach nur weiter so! Dann brauchst du deine Ausrüstung bald nicht mehr zu checken, weil du nämlich weißt, daß sie kaputt ist.«

Es wurde Zeit, daß er hier herauskam, sagte er sich. Das war kein menschenwürdiges Leben mehr. Er mußte sich dringend in vernunftbegabte Gesellschaft begeben, wenn er nicht wahnsinnig werden wollte. Er warf den beschädigten Tricorder in einen der Reparaturcontainer, zog seinen Laborkittel aus, hängte ihn an einen Haken und machte sich zielstrebig auf den Weg zum Ausgang.

Er befand sich bereits auf dem Korridor, als er darüber nachzudenken begann, wohin er überhaupt gehen sollte. Bestimmt nicht in die Nähe der Bibliothek. Das war der erste Ort, an dem man nach einem Diplomaten suchen würde, denn diese Leute mußten sich bekanntlich ständig über die verschiedensten Zivilisationen auf dem laufenden halten. Auch nicht zu den Besprechungszimmern, denn das einzige, was sie noch lieber taten, als etwas über außerirdische Kulturen zu lesen, war, darüber zu reden.

Er schnippte mit den Fingern, als ihm die Erleuchtung kam. *Ich hab's,* dachte er. *Der Maschinenraum.* Da unten trieb sich immer jemand herum, und meistens handelte es sich dabei um Scotty. Hier in der *Enterprise*-A gab es für ihn viel weniger zu tun als früher. Wahrscheinlich konnte McCoy so lange mit ihm plaudern, wie er wollte.

Außerdem würde es ihn von Jocelyn ablenken, was seine Tricorder-Diagnose nicht geschafft hatte. Genau, das würde er jetzt tun. Er würde Scotty besuchen.

Wie es der Zufall wollte, wartete der erste Turbolift, auf den er stieß, einsatzbereit auf ihn. Seine Annäherung wurde von den Sensoren in der Wand bemerkt, worauf sich für ihn die Tür öffnete.

»Maschinenraum«, gab er an.

Die Türflügel glitten wieder zu. Während McCoy einen Krampf im Genick massierte – den er sich zweifellos bei der Kontrolle der verdammten Tricorder zugezogen hatte –, versuchte er sich vorzustellen, wie er sich quer durch die Eingeweide des Schiffs bewegte. Schließlich war die Krankenstation ein gutes Stück vom Maschinenraum entfernt.

Kurz darauf erreichte er sein Ziel: den Korridor, der direkt zu Mr. Scotts Reich führte. Er trat aus der Liftkabine und konzentrierte sich auf die Tür, hinter der dieser geheimnisvolle und wunderbare Ort lag.

Endlich fühlte McCoy sich sicher. Hier unten gab es nichts außer den Maschinen und einer nur selten genutzten Sporthalle, mit der irgendein gewitzter junger Schiffsdesigner zweifellos einen ansonsten nutzlosen Leerraum ausgefüllt hatte. Hier würde ihm auf keinen Fall …

»Leonard?«

McCoy erstarrte. Ein Tropfen eiskalten Wassers lief mit quälender Langsamkeit seine Wirbelsäule hinunter. Noch bevor er über die Schulter blickte, um zu sehen, wer da gesprochen hatte, wußte er bereits, wer es war.

»Jocelyn«, sagte er mit überraschend klarer und ruhiger Stimme.

Er gab seiner unwiderstehlichen Neugier nach und stellte fest, daß sie genauso war, wie er sich an sie erinnerte. Nun ja, vielleicht nicht ganz. Ihr ehemals braunes Haar, das ihn immer an feinen, gemahlenen Kaffee erinnert hatte, war mit silbergrauen Strähnen durchsetzt. Und ihre Mundwinkel, ihre Nase und ihre Augen waren von Fältchen umgeben.

Aber es war immer noch Jocelyn, das schlanke

Mädchen, das er einst voller Bewunderung auf der Tanzfläche der High-School beobachtet hatte. Dasselbe Mädchen, in das er sich Hals über Kopf verliebt hatte.

Erst nachdem der erste Augenblick des Schocks und der Überraschung vorbei war, bemerkte er, daß sie einen enganliegenden Trainingsanzug trug. Und daß auf ihrem Gesicht ein dünner Schweißfilm stand, der auf der Stirn kleine Tröpfchen gebildet hatte.

»Du warst in der Sporthalle, wie ich sehe«, sagte er. Auch diesmal klang seine Stimme sicher und gleichmäßig und gab nicht den geringsten Hinweis auf den Aufruhr in seiner Seele.

Sie nickte, während sie nun ihn musterte. »Richtig«, sagte sie geistesabwesend. »Und du?«

Der Doktor schluckte. Es war absurd. Sie tauschten Banalitäten aus, als wären sie nur flüchtig bekannt ... als hätten sie nicht einst ein Ehebett geteilt oder ein Kind auf die Welt gebracht. Als hätte sie niemals an jenem schicksalhaften Tag sein Herz gebrochen und ihrer beider Leben auf ewig verändert.

Trotzdem konnte er nicht mehr von dem einmal eingeschlagenen Kurs abweichen. »Maschinenraum«, antwortete er. »Zu Mr. Scott.«

Um mich von dem Gedanken an dich abzulenken, vervollständigte er den Satz. Aber nur in Gedanken, ohne es auszusprechen.

Sie runzelte kaum merklich die Stirn. »Wie ... wie geht es dir?« fragte sie mit einer leichten Unsicherheit in der Stimme – obwohl das auch eine Nachwirkung ihrer Anstrengungen in der Sporthalle sein konnte.

McCoy zuckte die Schultern. Wie ging es ihm? »Nicht schlecht«, sagte er, »für einen Mann, der seine besten Jahre weit hinter sich gelassen hat. Für jemanden, der sich offenbar nicht so gut in Form gehalten hat wie du.«

Jocelyn schien über diese Bemerkung überrascht. »Du scheinst dich sehr gut in Form gehalten zu haben«, meinte sie. Und sie wollte nicht nur höflich sein, wie er verblüfft bemerkte. Sie meinte es ehrlich.

»Danke«, sagte er – und meinte es genauso ehrlich.

»Keine Ursache.« Ihr Gesicht nahm einen besorgten Ausdruck an. »Leonard, du hast dich... doch nicht etwa vor mir versteckt, oder?«

»Versteckt?« wiederholte er, als wäre es das Lächerlichste, was er jemals gehört hatte.

»Weil es mir sonst unangenehm wäre«, sagte sie, ohne auf seine Schauspielerei hereinzufallen. »Das hier ist dein Schiff, dein Zuhause. Ich weiß, daß ich hier der Eindringling bin.«

»Ganz und gar nicht«, log er angestrengt. »Du bist hier, weil du einen Auftrag zu erfüllen hast. Und dieses Schiff gehört genausowenig mir wie dem klingonischen Imperator. Es gehört Starfleet.«

»Nein«, widersprach sie, während die Falten auf ihrer Stirn tiefer wurden. »Glaub mir. Ich bin nicht gekommen, um dich unglücklich zu machen. Ich möchte nicht, daß du meinst, du müßtest mir aus dem Weg gehen.« Ihre Lippen wurden zu einem dünnen Strich. »Ich wünschte mir, es gäbe eine Möglichkeit...«

»Wozu?« fragte eine tiefe, männliche Stimme.

Beide drehten sich um und sahen Clay Treadway ein Stück weiter im Korridor stehen. Er lächelte freundlich, um die Situation zu überspielen, aber seine Körperhaltung sprach Bände, zumindest für McCoy.

Sie besagte: *Das ist meine Frau, laß die Finger von ihr, sonst wirst du es bereuen!* Jeder, der glaubte, daß die Menschheit sich in den letzten paar Millionen Jahren erwähnenswert weiterentwickelt hatte, hätte seine Meinung geändert, wenn er den Blick dieses Mannes gesehen hätte.

Doch der Doktor ließ sich davon nicht beeindrucken. Das Blut schoß ihm ins Gesicht, aber er rührte sich nicht von der Stelle. Es war nicht nur eine Trotzreaktion, sondern etwas viel Tieferes. Eine Art unerbittlicher, blinder Haß – für den es einen verdammt guten Grund gab.

»Clay«, rief Jocelyn, als wollte sie damit die Spannung auflösen. Doch falls das ihre Absicht war, hatte sie damit keinen Erfolg. Wären die zwei Männer Elche gewesen, wären sie auf der Stelle mit den Geweihen aufeinander losgegangen.

Doch der Neuankömmling machte keinerlei Anstalten, den Kopf zu senken und zum Angriff überzugehen. Er neigte lediglich auf liebenswürdige Art den Kopf und sagte ein einziges Wort: »Leonard.«

Natürlich sprach er es in recht abweisendem Tonfall aus, so wie man einen Untergebenen anredete. Doch das war weiß Gott nichts Neues. Clay hatte schon so zu ihm geredet, als sie beide noch Jungen in Georgia gewesen waren.

McCoy biß die Zähne zusammen. Sie hatten sich seit mehr als vierzig Jahren nicht gesehen, aber sie machten genau an dem Punkt weiter, wo sie damals aufgehört hatten. Nur daß Clay inzwischen den Kampf gewonnen hatte – das hieß, ohne jemals die Fäuste erhoben zu haben – und der Doktor jetzt nichts mehr tun konnte, um daran noch etwas zu ändern.

»Du hast dich überhaupt nicht verändert«, stellte McCoy fest. Und das war keinesfalls als Kompliment gemeint.

Doch das schien dem anderen Mann zu entgehen. Und falls er es doch registrierte, ließ er es sich nicht anmerken, denn sein Lächeln wurde nur um so breiter.

»Danke vielmals«, sagte er zum Doktor. »Freut mich, daß du das sagst, Leonard.« Dann wandte er sich an Jocelyn. »Ich habe oben in der Bibliothek auf dich gewartet. Ich dachte, wir wollten gemeinsam die Berichte über Ssan durchgehen.«

Jocelyn stieß einen erstickten Laut der Überraschung aus. »Du hast natürlich recht. Tut mir leid, Clay. Ich habe ganz vergessen, wie spät es ist.«

»Es ist meine Schuld«, warf McCoy ein, wobei er seine Exfrau ansah. Das allerletzte, was ihm in den Sinn kommen würde, war, sich bei Clay zu entschuldigen. »Ich fürchte, ich habe dich aufgehalten.«

»Kein Problem«, sagte der andere Mann, als wäre die Entschuldigung doch an ihn gerichtet gewesen. »Es ist ja nichts passiert.« Er blickte wieder Jocelyn an. »Ich habe mich einfach durchgefragt, bis ich jemanden getroffen habe, der dich in deinen Sportklamotten in diese Richtung verschwinden sah. Können wir jetzt gehen?«

Clays Stimme hatte einen seltsamen Unterton, den McCoy überhaupt nicht an ihm kannte. Doch kurz darauf glaubte er zu wissen, was er gehört hatte.

Seine Aufforderung zum Gehen war gar keine Aufforderung gewesen. Es war eine flehende Bitte, mit ihm zu kommen. Auch wenn es sich nicht im Gesicht oder an der Haltung des Mannes zeigte, schien er sich nicht ganz sicher zu sein, daß seine Frau ihm tatsächlich folgen würde.

Nein, das war lächerlich, dachte McCoy. Clay hatte Jocelyn schon vor vielen Jahren mit Leichtigkeit um den Finger gewickelt. Aber war es nicht möglich, daß sich die Dinge verändert hatten? Daß der Hase jetzt anders lief?

Bei dem bloßen Gedanken daran hätte der Doktor am liebsten laut aufgelacht. Aber er hatte die Situation bestimmt völlig falsch interpretiert. In solchen Angelegenheiten hatte er noch nie ein gutes Urteilsvermögen gehabt.

Höchstwahrscheinlich hatte er diesen Unterton in Clays Stimme nur gehört, weil er ihn hören wollte. Denn mehr als alles andere wünschte er sich, daß dieser Schweinehund genauso litt, wie er gelitten hatte.

Mit einem leichten Stirnrunzeln nickte Jocelyn ihrem Mann zu. »Ich denke schon.«

Ihre Antwort klang nicht sehr begeistert, stellte McCoy fest. Sie ging mit ihm, aber sie wollte es eigentlich gar nicht. Eigentlich wollte sie hierbleiben und weiterreden. Mit ihm. Nicht mit Clay. Mit ihm!

Urplötzlich erstarrte McCoys Rückgrat. *Was mache ich da?* fragte er sich. *Was denke ich da? Daß ich nach all den Jahren Jocelyn zurückgewinnen könnte?*

Es war absurd. Nein, es war sogar gefährlich. Er hatte fast ein halbes Jahrhundert gebraucht, um über sie hinwegzukommen. Um nichts in der ganzen Galaxis würde er das Risiko eingehen, die alten Wunden erneut aufzureißen.

Trotzdem, dachte er, als er ihr immer noch hübsches Gesicht und ihre Figur betrachtete. Trotzdem …

Jocelyn schenkte ihm ein zaghaftes Lächeln. »Es war nett, dich wiederzusehen, Leonard. Vielleicht laufen wir uns ja wieder einmal über den Weg.«

Da – in ihren Augen! Ein Aufflackern von Gefühlen, eine Andeutung dessen, was er früher darin gesehen hatte, in den goldenen Tagen und den samtschwarzen Nächten.

Clay mußte es ebenfalls bemerkt haben, denn er nahm Jocelyn am Arm und drängte sie sanft, aber nachdrücklich in Richtung des Turbolifts. Und nach einem letzten kurzen Blick der Entschuldigung – oder war es Bedauern? – ließ sie sich von ihrem Mann in die Kabine führen.

Als die Tür sich zischend hinter ihnen schloß, spürte McCoy, wie sein Herz immer heftiger gegen seine Rippen hämmerte, bis er fürchtete, in Ohnmacht zu fallen. Der Doktor stützte sich mit einer Hand an der nächsten Wand ab und wartete, bis der Anfall vorüberging.

Aber er ging nicht vorbei, jedenfalls nicht ganz. Obwohl das Hämmern aufhörte, blieb ein Schmerz zurück. Und er wußte, daß es im Universum nur eins gab, das ihn davon heilen konnte.

Die Frage war nur: Wollte er es wirklich? Selbst wenn er sich den Blick ihrer Augen nicht nur eingebildet hatte, selbst wenn er sie zurückgewinnen könnte –

wollte er sich der Gefahr aussetzen, sie vielleicht noch einmal zu verlieren? Verdammt, es hatte beim ersten Mal nicht funktioniert. Was brachte ihn auf die Idee, es könnte diesmal anders laufen?

McCoy stand noch eine ganze Weile lang reglos da und suchte nach Antworten. Doch als er sich wieder rührte und sich auf den Weg zu seinem Quartier machte, hatte er immer noch keine gefunden, die ihn befriedigte.

4

Kirk hatte kaum einen Schritt in McCoys Quartier getan, als er auch schon eine ziemlich genaue Ahnung hatte, aus welchem Grund der Doktor ihn hatte rufen lassen. Schließlich hatte er seinen Freund in guten und in schlechten Zeiten erlebt, aber noch nie in so schlechter Verfassung.

McCoy stand an seiner Bar und trank von dem Brandy, den er bereits eingepackt hatte, als die Nachricht über ihre Mission auf Ssan eingetroffen war. Offensichtlich beschäftigte er sich schon eine ganze Weile mit der Flasche.

Der Captain wartete ab, bis sich die Tür hinter ihm geschlossen hatte, bevor er einen weisen Ratschlag erteilte. »Alkohol hat noch nie irgendwelche Probleme gelöst, Pille.«

Der Doktor drehte sich zu ihm um und reagierte mit einem unerwarteten Grinsen. »Nein«, pflichtete er ihm bei. Seine Stimme klang nur leicht schleppend. »Aber er hilft, die Probleme zu vergessen, zum Teufel!«

Kirk runzelte die Stirn. »Du bist der Psychiater. Was würdest du mir raten, wenn die Situation umgekehrt wäre?«

McCoy brummte. »Daß sie nur eine Frau ist. Daß du darüber hinwegkommen wirst.«

»Womit du völlig recht hättest«, bestätigte der Captain.

Der Doktor schüttelte den Kopf. »Nein. Ich würde lügen, daß sich die Balken biegen. Aber laß dich dadurch nicht abhalten, es trotzdem zu sagen, wenn du dich dann besser fühlst.«

Kirk ging zu McCoy, griff nach dem Glas und entwand es seinem Griff. »Es geht eigentlich darum«, sagte er, »daß *du* dich besser fühlst.«

Der Doktor hatte zwar keinen Widerstand geleistet, doch nun funkelte er den Captain aus blutunterlaufenen Augen an. »Was hast du mit dem verdammten Brandy vor?«

Kirk kippte den Inhalt in die Spüle und stellte das Glas dann wieder auf die Theke. »Ich, Pille? Ich habe damit gar nichts vor. Und jetzt solltest du mir erst einmal erzählen, was dir so sehr zugesetzt hat.«

McCoy fuhr sich mit den Fingern durchs Haar und starrte ins Nichts. Eine Weile sagte er gar nichts, doch dann: »Ich habe sie gesehen, Jim. Ich bin ihr im Korridor vor dem Maschinenraum begegnet.«

Der Captain setzte sich neben seinen Bordarzt. »Erzähl weiter!«

McCoy kicherte. »Komisch. Ich wollte zum Maschinenraum, weil ich dachte, es wäre völlig ausgeschlossen, daß wir uns dort über den Weg laufen. Aber plötzlich war sie da.« Seine Stirn legte sich bei dieser Erinnerung in Falten. »Und sah genauso hübsch wie am Tag unserer Hochzeit aus – ich Volltrottel!«

Kirk seufzte. Er konnte nur ahnen, was sein Freund gerade durchmachte. »Habt ihr miteinander gesprochen?«

Der Doktor nickte. »Zum ersten Mal seit dreißig Jahren. Dafür war das Gespräch allerdings nicht sehr ausführlich.« Er verstummte kurz. »Sie fragte, ob ich ihr aus dem Weg gehe.«

Der Captain zuckte zusammen. »Ziemlich direkt, was?«

»Ja. Sie sagte, ich sollte mich nicht vor ihr verstekken – und sie wüßte, daß sie hier der Eindringling ist. Und dann ...«

»Was dann?«

»Dann kreuzte Clay auf, und etwas Merkwürdiges

passierte.« McCoy befeuchtete seine Lippen. »Ich hatte das überwältigende Gefühl, daß ihr mehr an meiner als an seiner Gesellschaft lag.« Er drehte sich zu Kirk um. »Das ist doch ziemlich merkwürdig, oder nicht?«

Der Captain verzichtete darauf, diese rhetorische Frage zu beantworten, aber er mußte dem Doktor zustimmen. Es war wirklich merkwürdig. Das hieß, wenn McCoys Beobachtungen den Tatsachen entsprachen und nicht auf Wunschdenken beruhten.

Dann erinnerte er sich daran, daß die Treadways um getrennte Quartiere gebeten hatten. Kirk schluckte. Was war, wenn McCoys Verdacht den Nagel auf den Kopf traf? Was war, wenn Jocelyn wirklich ihre Zeit lieber mit dem Doktor als mit ihrem Ehemann verbracht hätte?

Wenn das der Fall war, hatte Pille das Recht darauf zu erfahren, wie es um Jocelyn und ihren Mann stand. Und dem Captain stand es frei, diese Informationen weiterzugeben, da sie ihm nicht unter dem Siegel der Verschwiegenheit anvertraut worden waren. Mein Gott, McCoy oder jeder andere mußte nur den Computer befragen, um es selbst in Erfahrung zu bringen.

Aber das war es nicht, was ihn zögern ließ. Es war die Gewißheit, daß er seinem Freund damit Hoffnungen machen würde, die Zuneigung seiner Exfrau wiederzugewinnen. Und er war sich nicht sicher, ob er das wollte, wenn er überlegte, wie die Sache beim letzten Mal ausgegangen war.

Zum Schluß entschied er jedoch, daß er diese Information nicht für sich behalten konnte. Pille war ein großer Junge. Kirk würde ihm nur die Voraussetzungen liefern, unter denen er seine Entscheidung treffen konnte, und darauf hoffen, daß es die richtige sein würde.

»Pille, es gibt da etwas, das du wissen solltest«, sagte er schließlich.

»Ach ja?« entgegnete der Doktor. »Und was soll das

sein? Haben die Assassinen Ssan in die Luft gejagt, so daß wir jetzt doch nach Hause fliegen dürfen?«

Der Captain schüttelte den Kopf. »Nein, nichts dergleichen. Als die Treadways im Transporterraum eintrafen, baten sie um getrennte Unterbringung. Um Einzelquartiere.«

McCoys Augen wurden langsam größer, als ihm allmählich die Bedeutung dieser Information klar wurde. Er sackte in seinem Stuhl zusammen. »Du willst mich doch nicht etwa auf den Arm nehmen, Jim?«

»Nicht, wenn es um eine so ernste Sache geht«, versicherte Kirk ihm.

Der Doktor runzelte die Stirn und preßte seine Fingerknöchel gegen die Lippen. »Einzelquartiere«, murmelte er nachdenklich, als steckten in diesem Wort alle Geheimnisse des Universums. Doch für ihn war es vielleicht sogar so. »Zum Teufel, Einzelquartiere!« murmelte er erneut.

»Sie sind nicht geschieden«, fügte der Captain hinzu. »Sie ist immer noch seine Frau, Pille.« Er sprach weiter – er mußte es tun, denn er konnte nicht zulassen, daß sich sein Freund blindlings ins Verderben stürzte. »Es könnte einfach nur eine vorübergehende Beziehungskrise sein und nichts weiter. Eine kurze Phase der Unzufriedenheit während einer ansonsten beständigen Ehe.«

»Und wenn diese Phase vorbei ist«, setzte McCoy den Gedanken fort, »werde ich wieder als der Dumme dastehen. Wie schon einmal. Das wolltest du damit doch sagen, oder nicht?«

»Diese Möglichkeit besteht durchaus«, sagte Kirk.

Der Doktor atmete tief durch. »Mit anderen Worten«, sagte er, »wenn du an meiner Stelle wärst, würdest du die Finger davon lassen.«

Der Captain zuckte die Schultern. »Ich weiß es nicht. Ich bin nicht Leonard McCoy. Und so sehr ich ihm gerne helfen möchte – diese Entscheidung kann ich ihm nicht abnehmen.«

Sein Freund schnaufte verbittert. »Ich bin Großvater, verdammt noch mal! In meinem Alter sollte ich auf Nummer Sicher gehen und meinen Seelenfrieden nicht mehr so leichtfertig aufs Spiel setzen. Ich sollte auf einer netten Veranda Eistee schlürfen und meinen Ruhestand genießen.« Plötzlich kniff er die Augen zu schmalen Schlitzen zusammen. »Das Problem ist nur, daß ich das Gefühl habe, Jocelyn sollte mir beim Eistee auf der Veranda Gesellschaft leisten.«

Kirk ließ ein wenig Zeit verstreichen, bevor er fragte: »Was wirst du jetzt tun, Pille?«

McCoy dachte eine Weile nach, während die Möglichkeiten vor seinem inneren Auge wie die Sterne bei Warpgeschwindigkeit vorbeischossen. Schließlich sagte er: »Ich weiß es nicht, Jim. Ich habe nicht den blassesten Schimmer.«

»Mr. Scott?«

Die vertraute Stimme des Captains drang durch den Lärm der Warpaggregate. Scotty erledigte noch schnell die Aufgabe, mit der er beschäftigt war, und brachte wieder die Verkleidung über der Transferelektronik an.

Dann drehte er sich um und stellte fest, daß Kirk zwei Besucher in den Maschinenraum mitgebracht hatte. Scott kannte ihre Gesichter zwar nicht, aber er konnte sich denken, um wen es sich handelte.

Er stand auf, wischte sich die Hände am Starfleet-Overall ab – nicht daß man sich bei der Reparatur einer optischen Datenleitung schmutzig machen konnte, aber alte Gewohnheiten sterben nun einmal nicht so leicht aus – und streckte dem aristokratisch wirkenden Mann mit dem schwarzen Haar und dem rötlichen Schnurrbart seine Hand hin.

»Montgomery Scott, zu Ihren Diensten.«

Der Mann griff herzhaft nach der Hand des Ingenieurs. »Clay Treadway, ebenfalls zu Ihren Diensten.«

Er deutete auf die Frau, die neben ihm stand. »Und das ist meine Frau ...«

»Jocelyn Treadway«, unterbrach sie ihn und reichte Scott ihrerseits die Hand. Der Ingenieur schüttelte sie und lächelte über ihren Mumm.

Das war also McCoys ehemalige Frau. Er mußte nicht lange suchen, bis er wußte, was der Doktor an ihr gefunden hatte.

»Freut mich, Sie kennenzulernen«, sagte sie. »Wie Sie zweifellos wissen, Mr. Scott, wurden wir beauftragt, das Problem auf Ssan zu lösen. Und zu diesem Zweck hätten wir eine Bitte an Sie.«

»Ihr Wunsch ist mir Befehl, gnädige Frau. Was immer es ist, ich bin mir sicher, ich habe es schon einmal gemacht. Man verbringt nicht sein gesamtes Leben an Bord eines Raumschiffes, ohne ein paar Tricks zu lernen.«

Kirk grinste. »Richtig, Mr. Scott. Das, worum wir Sie bitten wollen, ist allerdings wesentlich einfacher als das meiste, was in der Vergangenheit von Ihnen erwartet wurde. Normalerweise hätte sich Spock darum gekümmert, wenn er nicht mit uns hinunterbeamen würde.«

»Ich verstehe«, sagte der Ingenieur. Er kniff die Augen zusammen, denn er hatte noch drei Datenleitungen zu überprüfen, und er wurde nicht jünger. »Und was ist das, was ich für Sie tun soll?«

»Nun«, sagte Kirk, »während der Einsatzbesprechung haben Sie erfahren, daß wir ein Friedensabkommen mit den Assassinen aushandeln sollen. Doch bevor wir damit anfangen können, müssen wir sie erst einmal finden. Und angesichts ihrer Talente, sich spurlos aus dem Staub zu machen, ist das leichter gesagt als getan.«

»Glücklicherweise gibt es einen Anhaltspunkt«, warf Treadway ein, »sie von der allgemeinen Bevölkerung zu unterscheiden. Diese Assassinen sind anders als die übrigen Ssana. Sie haben etwas in ihrem Blut, das es ihnen erlaubt, ihre körperlichen Reserven sehr effizient auszunutzen – womit sie hervorragend für ihre selbstgewählte Aufgabe geeignet sind. Die umgangssprachliche Bezeichnung dafür lautet ›Blutfeuer‹.«

Langsam verstand Scotty, worum es ging. »Könnte es sein, daß sich dieses Blutfeuer durch einen … sagen wir mal, Sensorscan registrieren ließe? Vor allem, wenn es sich auf einen verhältnismäßig kleinen Bereich konzentriert, zum Beispiel den Unterschlupf der Assassinen?«

»Sie haben es erfaßt«, stellte Treadway anerkennend fest.

An seiner Art war etwas, das Scotty überhaupt nicht mochte. Etwas Aalglattes, dachte er. Oder war es nur die Tatsache, daß er mit der Exfrau eines Freundes verheiratet war?

»Natürlich nur unter der Voraussetzung, daß Sie eine treue Seele finden, die dazu bereit ist, an einer Konsole zu sitzen und danach Ausschau zu halten.«

»Im Grunde würde es genügen«, entgegnete Jocelyn, »wenn der Schiffscomputer die eingehenden Sensordaten analysiert, womit unsere hypothetische treue Seele jede Menge Zeit hätte, sich um andere Aufgaben zu kümmern. Sie müßte nur von Zeit zu Zeit die Resultate überprüfen.«

Scott brummte gutmütig. »Jetzt verstehe ich, warum Sie beim diplomatischen Korps gelandet sind, gnädige Frau.« Dann wandte er sich an den Captain. »Es wäre mir ein Vergnügen, wenn ich Ihnen helfen könnte, Sir. Zeigen Sie mir nur, worauf ich achtgeben soll, bevor wir in den Orbit einschwenken.«

Kirk nickte. »Vielen Dank, Scotty.«

»Ja, Scotty«, wiederholte der Diplomat. »Verbindlichsten Dank.«

Der Ingenieur warf Treadway einen vernichtenden Blick zu. Er mochte es nicht, wenn jeder ihn Scotty nannte. Das war ein Privileg, das man sich erst einmal verdienen mußte.

»Aye«, lautete seine ganze Antwort. Und ohne ein weiteres Wort machte er sich wieder an seine Arbeit. Aus dem Augenwinkel beobachtete er, wie der Captain die Diplomaten aus dem Maschinenraum komplimentierte.

Erst als sie außer Hörweite waren, schnaufte Scotty entrüstet. »Verbindlichsten Dank! Daß ich nicht lache!« murmelte er.

PERSÖNLICHES LOGBUCH DES CAPTAINS, Sternzeit 9587.2:

Wir sind noch etwa eine halbe Stunde von Alpha Gederix Vier entfernt. In Kürze werde ich mich mit Uhura, Spock und den Treadways im Transporterraum treffen, wo wir uns hinunterbeamen lassen, um uns mit den Regierungsoberhäuptern der Ssana zu treffen.

Dr. McCoy wurde schon seit einigen Tagen nicht mehr außerhalb der Krankenstation gesehen. Er scheint noch mehr als zuvor darauf bedacht zu sein, seiner Exfrau aus dem Weg zu gehen.

Obwohl er es mir nicht direkt gesagt hat und ich auch nicht danach gefragt habe, deutet alles darauf hin, daß er nicht in Versuchung geraten und jede Möglichkeit einer Annäherung an Jocelyn vermeiden will.

Vielleicht ist es so am besten. Schließlich hat McCoy viele leidvolle Jahre gebraucht, um die erste Trennung von ihr zu überwinden. Ich würde sogar sagen, daß er sie in gewisser Weise immer noch nicht überwunden hat.

Auf jeden Fall werde ich mich bemühen, seinen Wunsch nach Einsamkeit zu respektieren. Ich selbst weiß nur allzugut, daß es Zeiten gibt, in denen ein Mann die Gesellschaft seiner Freunde braucht – aber was Leonard McCoy betrifft, glaube ich, daß für ihn jetzt nicht die Zeit dazu ist.

Nem Antronic, der jetzt seit ganzen sieben Tagen in der Nachfolge von Kimm Dathrabin Obergouverneur von Tanul war, blickte zu seinen Besuchern von der Föderation auf und fragte sich, ob sie sich der Schwierigkeiten des Unternehmens bewußt waren.

»Ich versichere Ihnen, daß wir schon Krisen gemeistert haben, die genauso schwierig wie diese waren«, sagte der Mensch namens Clay Treadway.

»So, haben Sie«, entgegnete Antronic ohne besondere Begeisterung.

»Ja, das haben wir«, unterstrich der Mensch. »Und wir haben bislang noch keinen Patienten verloren. Könnten wir jetzt vielleicht zur Sache kommen?«

Der Mensch namens Jim Kirk runzelte die Stirn. Hieß das, er hegte Zweifel an Clay Treadways Versprechungen?

Antronic hoffte es sehr. All diese übermäßige Zuversicht beunruhigte ihn. Es kam ihm fast so vor, als würden sie über ein ganz anderes Problem auf einem ganz anderen Planeten sprechen.

»Sie haben der Föderation mitgeteilt, daß die Assassinen nur eins wollen«, warf der andere Mensch ein, der ebenfalls Treadway hieß, die Frau mit Vornamen Jocelyn. »Und das ist die Wiedereinrichtung der Institution der Assassinen auf Ssan.«

Pel Sarennos, der Thur Cambralos als neuer Obergouverneur von Pitur gefolgt war, nickte eifrig. »Das ist ihr Ziel. Und sie werden vor nichts zurückschrecken, um es zu erreichen«, fügte er hinzu.

»Sind Sie sicher?« fragte Jocelyn Treadway.

Antronic und Sarennos warfen sich einen Blick zu und sahen dann ihren Kollegen Dur Manarba von Orthun an. »Wir sind uns ziemlich sicher«, antwortete Sarennos. »Verfügen Sie über gegenteilige Informationen?«

»Nein«, sagte Clay Treadway. »Aber Terroristen wie Shil Andrachis haben gewöhnlich irgendwelche Minimalforderungen. Mit anderen Worten: einen Kompromiß, auf den sie sich einlassen würden, wenn es hart auf hart kommt.«

Antronic seufzte – leise, damit seine Besucher ihm nicht seine wachsende Verzweiflung anmerkten. Doch dem Vulkanier, der Spock hieß, war es nicht entgangen.

»Das mag auf andere Situationen zutreffen«, warf er ein und fixierte Clay Treadway. »Ich habe jedoch meine Zweifel, ob das auf die vorliegende Situation zutrifft.«

»Es trifft in keiner Weise zu«, stellte Sarennos nachdrücklich klar. »Es gibt keine Kompromißlösungen. Die Assassinen wollen wieder in die Gesellschaft aufgenommen werden.«

Der männliche Treadway strich sich über seinen typisch menschlichen Haarwuchs unter der Nase. »Na schön. Dann wollen wir über ihre Taktik reden. Wenn ich richtig informiert bin, wurden zwölf Obergouverneure getötet, seit diese Schreckensherrschaft begann. Jetzt ...«

»Dreizehn«, verbesserte Antronic. »Der Obergouverneur von Festur wurde vor weniger als einer Stunde getötet.«

»Dreizehn«, räumte der Mensch ein. »Bislang hat dieser Shil Andrachis seine Aktion auf individuelle Ziele gerichtet, so wie es bei den Assassinen üblich war, bevor ihre Tätigkeit gesetzlich verboten wurde.«

»Das ist richtig«, sagte Manarba mit einer gewissen Ungeduld. »Worauf wollen Sie hinaus, Mr. Treadway?«

Der Mensch strich sich immer noch über seinen Haarwuchs. »Hat Li Moboron, der angeblich Andrachis' Mentor sein soll, seinen Assassinenkrieg auf die gleiche Weise begonnen?«

Antronic zuckte zusammen. Es war äußerst unhöflich, eine Frage mit einer Frage zu beantworten. Offenbar war Clay Treadway davon nichts bekannt. Oder versuchte er aus irgendeinem Grund, Obergouverneur Manarba zu beleidigen?

Doch Manarba ging nicht weiter auf den Affront ein. »Genau das hat Li Moboron auch getan – zumindest am Anfang. Doch als seine Forderungen nicht erfüllt wurden, ging er zu Massenexekutionen über.«

»Er hat Bombenanschläge auf öffentliche Gebäude verübt«, führte Jocelyn Treadway aus, »in der Hoffnung, die Gesellschaft auf Ssan damit zur Umkehr zu bewegen.«

Antronic mußte ihr recht geben. »Aber ich verstehe immer noch nicht, worauf Sie hinauswollen«, gab er zu.

Clay Treadway beugte sich über den Tisch, an dem sie alle Platz genommen hatten. »Ich will darauf hinaus, daß Andrachis' Taktik bislang identisch mit der von Li Moboron ist. Meine Frage ist, ob sich daraus notwendigerweise ergibt, daß seine Taktik auch im weiteren Verlauf identisch bleibt.«

Die Obergouverneure blickten sich erstaunt an. Es war völlig klar, daß diese Frage verneint werden mußte.

Ohne auf eine tatsächliche Antwort zu warten, sprach der Mensch weiter. »Was ist, wenn Shil Andrachis gar nicht die Absicht hat, seinen Krieg genauso weiterzuführen, wie es sein Vorgänger getan hat? Vergessen Sie nicht, daß Ssan heute eine ganz andere Welt ist – eine Welt, die gelernt hat, ohne Assassinen zu leben. Wird die Bevölkerung so große Angst vor Shil Andrachis bekommen, daß sie sich wieder einer offensichtlich überholten Institution zuwenden wird?«

»Oder würde sie die Institution erst recht ablehnen?« führte Jocelyn Treadway den Gedanken ihres Partners weiter. »Und daraus ergibt sich die Frage, ob Andrachis sich die breite Bevölkerung als Ziel seiner Anschläge aussuchen würde, da er in der Lage sein müßte, dieselben Überlegungen wie wir anzustellen.«

»Vielleicht wird er das nicht tun«, räumte Manarba ein.

Clay Treadway lächelte. »Genau. Ich vermute, daß er

diesen Konflikt niemals zu einem allgemeinen Massaker ausweiten wird. Er wird sich statt dessen wie bisher auf politische Figuren beschränken. Sein Motiv? Auf diese Weise will er Sie dazu zwingen, die Gesetze zu ändern und die Assassinen wieder zu legalisieren.«

Sarennos brummte. »Das klingt alles sehr vernünftig«, meinte er. »Sehr logisch. Trotzdem befinden Sie sich im Irrtum.«

Der Mensch sah ihn an, als hätte der Ssana sich gerade in eine exotische Frucht verwandelt. »Irrtum?« wiederholte er. »Inwiefern?«

»Sie verkennen die Lage«, sagte Sarennos. »Sie begehen den Fehler, den Assassinen eine Motivation zu unterstellen, die überhaupt nicht den Tatsachen entspricht.«

Manarba nickte. »Sie töten unsere Kollegen – und irgendwann vielleicht auch uns selbst – nicht, weil sie hoffen, tatsächlich anerkannt zu werden. Vergessen Sie nicht, daß sie keineswegs ihre Aktivitäten einstellen würden, wenn Ssan ihre Institution wieder gesetzlich anerkennen würde. Deshalb rechnen sie auch gar nicht damit.«

James Kirk, der während der vergangenen paar Minuten nur zugehört hatte, meldete sich in diesem Augenblick mit einer Frage zurück. »Aber haben Sie nicht gesagt, daß die Assassinen um Anerkennung innerhalb der Gesellschaft kämpfen? Und daß sie vor nichts zurückschrecken werden, um dieses Ziel zu erreichen?«

»Das ist richtig«, stimmte Manarba zu. »Aber dazu brauchen sie keine allgemeine Anerkennung. Shil Andrachis und seine Leute wollen die Kunst des Tötens dadurch wieder einführen, indem sie sie ausüben. Ihrer Ansicht nach ist die Ausübung bereits ein erstrebenswertes Ziel an sich.«

Die Frau namens Uhura murrte. »Dann töten sie also nur aus dem Grund, um ihr Recht darauf zu behaupten. Und selbst wenn sie es nicht schaffen, Sie zur Änderung der Gesetze zu bewegen, haben sie ihre Absicht trotzdem verwirklicht. Sie haben die Reformen zunichte gemacht, die von den Obergouverneuren vor vierzig Jahren durchgesetzt wurden.«

Ihr vulkanischer Begleiter nickte. »Und es gibt keine Möglichkeit zur Vorhersage, auf welche Weise Shil Andrachis weiter vorgehen wird. Wenn er ohnehin nicht an eine Veränderung glaubt, wird ihm die öffentliche Meinung gleichgültig sein – also könnte es letztlich doch zu Massenmorden kommen. Oder er hält Attentate auf regierende Politiker für eine reinere Form seines Ideals und wird einfach so lange weitermachen, bis jemand ihm Einhalt gebietet.«

»Von allen denkbaren Feinden ist der der gefährlichste«, stellte James Kirk fest, »dem die Niederlage völlig egal ist, solange er nur möglichst viele seiner Gegner mit in den Tod reißen kann.«

Antronic atmete erleichtert auf. Wenigstens einige der Außenweltler hatten ihr Problem verstanden. Jetzt konnten sie vielleicht doch etwas in die Wege leiten.

Clay Treadway jedoch schüttelte energisch den Kopf. »Nein«, widersprach er. »Bei allem Respekt, meine Herren Obergouverneure, ich glaube, Sie befinden sich im Irrtum.«

Sarennos warf Antronic einen entrüsteten Blick zu. Es gefiel ihm offensichtlich überhaupt nicht, wie der Mensch seine Arroganz zur Schau stellte.

Doch der Diplomat schien davon nichts zu bemerken. »Es mag ja sein, daß Sie glauben, die Assassinen hätten keine eigentlichen Ziele – daß sie lediglich eine Art politischer Meinungskundgebung betreiben. Doch allen solchen Kundgebungen liegt der Wunsch nach Veränderung zugrunde. Es liegt jetzt an uns, einen alternativen Weg für Andrachis zu finden, diesen Wunsch zu verwirklichen.« Treadway deutete ein Lächeln an. »Ich versichere Ihnen, die Situation ist nicht so ausweglos, wie sie Ihnen vielleicht erscheinen mag.«

»Sie scheinen sich ziemlich sicher zu sein«, sagte Sarennos, der allmählich die Beherrschung verlor. Seine Stimme zitterte leicht, während er sprach. »Obwohl Sie von einem anderen Planeten und aus einer anderen Zivilisation stammen. Sie verstehen die Assassinen offenbar viel besser als wir.«

Diesmal schien Clay Treadway zu begreifen, wie sehr er die Obergouverneure beleidigt hatte. Er neigte den Kopf in einer angemessenen Geste der Demut und wirkte bereit zu einer Entschuldigung.

Doch er sagte: »Es scheint, daß wir wieder einmal in einer Sackgasse stecken. Unter diesen Umständen denke ich, daß wir einfach zu einem neuen Thema übergehen sollten – einem, bei dem wir nicht so leicht verschiedener Meinung sein dürften.«

Mit anderen Worten, dachte Antronic, der Mensch gab weder zu, daß er sich geirrt hatte noch daß die Obergouverneure recht hatten. Er machte einfach so weiter, als hätte dieses Gespräch niemals stattgefunden.

»Zum Beispiel würde ich gerne wissen«, fragte Clay Treadway, »wie groß die Solidarität unter den Assassinen sein dürfte. Ist ihre Treue zu Andrachis unerschütterlich? Oder gibt es interne Zwiste, die wir zu unserem Vorteil nutzen könnten?«

Diese Frage war besser als die ersten beiden, mußte Antronic eingestehen. Doch inzwischen hatte der Mensch das Vertrauen der Obergouverneure verloren. Und ohne eine umfassende und ausführliche Entschuldigung würde er es nicht wiedergewinnen können.

Antronic bemühte sich, seine Gefühle zu unterdrücken, und suchte nach einer guten Antwort auf die Frage des menschlichen Diplomaten. Doch Manarba kam ihm zuvor.

»Wir haben erfahren, daß unter Ihnen ein Mensch namens McCoy ist – jemand, der bereits in der Vergangenheit Erfahrungen mit Ssan gesammelt hat.« Der

Obergouverneur blickte die Besucher der Reihe nach an. »Wo ist dieser McCoy?«

Obwohl Antronic sich nicht sicher sein konnte, da er vor dem heutigen Tag noch nie einem Menschen begegnet war, schien es ihm, daß Clay Treadways Gesicht eine andere Färbung angenommen hatte.

»Dieser McCoy ist anderweitig beschäftigt«, erwiderte der Diplomat. »Seine Erfahrungen würden uns in unseren Diskussionen ohnehin nichts nützen. Er ist nicht dazu ausgebildet, mit Alien-Kulturen zu interagieren.«

Ohne auf Clay Treadways Antwort einzugehen, wandte Manarba sich an James Kirk. »Manchmal sind Erfahrungen einer Ausbildung vorzuziehen«, meinte er.

»Manchmal«, wiederholte der Mensch. »Doch wie Mr. Treadway bereits andeutete«, fügte er hinzu, »ist es weder nötig noch möglich, daß Leonard McCoy an unseren Besprechungen teilnimmt. Es tut mir leid.«

Manarba runzelte ebenso wie seine Kollegen die Stirn. »Mir auch, James Kirk. Mir auch.«

5

Als der Captain sich zusammen mit Spock, Uhura und dem Diplomatenteam in der vertrauten Umgebung des Transporterraums der *Enterprise* wiederfand, nickte er Scotty zu, der den Transport persönlich durchgeführt hatte. Offenbar wollte der Chefingenieur die Gelegenheit ausnutzen, dachte Kirk für sich.

»Willkommen an Bord«, sagte der Schotte. »Wie ist es gelaufen?«

Bevor Kirk es ihm sagen konnte, setzte Clay Treadway bereits zu einer Antwort an. »Gar nicht so schlecht, Mr. Scott. Zu Anfang war die Sache etwas wacklig, aber dann verlief die Konferenz doch noch recht produktiv.«

Als der Mann von der Transporterplattform trat, blieb seine Frau ein wenig hinter ihm zurück. Ihrem Gesichtsausdruck nach zu urteilen, vermutete der Captain, daß sie nicht ganz mit Treadways Einschätzung der Situation einverstanden war. Doch sie war zu sehr Profi, um es in der Öffentlichkeit zur Sprache zu bringen.

Andererseits zweifelte Kirk nicht daran, daß sie es unter vier Augen mit ihm besprechen würde. Jocelyn schien noch nie der Typ gewesen zu sein, der seine Enttäuschungen über einen langen Zeitraum in sich hineinfraß.

»Wenn Sie keine Einwände haben, Sir«, sagte Spock, »würde ich gerne einige Zeit in der Schiffsbibliothek verbringen. Mir scheint, daß ich das Problem der Ssana doch nicht so gut verstehe, wie ich angenommen hatte.«

Der Captain nickte. »Was immer Sie für nötig erachten«, sagte er zu seinem Ersten Offizier. »Ich fürchte, wir alle müssen uns noch ein wenig Mühe geben, die Ssana besser zu verstehen.«

»Amen«, meinte Uhura, als sie mit skeptischem Blick beobachtete, wie die Treadways den Raum verließen. »Ich würde Sie ganz gerne begleiten, Mr. Spock, wenn das in Ordnung ist.«

Der Vulkanier hob eine Augenbraue. »Ich verstehe nicht, warum damit irgend etwas nicht in Ordnung sein sollte«, versicherte er ihr.

Kirk konnte sich nicht erinnern, von Spock jemals eine Bemerkung gehört zu haben, die der Galanterie näherkam. Er und Uhura lächelten gleichzeitig. War es möglich, daß sein spitzohriger Freund nach all den Jahren abgeklärter wurde?

Kurz darauf schlossen sich die Türflügel zischend hinter Spock und Uhura. Damit hielten sich nur noch Kirk und sein Chefingenieur im Transporterraum auf.

Kirk ging zu Scotty hinüber, der immer noch pflichtbewußt an seinem Posten stand, und stellte die Frage, die jedem zurückkehrenden Captain in den Sinn kam: »Und wie ist es hier oben gelaufen?«

»Ich schätze, wesentlich besser als da unten«, antwortete der Ingenieur. Er verzog angewidert das Gesicht. »Obwohl Mr. Treadways Kommentar das Gegenteil vermuten läßt.«

»Besser?« hakte der Captain nach.

»Richtig, Sir.« Scotts Ausdruck veränderte sich. »Ich glaube, wir haben das Versteck der Assassinen lokalisiert«, verkündete er nicht ohne Stolz. »Natürlich muß ich die Resultate noch einmal überprüfen und gegenchecken, aber die ersten Daten wirken recht vielversprechend.«

Kirk klopfte ihm auf die Schulter. »Ausgezeichnet,

Scotty. Ich freue mich, daß wir heute wenigstens einen Erfolg erzielt haben. Wenn Sie mich brauchen, ich werde in meinem Quartier sein und mir eine schöne heiße Dusche gönnen.«

»Ähm, Sir …«, meinte der Ingenieur.

Der Captain hielt inne. »Ja, Scotty?«

Der Mann runzelte die Stirn. »Dr. McCoy bat mich darum, Ihnen bei Ihrer Rückkehr zu sagen, daß er gerne mit Ihnen reden würde. Es klang ziemlich wichtig – zumindest für ihn, Sir.«

Kirk nickte lächelnd. »Danke, Mr. Scott. Ich schätze, meine Dusche kann warten.«

Während er sich fragte, was McCoy auf dem Herzen haben könnte, verließ der Captain den Transporterraum, um es herauszufinden.

Jocelyn wartete, bis sie mit ihrem Mann ungestört und allein in der Turbolift-Kabine war, bevor sie ihm einen wütenden Blick zuwarf. Während sich die Türen schlossen, erwiderte er den Blick mit der Unschuld eines neugeborenen Fohlens.

Es war der Blick, den sie schon oft an ihm gesehen hatte, von dem sie früher immer wieder verzaubert und entwaffnet worden war. Doch diesmal funktionierte es nicht.

»Was zum Teufel hast du da unten gemacht?« wollte sie wissen.

Clay zuckte die Schultern. »Meine Arbeit natürlich. Was hast du denn gedacht?«

Sie schüttelte den Kopf. »Wenn ich das nur wüßte! Diese Ssana standen kurz davor, aufzustehen und dich allein sitzenzulassen. Ihre Befremdung hätte nicht größer sein können, wenn du auf die Gräber ihrer Ahnen gespuckt hättest.«

Ihr Mann sah sie entsetzt an. »Meinst du nicht, daß du ein wenig übertreibst, Jocelyn? Ich habe nur das gesagt, was gesagt werden mußte. Was ist schlimmer?

Höflich zu sein und den Vermittlungserfolg gefährden, weil wir nicht wissen, mit wem wir es zu tun haben? Oder ein wenig direkter werden und damit etwas für diese Leute erreichen?«

Clay hatte es schon immer irgendwie geschafft, eine Stinkmorchel wie eine Rose riechen zu lassen. Das war eine der Fähigkeiten, die ihn zu einem guten Diplomaten machten. Wenn er erst einmal beide Parteien in einem Raum versammelt hatte, konnte er sie gewöhnlich durch süße Worte dazu bewegen, sich wieder in die Augen zu sehen.

Doch Jocelyn konnte ihn meistens durchschauen, wenn er seine Überzeugungskünste bei ihr anzuwenden versuchte. Und ihrer Einschätzung nach meinte er es diesmal ernst. Andererseits war Ernsthaftigkeit nicht unbedingt mit Richtigkeit gleichzusetzen.

»Du hast ihnen überhaupt nicht zugehört«, regte sie sich auf. »Du hast nicht einmal den Anschein erweckt, als würdest du ihnen zuhören.«

»Du hast recht«, sagte er. »Wenn man anderer Meinung als der Gesprächspartner ist, sollte man es besser von Anfang an deutlich machen. Nur das habe ich getan – ihnen meine Meinung deutlich gemacht.« Er strich ihr eine Strähne aus der Stirn. »Wenn ich es mir recht überlege, hast du ebenfalls keinen Zweifel an deiner Meinung gelassen.«

Sie zog ihren Kopf zurück, wodurch die Strähne sich wieder löste. Verärgert steckte sie sie hinters Ohr. »Der einzige Grund, weshalb ich etwas gesagt habe, ist der, daß ich dir Rückendeckung geben wollte – um als geschlossene Formation aufzutreten. Ich wollte es nicht riskieren, ihr Vertrauen völlig zu verlieren.«

»War das der Grund?« fragte Clay und suchte nach ihrem Blick. »Der einzige Grund?«

Jocelyns Augenlider verengten sich. »Was meinst du damit?«

Ihr Mann zuckte die Schultern. »Ich weiß es nicht

genau. Einen Moment lang hatte ich das Gefühl, du würdest einfach nur an der Seite deines Mannes stehen.«

Dann geschah etwas Seltsames. Obwohl sie wußte, daß Clay von sich selbst sprach, sah Jocelyn vor ihrem inneren Auge kurz einen anderen Mann. Und dieser Mann war Leonard McCoy.

Sie erinnerte sich an ihr Zusammentreffen im Korridor. Sie erinnerte sich daran, wie er ausgesehen hatte – gleichzeitig tapfer und ängstlich –, als sie ihm sagte, er solle sich ihretwegen nicht zum Einsiedler entwickeln.

Sein Blick hatte ihr die Erinnerung an eine laue Sommernacht und einen schüchternen jungen Mann mit großen blauen Augen zurückgebracht. Und als sie sich an ihr Treffen mit Leonard vor dem Maschinenraum erinnerte, verdoppelte sich die Erinnerung, und sie sah, roch und fühlte wieder diesen Sommerabend.

Sie wäre gerne geblieben und hätte weitergeredet, aber Clay hatte sie gestört. Und dann hatte Leonard genau das getan, worum sie ihn gebeten hatte, es nicht zu tun – er war gegangen und hatte sich wieder verkrochen. Sie hatte diesen Hinweis sofort verstanden und …

»… den alten Leonard, was?«

Jocelyn wurde unvermittelt aus ihren Träumereien gerissen. »Was?« sagte sie.

Clay blickte sie überrascht an. »Ich sagte, es war doch komisch, als die Ssana nach dem alten Leonard fragten – als könnte er ihnen irgendwie von Nutzen sein.« Sein Blick konzentrierte sich auf sie. »Oder hast du gar nicht zugehört?«

Als Jocelyn spürte, wie ihre Wangen sich vor Verlegenheit erhitzten, ging sie in die Offensive. »Versuch nicht, das Thema zu wechseln!« sagte sie zu ihrem Mann. »Wenn wir uns das nächste Mal mit den Ssana treffen, möchte ich, daß du etwas demütiger und respektvoller auftrittst.«

Mehr war nicht nötig, redete sie sich ein. Ihre Verhandlungen mit den Ssana waren bereits auf den richtigen Weg gebracht; jetzt fehlte nur noch ein wenig gegenseitiges Vertrauen.

Er dachte darüber nach. »Gut«, sagte er schließlich. »Deinetwegen. Schließlich sind wir doch ein Team, nicht wahr?«

Sie wandte sich von ihm ab und ließ die Frage unbeantwortet. Zum Glück öffneten sich die Lifttüren eine Sekunde später, als sie den Korridor erreicht hatten, der zu ihren Unterkünften führte.

Da sie keine Lust auf eine Fortsetzung des Gesprächs hatte, machte sich Jocelyn sofort auf den Weg zu ihrem Quartier. Doch sie hatte kaum die Hälfte der Strecke zurückgelegt, als Clay ihren Namen rief.

Immer noch leicht errötet, drehte sie sich wieder zu ihm um. »Ja?«

Er starrte sie an, als würde sie einen Schleier tragen und er sich bemühen, ihn mit seinen Blicken zu durchdringen. Doch nach einer Weile schien er aufzugeben.

»Nichts«, sagte er schließlich.

Sie drückte auf die Schaltfläche neben ihrer Tür und verschaffte sich Einlaß zu ihrer Suite. Endlich war sie mit ihren Gedanken allein. Und sie konnte sich ungestört an alles erinnern, woran sie sich erinnern wollte.

Als Kirk die Krankenstation betrat, registrierte er unwillkürlich die dort herrschende Ordnung und Sauberkeit. Falls McCoys Geist in Aufruhr und chaotischem Zustand war, so gab die Umgebung, in der er arbeitete, keinerlei Hinweis darauf.

Die erste Person, der der Captain dort begegnete, war jedoch nicht McCoy. Es war eine hübsche rothaarige Krankenschwester, bei deren Anblick ihm in früheren Zeiten sofort der Gedanke an ein romantisches Abendessen bei Kerzenschein gekommen wäre.

Jetzt gab er sich jedoch damit zufrieden, daß am Ende dieser letzten Mission Carol Marcus auf ihn warten würde, und er zwang sich dazu, seine spontanen Reaktionen zu unterdrücken.

»Ist der Doktor da?« fragte er.

Die Krankenschwester lächelte ihn an. »Ja, Sir.« Sie neigte den Kopf in Richtung der Laborabteilung der Krankenstation. »Er ist da drin, mit Dr. DeLeon. Wahrscheinlich diskutieren die beiden über eine Abhandlung oder so was.«

Als Kirk sich auf den Weg zum Labor machte, hörte er tatsächlich Stimmen, von denen eine unverkennbar McCoy gehörte. Wie so oft bei medizinischen Diskussionen hatte er nicht die leiseste Ahnung, worum es überhaupt ging.

»Es sah gar nicht nach einem Virus aus«, sagte Pille gerade. »Aber Gott weiß, es hat sich genauso wie ein Virus ausgebreitet. Also mußte ich einfach davon ausgehen, daß es ein Virus war.«

»Und dann?« fragte der jüngere Arzt, ein schlanker, zartgliedriger Mann mit rabenschwarzem Haar und einem dichten Schnurrbart.

»Ich bin sämtliche Aufzeichnungen durchgegangen, die wir auftreiben konnten«, erzählte McCoy weiter. »Das heißt, wir alle gingen sie durch und versuchten, so viel wie möglich über dieses Ding in Erfahrung zu bringen. Dabei war das weiß Gott nicht einfach, weil die ganzen Kinder herumrannten und die Flecken auf meinem Gesicht von Minute zu Minute größer wurden.«

Urplötzlich wurde Kirk klar, von welcher Krankheit Pille sprach. Die Jahre rauschten vorbei, und er sah sich wieder auf Miris Welt, wie er hilflos zusah, während Pille nach einem Heilmittel gegen die schreckliche Seuche suchte, die Miris Vorfahren bei ihrer Suche nach der Unsterblichkeit erfunden hatten.

»Schließlich konnte ich den Erreger isolieren«, sagte

McCoy. »Ein widerliches, kleines Biest. Unglücklicherweise war keine Zeit mehr …«

Plötzlich bemerkte er, daß der Captain im Eingang zur Laborabteilung stand. Mit einem verlegenen Grinsen wandte er sich wieder DeLeon zu und zeigte mit dem Daumen über die Schulter.

»Vielleicht sollte *er* die Geschichte weitererzählen«, stichelte der Doktor.

Kirk schüttelte den Kopf. »Mich darfst du nicht fragen, Pille. Ich war kaum noch bei Bewußtsein, als du anfingst, über ein Gegenmittel zu reden, und kam erst wieder zu mir, als mir jemand einen Injektor gegen den Arm drückte.«

Der Doktor lachte trocken. »Stimmt. Wenn ich mich recht erinnere, hätten wir niemals die Chance gehabt, die Injektoren einzusetzen, wenn du diese Kinder nicht auf deine Seite gebracht hättest.«

»Miri hat uns geholfen«, gab Kirk zu.

McCoy zuckte die Schultern. »Wie dem auch sei.« Dann beugte er sich näher zu DeLeon heran. »Die Wahrheit ist«, sagte er mit einem Bühnenflüstern, »daß ich schon mehr als hundertmal draufgegangen wäre, wenn dieser ältere Herr in der Uniform des Captains nicht gewesen wäre. Aber das würde ich ihm gegenüber niemals zugeben. Ich fürchte nämlich, daß er sich dann sonst was einbildet.«

Der jüngere Arzt drehte sich zu Kirk um und kicherte. *Nimm dich in acht, Bursche!* dachte der Captain. *Älterer Herr! Daß ich nicht lache!*

»Du hast nach mir gerufen?« fragte er McCoy.

Der Doktor nickte, während seine Augen ihr schelmisches Funkeln verloren. Mit einer jovialen Geste legte er DeLeon eine Hand auf die Schulter und versprach: »Wir werden ein andermal weiterreden. Es geht um das Schiff, Sie verstehen.«

DeLeon nickte. »Natürlich. Wir sehen uns später, Doktor.«

Kirk und Pille sahen ihm nach, als er ging. Dann wandte der Captain sich seinem Freund zu. »Es geht um das Schiff?« fragte er nach.

McCoy zuckte die Schultern. »Nicht direkt, obwohl ich schon so lange auf diesem Schiff bin, daß mir das Schicksal des Schiffes und das meiner Person auf unentwirrbare Weise verknüpft scheinen.«

Kirk lächelte gutmütig. »Sie werden ja poetisch, Doktor!«

Pille runzelte die Stirn. »Streich's aus dem Protokoll, Jim. Ich habe dich nicht hergebeten, damit du dich über mich lustig machst. Gott weiß, ich fahre seit einigen Tagen gefühlsmäßig sowieso schon Achterbahn, so daß mich mein bester Freund nicht auch noch aufs Korn nehmen muß.«

Der Captain hob die Hände, als wollte er McCoy zeigen, daß er unbewaffnet war. »Entschuldige bitte!« sagte er. »Ich komme in friedlicher Absicht. Was kann ich für dich tun, Pille?«

Sein Erster Medo-Offizier wandte den Blick ab und räusperte sich. »Wie läuft's denn so da unten? Auf Ssan, meine ich?«

Kirk mußte unwillkürlich seufzen. »Es hätte schlimmer sein können«, sagte er. »Allerdings hätte es auch besser sein können.«

McCoy blickte ihn wieder an. »Mit anderen Worten: Unsere Freunde, die Treadways, haben die Ssana nicht so gut verstanden, wie du erhofft hast.«

Der Captain nickte nachdenklich. »Ich würde sagen, damit hast du den Nagel auf den Kopf getroffen. Vor allem Clay scheint seine ganz eigenen Vorstellungen zu haben. Und als die Ssana sich seiner Meinung nicht anschließen wollten, hat er sie auf ihre beschränkte Perspektive hingewiesen.«

Der Doktor fluchte leise. »Das sieht ihm ähnlich! Er hat schon immer geglaubt, daß er mehr als alle anderen weiß – sogar schon an der High-School.« Er hielt inne.

»Habe ich dir schon erzählt, daß ich ihn so lange kenne?«

Kirk schüttelte den Kopf. »Nein, nicht in dieser Ausführlichkeit. Aber ich habe mir gedacht, daß du ihn schon eine Weile kanntest, als er Jocelyn geheiratet hat.«

McCoys hellblaue Augen trübten sich einen Moment lang. Dann nickte er. »Eine Weile, ja. Eine ziemlich lange Weile.«

»Jedenfalls scheinen wir die Sache zum Schluß wieder ausgebügelt zu haben«, meinte Kirk. »Ich glaube, von jetzt an wird es ganz gut laufen.«

Der Arzt sah ihn an. »Da ist noch etwas, das du mir bislang verheimlicht hast«, stellte er fest. »Was ist es? Komm schon, Jim, heraus mit der Sprache!«

Kirk brummte. »Nun ja, als Treadway es geschafft hatte, die Intelligenz der Obergouverneure zu beleidigen, fragte einer von ihnen nach dir. Er schien der Meinung zu sein, du könntest besser mit der Situation umgehen – vor allem, was die Motivation der Assassinen betrifft.«

Die Falten auf McCoys Stirn vertieften sich. »Weißt du«, sagte er, »es mag dich vielleicht überraschen, aber ich habe genau das gleiche gedacht. Ich habe daran gedacht, wie fremdartig die Sensibilität der Ssana für jemanden sein kann, der noch nie mit ihnen zu tun hatte. Und ich habe ein schlechtes Gewissen, weil ich nicht meine persönlichen Komplexe beiseite schiebe, um das zu tun, womit Starfleet mich beauftragt hat, als man mir diese Uniform gab.«

Der Captain antwortete nicht sofort. Er wollte seinen Freund in keine bestimmte Richtung drängen. Doch dann fand er schließlich die richtigen Worte.

»Du mußt diese Wahl treffen, Pille. Es liegt ganz allein bei dir.«

McCoy schnaufte. »Könntest du mir nicht ein einziges Mal die Entscheidung abnehmen?« klagte er. »Du bist immerhin der Captain.«

»Dessen bin ich mir bewußt«, erwiderte Kirk.

»Du könntest mir den Befehl geben, mich um Ssan zu kümmern.«

»Auch dessen bin ich mir bewußt.« Aber er wollte keinen solchen Befehl geben, und Pille wußte es.

Plötzlich wurden sie vom Pfeifen des Interkoms an der nächsten Wand aufgeschreckt. Der Doktor stand auf und ging hinüber. Er legte seine Hand auf die Sensorfläche und sagte: »McCoy hier.«

»Eigentlich wollte ich mit dem Captain sprechen, Sir.« Es war unverkennbar Chekovs Stimme. Kirk hätte sie sogar während eines Sandsturms auf Rigel Zwölf wiedererkannt. »Mr. Treadway hat eine Konferenz einberufen, um die Resultate von Commander Scott zu besprechen. In genau einer Stunde.«

»Resultate?« wiederholte der Doktor.

Der Captain nickte. »Scotty glaubt, den Stützpunkt der Assassinen ausfindig gemacht zu haben – obwohl er die Daten noch einmal überprüfen wollte. Offenbar hat unser Diplomatenfreund entschieden, nicht so lange zu warten, um unseren nächsten Schritt zu planen.« Er ging zum Interkom und sagte: »Verstanden, Commander. Sie können Mr. Treadway mitteilen, daß sämtliches notwendiges Personal erscheinen wird.«

»Aye, Sir. Danke, Sir. Chekov Ende.«

Kirk grinste McCoy entschuldigend zu. »Sieht so aus, als müßte ich dringend zu einer Sitzung«, meinte er. »Ich sollte mich lieber auf die Socken machen und meine Truppen zusammentrommeln.«

Doch eine Frage blieb unbeantwortet im Raum stehen. Obwohl sie nicht ausgesprochen worden war, konnte keiner von beiden sie ignorieren.

Würde McCoy zu diesen Truppen gehören? Oder mußte Kirk weiterhin ohne ihn zurechtkommen?

Im flackernden Licht eines Lagerfeuers, beim Geräusch brutzelnden Uterra-Fetts, beim scharfen Geruch nach ledrigem

Fleisch und dem gelegentlichen Knacken zerplatzender Knochen inspiziert der Höchste Assassine Shil Andrachis die Gesichter seiner Anhänger.

Er muß lange suchen, bis er einen Assassinen findet, der bereits in den Kriegen gekämpft hat – sei es mit Li Moboron oder gegen ihn. Die meisten derjenigen, die Shil Andrachis in dieser heiligen Sache folgen, sind Kinder; der jüngste ist kaum achtzehn Sommer alt. Doch dann ruft er sich wieder ins Gedächtnis, daß er selbst noch ein Kind war, als er vor all den langen, leeren Jahren Li Moborons Ruf folgte.

Im Gegensatz zu ihm jedoch müssen diese jungen Ssana niemals einen Hehl aus ihrer Kunst machen. Sie werden sie niemals vor einer Gesellschaft verbergen müssen, die die meisten ihrer altehrwürdigen Traditionen verworfen hat. Dank Andrachis und anderer, die den Ruhm ihrer Väter nicht in Vergessenheit geraten lassen wollten oder konnten, hat sich die Tradition der Assassinen aus dem Dreck erhoben, in den sie gestoßen wurde. Die Gesellschaft wird nie mehr die Augen davor verschließen können, daß es sie gibt.

Dann fällt sein Blick auf eine Messerklinge, die im hektischen Feuerschein fiebrig rot schimmert. Die Spiegelung ist zu hell, die Oberfläche wirkt zu glatt. Andrachis ist empört über diese Taktlosigkeit.

»Cor«, sagt er nur.

Der Junge erhebt den Blick, um seinem Meister in die Augen zu sehen. »Ja, tir-Andrachis?« Er hat offenbar keine Ahnung, welches Vergehen er begangen hat.

Der ältere Ssana richtet seinen Blick auf das Messer. »Deine Waffe, Assassine. In der Vergangenheit benutzten deine Vorfahren sie dazu, die mächtigsten Männer ihrer Epoche zu töten. Soll sie jetzt dazu benutzt werden, die Knorpel von den Uterra-Knochen zu kratzen?«

Lakandirs Mund steht offen. Ein kurzes, bellendes Lachen kommt von einem der wenigen Veteranen in Hörweite und hallt in der niedrigen Höhle nach. Doch die anderen, genauso wie der junge Übeltäter, blicken verwirrt.

»Ich verstehe nicht«, sagt der junge Mann mit offenbar

aufrichtiger Unwissenheit, »warum unsere Messer Uterra-Fleisch schneiden dürfen, wenn die Tiere am Himmel fliegen – aber nicht, wenn sie über unseren Lagerfeuern braten.«

Wieder lacht der Veteran, aber diesmal lacht er Lakandir nicht aus. Diesmal amüsiert er sich über den scharfen Verstand hinter dieser Frage.

Doch natürlich kann es darauf nur eine Antwort geben. Und die hat mit scharfem Verstand nichts zu tun.

»Weil es schon immer so gewesen ist«, sagt Andrachis. »Das Messer eines Assassinen dient zum Töten und zu nichts anderem. Sein einziger Zweck ist es, die Seele seiner Opfer zu befreien.«

Der junge Mann nimmt diesen Tadel unerschüttert entgegen, ohne auch nur die Andeutung von Verlegenheit zu zeigen. Seine kleinen, dunklen Augen blicken ruhig und unbeirrt. Denn Cor Lakandir ist aus anderem Holz geschnitzt als seine Kameraden.

Er stieß erst vor kaum einem Jahr zu ihnen. Doch er kam nicht wie all die anderen jungen Hitzköpfe, die in kleinen Rudeln den Weg zum Unterschlupf fanden und mit ihren eigenen, selbsternannten Anführern zufrieden waren, bis Andrachis sie von der Notwendigkeit überzeugte, daß die Assassinen nur einen Meister haben können.

Nein, Lakandir kam allein, so wie die altgedienten Veteranen kamen – auf der Fährte der Rebellion, des Abenteuers und der Ehre, auf der Suche nach einer Vollkommenheit, an die sie sich kaum noch erinnerten.

Das ist der Grund, warum Lakandir für Andrachis jemand ist, den er im Auge behalten muß. Dies und die Tatsache, daß der Junge ihn an jemanden erinnert. Erst seit er Lakandir besser kennt, ist ihm klar, daß dieser Jemand er selbst ist.

Andrachis hat schon oft über die Zukunft seiner Bewegung nachgedacht, über den weiteren Weg – wenn es für sie überhaupt eine Zukunft gibt. Und er hat die Notwendigkeit eines Nachfolgers erkannt, der seine Stelle einnehmen kann, wenn er getötet wird oder einfach als Anführer zu alt geworden ist.

Er ist zu der Überzeugung gelangt, daß Cor Lakandir die beste Wahl für seinen Nachfolger darstellt. Natürlich noch nicht jetzt, nicht bevor er mehr über die Assassinen gelernt hat und wie er ihre Treue gewinnen kann – aber eines Tages. Aus diesem Grund ist er so besorgt darüber, daß der Junge so wenig über die Tradition weiß. Doch viel schlimmer ist, daß er sie sogar noch in Frage gestellt hat, nachdem er darüber belehrt wurde.

Andrachis sagt sich, daß er die Kunst der Assassinen nicht von der Dunkelheit ins Licht geführt hat, damit sie in einer pervertierten Form weiterlebt. Das wäre eine große Entehrung des Angedenkens an Li Moboron und all die anderen Meisterassassinen, die seit Urzeiten gewirkt haben. Er wird ihr Erbe eher zerstören als zulassen, daß es in unkenntlicher Gestalt verweltlicht wird.

»Bist du sicher, daß du dabeisein willst?« fragte Kirk.

McCoy nickte, während er kaum den langen Schritten des Captains folgen konnte, mit denen er den langen, geraden Korridor durchquerte, der vom Turbolift zum Hauptkonferenzraum führte. Ihre Schritte hallten von den Wänden wider.

»Ich bin mir völlig sicher, Jim. Ich war mir sogar mein ganzes Leben lang noch nie so sicher. Es wird Zeit, daß ich aufhöre, mich wie ein geprügelter Hund zu benehmen, und mein Leben wieder selbst in die Hand nehme.«

Er runzelte die Stirn und bereitete sich auf das vor, was ihn erwartete. Es würde nicht einfach werden, aber schließlich hatte ihm niemals jemand gesagt, daß es einfach werden würde.

»Immerhin bin *ich* hier der Ssan-Experte«, redete der Doktor weiter. »Deshalb hat man uns doch überhaupt diesen Auftrag anvertraut, nicht wahr?«

Kirk lächelte ihn aufmunternd an. »Ja, ich glaube schon.« Er schwieg kurz. »Schön, dich wieder an Bord zu haben, Pille.«

McCoy schnaufte und gab sich Mühe, so professionell zu wirken, wie er sich verkauft hatte. »Mach bloß kein großes Trara darum!« warnte er seinen Freund. »Ich mische mich nur in eine Sache ein, an der ich mich eigentlich von Anfang an beteiligen sollte. Ich habe ja nicht plötzlich ein Heilmittel gegen das Russhton-Syndrom oder etwas Ähnliches aus dem Hut gezaubert.«

Plötzlich standen sie vor der Tür zum Konferenzraum. Der Captain hielt an und gab seinem Freund noch eine letzte Chance, es sich anders zu überlegen.

Doch McCoy wollte keine Rücksichtnahme mehr. Er holte tief Luft und trat durch die sich öffnende Tür in den Raum.

Einen Moment lang studierte er die Blicke, mit denen seine Ankunft registriert wurde. Erfreute Reaktionen von Scotty, Chekov und Uhura und scheinbare Gleichgültigkeit von Spock, obwohl der Arzt es besser wußte. Clay verstand es gut, seine Gefühle zu verbergen; dennoch war ihm seine Verärgerung und vielleicht auch ein wenig Eifersucht anzumerken.

Doch was Jocelyn bewegen mochte, war sehr schwer zu sagen. Überraschung? Vermutlich. Bewunderung. Kaum wahrscheinlich. Liebe? Darüber wollte er nicht einmal eine Vermutung wagen.

»Also gut«, sagte Kirk. »Wenn alle anwesend sind, wollen wir gleich anfangen.« Als er am Ende des Tisches seinen Platz eingenommen hatte, wandte er sich an seinen Chefingenieur. »Scotty, erzählen Sie uns doch einfach mal, was Sie entdeckt haben.«

»Aye, Sir«, antwortete der Schotte und sprach dann zur ganzen Gruppe. »Offenbar sind die Daten zuverlässig; unsere kleine Lauschaktion hat sich also gelohnt. Wir haben festgestellt, daß sich eine Häufung biochemisch veränderter Ssana in einer Bergregion im hohen Norden des größten Kontinents findet – gute zweihundert Kilometer vom nächsten größeren Bevölkerungszentrum entfernt.«

Er aktivierte den Holoprojektor in der Mitte des Tisches und rief ein Modell von Ssan auf. In der nördlichen Hemisphäre leuchtete ein roter Punkt, um die Stelle anzuzeigen, wo sich die Assassinen versteckt hielten.

»Zweihundert Kilometer«, wiederholte Spock nachdenklich. »Nahe genug, um sich nötigenfalls unter die Ssana-Zivilisation mischen zu können, und gleichzeitig weit genug entfernt, so daß niemand zufällig über ihr Versteck stolpern dürfte.« Er nickte. »Bewundernswert.«

»Wie dem auch sei«, redete Scotty weiter. »Nachdem wir jetzt wissen, wo sie sind, können wir ihnen eine Nachricht zukommen lassen und damit den Vermittlungsprozeß beginnen.«

Der Captain wandte sich an Uhura. »Könnte es Probleme geben, wenn wir einen gebündelten Kommunikationsstrahl zu der Position hinunterschicken, die Mr. Scott beschrieben hat?«

Der Kommunikationsoffizier schüttelte den Kopf. »Es ist eine felsige Gegend«, sagte sie, »und nach den Angaben der Ssana gibt es in der Nähe immer wieder Stürme. Aber ich bin schon durch schlimmere Turbulenzen hindurchgekommen.«

Kirk nickte. »Ausgezeichnet, Lieutenant.« Dann konzentrierte er sich auf die Treadways. »Wir müssen eine Botschaft formulieren, die die Anführerschaft der Assassinen zu einer Antwort veranlaßt. Aber wir sollten uns kurz fassen, falls Lieutenant Uhura doch größere Probleme bei der Übertragung haben sollte als erwartet.«

Clay Treadway starrte nachdenklich auf die holographische Darstellung des Planeten und schüttelte den Kopf. »Ich glaube nicht«, sagte er.

Der Captain blickte ihn erstaunt an. »Wie bitte?«

Der Diplomat faßte mit einer geübten Kopfbewegung nicht nur den Captain, sondern auch alle seine

Offiziere ins Auge. Er schien sich seiner Sache absolut sicher zu sein.

»Es wird nicht funktionieren«, erklärte Clay.

Chekov beugte sich vor. »Und warum nicht, wenn ich fragen darf?«

Der Diplomat war die Ruhe selbst. »Weil die Assassinen nur vor zwei Dingen Respekt haben«, sagte er. »Und das sind Mut und Verstand. Das ergibt sich sehr deutlich aus der Literatur, die wir unterwegs studiert haben. Doch die von Captain Kirk vorgeschlagene Vorgehensweise läßt keinerlei Rückschluß auf diese Fähigkeiten zu.«

McCoy sah, daß die Muskeln in Kirks Unterkiefer arbeiteten. Doch er schaffte es, sich zu beherrschen.

»Sie würden gerne eine Alternative vorschlagen?« fragte der Captain.

»In der Tat«, sagte Clay. »Ich habe den Eindruck, daß die einzige sinnvolle Weise, in Verhandlungen mit diesen Leuten zu treten, darin besteht, es persönlich zu tun.«

Ohne zu überlegen, schüttelte der Doktor den Kopf. »Das ist Wahnsinn«, murmelte er.

Clay tat ihm nicht einmal den Gefallen, seine Bemerkung auch nur zu registrieren. Doch McCoy war nicht der einzige, der Einwände gegen diesen Vorschlag hatte.

»Mit anderen Worten«, führte Chekov aus, »wir sollen hinunterbeamen und ihnen direkt gegenübertreten?« Er warf Kirk einen skeptischen Blick zu. »Wäre das klug, Sir? Diese Leute haben mehr als einmal bewiesen, daß sie zu kaltblütigem Mord neigen. Warum sollten sie uns nicht genauso aufschlitzen, wie sie es mit ihren Gouverneuren getan haben?«

»Es besteht natürlich ein gewisses Risiko«, warf Jocelyn ein. »Aber während unserer Arbeit im diplomatischen Korps müssen wir immer wieder gewisse Risiken einkalkulieren. Manchmal entscheidet dies über den Erfolg oder Mißerfolg eines Unternehmens.«

McCoy wollte nicht glauben, daß sie Clay in diesem Punkt Rückendeckung gab. Wurde ihr Urteilsvermögen von ihrem Pflichtbewußtsein getrübt? Oder war Solidarität gegenüber ihrem Mann dafür verantwortlich?

»Es steht außer Frage«, sagte Spock, der bis zu diesem Zeitpunkt geschwiegen hatte, »daß Risiken in der Theorie ein wertvolles Hilfsmittel sein können. Die Frage lautet jedoch, ob wir dadurch in der vorliegenden Situation irgendeinen Vorteil gewinnen können.«

»Ich bin davon überzeugt«, sagte Clay. »Ich werde jedoch von niemandem, der anderer Meinung ist, verlangen, daß er uns begleitet.«

»Uns?« fragte McCoy.

Nun wandte der Diplomat sich ihm zu. »Ja, Doktor«, antwortete er. »Meine Frau und mich.« Als Jocelyn keinerlei Einwände erhob, richtete Clay seine Aufmerksamkeit wieder auf Kirk. »Sie und Mr. Spock sind willkommen, uns zu begleiten, wenn Sie möchten – ob mit oder ohne Sicherheitspersonal. Ich kann Ihnen jedoch versichern, daß selbst ein noch so gut ausgerüstetes Sicherheitsteam uns keinen hundertprozentigen Schutz gewähren kann.«

»Damit haben Sie ausnahmsweise einmal recht, Mister Treadway«, bellte der Doktor. Er kannte den Mann zwar schon seit seiner Jugendzeit, aber unter den gegebenen Umständen erschien ihm eine vertraulichere Anrede unangemessen.

Er verlor die Beherrschung, sprang auf und beugte sich über den Tisch, bis er kaum noch einen Meter von Clay Treadways Gesicht entfernt war. »Was Sie da vorschlagen, ist Selbstmord, verdammt noch mal!«

»Pille!« Die Zurechtweisung des Captains schnitt durch die angespannte Atmosphäre wie ein Phaserstrahl durch Butter. »Es reicht!«

Aber McCoy wollte sich nicht so einfach den Mund verbieten lassen. »Es reicht noch lange nicht!« widersprach er, ohne seinen Rivalen aus dem Auge zu lassen.

»Man kann sich nicht so mir nichts, dir nichts in ein Assassinenversteck hinunterbeamen lassen. Sie machen Hackfleisch aus einem, bevor man auch nur die Gelegenheit hat, ihnen zu sagen, was man will.«

»Vielleicht«, sagte der Diplomat mit unerschütterlicher Hartnäckigkeit. »Oder könnte es sein, daß Sie uns so etwas nicht zutrauen, Doktor? Sie wissen, daß es nicht das erste Mal wäre, daß meine Frau und ich uns in eine gefährliche Situation begeben und sie unbeschadet überstehen.«

Meine Frau. Nicht deine – meine! McCoy hätte gerne das allzu nette Gesicht des Mannes mit bloßen Händen zerfetzt.

»Sie begreifen es einfach nicht!« knurrte er. »Sie waren noch nie auf Ssan. Sie wissen nicht, was diese Assassinen für Leute sind.« Er zeigte mit dem Daumen auf seinen Brustkorb. »Aber ich. Ich habe das Ergebnis ihrer Arbeit persönlich und aus nächster Nähe begutachten dürfen. Danach möchten Sie ihnen niemals näher als fünfzig Meter kommen, glauben Sie mir!«

»Pille ...«

Diesmal war Kirks Tonfall etwas sanfter und verständnisvoller. Und diesmal reagierte der Doktor darauf, obwohl sein Blick immer noch auf Clay gerichtet war. Er entspannte sein wutverzerrtes Gesicht und atmete tief durch.

»Tut mir leid, Jim. Aber ich würde meine Pflicht vernachlässigen, wenn ich geschwiegen hätte.« Er wandte sich an Jocelyn, in der Hoffnung, daß wenigstens sie für seine Worte zugänglich war. »Jeder, der glaubt, er könnte eine Horde Assassinen in ihrem Unterschlupf besuchen und lebend wieder zurückkehren, ist ein ausgemachter Dummkopf.«

Seine Exfrau sagte gar nichts. Offenbar war sie genauso wie ihr verfluchter Ehemann darauf erpicht, sich umbringen zu lassen.

»Du hast deinen Standpunkt deutlich gemacht,

Pille«, stellte der Captain sachlich fest. »Jetzt setz dich wieder hin, sonst kannst du dich darauf verlassen, daß ich dich hinausbefördern werde.«

McCoy warf Kirk einen Blick zu und sah, daß er es ernst meinte. Murrend tat er wie befohlen. Nachdem der Anstand wieder hergestellt war, räusperte sich der Captain und verkündete seine Entscheidung.

»Mir bleibt keine andere Wahl«, sagte er, »aber ich darf die schwerwiegenden Einwände Dr. McCoys nicht außer acht lassen. Schließlich ist er der einzige von uns, der jemals auf Ssan war, wie er so treffend ausgeführt hat. Er kennt Shil Andrachis' Leute besser als jeder andere in diesem Schiff, und wenn er sagt, daß es zu gefährlich ist, dann ist es das zweifellos auch.« Er ließ seine Worte wirken, bevor er fortfuhr. »Doch auch ohne Dr. McCoys Argumente bin ich mir der Probleme bewußt, die ein Vorstoß in den Stützpunkt der Assassinen mit sich bringen würde. Meiner Meinung nach wiegt das Risiko schwerer als die Möglichkeit einer erfolgreichen Vermittlung.«

Der Diplomat schien sich plötzlich brennend für seine Fingernägel zu interessieren. »Ich verstehe«, sagte er. »Ist das Ihr letztes Wort in dieser Angelegenheit?«

»Ja«, antwortete Kirk.

Clay blickte auf. »In diesem Fall bin ich gezwungen, nach Starfleet-Vorschrift neun fünf sieben das Kommando über diese Mission zu übernehmen. Ich gehe davon aus, daß Sie damit vertraut sind, Captain?«

Kirk runzelte die Stirn. »Natürlich«, sagte er leise. »Aber eine solche Vorgehensweise wäre nicht sehr klug. Wenn Sie Ihre Lehrbücher gelesen haben, wissen Sie sicherlich, daß die Diplomaten, die bislang von diesem Recht Gebrauch gemacht haben, es anschließend gewöhnlich bereuen mußten.«

»Gewöhnlich«, stimmte Clay zu. »Wenn ich mich recht erinnere, waren Sie sogar persönlich in die meisten Präzedenzfälle verwickelt. Meine Frau und ich sind allerdings keine gewöhnlichen Diplomaten. Ich gehe nicht davon aus, daß wir irgend etwas bereuen werden.«

Der Captain machte den Eindruck, als hätte er gerne weiter über diesen Punkt diskutiert, aber er wußte, daß es nichts nützen würde. McCoy wußte es ebenfalls. Es war nicht das erste Mal, daß er mit Clay Treadway zu tun hatte. Der Mann hatte sich schon immer durch extreme Hartnäckigkeit ausgezeichnet.

Kirk wandte sich an Scotty. »Bereiten Sie alles vor, damit wir morgen früh hinuntergebeamt werden können«, sagte er zögernd. »Und zwar die Treadways, ich selbst, Captain Spock und einige Sicherheitsoffiziere, die Mr. Chekov aussuchen wird.«

Scotty nickte, genauso zögernd wie der Captain. »Aye, Sir. Zu Befehl.«

»Das ist das Verrückteste, was ich jemals gehört habe«, regte McCoy sich auf.

»Das bezweifle ich«, entgegnete der Diplomat. »Sogar ich habe schon Verrückteres gehört, und Sie halten sich schon viel länger als ich im Weltraum auf.«

Der Doktor schluckte die Demütigung, mit der Clays Bemerkung verbunden war. Er mußte einen kühlen Kopf bewahren, sagte er sich. Schon wegen Jocelyn.

»Na gut«, sagte er. »Aber dann will ich wenigstens mitkommen. Ich kenne mich mit den Ssana aus. Vielleicht kann ich mich nützlich machen.« Er befeuchtete seine Lippen. »Zumindest ist das die Ansicht von Starfleet.«

Clay blickte ihn eine Weile an, als würde er darüber nachdenken. Doch dann schüttelte er den Kopf.

»Ich glaube nicht«, sagte er zu McCoy. »Ich weiß, welcher Ansicht Starfleet ist, aber ich bin anderer Meinung. Dies ist keine Mission für einen Arzt.«

Pille warf dem Captain einen hilfesuchenden Blick zu. Doch Kirks Ausdruck verriet ihm, daß er ihm nicht helfen konnte.

Daraufhin wandte sich der Doktor wieder Clay zu. »Verdammt noch mal!« schimpfte er. »Es geht nicht nur um Ihr Leben, Treadway, sondern auch um das Ihrer Frau. Und das von weiteren vier guten Leuten.«

»Dessen bin ich mir durchaus bewußt«, erwiderte der Diplomat und stand auf.

McCoy geriet wieder in Wut. Er stand ebenfalls auf, die Hände zu Fäusten geballt. »Das können Sie nicht tun!« knurrte er.

Clays Reaktion bestand in einem Lächeln. Es war unstrittig höflich, aber es hatte auch einen winzigen Hauch von trotzigem Triumph. »Aber ich habe es gerade getan, wenn ich mich nicht irre«, entgegnete er sachlich.

Damit ging er.

Jocelyn zögerte noch einen Moment, während ihre Augen auf McCoy fixiert waren. Doch dann folgte sie ihrem Mann aus dem Konferenzraum.

Nach und nach kühlte sich die Wut des Doktors ab, bis er sich wieder einigermaßen im Griff hatte. Als er sein Gleichgewicht wiedergefunden hatte, erinnerte er sich daran, daß er nicht allein war. Er sah sich um und bemerkte, daß seine Freunde am Konferenztisch ihn voller Mitgefühl betrachteten.

McCoy versuchte zu lächeln, aber es gelang ihm nicht ganz. »Ich ...« Er schüttelte den Kopf. Wozu sollte er etwas erklären? Diese Menschen kannten ihn besser als er sich selbst. Wenn sie nicht längst verstanden hatten, was gerade geschehen war, würden sie es nie verstehen.

»Pille ...«, begann der Captain.

Doch der Doktor hob eine Hand. »Laß es!« sagte er kategorisch. Dann raffte er seinen letzten Rest Würde zusammen und ging betrübt hinaus.

6

Shil Andrachis starrt in die hohen, tanzenden Flammen des Lagerfeuers der Assassinen, das immer noch brennt. Es wärmt sein Gesicht, seine Knie, seine Hände.

Wie üblich sitzen er und seine Anhänger noch im Kreis um das Feuer, nachdem die Mahlzeit schon seit einiger Zeit beendet ist, um zu reden, um Pläne zu schmieden, um ihre Vorgänger in Form von Geschichten zu ehren.

Er hat gerade begonnen, eine solche Geschichte zu erzählen, über einen Assassinen, der den Auftrag erhalten hat, seine eigenen Eltern zu töten. Der Name dieses Assassinen ist Hordin Mandris – so behauptet es jedenfalls die Geschichte, die Andrachis vor vielen Jahren im Lager von Li Moboron gehört hat.

»Der Auftraggeber«, erzählt der Höchste Assassine, »war ein Obergouverneur von Orthun – einer von der schlimmsten Sorte. Er hatte den Wohlstand seines Stadtstaats verkauft, um sich persönlich zu bereichern. Als Hordin Mandris' Eltern ihn deswegen zur Rechenschaft ziehen und stürzen wollten, wußte er, daß er schnell handeln mußte. Und Mandris war der beste Assassine in der Region.

Der Assassine war seiner Berufung treu ergeben und mußte also den Auftrag ausführen, für den er engagiert worden war. Obwohl seine Mutter und sein Vater um Gnade flehten, obwohl er das Gefühl hatte, sein Herz würde zerreißen, belohnte er die beiden, die ihm das Leben geschenkt hatten, mit einem blutigen Tod.

Natürlich hatte Mandris nach der Überzeugung der Assassinen seinen Eltern einen Gefallen getan. Er hatte sie aus dem Land der Lebenden befreit. Er hatte ihre Seelen im Wasser der Ehre reingewaschen. Dennoch übersah er nicht die Habsucht, die den Obergouverneur angetrieben hatte und immer noch antrieb. Er konnte auch nicht die Augen vor der Tatsache verschließen, daß er den Weg für weitere Verbrechen gegen den Stadtstaat Orthun freigemacht hatte.

Nachdem Mandris seine Eltern getötet hatte, ging er also direkt ins Haus des Obergouverneurs. Und mit demselben blutigen Messer, das er zur Ehre seiner Eltern benutzt hatte, brachte er auch große Ehre über den Obergouverneur.«

Einige Gesichter rings um das Feuer lächeln. Andrachis stellt zufrieden fest, daß die Geschichte gut angekommen ist.

Anschließend herrscht eine Zeitlang Stille, während die Assassinen über die verschiedenen moralischen Aspekte der Geschichte nachdenken. Auch darüber ist Andrachis sehr zufrieden.

»Tir-Andrachis?« sagt eine Stimme.

Der Höchste Assassine reißt sich von seinen Gedanken los und blickt den Sprecher an. Es ist Ars Rondorrin, der älteste der hier versammelten Ssana – ein Mann, der angeblich schon unter Li Moborons Vorgänger, dem legendären Dal Biminoth, gedient hat.

Es war Rondorrin, der Thur Cambralos tötete, den Obergouverneur von Pitur. Er hat diese äußerst schwierige Aufgabe mit großer Geschicklichkeit und Gründlichkeit ausgeführt. Biminoth wäre stolz auf ihn gewesen.

»Ja, Ars? Sprich, alter Dolch!«

Der Assassine wirft einen abgenagten Flügelknochen ins Feuer. Ein kleiner Funkenschauer stiebt auf und verlischt im Nichts.

»Inzwischen dürften die Obergouverneure ihre geschätzte Föderation zu Hilfe gerufen haben«, sagt Rondorrin. »Und es wird nicht lange dauern, bis die Außenweltler ihrem Ruf folgen.« Er macht eine Pause, in der Andrachis glaubt, das Schlagen von Uterra-Flügeln außerhalb ihres Unterschlupfes zu hören. »Wir sollten vielleicht einen Plan machen, wie wir auf sie reagieren wollen.«

Der Höchste Assassine nickt. »Du sprichst weise, Bruder. Als die Außenweltler das letzte Mal während der Kriege kamen, beschränkten sie sich auf medizinische Hilfe. Jetzt ist Ssan Mitglied der Föderation, und es gibt keine solchen Beschränkungen mehr.«

»Ich habe gehört, daß sie mächtige Waffen haben«, meint Lakandir. Er blickt sich zu den anderen jungen Ssana um. »Waffen, mit denen sie schneller töten können, als das Auge sieht.«

Andrachis zuckt die Schultern, um zu zeigen, daß er kaum davon beeindruckt ist. Es ist wichtig, daß er das Vertrauen seiner Anhänger behält. Schon zu Anfang seiner Ausbildung hat sein Vater zu ihm gesagt, daß ein Assassine nur von sich selbst besiegt werden kann. Und genauso wie alle anderen Weisheiten seines Vaters hat Andrachis sich auch diese zu Herzen genommen.

»Eine Waffe ist nur so gefährlich wie derjenige, der sie bedient«, sagt er. »Und die Außenweltler von der Föderation sind nicht gefährlich.«

»Nicht gefährlich?« wiederholt ein jüngerer Ssana.

Andrachis schüttelt langsam den Kopf, so daß seine Ohrläppchen kaum seinen Hals berühren. Genauso hatte es auch Li Moboron gemacht – die Geste war das Ergebnis langjähriger Übungen vor tausend Spiegeln.

»Ich weiß sogar aus eigener Erfahrung, daß sie Schwächlinge sind«, führt er aus. »Sie taugen nicht einmal dazu, einem Assassinen die Füße zu waschen.« Er erinnert sich. »Mit ein oder zwei Ausnahmen. Aber das waren, wie gesagt, Ausnahmen. Die meisten dieser Leute stellen für uns genausowenig eine Gefahr dar wie die Sicherheitskräfte der Obergouverneure.«

»Und wir wissen, wie schwach die *sind!« bestätigt einer der Veteranen, ein Ssana, der in den Kriegen auf der anderen Seite gekämpft hat.*

Soweit Andrachis weiß, war er es selbst, der dem Mann die Narbe verpaßte, die von seiner Augenbraue bis zum Kinn verläuft. Aber jetzt stehen sie alle auf derselben Seite.

Andrachis sucht den Blick des Veteranen, um die Schützenhilfe anzuerkennen. Der Assassine antwortet mit einem Lächeln.

Dann meldet sich Cor Lakandir zu Wort. Andrachis ist sich klar, daß es unvermeidlich war. Der Junge drückt sich niemals vor einem wichtigen Thema.

»Ich habe gehört, daß sie mehr als nur Waffen besitzen«, wirft er ein, wobei er sich an die gesamte Gruppe wendet. »Sie verfügen über hochentwickelte Techniken, mit denen sie Leute aufspüren können, die sich vor ihnen verstecken.« Er macht eine Pause, um seine Worte wirken zu lassen. »Zum Beispiel uns.«

Ein Raunen geht durch die jungen Assassinen, die sich besorgte Blicke zuwerfen. Andrachis weiß, daß er die Pflicht hat, den Sturm zu unterdrücken, bevor er außer Kontrolle gerät. Gewiß hätte Li Moboron das gleiche getan.

Aber nicht mit Worten, überlegt der Höchste Assassine, als er sich an etwas erinnert, das er vor wenigen Augenblicken gesehen hat. Sein Vorgänger hatte mit Gesten immer den größten Eindruck gemacht. Und das wird auch er jetzt tun.

Als er den dicken Schenkelknochen wiedergefunden hat, der noch nicht zur Gänze verkohlt ist, greift er mit der bloßen Hand in die Flammen und packt ihn. Die Hitze versengt seine Haut. Vor Schmerz treten ihm Tränen in die Augen, und Übelkeit steigt in seiner Kehle auf. Doch er behält sich unter Kontrolle und zieht mit einer würdevollen Bewegung den Knochen aus dem Feuer.

Sogar noch außerhalb des Feuers brennt das Ding weiter, wie eins der Folterinstrumente, mit denen in Urzeiten die Feudalherren ihre Feinde marterten. Doch Andrachis läßt nicht los, während er sich bemüht, nicht auf seine Hand zu sehen, damit er beim Anblick seines versengten Fleisches nicht den Mut verliert.

»Die Außenweltler sollen uns aufspüren«, sagt er zu allen Versammelten, zu allen indigofarbenen Augen, die im Feuerschein glänzen. »Sie sollen in unser Versteck eindringen. Doch wenn sie hier eintreffen ...«

Bei diesen Worten packt er den Uterra-Knochen mit beiden Händen und bricht ihn mit einem lauten Knacken durch. Das Geräusch hallt wie erhofft durch die Höhlen. Dann wirft er die Stücke wieder in die Flammen, worauf ein Schwarm aus rotglühenden Funken aufwirbelt, die kurz darauf verschwunden sind.

»Wir werden sie wie diesen Uterra-Knochen zerbrechen und sie in das sternendurchsetzte Nichts zurückschicken, das sie hervorgebracht hat.«

Captain Kirk starrte zu dem vorderen Hauptschirm, auf dem sich der braun-weiße Flickenteppich der Oberfläche des Planeten Ssan ausbreitete. Doch seine Gedanken waren bei der Meldung, die er gerade von seinem Chefingenieur erhalten hatte.

»Ein Problem, Scotty? Was für ein Problem?«

»Nun, Sir, ich habe mal die Umgebung des Assassinenverstecks gescannt, und dabei habe ich jede Menge Maldinium gefunden.«

Kirk dachte kurz nach. »Maldinium? Etwa das Zeug, das uns auf Gamma Caius Sieben solche Schwierigkeiten mit dem Transporter gemacht hat?«

»Genau das«, bestätigte Scotty. »Und es sieht so aus, als könnten wir hier die gleichen Schwierigkeiten bekommen, wenn wir versuchen, einen Landetrupp mitten in die Höhlen zu beamen.«

»Eigentlich ist das überhaupt kein Problem, Mr. Scott«, sagte der Captain. »Ich habe keineswegs die Absicht, urplötzlich mitten unter den Assassinen zu erscheinen. Es ist nicht sehr klug, jemanden zu überraschen, der sich etwas auf sein Geschick im Umgang mit verschiedenen tödlichen Waffen einbildet.«

Im Grunde genommen war es auch nicht sehr klug, den Assassinen überhaupt einen Besuch abzustatten. Doch daran ging nun kein Weg mehr vorbei, denn es stand fest, daß die Treadways in dieser Sache keinen Millimeter nachgeben würden.

»Ich könnte Sie höchstens zu einer Stelle in der Nähe des Verstecks runterbeamen«, bot Scotty an, »die vielleicht tausend Meter vom Haupteingang der Höhle entfernt ist. Dann können Sie nach Belieben über Ihr weiteres Vorgehen entscheiden.«

Kirk nickte, obwohl Scott ihn gar nicht sehen konnte. »Hervorragend«, antwortete er. »Auf diese Weise vermeiden wir, daß jemand unsere Absichten mißversteht.«

»Und wenn sich unsere diplomatischen Freunde beschweren, daß Ihre Ankunft nicht tapfer genug wirkt?« fragte der Ingenieur.

Der Captain lächelte. »Dann erzählen Sie ihnen vom Maldinium«, entgegnete er, »genauso wie Sie es mir erzählt haben.«

»Aye, Sir«, bestätigte Scotty. Kirk vermutete, daß er jetzt auch lächelte. »Einen schönen Abend noch, Sir. Und schlafen Sie gut!«

»Sie auch, Mr. Scott. Kirk Ende.«

McCoy konnte nicht schlafen. In den letzten paar Stunden hatte er sich wie ein Fisch an der Leine immer wieder in seinem Bett herumgeworfen.

Dabei war er es gar nicht, der den verdammten Haken geschluckt hatte. Es war Jim. Und Spock.

Und Jocelyn.

Verzweifelt riß er die Decke zur Seite und stieg aus dem Bett. Es hatte keinen Sinn, dachte er, als seine nackten Füße den Fußbodenbelag berührten. Solange er wußte, daß seine Freunde sich mitten in eine große Gefahr beamen lassen wollten, würde er keine Ruhe finden.

Wenn er es doch nur geschafft hätte, den aufgeblasenen Clay Treadway zu überzeugen, ihn mitkommen zu lassen! Wenn er nur nicht eine solche Szene im Konferenzraum gemacht hätte, so daß er nun eher wie ein Hemmschuh als eine Hilfe wirkte!

Wenn dies, wenn das. In seinem Leben wimmelte es vor solchen Wenns. Wenn seine Ehe nicht gescheitert wäre, wenn die Heilung für die Pyrrhoneuritis seines Vaters nicht ein paar verdammte Monate zu spät gekommen wäre, wenn es eine Möglichkeit gegeben hätte, Edith Keeler das Leben zu retten, ohne die Geschichte in ein blutiges Chaos zu stürzen …

Und so weiter und so fort. Aber es war zwecklos, verpaßten Chancen nachzuweinen. Die Dinge waren nun einmal so, wie sie waren; man konnte nicht zurückgehen und daran etwas ändern. Genausogut könnte man versuchen …

Plötzlich hörte er ein Summen. Er überlegte kurz, ob er es sich vielleicht nur einbildete. Doch dann wurde ihm klar, daß jemand vor seiner Tür stand und den eingebauten Sensoralarm auslöste.

»Von allen übergeschnappten …«

Wer sollte ihn zu dieser späten Nachtstunde aufsuchen? Wenn es einen medizinischen Notfall gab, hätte man ihn doch über Interkom rufen können!

Er ging zum Schrank, holte seinen Morgenmantel heraus, hüllte sich hinein und trat in den Vorraum. Das Summen hatte in der Zwischenzeit nicht aufgehört.

»Ist ja schon gut«, keuchte er. »Herein, verdammt noch mal!«

Die Tür öffnete sich. Und als der Doktor dann sah, wer vor seiner Tür stand, blieb ihm die Luft weg.

»Ich hoffe, ich störe dich nicht bei irgend etwas«, sagte seine Besucherin. »Es ist nur so, daß ich nicht schlafen konnte. Und ich hatte das Gefühl, dir würde es ähnlich gehen.«

Er brauchte ein paar Sekunden, um seine Stimme wiederzufinden. »Du hast recht«, bestätigte er. »Ich konnte auch nicht schlafen.« Mit einer unbeholfenen Geste wies er auf sein Quartier. »Möchtest du nicht … äh … hereinkommen?«

»Danke«, sagte Jocelyn und trat mit einem seltsamen

Gesichtsausdruck ein, während die Falten ihres tiefausgeschnittenen veilchenblauen Hemdkleides ihren Körper umspielten. Mit einem sanften Zischen schloß sich die Tür hinter ihr.

»Mein Quartier ist nichts ...«, begann der Doktor.

»Nein!« schnitt sie ihm das Wort ab, offenbar abrupter, als sie beabsichtigt hatte. Sie lächelte ihm entschuldigend zu. »Tut mir leid. Ich wollte damit nur sagen, daß es viel mehr als nichts ist. Es ist dein Reich. Es ist all das, was du geworden bist, seit ...«

Sie verstummte. Doch er führte den Gedanken zu Ende. Verdammt, irgend jemand mußte es tun!

»Seit du mich ins Weltall hinausgetrieben hast.«

Jocelyn nickte. »Ja. Seitdem.« Sie schien sich deswegen Vorwürfe zu machen. Warum auch nicht? Sie hatte es verdammt noch mal verdient, sich Vorwürfe zu machen, dachte McCoy.

Doch dann sagte er: »Darf ich dir etwas anbieten? Vielleicht einen Drink?«

Sie blickte ihn dankbar an. »Sicher. Du hast wohl nicht zufällig Wein da?«

McCoy schüttelte den Kopf. »Brandy?« bot er ihr an.

»Brandy ist in Ordnung«, versicherte sie ihm.

Als der Doktor zur Bar ging, um eine Flasche zu holen – eine nicht so durchschlagende Sorte wie die saurianische –, nahm Jocelyn auf einem Hocker Platz und setzte die Musterung seiner Unterkunft fort. Sie hatte ihr Haar auf einer Seite zurückgekämmt, stellte er fest, genauso wie damals, als sie sich das erste Mal begegnet waren.

Er bemühte sich, sie nicht anzustarren, sie nicht so eindringlich zu mustern, wie sie ihre Umgebung musterte. Aber es fiel ihm nicht leicht. Erstens wegen ihres Kleides, und zweitens wegen Jocelyn selbst.

Was wollte sie zu dieser Stunde und in diesem Aufzug bei ihm? Wußte sie nicht, was ihm unweigerlich durch den Kopf gehen würde? Oder hatte sie gar nicht darüber nachgedacht, als sie beschloß, ihrem Drang nach nächtlicher Gesellschaft nachzugeben?

Mensch, dachte er, *reiß dich zusammen, McCoy!* Die Frau hatte eine schwere Mission vor sich. Und mit Ausnahme ihres Ehemannes, mit dem sie keine gemeinsame Unterkunft mehr teilte, kannte sie hier ja niemanden.

Klar, sagte er sich. *Das ist es. Sie will einfach nur reden. Du meine Güte, wir schreiben das dreiundzwanzigste Jahrhundert.* Wenn eine Frau spät nachts einen Mann besuchte, bedeutete das nicht, daß es Zeit war, die Hormone in Wallung geraten zu lassen. Vor allem nicht, wenn der Mann und die Frau eine solche gemeinsame Vergangenheit hatten.

Als Jocelyn sich plötzlich zu ihm umdrehte, schrak er überrascht zusammen. Er hätte beinahe die Brandy-Flasche fallen lassen.

»Leonard?«

In ihren Augen schimmerte der Widerschein irgendeiner Lichtquelle, aber ihr Tonfall war sachlich, fast geschäftlich.

»Hm?« antwortete er und wandte seine Aufmerksamkeit schnell der Suche nach zwei Gläsern zu. Er rechnete damit, daß sie nach den *Phornicia*-Schalen oder irgendeinem anderen Souvenir seiner Reisen fragte.

Doch das tat sie nicht.

»Würdest du mich festhalten?« fragte sie in genau demselben beiläufigen Tonfall.

McCoy blickte auf. Er spürte, wie sein Pulsschlag sich wieder beschleunigte, wie neulich auf dem Korridor vor dem Maschinenraum.

»Bitte?« fügte sie hinzu und lächelte flehentlich.

In der absoluten und erdrückenden Stille, die darauf folgte, hörte der Doktor plötzlich ein dumpfes Geräusch und dann ein Gluckern. Wie betäubt blickte er nach unten und sah – wie aus riesiger Höhe –, daß ihm die Flasche nun doch aus der Hand gefallen war und sich der Inhalt in einer immer größer werdenden Pfütze auf dem dichten Teppich verteilte.

»O mein Gott!« rief Jocelyn.

In einer schnellen Bewegung, die er nur verschwommen wahrnahm, kam sie hinter die Bar, bückte sich und hob die Flasche vom Boden auf. Kurz darauf war McCoy ebenfalls in die Knie gegangen und suchte unter der Theke nach einem Schwamm.

Seine Finger fanden den Schwamm ungefähr im selben Augenblick, als Jocelyns Fingerspitzen sich an sein Kinn legten. Langsam, aber bestimmt drehte sie sein Gesicht zu sich herum. Und dann küßte sie ihn, warm und tief, als hätten sich all die schlimmen Dinge, die damals geschehen waren, niemals ereignet.

Aber sie waren doch geschehen, brachte er sich mit aller Macht ins Gedächtnis zurück. Sie waren geschehen! Er würde auf ewig den schneidenden Schmerz und die schreckliche Wut spüren. Er würde auf ewig unter der Erinnerung an diesen schicksalhaften Tag leiden.

Und wenn schon! konterte etwas in ihm. War das ein Grund, die Leiden fortzusetzen? Sie wie ein häßliches, widerliches Haustier durchzufüttern? War das ein Grund, sich einer zweiten Chance zu verweigern, sie *ihr* zu verweigern?

Jocelyns Haar roch wie die Jonquillen im Garten ihres Vaters, genauso zuckersüß und betörend. Ihre Hände fühlten sich auf seinen Schultern und seinem Gesicht so sanft wie die erste Baumwolle des Jahres an. Und das waren stärkere Argumente als die, die sich in seinem Kopf tummelten.

Als McCoy ihren Kuß erwiderte, wurde er von einer mächtigen Flutwelle davongerissen, unaufhaltsam auf den Punkt ohne Wiederkehr zu. Gleich würde er ihn erreicht haben.

Und dann riß er sich plötzlich von ihr los.

»Was ist los?« fragte Jocelyn mit einem Blick voller Enttäuschung.

»Ich kann es nicht«, sagte er. Er sehnte sich nach ihr, er wollte sie, mehr als alles andere in der Galaxis, mehr als sein eigenes Leben. Aber nicht auf diese Weise.

Ihre Stirn legte sich in Falten. »Warum nicht?«

Er sah sie an. »Weil es falsch wäre«, sagte er zu ihr. »Du bist nicht meine Frau.« Und dann, obwohl es ihn bis auf die Knochen schmerzte, sagte er: »Du bist *seine* Frau.«

Jocelyn schüttelte den Kopf. »Nein, Leonard. Nicht mehr. Nicht im wahren Sinn des Wortes.«

»Ich kann es trotzdem nicht«, wiederholte er, während er beinahe körperlich spürbare Qualen durchmachte und Alptraumbilder ihn bedrängten, bis ihm die Augen brannten. »Es wäre genauso wie ... wie ...«

Bevor er den Gedanken aussprechen konnte, lag ein kühler Zeigefinger auf seinen Lippen. Ihr Finger.

»Sag es nicht!« flehte sie ihn an. »Dazu besteht kein Grund.« Sie seufzte tief. »Du hast recht. Wir können es nicht tun. Nicht jetzt und nicht auf diese Weise.«

Er sehnte sich nach ihr, wie er sich noch nie nach jemandem gesehnt hatte. Er wollte sie zu Boden werfen und sich über sie ergießen wie der Brandy. Aber es durfte nicht sein. Es ging einfach nicht.

Jocelyn küßte ihn auf die Wange und legte ihre Stirn an seinen Kopf. Dann stand sie auf, stellte die Flasche zurück auf die Bar, und mit einem letzten bedauernden Blick verließ sie sein Quartier.

McCoy fluchte. Er schlug die Hände vors Gesicht.

Er hätte nicht zulassen dürfen, daß es so weit kam, sagte er sich. Es war ein Fehler.

Clay Treadway konnte es nicht verstehen. Er stand jetzt schon seit fünf oder sechs Minuten vor Jocelyns Tür und wartete darauf, daß sie seine Anwesenheit zumindest registrierte.

Es gab noch ein paar Dinge, die er mit ihr durchgehen wollte, bevor sie am nächsten Morgen aufbrachen.

Ein paar Einzelheiten, die er klarstellen wollte, bevor sie sich den Assassinen auf deren eigenem Terrain stellten.

Er wartete noch ein wenig länger, aber es gab immer noch keine Antwort von drinnen. Aber Jocelyn mußte einfach hier sein! Zu dieser Stunde konnte sie sich unmöglich anderswo aufhalten.

Clay murrte. Offenbar kam er nicht weiter, wenn er geduldig blieb. Er mußte herausfinden, was hier nicht stimmte, und es wieder in Ordnung bringen. Nachdenklich machte er eine Bestandsaufnahme der Situation.

War es möglich, daß der Sensor in der Wand seine Anwesenheit nicht bemerkt hatte? Oder daß der Mechanismus des Türmelders nicht funktionierte?

Das war sicherlich möglich. Aber in den etwa zehn Jahren, die er an Bord von Raumschiffen verbracht hatte, hatte er nicht ein einziges Mal eine solche Fehlfunktion erlebt. Was blieb also noch übrig? War Jocelyn in einen so tiefen Schlaf gefallen, daß nicht einmal das Summen der Tür sie daraus wecken konnte?

Oder war ihr vielleicht etwas zugestoßen? War während der Nacht ein medizinisches Problem aufgetreten, so daß sie jetzt hilflos in ihrem Bett lag, während ihr Leben am seidenen Faden hing…?

Nein. Er bändigte seine ausufernde Phantasie. Jocelyn war bei bester Gesundheit. In dieser Hinsicht war alles mit ihr in Ordnung.

Und das Problem, das sie mit ihrer Ehe hatten… nun, das würde sich mit der Zeit geben. Irgendwann würde sie wieder zur Vernunft kommen und sich fragen, wieso in aller Welt sie plötzlich nach all den gemeinsamen Jahren das Bedürfnis nach Freiheit gehabt hatte.

Das war einer der Gründe gewesen, warum er sie unbedingt mit an Bord der *Enterprise* haben wollte. Um Jocelyn daran zu erinnern, wie es früher gewesen war und wieviel besser es ihr seitdem ging. Um die Dinge für sie ins rechte Licht zu rücken.

Doch damit war er wieder am Ausgangspunkt seiner Überlegungen angelangt. Wenn sie keine Probleme hatte, wenn der Sensor nicht kaputt war, warum antwortete sie dann nicht? Während Clay hoffte, daß ihn niemand beobachtete, klopfte er mit den Fingerknöcheln gegen die Duraniumverkleidung der Tür.

Er war sich nicht einmal sicher, ob sein Klopfen innerhalb von Jocelyns Quartier zu hören war, aber irgend etwas mußte er doch tun! Er konnte doch nicht ewig hier draußen warten!

Dann bemerkte er plötzlich aus dem Augenwinkel, wie jemand durch den Korridor auf ihn zukam – eine Frau, wie es schien. Er war zu verlegen, um nachzusehen, wer es war, also rieb er sich einfach die Hände und wartete darauf, daß die Person wieder verschwand.

Sie war kaum noch fünf Meter von ihm entfernt, als Clay etwas Vertrautes spürte. Erst da wagte er es, sich umzublicken ...

Und sah, daß es Jocelyn war.

Sie blickte ihn mit einem seltsamen Ausdruck an, den er noch nie in ihren Augen gesehen hatte. Es war eine Mischung aus Unbekümmertheit und Schuld, aus Glück und Sorge, Hoffnung und Bedauern. Und es traf Clay wie ein körperlicher Schlag.

»Wo bist du gewesen?« fragte er sie mit hohler Stimme. Doch er hatte den Verdacht, daß er die Antwort bereits kannte. Und in ihm keimte die Befürchtung, daß er sich gehörig verschätzt hatte.

»Wenn du gekommen bist, um über die Mission zu reden«, sagte sie, ohne auf seine Frage einzugehen, »bin ich ganz Ohr. Ansonsten sollten wir beide noch etwas schlafen.«

Clay biß sich auf die Lippe. Er brauchte einen Augenblick, um seine Fassung wiederzugewinnen.

»Es gibt da noch ein paar Einzelheiten...«, erwiderte er steif.

Jocelyn nickte. »Gut. Dann komm rein.«

Und ohne weitere Erklärung, wo sie gewesen war und bei wem, betrat sie ihre Unterkunft. Der Sicherheitsmechanismus, der auf sie programmiert war, öffnete die Tür einen Sekundenbruchteil, bevor sie dagegengerannt wäre.

Immer noch wie betäubt vor Schmerz und Wut folgte Clay ihr hinein.

Kirk murmelte einen herzhaften Fluch, den er als junger Offizier auf Tierenios Vier aufgeschnappt hatte. Darin ging es um das Schicksal eines gewissen landwirtschaftlichen Erzeugnisses während des schlimmsten Teils der Regenzeit.

Spock, der in voller Schlechtwetterausrüstung neben ihm auf der Transporterplattform stand, hob eine Augenbraue, als wäre er auf ein hochinteressantes kulturelles Phänomen aufmerksam geworden. Es war die typisch vulkanische Variante des Sarkasmus.

Auf der anderen Seite des Raumes blickte Scotty stirnrunzelnd auf das Chronometer in seiner Konsole. Als er aufsah, traf sich sein Blick mit dem des Captains.

»Ich weiß«, meinte Kirk nur. Ihm wurde allmählich heiß in seiner Thermojacke. »Sie haben sich verspätet.«

»Es sind Menschen«, warf sein Erster Offizier ein.

»Auch ich bin ein Mensch«, entgegnete Kirk. Er deutete auf die zwei Sicherheitsoffiziere, die hinter ihnen standen. »Ebenso Peterson und Diaz. Und haben wir uns verspätet? Nein!« Er seufzte. »Es muß nett sein, dem diplomatischen Korps anzugehören. Erinnern Sie mich bei meiner nächsten Wiedergeburt daran.«

»Das werde ich tun«, sagte Spock in seinem üblichen trockenen Tonfall.

Da der Captain immer noch nicht so gut über den vulkanischen Mystizismus Bescheid wußte, wie er sich wünschte, wollte er seinen Freund gerade fragen, was er mit dieser Bemerkung gemeint hatte. Doch dann unterbrach ihn das Geräusch der sich öffnenden Türen zum Transporterraum.

Kurz darauf traten Clay und Jocelyn Treadway vom Korridor herein und durchquerten im Gleichschritt den Raum. Ohne ein Wort der Entschuldigung für ihre Verspätung nahmen sie die zwei leeren Plätze auf der Plattform ein und machten sich bereit.

Kirk warf Spock einen Blick zu. Spock zuckte kaum merklich mit der Schulter. Er spürte ebenfalls die Spannung, die zwischen den beiden Diplomaten herrschte, aber er hatte dafür genausowenig eine Erklärung wie der Captain.

Irgend etwas mußte in der letzten Nacht geschehen sein, dachte der Captain, oder vielleicht auch am frühen Morgen. Aber er hatte keine Ahnung, was das sein könnte, abgesehen davon, daß es ihn vermutlich überhaupt nichts anging.

Schließlich war es Sache der Treadways, was zwischen den Treadways vorfiel – solange es sich nicht auf ihre Arbeit auswirkte.

Bis jetzt waren sie lediglich zu spät zum Beamen gekommen. Kirk wollte darüber hinwegsehen, aber gleichzeitig würde er jetzt ein Auge auf die beiden haben.

»Energie!« sagte er zu Scotty.

»Aye, Sir«, antwortete der Ingenieur.

Mit konzentrierter Professionalität bediente er die Kontrollen und aktivierte damit den Transporter. Das System summte kaum hörbar, während sich die Energie an den vorgesehenen Stellen sammelte.

Im nächsten Moment standen sie auf einem Felssims, von dem man in ein langes, gewundenes Tal hinabblickte, das im Schnee erstickte. Sein Atem gefror vor seinem Gesicht und hing eine Weile reglos in der windstillen Luft. Der Himmel war makellos blau und verblaßte am Horizont zu einem Minzgrün.

Sieht so aus, als wären wir nicht mehr in Kansas, dachte er.

»In welcher Richtung liegt das Versteck der Assassinen?« fragte Treadway, der sich vermutlich gerade daran erinnert hatte, daß er das Kommando über diese Mission an sich gerissen hatte.

Peterson, ein schlanker, glattrasierter Mann, der Chekov vor allem durch seine Gelassenheit beeindruckt hatte, schirmte seine Augen ab und deutete auf eine Stelle, die genau unter der orangeroten Scheibe von Alpha Gederix lag.

»Dort entlang«, antwortete er. »Wenn wir auf diesem Sims weitergehen, sind es noch ...«

»Eintausend Meter«, kam Treadway ihm zuvor. »Danke.«

Petersons Kiefermuskeln gerieten in Bewegung, aber er nahm die Brüskierung ungerührt entgegen. »Keine Ursache, Sir.«

Diaz, der stämmiger und dunkler als sein Kollege von der Sicherheit war, konsultierte in der Zwischenzeit seinen Tricorder. Dann blickte er zum Captain auf.

»Mr. Scott hatte recht«, meldete er. »In der Nähe gibt es sehr viel Maldinium. Das bedeutet, daß sie sich an uns anschleichen können, ohne daß wir etwas davon bemerken.«

Kirk lächelte. »Deswegen sind Sie ja bei uns, Mr. Diaz. Um dafür zu sorgen, daß unsere Assassinenfreunde uns nicht überraschen.«

Der Sicherheitsmann blickte leicht verwirrt. »Richtig«, antwortete er dann.

Richtig, wiederholte der Captain in Gedanken. Aber um ganz sicherzugehen, klopfte er noch einmal auf den Phaser in seiner unteren rechten Jackentasche, bevor er sich auf den Weg zum Versteck der Assassinen machte.

Spock holte ein Stück auf und lief dann neben ihm

her, während sie über den Felssims gingen. Peterson und Diaz scherten zu den Flanken aus. Die Treadways, die es offenbar wieder vorzogen zu schweigen, bildeten die Nachhut.

Unterwegs bewunderte Kirk die zerklüftete Erhabenheit der Landschaft. Hier gab es viele gute Stellen zum Bergsteigen, stellte er fest. Vielleicht würde er eines Tages, wenn das Assassinenproblem geklärt war, zurückkehren und seine alten Knochen hier auf die Probe stellen.

»Das hier ist nicht El Capitan«, meinte Spock und blickte sich um. »Hier ist es wesentlich kälter.« Er warf dem Captain einen Seitenblick zu. »Außerdem wäre hier niemand in der Nähe, der Sie bei einem Absturz retten könnte.«

Kirk lachte leise, aber in der kühlen Luft klang es viel lauter, als er erwartet hatte. Sein Offizier spielte auf einen Zwischenfall vor einigen Jahren an, kurz vor ihrer Begegnung mit Spocks Bruder Sybok. Der Captain hatte an einer steilen Bergwand im alten Yosemite Nationalpark Freeclimbing betrieben, als er den Halt verloren hatte und in den Tod gestürzt war.

Beziehungsweise gestürzt *wäre*, wenn nicht sein vulkanischer Gefährte die Voraussicht besessen hätte, in der Nähe buchstäblich herumzuhängen, und zwar in Antigravstiefeln. Spock hatte seinen Freund und vorgesetzten Offizier am Fußknöchel aufgefangen, nur wenige Zentimeter vom Boden entfernt.

»Sie kennen mich viel zu gut, Spock«, meinte Kirk.

»Vielleicht haben Sie recht«, stimmte der Vulkanier freundlich zu. »Das Kompliment kann ich zurückgeben. Jetzt ist es jedoch zu spät, noch etwas an dieser Situation zu ändern.«

»Damit dürften Sie recht haben«, sagte der Captain. »Um nicht zu sagen ...«

Plötzlich hörte er einen erstickten Schrei. Mit der einen Hand packte er Spocks Arm, mit der anderen zog er seinen Phaser. Er dachte nicht darüber nach, er reagierte einfach instinktiv.

Im nächsten Augenblick hatte er das würgende Geräusch zu seinem Ursprung zurückverfolgt. An ihrer linken Flanke stolperte Diaz in den Schnee, wobei er sich die Kehle hielt, als wollte er sich selbst erdrosseln.

»Was zum Donnerwetter ist hier los?« rief Treadway.

Kirk hatte bereits eine leise Ahnung. Er wirbelte herum und überwand die paar Meter, die ihn von den verwirrten Diplomaten trennten, doch Spock kam ihm zuvor. Seine überlegenen Reflexe ließen den Vulkanier einen großen Satz machen, worauf er beide Treadways gleichzeitig zu Boden riß.

Inzwischen war Diaz in die Knie gegangen, und der Schnee färbte sich rot mit heißen Blutstropfen. Als seine Hände ihre Kraft verloren, fielen sie herab, so daß nun zu sehen war, daß ein Messer in der Nähe seines Adamsapfels steckte. Dann kippte er vornüber und rührte sich nicht mehr.

Mit einem heftigen Fluch hielt der Captain seinen Phaser bereit und ging in Deckung. Mit einem Blick erfaßte er den Felsvorsprung und den verschneiten Abhang, der sich darüber erhob. Diaz war dem Abhang am nächsten gewesen, also mußte das Messer von dort gekommen sein.

Und tatsächlich entdeckte er Fußspuren im Schnee, die vom Mörder des Sicherheitsoffiziers stammen mußten – aber keine Spur vom Mörder selbst. Kirk dachte, daß sie es hier ganz offensichtlich nicht mit Amateuren zu tun hatten.

In jüngeren Jahren hätte der Captain vielleicht versucht, den Sicherheitsmann zu erreichen, um sicherzugehen, ob es noch Hoffnung für ihn gab. Doch jetzt war er älter und weiser geworden. Er erkannte eine Leiche, wenn er eine sah.

Statt dessen blickte er sich zu Spock und den Treadways um. Genauso wie Kirk hatte sich auch der Vulkanier bewaffnet und gab sich Mühe, die Diplomaten vor ihren unsichtbaren Gegnern abzuschirmen. Diese schienen nur allzu bereit zu sein, sich abschirmen zu lassen.

»Spock!« keuchte der Captain. Mit den Augen stellte er eine stumme Frage: *Wo?*

Der Vulkanier schüttelte den Kopf. Er wußte die Antwort auch nicht.

Das gleiche galt für Peterson, wie Kirk mit einem Seitenblick in Erfahrung brachte. Der Mann hockte auf der Talseite und umklammerte seinen Phaser. Sein Mund war nur ein dünner, blasser Strich. Als seine hektischen Augen den Blick des Captains trafen, stand darin große Angst.

Es bestand kein Grund, auch nur einen Augenblick länger zu warten, beschloß Kirk. Er zog seinen Kommunikator aus der Jacke und ließ ihn mit einer langgeübten Handbewegung aufschnappen.

»Kirk an Transporterraum«, flüsterte er, wobei seine Lippen das harte Material des Mikrophons berührten. Immer noch kein Anzeichen des Feindes, bemerkte er. Doch es hatte auch keine Vorwarnung gegeben, als sie Diaz angefallen hatten.

»Scott hier«, kam die Antwort. »Alles in Ordnung?«

Leider war keine Zeit mehr, dem Ingenieur alle Einzelheiten zu schildern. »Beamen Sie uns zurück!« zischte der Captain. »Sofort!«

Doch Scottys Antwort hörte er nicht mehr. Sie ging in einem tiefkehligen Schrei von Peterson unter, dem plötzlich ein kurzer, grauer Metallbolzen zwischen dem Schulterblatt und der Wirbelsäule steckte.

Kurz darauf wimmelte es auf dem Felsvorsprung von weißgewandeten Gestalten, die sich allesamt mit unglaublicher Geschwindigkeit und Präzision bewegten. Kirk wirbelte gerade noch rechtzeitig herum, um zu sehen, wie ein Assassine mit einer sichelähnlichen Waffe ihn von hinten angriff.

Er hatte keine Zeit mehr, richtig zu zielen. Er hob einfach nur den Phaser in die ungefähre Richtung, aus der der Ssana kam, und feuerte. Der Captain hatte Glück und traf, worauf der Assassine in einer roten Lichtexplosion nach hinten geschleudert wurde.

Dann wandte Kirk sich Spock zu, als der Vulkanier gerade auf den Auslöser seiner Waffe drückte. Der Phaserstrahl brannte eine grelle Lichtspur in die kalte Luft. Zwei Ssana stöhnten auf, wurden herumgewirbelt und stürzten mit dem Gesicht voran auf die harte Felsoberfläche.

Eine weitere geisterhaft weiße Gestalt kam von hinten auf Spock zu, doch er hatte seinen Phaser bereits auf ein anderes Ziel gerichtet, so daß er den Assassinen nicht mehr rechtzeitig bemerken würde. Der Captain schoß ein zweites Mal, und der Angreifer des Vulkaniers fiel der betäubenden Energie des Strahls zum Opfer.

Trotzdem gab es keine Chance, alle Gegner auf diese Weise auszuschalten. Es waren viel zu viele, und sie bewegten sich viel zu schnell, während sie ein unsichtbares Netz woben, in dem sich die Außenweltler irgendwann verstricken würden.

Kirk versuchte, zwei Ssana, die sich rutschend und wirbelnd vorwärtsbewegten, mit der Waffe zu verfolgen und setzte die gespeicherte Energie ein drittes und viertes Mal frei. Doch beide Schüsse gingen daneben. Und bevor er einen fünften anbringen konnte, schlug etwas mit markerschütternder Wucht gegen seine Kopfseite.

Die ganze Welt geriet auf einmal ins Schwanken. Während sich sein Mund mit Blut füllte, spürte der Captain etwa Kaltes an seiner Wange und erkannte schließlich, daß es der felsige Boden war. Er versuchte seinen Kopf zu heben, wurde aber sofort wieder zurückgestoßen.

Kirk machte sich auf den Schmerz gefaßt und holte mit einem Bein aus. Sein Stiefel traf etwas Festes. Er drehte sich um und erkannte durch einen roten

Schleier, wie eine weiße Gestalt von ihm wegrollte – und dahinter, auf der anderen Seite des Felssimses, wirbelte Spock wie ein Derwisch, um immer noch unerschrocken die Diplomaten zu verteidigen.

Ausgezeichnet, lobte er in Gedanken Spocks Bemühungen, während er die Fäden seines Bewußtseins wieder zusammenzuknüpfen versuchte. *Ausgezeichnet, Spock!*

Dann sahen die entsetzten Augen des Captains, wie etwas Großes und Weißes auf seinen Ersten Offizier zuschoß und ihn mitten in den Rücken traf. Er wurde nach vorne geschleudert und hätte fast seinen Phaser fallen lassen. Bevor der Vulkanier sich wieder aufraffen konnte, versetzte ein zweiter Assassine seinem Kopf einen Fußtritt. Ein dritter brachte ihn mit einem Tritt gegen die Ferse zu Fall.

Damit waren die unbewaffneten Treadways ohne jeden Schutz. Als ein Assassine Jocelyn am Arm ergriff und sie fortzerrte, versuchte ihr Mann einzugreifen. Doch kurz darauf warf sich ein weiterer Ssana gegen Clay und ließ ihn neben Spock zu Boden gehen.

Auf einmal erkannte Kirk den Grund für dieses geradezu harmlose Geplänkel. Die Assassinen wollten Gefangene machen, obwohl er nicht klar genug denken konnte, um den Anlaß dafür zu erkennen. Er stemmte sich mit den Händen gegen den Felsboden, um aufzustehen und Jocelyn zu Hilfe zu kommen, wenn sonst keiner mehr dazu in der Lage war.

Zu seiner Überraschung hielt ihn niemand auf. Schwankend kam er auf die Beine, entdeckte die gefangene Frau und setzte über den Felsvorsprung, unbewaffnet und mit wackligen Knien, ohne daß er auch nur einen blassen Schimmer hatte, was er eigentlich tun wollte.

Vermutlich würde man ihn wieder nur zu Boden werfen, dachte er. Vielleicht machte er sie jedoch so wütend, daß sie beschlossen, eine Geisel weniger zu nehmen.

In diesem Moment nahm er etwas aus dem Augenwinkel wahr – einen Schimmer, ein Strahlen, das er zunächst nicht zuordnen konnte, bis er es schließlich doch wiedererkannte. Er verfolgte den Lichteffekt zu seinem Ursprung und sah einen Zylinder aus flimmernder, bläulicher Energie, der sich um seinen Ersten Offizier und Clay Treadway bildete.

Bevor die Assassinen reagieren konnten, bevor sie überhaupt begriffen, was geschah, waren Spock und sein Begleiter zusammen mit dem Energiezylinder verschwunden. Scotty hatte sie endlich aus diesem Gemetzel herausgeholt.

Der Captain lächelte erleichtert, da es jetzt nicht mehr lange bis zu seiner eigenen Rettung dauern konnte. Er wartete darauf, daß die Winterlandschaft und die Assassinenhorde verschwanden, um der warmen, vertrauten Einrichtung des Transporterraums der *Enterprise* Platz zu machen. Doch eine Sekunde verging, dann noch eine, ohne daß etwas geschah.

Er drehte sich um und überlegte, was schiefgegangen sein könnte. Durch ein Gewirr aus schneeweißen Gegnern sah Kirk kurz ein vertrautes Gesicht, das von Jocelyn, das genauso verwirrt war wie seins. Ihre Augen waren vor Panik weit aufgerissen.

Man hatte sie zurückgelassen.

ZWEITES BUCH

Ssan

1

Tut mir leid«, sagte McCoy hartnäckig. Die Stimmung des Sechsundzwanzigjährigen hallte durch den fast leeren Freizeitraum der U.S.S. *Republic*. »Das kaufe ich dir nicht ab. Keine Chance.«

Er blickte über den dunkelroten Tisch auf Merlin Carver, den braunhäutigen Mann, der im Weltraum sein bester Freund geworden war, und schüttelte den Kopf.

»Ein Mord ist ein Mord ist ein Mord, Merlin. Und damit basta.«

Carver tat den Einwand mit einer Handbewegung ab. »Nicht auf Ssan. Die Assassinen erfüllen eine kulturelle Notwendigkeit. Und Moboron handelt im Auftrag dieses Imperativs.«

McCoy schnaufte. »Und damit soll die Sache in Ordnung sein? Solange er die Fahne des kulturellen Imperativs hochhält, darf er alles tun, was er will?«

Carver beugte sich vor. »Hör mal, ich bin über diese Schreckensherrschaft genauso entsetzt wie du. Ich müßte schon aus Stein sein, damit es mich kaltläßt. Aber ich bin kein Ssana, ich bin ein Mensch. Und als solcher habe ich nicht das Recht, über ihn zu urteilen.«

McCoy fluchte halblaut. »Merlin, das ist der größte Schwachsinn, den ich jemals gehört habe. Ich muß doch kein Ziegelstein sein, um mir eine Meinung über ein hübsches altes Gebäude bilden zu können. Und ich muß kein Ssana sein, um zu wissen, daß Moborons Taten ein Verbrechen gegen die Natur sind.«

»Gegen wessen Natur?«

»Gegen die Natur schlechthin.«

Carver brummte verächtlich, und seine Nasenflügel bebten. »Komm schon, Leonard, du darfst nicht erwarten, daß sich fremde Rassen genauso verhalten wie wir. Sie essen nicht das, was wir essen. Sie tragen nicht die gleiche Kleidung wie wir. Manche pflanzen sich nicht einmal auf die gleiche Weise fort wie wir. Wie kann man sie also zwingen, sich an unsere beschränkten Vorstellungen von Moral zu halten?«

»Beschränkt?« keuchte McCoy und beugte sich ebenfalls über den Tisch. »Was soll beschränkt daran sein, das Recht einer Person auf Leben zu verteidigen?«

Während er diese Frage stellte, sah er, wie die Tür zum Freizeitraum aufglitt und die anderen drei Mitglieder ihres Trainingsteams eintraten – Warren Huang, Paco Jiminez und Janice Taylor. Als sie McCoy und Carver bemerkten, kamen sie auf ihren Tisch zu.

»Gar nichts«, antwortete Carver, während seine Stimme immer lauter wurde. Er hatte noch nicht bemerkt, daß sie Gesellschaft bekamen. »Solange diese Person gewillt ist, dieses Recht in Anspruch zu nehmen. Doch viele Leute haben immer wieder zugunsten eines ihrer Ansicht nach größeren Wertes darauf verzichtet. Ich bin überzeugt, daß du in jeder beliebigen Zivilisation Beispiele dafür entdecken wirst, wobei die Erde keineswegs eine Ausnahme darstellt. Im Grunde ...«

»Führt ihr schon wieder ein philosophisches Streitgespräch?« fragte Taylor und schnitt Carver damit das Wort ab, der überrascht seinen Kopf herumruckte. »Mir scheint, daß ihr zwei in letzter Zeit gar nichts anderes mehr tut.«

Jiminez lächelte und entblößte seine makellosen Zähne. »Mein Gott! Sind wir nun die fünf aussichtsreichsten Jungärzte von Starfleet oder ein Debattierverein?«

»Worum geht's denn diesmal?« wollte Taylor wissen. »Wie viele Engel auf der Spitze eines Dilithium-Kristalls tanzen können?«

»Nein«, sagte McCoy. »Es geht um Ssan.«

Huang nickte und sah selbst beinahe engelhaft aus. »Ach! Darum.«

McCoy schnaufte. »Merlin meint doch tatsächlich, daß nichts an ihren kleinen Mordspielchen auszusetzen ist!«

»Nach *ihren* Maßstäben«, stellte Carver richtig. »Und Leonard will mir einreden, daß sie nicht tun und lassen dürfen, was sie wollen, auch wenn es nur um ihren eigenen Planeten geht.«

»Richtig«, bestätigte McCoy und spürte, wie sich seine Wangen erhitzten. »Man darf ihnen nicht erlauben, sich gegenseitig umzubringen. Das Leben ist heilig, auf Ssan genauso wie anderswo.«

»Warum?« fragte Carver. »Weil wir es so sagen? Haben die Ssana dabei überhaupt kein Wörtchen mitzureden? Oder spielt ihre Meinung gar keine Rolle?«

»Richtig und Falsch ist keine Meinungssache«, entgegnete McCoy, der sich immer mehr erregte. »Es ist ein Absolutum. Und Lebewesen zu töten, ist einfach falsch.«

»Aber diese Philosophie steht doch im Widerspruch zur Ersten Direktive«, sagte Huang. »Demnach sollen wir der Versuchung widerstehen, jedem, der außerhalb der Föderation steht, unsere moralischen Vorstellungen aufzudrängen – selbst wenn sie die unserer Ansicht nach schlimmsten Verbrechen begehen.«

McCoy blickte den Asiaten finster an, der jedoch kaum mit der Wimper zuckte. Zu Beginn ihres Weltraumtrainings hatte es oft so ausgesehen, als würde sich Huang von McCoys starrendem Blick einschüchtern lassen.

»Du verwechselst Moral mit Gesetz, Warren. Das *Gesetz* besagt, daß wir uns nicht in fremde Kulturen einmischen dürfen. Doch das heißt nicht, daß wir alles gutheißen müssen, was in dieser Kultur geschieht. Oder daß wir es befürworten müssen.«

»McCoys Argumentation klingt überzeugend«, entschied Jiminez. Er zog sich einen Stuhl heran und setzte sich rittlings darauf. »Nimm zum Beispiel die postatomare Epoche auf der Erde. Wißt ihr noch, wie die Gerichte damals waren? Welche Art Rechtsprechung sie ausübten?«

»Diese Gerichte waren eine Verirrung«, meinte Taylor, die ihre grünen Augen zusammenkniff. »Sie sind als Beispiel nicht geeignet.«

»Warum nicht?« wollte McCoy wissen. Er spürte, wie sich seine Wut von Sekunde zu Sekunde steigerte. »Wer sind wir, daß wir darüber urteilen dürfen, was eine Verirrung ist und was nicht? Nach Merlins Meinung dürfen wir nirgendwo einen Maßstab anlegen.«

»So habe ich das nicht gemeint«, entgegnete Carver.

»Aber so hast du es gesagt«, warf Jiminez ein. »Entweder sind unsere moralischen Ansichten ein Maßstab oder nicht. Du kannst nicht nach Belieben die Position wechseln.«

»Absolut richtig«, schlug McCoy in dieselbe Kerbe.

Huang wandte sich an Carver. »Ich glaube, jetzt hat er dich erwischt, Merlin.«

Carver warf Huang einen wütenden Blick zu. »Du kannst mich mal, Warren!«

Der Asiate lächelte. »Ich nehme mir das Recht heraus, diesen Vorschlag abzulehnen«, konterte er. »Ganz gleich, ob er auf einem absoluten Grundsatz beruht oder nicht.«

Damit war die Spannung gebrochen. Carver mußte lachen, ganz zu schweigen von McCoy, womit die Situation sich plötzlich lockerte.

»Gut gesprochen, Warren«, sagte Carver und schob einen Stuhl in Huangs Richtung. »Aber ich bin immer noch der Ansicht, daß du mich mal kannst.« Er wandte sich an McCoy. »Und du auch, Leonard. Und zwar auf ganz allgemeiner Basis.«

McCoy gab seine Vorstellung des verrückten Wissenschaftlers zum besten. »Weißt du, Merlin, normalerweise führe ich ja keine Lobotomien durch. Aber in deinem Fall könnte ich vielleicht einmal eine Ausnahme machen.«

»Nett!« stellte Taylor fest und holte sich ebenfalls einen Stuhl. »Ihr seid ja wirklich reizend!«

Einen Augenblick lang herrschte Schweigen. Es war ein unbeschwertes und freundschaftliches Schweigen, während McCoy sich daran erinnerte, wie sehr er sie alle mochte, ganz besonders Carver. Das hieß, solange sie sich nicht über philosophische Fragen stritten.

»Nun denn«, sagte Jiminez gelassen. »Gibt es noch jemanden unter euch, der genauso wie ich die Hosen voll hat?«

Carvers Mundwinkel verzogen sich zu einem ironischen Grinsen. »Du meinst, weil wir mitten in das Blutbad von Pitur gebeamt werden?«

Jiminez blickte ihn an, als würde er gar nicht verstehen, wovon er sprach. »Vergiß das Blutbad, mein Freund. Das gehört einfach nur zu unserer Arbeit. Ich meine, daß wir unter Vinnie Bando arbeiten sollen.«

McCoy hob seine Hände. »Was ist mit ihm?«

Seine Kollegen blickten ihn erstaunt an. McCoy wurde unter ihren musternden Blicken unruhig.

»Hast du noch nichts von ihm gehört?« fragte Taylor. »Vincent Bando ist der härteste medizinische Offizier jenseits von Alpha Centauri. Er muß dich nur ansehen, und schon hat er deine Leber gefressen.«

»Eine sehr interessante Ernährungsgewohnheit«, bemerkte Huang.

»Kommt schon«, sagte McCoy. »So schlimm kann er doch nicht sein!«

Niemand antwortete ihm. Nur Taylor tätschelte ihm die Hand, als wäre er ihr Patient und sie müßte ihm erklären, daß er nur noch ein paar Tage zu leben hätte.

McCoy seufzte. »Doch so schlimm?«

»Schlimmer«, sagte Jiminez. »Ein Freund meines Bruders hat auf der *Constellation* unter Bando gearbeitet. Er sagt, es wäre das schlimmste Jahr seines Lebens gewesen – dabei waren es nur ein paar Monate.«

»Bando ist schon unter normalen Bedingungen kaum zu ertragen«, fügte Huang hinzu. »Aber wenn er eine schwierige katastrophenmedizinische Aktion wie in Pitur leiten soll ...« Er schüttelte sich theatralisch. »Ich darf gar nicht daran denken, daß ich auch Ingenieur hätte werden können!«

McCoy bemerkte, daß sein Mund offenstand, und schloß ihn wieder. Ein Gentleman aus den Südstaaten gaffte nicht mit offenem Mund. Das hatte ihm sein Vater beigebracht.

»Tja«, sagte er schließlich. »Eigentlich bin ich in den Weltraum gegangen, um meinen Sack voller Probleme zu vergessen. Jetzt scheint es, daß Doktor Bando mir mehr Ablenkung verschaffen wird, als mir lieb ist.«

Es gab ein paar gemurmelte Antworten, doch niemand von den Anwesenden wußte so recht, was er darauf sagen sollte. Sie sagten niemals etwas, nicht einmal Merlin, der ein wenig mehr als die anderen über die Gründe wußte, warum McCoy von der Erde geflüchtet war.

Einerseits bedauerte McCoy es, das Gespräch wie mit einer nassen Decke erstickt zu haben. Doch andererseits empfand er ein heimliches Vergnügen über das Unbehagen der anderen.

Verdammt, warum sollte er sich etwas vormachen? Es gefiel ihm nun einmal, den Märtyrer zu spielen. Dabei kam er sich vor, als hätte er eine höhere Sprosse auf der Leiter der Erfahrung erklommen, als würden ihm die Narben, die er von seiner gescheiterten Ehe zurückbehalten hatte, mit einer Art moralischen Überlegenheit auszeichnen.

Das hieß jedoch nicht, daß er nicht liebend gern sein Märtyrerdasein aufgegeben hätte, wenn er dadurch alles wieder ungeschehen machen könnte … wenn sich sein zukünftiges Leben wieder wie damals als gut gepflasterte Straße, gesäumt von großen weißen Häusern und duftenden alten Pfirsichbäumen, vor ihm erstreckt hätte. Doch diese Aussichten waren ihm nun ein für allemal verwehrt.

Dafür hatte Jocelyn gesorgt.

Gewöhnlich war es Carver, der das Eis brach, wenn McCoy wieder einmal eins seiner gefürchteten ›Bonmots‹ von sich gegeben hatte. Doch diesmal erhielt er dazu keine Gelegenheit, weil ihm das Schiffsinterkom zuvorkam.

»Hier spricht Captain Hillios«, sagte der befehlshabende Offizier der *Republic* mit einer gleichzeitig melodischen und befehlenden Stimme. »Die Juniorärzte McCoy, Carver, Taylor, Huang und Jiminez sollen sich in dreißig Minuten im Transporterraum Eins melden. Ich wiederhole: in dreißig Minuten. Wir haben uns Ssan auf Rufweite genähert.«

McCoy sah an Carvers Adamsapfel, daß sein Freund schluckte. Dann blickte er die anderen der Reihe nach an und bestätigte damit die Verbundenheit, die zwischen ihnen entstanden war – eine Verbundenheit, die jetzt auf einmal viel wichtiger schien, als Ssan nicht mehr nur eine abstrakte Idee war.

»Dreißig Minuten«, wiederholte Huang. »Kaum genügend Zeit, um sich frische Unterwäsche anzuziehen.«

Doch die Stimme des Mannes klang saft- und kraftlos, dachte McCoy. Wie ein Whisky mit Eis, der zu lange in der Sonne gestanden hatte.

Als sie im Transporterraum eintrafen, war Jiminez endlich ein Name für ihre Gruppe eingefallen.

»Der ›Ssanitätstrupp‹«, sagte er grinsend. »Was haltet ihr davon?«

McCoy nickte. »Mir gefällt es.«

»Mir auch«, stimmte Huang zu. »Der Name hat genau die richtige Mischung aus Heldenmut und Todesverachtung.«

Taylor warf ihm einen Seitenblick zu. »Du klingst wie ein Theaterkritiker«, stellte sie fest.

Als sie sich der Transporterplattform näherten, beobachtete McCoy den diensthabenden Transportertechniker. Zu seiner Bestürzung sah er, daß es Sorenson war, ein Junioroffizier, der ungefähr gleichzeitig mit den Juniorärzten auf die *Republic* gekommen war.

»Was ist los?« fragte Carver.

»Nichts«, versicherte McCoy ihm.

»Nun rück schon raus mit der Sprache!« sagte sein Freund. »Ich bin's, Merlin! Du siehst aus, als hättest du gerade einen Liter Blut verloren.«

McCoy runzelte die Stirn. »Ich mag keine Transporter«, murmelte er so leise, daß die anderen nicht mithören konnten.

»Wie bitte?« sagte Carver und beugte sich zu ihm herüber.

»Ich sagte, ich mag keine *Transporter*!« wiederholte McCoy.

Der andere Mann blickte ihn grinsend an. »Erzähl mir nicht, du hast Angst davor, daß deine Atome gleich zu Staub zerblasen werden!«

McCoys Blick verdüsterte sich. »Das ist genau das, was ich…«

Plötzlich öffneten sich die Türen zum Transporterraum, und Captain Hillios trat ein. Unter der kupferfarbenen Mähne beobachteten ihre Augen das Trainingsteam. Instinktiv nahm McCoy auf der Plattform Haltung an.

Der Captain musterte sie der Reihe nach. »Nun«, sagte sie, »zumindest sind Sie vollzählig erschienen. In meiner letzten medizinischen Ausbildungstruppe gab es jemanden, der den Gedanken nicht ertragen konnte, vom Schiff gebeamt zu werden – falls Sie sich so etwas in unserem Zeitalter noch vorstellen können.«

McCoy spürte, daß Carver ihm mit dem Ellbogen in die Rippen stieß. Zum Glück standen sie in der zweiten Reihe und konnten von Hillios nicht direkt beobachtet werden. Mit seinem eigenen Ellbogen schob er Carver zurück.

»Auf jeden Fall wünsche ich Ihnen viel Glück«, sagte der Captain. »Nach den Berichten, die ich gesehen habe, erwartet Sie dort unten keineswegs ein Picknick.« Dann drehte sie sich zum Transportertechniker um und nickte. »Bereiten Sie alles für den Transport vor, Sorenson.«

»Aye-aye, Captain«, sagte Sorenson.

Als der Mann die Kontrollen bediente, krampften sich McCoys Muskeln schmerzhaft zusammen. Er haßte nicht einfach nur Transporter. Er haßte alle Maschinen, von denen das Leben eines Menschen abhing. Zufällig gehörte der Transporter auch in diese Kategorie.

»Energie!« befahl Hillios.

McCoy kniff die Augen fest zusammen. Das Summen des Transporteraggregats steigerte sich in der Tonhöhe, obwohl er es nach einer Weile kaum noch hören konnte, weil seine Zähne so laut knirschten.

Einen Augenblick später bildete er sich ein, spüren zu können, wie die unbeschreibliche Weltraumkälte durch seine Knochen wehte und mit unzähligen winzigen Krallen in seinen Körper schlug. Nein, es war keine Kälte, erkannte er. Es war Hitze, eine furchtbare Hitze.

»Mein Gott!« sagte Carver an seiner Seite.

McCoy öffnete die Augen und sah eine Szenerie der Verwüstung, wie er sie noch nie erlebt hatte, und hoffte, daß er auch nie wieder etwas Ähnliches erleben würde.

An der Stelle, wo sie materialisiert waren, hatte sich

offenbar das Rathaus von Pitur befunden. Es war aus kostbaren marmorierten Steinen erbaut worden, die wegen ihrer rötlichen und bläulichen Färbungen ausgesucht worden waren. Sie waren mit purpurnen Wandteppichen verhangen gewesen, und auf dem Boden hatte ein dichter weißer Teppich aus Ssan-Wolkenmoos gelegen. Einst war hier die Bühne für die Gesetzgeber der Ssana gewesen, wo sie auf und ab gingen, während sie ihre Gesellschaft mit neuen, fortschrittlichen Ideen erneuerten.

Einst ...

Jetzt war es ein einziges Chaos aus Blut und Feuer. Eine Leichenhalle, die bis obenhin mit Toten und Sterbenden angefüllt war. Jetzt herrschten hier Kummer, Schmerz und Verzweiflung.

Was immer hier geschehen war, hatte die Platten, aus denen die Wände bestanden, auseinandergerissen, sie verkohlt und stellenweise sogar zertrümmert. Die Fenster waren in tausend winzige Scherben zersplittert, die Wandteppiche hingen in Fetzen herab, und der Moosteppich hatte sich vom Blut der Ssana tiefrot verfärbt.

Bis jetzt war ›Katastrophenmedizin‹ nur ein Wort, ein abstrakter Begriff gewesen. Nun wurde McCoy die Bedeutung mit erschütternder Eindringlichkeit klar.

Es gab medizinisches Personal, aber nicht genügend. Es reichte nicht annähernd aus. Diese Halle mußte gerammelt voll gewesen sein, als das Unheil zugeschlagen hatte.

McCoy starrte nur. Es erschien ihm unmöglich, daß es an einem Ort so viel Leiden geben konnte. So viele Leute, die um Hilfe riefen ...

»Passen Sie auf!«

Instinktiv wirbelte McCoy bei diesem Schrei herum und sah gerade noch, wie jemand in der blauschwarzen Uniform des Ersten Medo-Offiziers auf ihn zustürzte und ihn umwarf. Einen Moment lang versuchte er, sein Gleichgewicht zu bewahren, doch es war schon zu spät. Das Gewicht des anderen Mannes riß ihn mühelos zu Boden.

Als der junge Arzt stürzte und mit dem Hinterkopf gegen ein Trümmerstück aus Marmor schlug, sah er kurz etwas Grelles, Schreckliches. Es war eine Fahne – eine schwere, brennende Fahne –, und sie landete genau an der Stelle, wo er noch vor Sekundenbruchteilen gestanden hatte.

Bevor McCoy die volle Bedeutung dieses Ereignisses begreifen konnte, spürte er, wie sich Finger in den Stoff seiner Arztuniform krallten. Sie packten ihn und brachten ihn wieder auf die Beine.

Und dann stand er dem Mann gegenüber, der ihn zu Boden geworfen hatte. Er nahm verschwommen ein kantiges Gesicht wahr, einen kurzgeschnittenen Haarschopf in Eisengrau und einen dünnlippigen Mund.

Der Mann versetzte ihm einen Schubs. »Sie müssen Ihre Augen offenhalten, Doktor! Ich habe in letzter Zeit zuviel um die Ohren, um auch noch ihr Kindermädchen spielen zu können.«

Bando, flüsterte eine Stimme in McCoys Kopf. *Vincent Bando.* Er mußte es sein. Er war der einzige leitende Medo-Offizier auf Ssan, wenn er sich richtig erinnerte.

»Ja, Sir«, murmelte McCoy, der immer noch etwas benommen vom Schlag gegen seinen Hinterkopf war.

Der stämmige Medo-Offizier zeigte auf eine Gruppe verwundeter Ssana in der Nähe einer zusammengestürzten Wand. »Da drüben«, knurrte er. Sein Gesichtsausdruck machte deutlich, daß er an die sofortige Befolgung seiner Befehle gewöhnt war.

McCoy folgte seiner Geste und schluckte. Doch irgendwie schaffte er es nicht, seine Beine in Bewegung zu bringen. Er konnte seinen Körper nicht dazu bringen zu akzeptieren, wo er sich befand und was er hier tun sollte.

»Ja, Sir«, wiederholte er, noch entmutigter als zuvor.

Mit aufgerissenen Augen blinzelte er im brennenden Rauch.

Bandos Blick war noch verärgerter, als er McCoy aus der Nähe betrachtete. »Was ist los, Doktor? Waren Sie noch nie in der Hölle?« Sein Mund verzog sich zu einem wilden Grinsen. »Jetzt machen Sie, daß Sie an die Arbeit kommen!«

Als er ihm diese Worte ins Gesicht schrie, kam McCoy endlich wieder zu Sinnen. Es war wie ein körperlicher Schlag. Er versuchte, den beißenden Geruch nach versengter Haut zu ignorieren, und machte sich auf den Weg durch die Ratshalle.

Hinter ihm trieb der Medo-Offizier die anderen Juniorärzte genauso hart an, wie er es mit McCoy getan hatte. Doch das waren jetzt nur noch Hintergrundgeräusche. Als McCoy sich der Gruppe der Opfer näherte, die Bando ihm zugewiesen hatte, spürte er, wie seine Ausbildung wieder die Kontrolle über ihn übernahm. Allmählich begann er, wie ein Arzt zu denken.

Es waren fünf Ssana. Zwei waren offensichtlich tot, und ein dritter würde es auch nicht mehr lange machen. Doch die übrigen zwei sahen aus, als hätten sie noch eine Chance auf Rettung.

Als McCoy sich neben einem Ssana hinkniete, mußte er schlucken. Aus nächster Nähe war der Gestank nach verbranntem Fleisch fast unerträglich. Er bemühte sich, sein Mittagessen bei sich zu behalten, öffnete seine Schultertasche und holte seinen Tricorder hervor.

Das Gerät bestätigte seine erste Einschätzung: Über dreißig Prozent des Körpers des Ssana waren verbrannt, außerdem hatte er zahlreiche Knochenbrüche und oberflächliche Verletzungen durch Splitter. Doch die Biowerte waren vielversprechend. Und der Patient war sogar noch jünger als McCoy selbst. Mit einiger Hilfe würde er durchkommen.

Als der Doktor den Tricorder weglegte und nach

einem Injektor griff, öffneten sich die kleinen Augen des Ssana und blickten ihn an. Ihre Farbe war ein dunkles Indigo, beinahe ein Schwarz, und sie lagen unter einer vorgewölbten Stirn, in die die Schmerzen tiefe Furchen eingegraben hatten.

Als der Ssana den Injektor sah, schüttelte er mühevoll den Kopf. »Nein«, keuchte er. »Nein…«

»Es ist alles in Ordnung«, sagte McCoy. »Ich bin gekommen, um Ihnen zu helfen.«

Der Ssana schüttelte erneut den Kopf. »Lassen Sie mich in Frieden!« ächzte er mit einer Stimme, die den Lärm ringsum übertönte. Es hatte ihn große Anstrengungen gekostet, mit einer solchen Entschlossenheit zu sprechen.

Aber warum? Warum wollte er sich nicht helfen lassen? War er geistig weggetreten, konnte er nicht mehr vernünftig denken? Oder steckte etwas anderes dahinter?

»Lassen Sie mich in Frieden!« wiederholte er in flehendem Tonfall, während seine übergroßen Ohrläppchen in der Erschütterung über seine Hilflosigkeit erzitterten.

McCoy schluckte. »Das geht nicht«, sagte er. »Ich bin Arzt.«

Der Ssana hob seine Hand, doch er schaffte es nicht mehr, McCoys Gesicht zu berühren. Als sein Arm wieder herabfiel, blieb er auf dem Körper neben dem seinen liegen.

Es war der Körper der zweiten Überlebenden, einer Frau, die fast genauso schlimm wie der junge Mann verletzt war. McCoy fragte sich, ob die Frau ihm etwas bedeutete oder ob er einfach nur zuvorkommend war – selbst unter so erschreckenden Umständen.

Vom medizinischen Standpunkt aus betrachtet, spielte es keine Rolle, um welchen Patienten er sich zuerst kümmerte. Sie waren ungefähr in der gleichen Verfassung. Und er hatte genügend Zeit, um beide zu retten, falls keine unvorhersehbaren Komplikationen eintraten.

Trotz der heftigen und gequälten Proteste des Ssana stellte er also den Injektor auf Colerium ein, das Anästhetikum, das bei diesen Leuten am besten wirkte, und drückte ihn gegen den Arm des Mannes. Als der Ssana erkannte, was McCoy tat, griff er nach seinem Handgelenk, aber es war schon zu spät. Die Wirkung der Droge trat fast im selben Augenblick ein.

Dennoch entspannte sich sein Griff, mit dem er McCoys Arm gepackt hielt, kein bißchen. Beeindruckt von der Willensstärke seines Patienten löste der Arzt dessen Finger und wandte seine Aufmerksamkeit der Frau zu. Schon bald stellte er fest, daß ihre Verletzungen gar nicht so schlimm waren, wie er beim ersten Blick befürchtet hatte. Angesichts ihres geringeren Körpergewichts injizierte er ihr eine etwas kleinere Dosis Colerium.

Dann machte er sich daran, ihre schlimmsten Wunden mit Dermaplast zu bedecken. Nach wenigen Minuten hatte er die Blutungen gestoppt. Jetzt kam es nur noch darauf an, sie in eine medizinische Einrichtung zu schaffen.

Als McCoy sich zurücklehnte, stellte er fest, daß seine Augen voller Ruß waren. Er versuchte, ihn mit dem Ärmel wegzuwischen, doch dadurch wurde es nur noch schlimmer. Kurz darauf brannten und tränten seine Augen.

Als er dann ein fernes Dröhnen hörte, konnte er zunächst nur mit den Ohren feststellen, aus welcher Richtung es kam. Hektisch blinzelnd klärte er sein Gesichtsfeld, um dort etwas erkennen zu können, wohin sich alle Köpfe gewandt hatten.

Durch eine der zerstörten Fensteröffnungen in der Wand sah McCoy einen Turm, der zur Hälfte in Flammen stand. Und er war überzeugt, daß es dort vor wenigen Minuten noch kein Feuer gegeben hatte.

Dies war der Augenblick, wie er sich später erinnerte, in dem er den ersten Eindruck davon erhielt, was es bedeutete, während der Assassinenkriege auf dem Planeten Ssan im Einsatz zu sein. Es war eine Sache, unter so widrigen Umständen oder unter ständiger Lebensgefahr arbeiten zu müssen. Doch es war etwas ganz anderes, zusehen zu müssen, wie eine neue Fackel des Todes entzündet wurde, während man noch nicht einmal die erste gelöscht hatte.

Bando fuhr zu ihnen herum. »Okay«, sagte er mit einer Stimme, die vom Atmen in rauchiger Luft heiser geworden war. »Genug gegafft. Lassen Sie uns zusehen, daß wir hier fertig werden. Es sieht ganz so aus, als wollte Moboron dafür sorgen, daß es uns heute auf keinen Fall langweilig wird.«

Das mußte er McCoy nicht zweimal sagen. Er nahm seinen Kommunikator vom Gürtel und ließ ihn aufschnappen. »McCoy an Föderationshospital Eins. Zwei Patienten zum Beamen bereit.«

Wenige Sekunden später erhielt er Antwort. »Verstanden, McCoy. Das muß eine wahnsinnig aufregende Mission sein!«

Der Arzt rümpfte die Nase über den schwarzen Humor. Doch er hatte das Gefühl, als würde er noch viel mehr davon zu hören bekommen, bevor er diesen Planeten wieder verlassen hatte.

Während er darauf wartete, daß der Transport eingeleitet wurde, hörte er, wie einer seiner Patienten etwas murmelte. Als er nach unten blickte, sah er, daß die Frau immer noch schlief. Doch der Mann hatte es irgendwie geschafft, seine Augen wieder zu öffnen.

Der Haß, den er darin erkannte, war für McCoy ein größerer Schock als alles andere, was er bislang erlebt hatte. Der Ssana machte den Eindruck, als wollte er dem Menschen mit bloßen Zähnen an die Kehle gehen.

Wahrscheinlich lag er im Delirium, redete sich der junge Arzt ein. Warum sonst sollte er jemanden auf diese Weise anstarren, der ihm gerade das Leben gerettet hatte?

Doch viel wichtiger war die Frage, wieso er noch bei Bewußtsein war? *Habe ich mich irgendwie bei der Colerium-Dosis vertan?*

Zum Glück blieb ihm keine Zeit, länger über diese Frage nachzudenken. Einen Moment später ließ der Transportereffekt eine Aura um die beiden Überlebenden entstehen, und nach der Dauer eines weiteren Herzschlags waren sie verschwunden.

2

McCoy hockte, den Rücken gegen eine Steinwand gelehnt, auf dem nächtlichen Regierungsplatz von Pitur und blickte durch den dichten grauen Rauch nach oben. Die vier aufgegebenen Türme des Komplexes waren vor dem dunklen Himmel kaum zu erkennen – mit Ausnahme der Stellen, wo ihre Umrisse vom gelblichen Licht ersterbender Brandherde erhellt wurden.

In diesem Bezirk hielten sich jetzt keine lebenden Ssana mehr auf. Die Unverletzten waren evakuiert worden, und die Verwundeten hatte man per Föderationstransporter weggebeamt. Auch die meisten der Toten waren fortgeschafft worden, und erst am nächsten Tag, der in etwa einer Stunde anbrechen würde, würden neue Trupps der Regierung eintreffen, um in den Trümmern nach den übrigen Leichen zu suchen.

Im Augenblick handelte es sich bei sämtlichen blauschwarz gekleideten Gestalten, die sich auf dem Platz aufhielten, um Außenweltler, um Starfleet-Ärzte in verschiedenen Stadien physischer und psychischer Erschöpfung. In McCoys brennenden Augen sahen sie aus wie Ghule, die die Szenerie des Todes umlagerten, nachdem der letzte Tropfen Blut bereits vor langem getrocknet war.

»Was meinst du?« fragte Carver.

McCoy drehte sich bei diesen Worten um und zuckte vor Schmerz zusammen, als sich sein steifer Nacken wieder bemerkbar machte. Er blickte seinem Freund ins

Gesicht. Merlin sah aus, als hätte er eine ganze Woche lang durchgefeiert.

»Wozu?« fragte McCoy. Seine Stimme klang schwach und tonlos. Es hörte sich an, als hätte jemand anderer gesprochen.

»Wie lange der Kerl uns hierbehalten will«, sagte Carver mit leichter Ungeduld, als hätte es offensichtlich sein müssen, was er gemeint hatte.

McCoy zuckte die Schultern. »Ich weiß es nicht.« Er überlegte kurz. »Bando sagte, wir sollten uns bereithalten, falls dieser Moboron weitere Anschläge geplant hat. Aber es ist schon eine Weile her, seit wir die letzten Opfer rübergebeamt haben.«

Sein Freund nickte. »Genau das meinte ich. Wie lange hängen wir jetzt schon hier herum? Siebzehn Stunden? Es wird nicht mehr lange dauern, bis wir zu gar nichts mehr zu gebrauchen sind.« Er seufzte. »Wir benötigen dringend etwas Schlaf. Wir können nicht ewig darauf warten, daß Moboron wieder in Aktion tritt.«

McCoy brummte. »Komisch«, sagte er. »Es kommt mir vor, als wäre es schon Jahre her, seit wir über die Moral der Assassinen diskutiert haben.«

Carver sah ihn lauernd an und wartete offenbar darauf, daß McCoy die Diskussion fortsetzte, nachdem sie jetzt praktischen Anschauungsunterricht zu dieser Philosophie erhalten hatten. Doch McCoy weigerte sich. Er war einfach zu müde dazu.

Als sie Schritte auf den Pflastersteinen hörten, drehten sie sich gleichzeitig um. Es waren Taylor, Huang und Jiminez, die bei den altgedienten Ärzten nachgefragt hatten, wie lange sie noch hierbleiben mußten.

»Na?« fragte Carver, als seine Kameraden sich vor ihnen beiden hinhockten.

Jiminez schüttelte den Kopf. »Es läßt sich zur Zeit noch gar nicht abschätzen, sagen sie. Offenbar geht es nicht mehr nur um Lebensrettung. Bando scheint die Sache persönlich zu nehmen.«

»Stimmt«, sagte Taylor. »Es ist, als hätte er Li Moboron den Krieg erklärt. Eine Art persönliches Duell. Und seine Ärzte sagen, daß er es nicht ausstehen kann, wenn er verliert.«

Huang lächelte dünn. »Ein reizender Kerl, dieser Bando. Das wurde uns immer wieder bestätigt.« Er hob seine blutunterlaufenen Augen zum rauchverhangenen Himmel. »Ich bin mal gespannt, was es hier für einen Sonnenaufgang gibt. Ich habe das Gefühl, wir werden noch jede Menge davon erleben.«

Carver lachte humorlos. »Was sagt man dazu? Sogar Warren Huang hat seine düstere Seite.«

»Wartet mal!« sagte McCoy. Er blinzelte unsicher, ob er richtig gesehen hatte. Dann sah er es noch einmal und zeigte auf die Mitte des Platzes. »Da werden welche weggebeamt.«

Die Blicke der anderen folgten seinem ausgestreckten Arm. »Du hast recht«, sagte Taylor. »Zumindest ein paar von uns dürfen verschwinden.«

»Aber wohin werden sie gebracht?« fragte Carver. »Zu den Schlafsälen? Oder zu einem neuen Katastrophenschauplatz?«

»Verdammter Mist!« sagte Jiminez. »Vielleicht sollten wir ...«

Er unterbrach sich mitten im Satz, und dann sah McCoy den Grund dafür. Plötzlich befanden sie sich nicht mehr auf dem Platz. Sie waren nun in einem riesigen, sterilen und sanft beleuchteten Hospital voller Biobetten. Und in den Biobetten lagen die Ssana, denen sie seit dem frühen Nachmittag das Leben gerettet hatten.

»O Gott!« sagte Carver. »Was jetzt?«

Einer von Bandos Veteranen näherte sich ihnen. Die Frau sah genauso erschöpft aus, wie sie sich fühlten, doch irgendwie schien sie es besser als die jungen Ärzte wegzustecken.

»Ich weiß«, sagte sie. »Sie alle sind fix und fertig. Sie

wollen nur noch eine heiße Dusche und dann ins Bett fallen. Mir geht es genauso, aber wir sind hier leider auf Ssan. Zuerst sollen Sie dabei helfen, die Überlebenden zu checken. Befehl von Bando.«

»Befehl von Bando«, wiederholte Jiminez ohne Begeisterung.

»Richtig«, bestätigte die Frau. Sie zeigte in die linke Ecke des Saals. »Sie alle sind dort drüben zum Dienst eingeteilt. Ihre Namen sind auf den Biomonitoren verzeichnet. Von jetzt an sind nur Sie und niemand anderer für diese Patienten verantwortlich.«

»Niemand anderer«, murmelte Jiminez.

Die Frau musterte den Juniorarzt von oben bis unten. »Hier herrscht ein ziemlicher Personalmangel, Mister. Wir müssen improvisieren.« Sie lächelte dünn. »Aber seien Sie unbesorgt. Wenn Sie erst einmal angefangen haben, wird es besser laufen, als sie jetzt vielleicht glauben.«

Nachdem sie auf dem Absatz kehrtgemacht und sie alleingelassen hatte, überblickte Carver den Saal und schluckte. »Ich habe dafür jetzt keine Kraft mehr«, sagte er zu den anderen.

»Vielleicht sollten wir beim nächsten Mal nicht ganz so vielen das Leben retten«, witzelte Jiminez.

»Vielleicht sollten wir überhaupt niemanden retten«, brummte Taylor leise, die offensichtlich keinen Sinn für den schwarzen Humor ihres Kollegen hatte. »Dann müssen wir auch keine Überstunden mehr machen.«

Jiminez runzelte die Stirn und drehte sich zu ihr um. »Das war ein Scherz, Janice. Du erinnerst dich doch noch daran, was ein Scherz ist, oder?«

Taylor lief bei seiner Bemerkung rot an und wollte gerade etwas erwidern, als Huang zwischen die beiden trat.

»Immer mit der Ruhe, Doktor«, sagte er zu Taylor. »Es hat doch heute schon genug Verletzte gegeben.«

McCoy legte seine Hand auf Jiminez' Schulter.

»Warren hat recht«, sagte er, »auch wenn ich es nur widerwillig zugebe. Wir sind alle fix und fertig. Wir können kaum noch geradeaus denken. Und Jiminez konnte auch vor dieser Aktion noch nie geradeaus denken.«

Jiminez blickte seinen Kameraden zwischen verengten Augenlidern an. »Ich würde deine Worte als Beleidigung auffassen«, knurrte er in gespielter Wut, »wenn ich mich noch daran erinnern könnte, was du gerade gesagt hast.«

»Wir sollten uns lieber an die Arbeit machen«, sagte Carver entschieden, wenn auch ohne jeden Enthusiasmus. Trotzdem konnte er die anderen damit motivieren. Er führte sie durch die Reihen von Biobetten in den Bereich, den die Frau ihnen zugewiesen hatte.

Während sie zwischen den Verwundeten hindurchgingen, die wie verpuppte Insekten in Kokons aus Metallfaserdecken gehüllt waren, kam sich McCoy beinahe wieder wie zu Hause vor. Schließlich war sein Vater Arzt in Georgia gewesen. Und er selbst war schon Krankenhauskorridore entlanggetobt, bevor er überhaupt hatte sprechen können, während er die Patienten mit seinem teuflischen Grinsen aufheiterte und die Schwestern mit seinen Streichen durcheinanderbrachte.

Er war überzeugt, daß er trotz seiner Müdigkeit mit dieser Situation fertig werden würde. Hier waren die medizinischen Tätigkeiten erforderlich, an die er gewöhnt war, bei denen er seinem Vater schon als kleiner Pimpf zugesehen hatte – von Mensch zu Mensch, von Arzt zu Patient, in einer Umgebung, in der genügend Raum für Mitgefühl und Besorgnis war.

Kein Wahnsinn mit explodierenden Türmen und den Schreien der Sterbenden. Kein Grauen zersplitternder Knochen und kein Blut, das über glatte, kalte Steine spritze.

Das hier war der eigentliche Beruf des Heilens. Das hier war die Medizin. Das hier konnte er selbst mit geschlossenen Augen bewerkstelligen... auch wenn es nicht schadete, sie offenzuhalten.

Als er sich dem ersten Bett näherte, an dem sein Name stand, vergaß er für einen Augenblick seine Freunde und beugte sich herab, um sich seinen ersten Patienten genauer anzusehen. Es war eine Frau, und zwar die, die er nach seiner Ankunft als allererste behandelt hatte.

Die Ssana war immer noch bewußtlos. Daran war nichts Ungewöhnliches, denn Colerium war bekannt für seine lang anhaltende Wirkung, und außerdem hatte er ihr eine kräftige Dosis verpaßt. Sie hatte jetzt eine gute Farbe, die Splitter waren aus ihren Wunden entfernt worden, die neuen Dermaplast-Verbände hielten, und der Monitor über dem Bett besagte, daß ihre Biowerte stabil waren.

Keine schlechte Arbeit, sagte er sich. Er strich eine lose Strähne aus ihrer Stirn, lächelte und programmierte das Biobett, ihr eine Blutprobe zu entnehmen, nur um ganz sicherzugehen, daß es keine Komplikationen gab. Dann ging er zum nächsten Patienten.

Es war der Mann, den er neben der Frau liegend gefunden hatte. Auch er befand sich auf dem Weg der Besserung. Seine Biowerte waren stabil, er hatte wieder Farbe bekommen, und unter dem Dermaplast gab es nicht die leichtesten Anzeichen einer Abstoßung.

Doch im Gegensatz zum letzten Mal, als McCoy ihn gesehen hatte, war er nun gnädigerweise bewußtlos. Offenbar hatte das verabreichte Colerium schließlich doch seine Wirkung getan, wenn auch etwas langsamer, als er erwartet hätte. Vielleicht war die Injektorspitze fehlerhaft, überlegte er. Nachdem er alles für eine Blutprobe bereitgemacht hatte, machte er sich auf den Weg zum nächsten Bett.

»Doktor?«

McCoy brauchte einen Moment, bis er erkannte, daß er der angesprochene Arzt war. Er drehte sich um und sah einen mageren Krankenpfleger mit strohfarbenem Haar.

»Ja?« sagte der Juniorarzt.

Der Pfleger deutete mit einem Kopfnicken auf den Ssana. »Es geht um ihn, Sir. Er hat... wie soll ich sagen... nun, er hat geknurrt.«

McCoy blickte den Mann entgeistert an. »Wie bitte?« entgegnete er.

Der Pfleger runzelte die Stirn. »Er hat geknurrt, Sir. Nicht ständig natürlich, aber gelegentlich. Zumindest habe ich mir deswegen Sorgen gemacht. Und einmal hat er, wie ich glaube, die Augen geöffnet.« Er warf McCoy einen unsicheren Blick zu. »Ich muß zugeben, daß ich noch nicht sehr lange hier bin. Aber es war das erste Mal, daß ich jemanden gesehen habe, der unter Einwirkung von Colerium steht und trotzdem irgendwelche Reaktionen zeigt.«

Der junge Arzt blickte auf den Ssana und biß sich auf die Lippe. Erstens brauchte der Mann viel zu lange, um bewußtlos zu werden. Dann brachte er genügend Widerstand gegen die Droge auf, um gutturale Laute von sich zu geben. Konnte es sein, daß es gar nicht am Injektor lag? Und demzufolge auch nicht an der Höhe der Dosis?

»Danke, daß Sie mich informiert haben«, sagte er zum Krankenpfleger. »Sie haben sich völlig korrekt verhalten.«

Der dünne Mann nickte. »Was ist Ihrer Meinung nach mit ihm los?« fragte er. »Ich meine, warum reagiert er so ungewöhnlich?«

McCoy schnaufte. »Ich weiß die Antwort auch nicht«, sagte er. »Vielleicht wird sich bei seinen Blutwerten etwas ergeben.« Er klopfte dem Mann auf die Schulter. »Im Augenblick jedoch werden wir beide anderswo gebraucht.«

Der Pfleger brummte und machte sich wieder an seine Arbeit, obwohl nicht zu übersehen war, daß seine

Neugier geweckt war. McCoy ging zum nächsten Biobett, das seiner Verantwortung unterstand. Doch während der folgenden halben Stunde – so lange brauchte er, um eine Runde zu machen – quälte ihn unablässig die Frage, wie sein Patient sich gegen die Wirkung einer so starken Droge wie Colerium aufbäumen konnte.

McCoy stand im von der Föderation ausgestatteten Labor ein paar Schritte hinter der Rekonvaleszenzstation und starrte auf die Anzeigen seines Bioscanners. Nachdem er die Resultate der Blutprobe zum dritten Mal überprüft hatte, seufzte er. Er hatte gehofft, im Zuge seiner Bemühungen ein paar Antworten zu erhalten. Doch alles, was dabei herausgekommen war, waren neue Fragen.

Es ergab überhaupt keinen Sinn, sagte er sich zum wiederholten Mal. Vielleicht war etwas mit dem Bioscanner nicht in Ordnung. Schließlich stellte das Gerät nicht gerade den letzten Schrei dar.

Er programmierte einen neuen Diagnosezyklus und wartete ein paar Sekunden ab. Dann materialisierten die Resultate auf dem Monitor, und grüne Graphiken überlagerten eine Schwärze, die so undurchdringlich wie das All schien.

Keinerlei feststellbare Fehlfunktionen. Alles funktionierte nach Vorgabe. Also gab es in der Blutprobe des Patienten tatsächlich eine Anomalie, wie der Arzt sie noch nie zuvor gesehen hatte. Und irgendwie mußte sie mit der Fähigkeit des Ssana zusammenhängen, sich gegen die Wirkung des Coleriums wehren zu können.

McCoy sah sich selbst kurz als Spiegelung auf dem Bildschirm. Sein Gesicht drückte großes Unbehagen aus – etwa wie das eines Jungen, der im steifen, engen Sonntagsanzug schwitzte, während er lieber in einem kühlen Badesee herumtoben würde.

Ich hasse es, wenn alles nach Plan verläuft, dachte er. *So ging es mir schon immer. Das ist einer der Gründe, warum es so schwierig ist, mit mir auszukommen.*

Zumindest hatte Jocelyn einmal etwas Derartiges gesagt. Aber das war vor langer Zeit an einem fernen Ort gewesen.

Er blickte über die Schulter und sah sich im Labor um. Gemeinsam mit der eigentlichen Krankenstation und den Schlafsälen des Ärzteteams nahm es ein ganzes Stockwerk eines der führenden Hospitäler von Pitur ein.

Zu Anfang hatten sich die Ssana-Ärzte dagegen gewehrt, Platz für die Außenweltler zu machen. Doch als sie die hochentwickelte Föderationstechnik gesehen und deren medizinische Überlegenheit erkannt hatten, waren plötzlich keinerlei Beschwerden mehr zu hören gewesen.

Dummerweise konnte jetzt nicht einmal die Föderationstechnik McCoy verraten, was er wissen wollte. Nein – was er wissen *mußte*.

Carver und Huang, die ebenfalls zu seiner Spätnachmittagsschicht gehörten, waren ein Stück entfernt mit ihren eigenen Bioscannern beschäftigt. Außerdem waren weitere Ärzte anwesend, aber nicht in seiner unmittelbaren Nähe.

McCoy brummte. Um Hilfe zu bitten, war ebenfalls eine Sache, die er haßte. Doch unter den gegenwärtigen Umständen schien er kaum eine andere Wahl zu haben.

»Merlin? Warren?«

Seine Kollegen wandten sich von ihren Scannern ab. Sie wirkten überrascht und vielleicht auch ein wenig erleichtert über die Unterbrechung. Schließlich waren Blutanalysen normalerweise eine ziemlich langweilige Arbeit.

Es ist wieder mal meine Aufgabe, für Spannung bei dieser Arbeit zu sorgen, dachte McCoy.

»Was gibt's?« fragte Carver.

»Kommt mal für einen Augenblick rüber!« sagte McCoy. »Dann werde ich es euch zeigen.«

Als sie sich näherten, trat er vom Monitor zurück und bedeutete ihnen, sich die Sache selbst anzuschauen. Das taten sie auch – zuerst Carver, dann Huang. Beide erhoben sich mit sichtlicher Verwirrung vom Gerät.

Merlin rieb sich das Kinn. »Die Daten ergeben keinen Sinn. Wenn sich ein Virus so stark in seinem System verbreitet hat, müßte es eigentlich irgendeine Reaktion geben – eine größere Aktivität der weißen Blutkörperchen oder so.« Er rieb sich weiter das Kinn. »Es sieht fast so aus, als hätte das Virus eine Methode gefunden, vom Immunsystem akzeptiert zu werden.«

»Ein Symbiont?« überlegte Huang. »Dazu gibt es einen Präzedenzfall auf Delanath Vier, obwohl es eine wirbellose Spezies betraf. Trotzdem …«

»Um die Sache zusätzlich zu komplizieren«, sagte McCoy, »scheint der Patient eine gewisse Widerstandskraft gegen Colerium zu besitzen. Das war der ursprüngliche Anlaß, weswegen ich mir seine Blutwerte ansehen wollte – um diese Resistenz zu erklären.« Er machte eine Pause. »Interessant, was?«

»Sehr interessant«, pflichtete Huang bei. »Du hast das Gerät einer Fehlerdiagnose unterzogen?«

McCoy blickte ihn böse an. Das reichte als Antwort.

»Natürlich hast du das getan«, sagte Huang. »Schande über mich, daß ich gefragt habe!«

»Wie lauten die Fakten?« fragte Carver. »Ein Ssana mit ausgeprägter Resistenz gegen Colerium und ein Virus, das sein Körper nicht als solchen zu erkennen scheint. So wie es aussieht, würde ich sagen, daß das Virus die Droge neutralisiert, sie absorbiert oder eine Gegenwirkung auslöst.«

»Das wäre die einfachste Erklärung«, bemerkte Huang. »Doch für meine Wenigkeit klingt es *zu* einfach. Viel wahrscheinlicher ist, daß das Virus …«

»Was ist hier los?«

Ihre Köpfe ruckten alle gleichzeitig herum. In der

kurzen Zeit, die sie hier verbracht hatten, hatten sie bereits gelernt, instinktiv auf die Stimme ihres vorgesetzten Offiziers zu reagieren.

McCoy sah, auf welche Weise Bando sie anfunkelte, und schluckte, wenn auch nicht so laut wie Huang. Carver hatte sich als erster wieder gefaßt.

»Wir haben offenbar eine Anomalie isoliert«, sagte der junge Arzt. »Ein Virus …«

Bandos Stirn legte sich in tiefe Furchen, und er trat vor, um einen Blick auf McCoys Scannermonitor zu werfen. Carver und Huang wichen ihm mit bemerkenswerter Schnelligkeit aus.

»Verdammt!« sagte der Medo-Offizier. Er richtete sich auf und blickte sie an. »Sie wissen, was Sie da gefunden haben?«

McCoy schüttelte den Kopf und fragte sich dann, ob selbst diese Reaktion für eine offensichtlich rhetorische Frage übertrieben sein könnte. Doch Carver wagte sogar, etwas darauf zu entgegnen.

»Was ist es, Sir?«

Bandos Gesichtsmuskeln strafften sich. »Dieser Mann hier ist ein verdammter *Assassine!* Ein kaltblütiger, mordlustiger Assassine!«

McCoy verstand überhaupt nichts. Sein Gesicht schien diese Tatsache deutlich zu verraten, denn der Medo-Offizier ließ sich zu einer Erklärung herab.

»Die Einheimischen nennen es Blutfeuer – nicht wegen des Unbehagens, das der Träger dabei empfindet, sondern in Anspielung darauf, wie jemand reagiert, der unter seinem Einfluß steht. In körperlichen Streßsituationen stimuliert es die Nebenniere oder das, was bei einem Ssana den Adrenalinausstoß steuert. Das Ergebnis?« Bando sah aus, als hätte er gerade etwas gegessen, das schon vor ein paar Tagen schlecht geworden war. »Hypernormale Steigerung der Geschwindigkeit und Kraft des Herzschlages, Erweiterung der Atemwege, um eine unglaubliche Atemfrequenz und

Sauerstoffversorgung zu ermöglichen, Erweiterung der Blutgefäße, die die Skelettmuskeln versorgen. Um es kurz zu machen: Die entsprechende Person wird zu einer Art Supermann.«

McCoy erkannte, worauf der Medo-Offizier hinauswollte. Huang ging es offenbar genauso.

»Die Assassinen steigern damit ihre physischen Kräfte«, sagte der Asiate. »Und werden damit zu ...«

»Perfekten Killern«, vervollständigte Bando den Satz. »Seit zwölfhundert Jahren feiern sie ihr erstes Todesopfer, indem sie sich dem Virus aussetzen. Und falls es irgendwelche negativen Nebenwirkungen gibt, hat sie bislang niemand erlebt, weil sie gewöhnlich schon vorher sterben.«

Die Muskeln in seinem Unterkiefer arbeiteten. Dann wandte er sich langsam zu McCoy und fixierte ihn mit einem Blick, der einen Dilithium-Kristall zum Zerspringen gebracht hätte.

»Meinen Glückwunsch«, sagte er zum Juniorarzt. »Sie haben das Leben des Ssana gerettet, der die Ratshalle auf dem Gewissen hat – und die meisten der Leute, die sich darin aufgehalten haben.«

Draußen war es dunkel. McCoy konnte es durch die wenigen rechteckigen Fenster erkennen. Doch drinnen wurde die sternenverschleierte Finsternis durch die Leuchtkörper vertrieben, die den Ärzten genügend Licht spendeten, um sich um ihre Patienten kümmern zu können.

Als McCoy am Ende dieser scheinbar endlosen Nacht seine erste Runde gedreht hatte, hatte er jeden Ssana noch voller Mitgefühl und Sympathie behandelt. Warum auch nicht? Niemand von ihnen hatte diese Verletzungen verdient. Sie alle waren Opfer.

Zumindest hatte er es gedacht. Doch jetzt wußte er wenigstens von einem seiner Patienten, daß diese Einschätzung nicht den Tatsachen entsprach. Und falls er es einmal vergessen sollte, mußte er nur den Ssana-Wachmann ansehen, der im Korridor zur Station stand und durch die transparente Plastikverkleidung der Tür auf der Nordseite zu erkennen war.

Bando hatte sogar zwei Wachen angefordert und darauf bestanden, daß ihm Assassinen zur Verfügung gestellt wurden. Die Regierung hatte jedoch darauf hingewiesen, daß sie ihre Kräfte – und vor allem ihre Assassinen – im anhaltenden Kampf gegen Li Moboron einsetzen mußte. Schließlich hatte man einen Wachmann herübergeschickt, bei dem es sich um einen normalen Ssana handelte. Bando hatte es natürlich nicht sehr gefallen, aber nach seinen Worten war es »immerhin besser als gar nichts«.

McCoy spürte, wie sein Rückgrat erstarrte, als er sich dem Ssana näherte, der das Blutfeuer-Virus in seinen Adern hatte. Es kostete ihn einige Anstrengung, seine Abscheu zu verbergen, sein Entsetzen über dieses Wesen, das genauso mühelos einen Mord begehen konnte, wie jemand anderer ein Staubkörnchen wegschnippte.

Als hätte er gespürt, daß er beobachtet wurde, öffnete der Assassine flatternd die Augenlider. Zuerst war die indigofarbene Iris glasig, der Blick leer. Doch mit überraschender Schnelligkeit konzentrierten sich seine Augen auf den Anblick McCoys.

Der Mensch blickte in die unergründlichen Tiefen der finsteren Seele des Ssana. Er hatte irgendwie das Gefühl, er könnte dort eine Erklärung finden, wenn er nur lange genug hineinstarrte, als könnte er verstehen, warum ein empfindungsfähiges Wesen ein anderes töten konnte.

Trotz des Coleriums bewegten sich die Lippen des Assassinen. Offenbar wollte er etwas sagen, etwas mitteilen. Seine Neugier und sein Pflichtbewußtsein trieben McCoy dazu, sich herabzubeugen und zu lauschen.

Doch es waren keine Worte, die der Ssana aus sich

herauszupressen versuchte. Plötzlich schürzte er die Lippen und schleuderte mit unerwarteter Kraft warme Spucke in das Gesicht des Menschen.

McCoy geriet in Zorn. Einen Augenblick lang sah er nicht mehr den Patienten, der seine Hilfe brauchte. Durch einen Nebel aus pulsierender, kochender Wut sah er nur noch einen Gegner, einen Feind, dessen Kehlkopf er am liebsten mit bloßen Händen zerfetzt hätte.

In den Augen des Ssana war keine Furcht zu erkennen. Er schien sogar belustigt oder befriedigt zu sein. Und vielleicht stand darin auch ein Hauch von Erleichterung.

Schließlich konnte McCoy die rasende Wut in seinen Eingeweiden bezwingen, als er erkannte, daß er genauso reagierte, wie der Kerl es erhofft hatte.

Es war diese Erkenntnis, die ihn zur Vernunft kommen ließ, und nicht der Schwur, den er geleistet hatte, daß er die Kranken heilen und nach Kräften Leben erhalten würde. Nicht der Grundsatz, das zu tun, was ihn seine Mutter und sein Vater auf der Erde gelehrt hatten, obwohl er sich später einreden würde, daß auch diese Dinge ihn gezügelt hatten.

Doch wahrscheinlich spielten die genauen Gründe gar keine Rolle. Tatsache war, daß er erst im letzten Augenblick davor zurückgeschreckt war, dem Ssana Gewalt anzutun. Zitternd und fluchend wischte er sich mit dem Ärmel den Speichel aus dem Gesicht und bemühte sich, seine Beherrschung wiederzufinden.

Es war nicht einfach. Außerdem kam hinzu, daß der Ssana genau wußte, was in ihm vorging. Und um McCoy wissen zu lassen, daß er es wußte, grinste er ihn an.

Doch der Mensch wollte sich kein zweites Mal provozieren lassen. Er warf einen Blick auf die Anzeigen über dem Biobett, um sich zu überzeugen, daß alles in Ordnung war, und kehrte seinem Patienten dann den

Rücken zu. Doch er spürte immer noch den Blick des Verwundeten im Genick, als er weiterging.

McCoy atmete tief ein und wieder aus. Verdammt, dachte er, während er unter dem Zwiespalt seiner Gefühle erzitterte. Einen Augenblick lang war er auf das Raubtier reduziert worden, das immer noch in seiner zivilisierten Seele lauerte. Er hatte sich auf das Niveau eines Killers herabbegeben.

Wie konnte ein empfindungsfähiges Wesen ein anderes töten? Vielleicht hatte sein Patient die Absicht, ihm die Antwort beizubringen.

Falls er noch irgendwelche Zweifel an Bandos Identifizierung des Ssana gehabt hatte, waren sie nun jedenfalls zerstreut. Der Assassine hatte ihn mit bemerkenswerter Eindringlichkeit davon überzeugt.

3

Ein Gegenschlag?« wiederholte McCoy und versuchte sich den Schlaf aus den Augen zu reiben. Seine nackten Füße waren auf dem blanken Metallboden eiskalt geworden.

Bud Glavin, ein schlanker, knochiger Arzt mit traurigen braunen Augen und lichter werdendem rötlichen Haar nickte, um zu bestätigen, daß der Juniorarzt richtig gehört hatte. »Das sind die Spielregeln in diesem Krieg, mein Freund. Moboron versetzt der Regierung einen Schlag, dann schlägt die Regierung zurück und so weiter. Uns fällt dabei die ehrenvolle Aufgabe zu, alles wieder aufzuräumen.«

Seine Stimme hallte im Schlafsaal nach. Obwohl die Metallbetten für die männlichen Ärzte unter Bandos Befehl dicht an dicht standen, klang der Saal immer noch wie ein riesiger, leerer Shuttle-Hangar.

»Wo hat man sie gefunden?« fragte Jiminez, der sich in seiner oberen Koje aufgerichtet hatte. Sein langes, schwarzes Haar war auf beinahe komische Weise zerzaust.

»In einem verlassenen Farmgebäude draußen auf dem Land«, sagte Glavin. »Es war praktisch eine Ruine, die eigentlich jeden Moment zusammenzustürzen drohte, doch das hinderte Moborons Leute nicht daran, es als Sprengstofflager zu benutzen. Als die Assassinen der Regierung sie überraschten, waren sie gerade mit den Vorbereitungen für eine neue Serie von Anschlägen beschäftigt.«

»Opfer?« fragte Carver, der im Schneidersitz auf seinem Bett hockte.

Glavin schüttelte den Kopf. »Darüber müssen wir uns diesmal keine Sorgen machen. Offensichtlich haben die Regierungsleute das Ganze ohne einen Kratzer überstanden. Und unter den Feinden gab es keine Überlebenden.« Er machte ein finsteres Gesicht, so daß die Falten in seinen Mundwinkeln sich vertieften. »Ich schätze, deswegen nennt man sie Assassinen.«

McCoy fluchte halblaut vor sich hin. Die anderen blickten nur besorgt.

»Wie auch immer«, sagte Glavin zu ihnen, »ich habe Sie jedenfalls geweckt, damit Sie in Alarmbereitschaft sind. Bando meint, daß unser Freund Moboron diese Aktion nicht mit einem Schulterzucken hinnehmen wird. Er wird irgendwann in den nächsten zwölf Stunden Vergeltung üben.«

»Nach Bandos Einschätzung?« fragte Carver.

»Und nach meiner«, erwiderte Glavin. »Ich bin genauso lange hier im Einsatz. Und ich kann Ihnen versichern, daß Moboron keine Zeit verliert, wenn es darum geht, Leute zu töten.«

Huang stand am Fußende seiner Koje und hatte in der Kälte seine Arme um den Oberkörper geschlungen. Er sah von allen am müdesten aus. »Danke für die frohe Botschaft«, murmelte er.

Der ältere Mann blickte ihn an und grinste schräg. »Keine Ursache, Grünschnabel.« Nachdem er seine Informationspflicht erfüllt hatte, machte er sich wieder auf den Rückweg.

Die Juniorärzte warfen sich bedeutungsvolle Blicke zu. »Mit anderen Worten«, sagte Jiminez, »macht euch bereit für ein weiteres Blutbad.«

»Ja, ich denke, darauf läuft es wohl hinaus«, bestätigte Carver.

»Wartet mal!« sagte Huang, während er die Gesichter seiner Kameraden mit beunruhigtem Ausdruck musterte. Er wirkte plötzlich hellwach, als hätte er sich an etwas Wichtiges erinnert. »Ich dachte, die Assassinen wären die Bösen!«

McCoy ließ sich auf sein Kopfkissen zurücksinken, schüttelte den Kopf und seufzte. »Hast du es versäumt, die historischen Berichte zu lesen, Warren?«

Huangs Wangen nahmen eine leicht rötliche Färbung an. »Ich muß sie übersehen haben, während ich mich voll und ganz auf die Biologie der Ssana konzentrierte. Eine bedauerliche Unterlassung, wie ich jetzt erkenne, und ich kann nur hoffen, daß du jetzt meiner Unwissenheit ein Ende machst.«

McCoy brummte. »Um es kurz zu machen: Li Morons Assassinen sind die Bösen. Die Assassinen der Regierung sind die Guten.« Er hielt inne und warf seinem Freund Merlin einen Blick zu. »Natürlich könnte man sich darüber streiten, ob ein Assassine nicht grundsätzlich zu den Bösen gehört, ganz gleich, auf welcher Seite er steht …«

»Das ist jedoch ein ganz anderes Diskussionsthema«, sagte Carver. »Wie wir hinlänglich aus eigener Erfahrung wissen, nicht wahr?«

McCoy biß sich auf die Unterlippe. Sein Selbstbewußtsein litt immer noch unter der Erniedrigung, die ihm sein ›Lieblingspatient‹ zugefügt hatte. Sein Widerwille gegen Assassinen galt nun ohne Einschränkung.

Doch er verzichtete darauf, seiner Wut Luft zu machen. Merlin hatte recht. Sie würden keine Probleme lösen, wenn sie ihre Diskussion jetzt wieder aufnahmen. Außerdem ging es nun um Politik und nicht mehr um Philosophie.

»Es ist so«, sagte Jiminez und streckte seinen Kopf über den Rand der Matratze. »Die Assassinen sind in der Geschichte bislang noch nie als Rebellenarmee aufgetreten. Sie handelten individuell für denjenigen, der ihnen das meiste geboten hat – als freie Unternehmer sozusagen. Und da es keine Gesetze gegen die Assassinen gab, waren sie in der Regel recht erfolgreiche Unternehmer.«

»Richtig«, sagte Carver. »Dann trat die gegenwärtige Regierung auf den Plan und drohte damit, die Gesetze zu ändern, worauf sofort die Hölle losbrach. Die eher traditionell orientierten Assassinen taten sich zusammen, um die Regierung mit Gewalt davon zu überzeugen, daß sie eine falsche Entscheidung getroffen hatte.«

»Und das war der Augenblick«, fügte Jiminez hinzu, »als die Regierung beschloß, Feuer mit Feuer zu bekämpfen.«

Huang überlegte einen Moment. »Das ergibt keinen Sinn«, sagte er schließlich. »Wenn die Regierung gewinnt – würde das nicht bedeuten, daß alle Assassinen ihren Job aufgeben müßten, und zwar auch diejenigen, die jetzt auf der Seite der Regierung kämpfen?«

»Sicherlich«, antwortete McCoy. »Doch da die Tradition der legalen Morde auf Ssan tief verwurzelt ist, hatte bislang kein Assassine Anlaß, über die Folgen seines Handelns nachzudenken. Ihnen ist nicht einmal erlaubt, darüber nachzudenken. Ihre einzige Verantwortung besteht darin, den erteilten Auftrag zu erfüllen. Und genau das tun die Assassinen auf der Seite der Regierung zur Zeit – sie üben nach besten Kräften ihren Job aus. Nicht mehr und nicht weniger.«

»Genau«, bemerkte Jiminez. »Und wenn sie ihre eigenen Kollegen umbringen sollen, ist das in ihren Augen völlig in Ordnung. Man hat auch schon früher Assassinen angeheuert, damit sie sich gegenseitig umbringen.«

»Aber damit arbeiten sie doch ihren eigenen Interessen zuwider«, warf Huang ein.

»Vielleicht«, sagte Carver. »Aber sie haben keine andere Wahl. Assassinen ist es verboten, einen Auftrag abzulehnen, ganz gleich, wen sie töten sollen. Auch wenn das bedeutet, daß sie dann nie wieder töten dürfen.«

»Anständige Arbeit gegen anständige Bezahlung«, faßte Jiminez nicht ohne Ironie zusammen. »Zumindest stellt es sich aus ihrer Perspektive so dar.«

Huang runzelte die Stirn. »Ich werde mich nie wieder davor drücken, historische Aufzeichnungen zu lesen. Nicht wenn man dadurch so viel verpassen kann.«

Jiminez streckte seine Arme. »Na gut«, sagte er mit einem Gähnen. »Ich denke, wir sollten allmählich aufstehen, auch wenn ich noch gerne in den Federn bleiben würde.« Er schwang seine Beine mit einem schicksalsergebenen Seufzen über den Rand der Koje. »Also los! Aufgepaßt, ihr Kranken und Gebrechlichen: Ich komme!«

Keine sehr ermutigende Aussicht, dachte McCoy. Vor allem, wenn es unter den Kranken einen gab, den er verabscheute.

Als Jiminez zu Boden sprang, warf McCoy Carver einen Blick zu. Sein Freund bemerkte den Blick und zuckte die Schultern.

»Komm schon!« sagte er ernst. »Schau mich nicht so an, Leonard, alter Kumpel! Es war nicht Merlin Carver, der dir gesagt hat, du sollst dir einen Assassinen als Patienten aussuchen.«

McCoy schnaufte. »Stimmt«, sagte er und zog den Kopf ein, als er aus seiner unteren Koje stieg. »Aber du hast mir auch nicht gesagt, daß ich es nicht tun soll.«

Insgesamt hatte McCoy sich um neun Patienten zu kümmern. Sechs davon waren nicht so schwer verletzt wie der namenlose Assassine. Vier von diesen sechs konnten in den nächsten Tagen entlassen werden. Zweien dieser vier ging es vermutlich sogar schon so gut, daß sie sofort nach Hause gehen konnten, was wohl längst angeordnet worden wäre, wenn ihre Betten von schlimmeren Fällen beansprucht worden wären.

Trotzdem begutachtete McCoy alle seine Schützlinge,

bevor er sich dem Assassinen zuwandte. Allein die Vorstellung, den Mann zu behandeln, verursachte ihm eine Gänsehaut. Und als er schließlich vor seinem Bett stand, konnte er dem Ssana nicht ins Gesicht sehen, ohne daß er spürte, wie das Blut in seinen Adern erneut zu kochen begann.

Also konzentrierte er sich auf den Monitor über dem Biobett und tat stumm und so objektiv wie möglich seine Arbeit.

»Sie hassen mich«, sagte der Assassine.

Der junge Arzt wurde davon überrascht. Nicht nur von den Worten selbst, sondern von der Klarheit und Kraft in der Stimme des Mannes – was zweifellos auf das parasitäre Blutfeuer zurückzuführen war, das in seinen Adern floß.

Trotzdem schaffte McCoy es, dem Assassinen nicht ins Gesicht zu sehen. Ohne etwas zu sagen, erledigte er seine Pflichten, prüfte gewissenhaft jeden Biowert nach und speicherte ihn für eine zukünftige Auswertung.

Der Ssana brummte. Offenbar hatte er die Gleichgültigkeit des Menschen durchschaut. »Es ist völlig richtig, daß Sie mich hassen«, sagte er. »Ich bin Ihr Feind. Und nicht nur, weil wir auf verschiedenen Seiten eines politischen Konflikts stehen.«

McCoy runzelte die Stirn, versuchte jedoch, sich auf die Herzfrequenz des Patienten zu konzentrieren und sich daran zu erinnern, wie die Normalwerte eines Ssana aussahen. Verdammt, er hatte es doch noch letzte Nacht gewußt, oder? Wie konnte er es vergessen haben?

Alles wäre wesentlich einfacher, dachte er, wenn der Kerl nicht plötzlich Lust auf Konversation bekommen hätte. Egal. Er knirschte mit den Zähnen.

»Wir sind Feinde«, sprach der Ssana weiter, in absolut vernünftigem Tonfall, »so wie bestimmte Arten in der Natur Feinde sind, deren Überleben vom Tod der jeweils anderen abhängig ist. Ihr Instinkt macht sie zu Feinden. Ihr Blut.«

McCoy preßte die Lippen zusammen. Er wollte sich nicht in eine Diskussion über abweichende Philosophien hineinziehen lassen. Er wollte es einfach nicht!

Er hatte es hier nicht mit Merlin Carver zu tun. Dieser Mann war ein erbarmungsloser Killer, ein Wahnsinniger, ein Fanatiker. Er wußte, wenn er dem Ssana antwortete, würde er ein verabscheuungswürdiges Verbrechen auf eine reine Ansichtssache reduzieren.

»Sie wünschen sich meinen Tod«, sagte der Ssana zu ihm. Es klang beinahe wie eine freundliche Aufforderung. »Im Augenblick gibt es nichts, was Sie sich mehr wünschen.«

Es war eine äußerst seltsame Aussage, und die Umstände waren sogar noch seltsamer. Doch McCoy wehrte sich immer noch erfolgreich dagegen, ein Gespräch mit diesem Schleimteufel anzufangen.

»Warum ... tun Sie es dann nicht einfach, Mensch? Warum töten Sie mich nicht?« Der Ssana sprach die Worte mit einem so eindringlichen Flüstern aus, daß sie mühelos ihren Weg durch die Gehirnwindungen des jungen Arztes fanden.

Jetzt wandte McCoy den Blick vom Monitor ab und sah dem Assassinen ins Gesicht. Der Ausdruck, den er dort erkannte, war ganz anders, als er aufgrund des Tonfalls des Ssana erwartet hätte.

Er hatte viel eher das Gefühl, einem gefährlichen Raubtier in die Augen zu blicken, das sich gerade zum Angriff auf seine Beute bereitmachte. Nur daß die Beute ... das Raubtier selbst war?

»Was?« war alles, was er dazu sagen konnte.

»Töten Sie mich!« knurrte der Assassine. »Beenden Sie mein wertloses Leben!«

McCoy schüttelte wie betäubt den Kopf. »Nein«, antwortete er.

Der Mann verzog mit grausamer Verärgerung den

Mund. »Aber warum nicht? Habe ich den Tod etwa nicht verdient? Habe ich Ihrer Meinung nach vielleicht noch nicht genügend Ssana getötet? Oder wollen Sie, daß ich wieder gesund werde, damit ich weitertöten kann?«

Der Mensch mußte zu seiner eigenen Überraschung plötzlich lächeln. »Sind Sie verrückt geworden? Warum wollen Sie, daß ich Sie töte?«

Dann spürte er, wie der Ssana seine Finger um sein Handgelenk klammerte, so wie er es auch schon in der Ratshalle getan hatte. Doch diesmal war der Griff des Assassinen wesentlich kräftiger und schmerzhafter.

McCoy warf unwillkürlich einen Blick auf die Anzeige der verabreichten Beruhigungsmittel, da er vermutete, daß der Ssana nicht die verschriebene Dosis erhalten hatte. Doch die angezeigten Werte waren völlig in Ordnung. Und dann schalt McCoy sich einen Narren, als er sich an das Blutfeuer erinnerte.

Er überprüfte auch die übrigen Werte. Die Herz- und Atemwerte des Ssana waren um einiges höher, als dies unter dem Einfluß von Colerium der Fall hätte sein können.

McCoy wandte sich wieder seinem Patienten zu und befreite mit einem Ruck sein Handgelenk. Der Gesichtsausdruck des Ssana hatte sich nicht verändert. Er zeigte immer noch eine Maske der Grausamkeit, als würde ein kaltes Feuer knapp unterhalb seiner verbrannten und zerschundenen Haut brennen.

»Warum will ich, daß Sie mich töten?« wiederholte der Assassine. »Weil Sie mich ungerecht behandelt haben. Sie haben mich beschämt, indem Sie mir das Leben retteten. Und die einzige Möglichkeit, wie Sie diesen Fehler – mir gegenüber, sich selbst gegenüber und den Gesetzen der Natur gegenüber – wiedergutmachen können, besteht darin, das Leben zu zerstören, das Sie gerettet haben.«

Von dieser eindringlichen Aufforderung ging eine

nahezu hypnotische Wirkung aus. McCoy spürte, wie er sich davon einlullen ließ, sich darin verstrickte …

Dann riß er sich los. »Nein«, entgegnete er entschlossen. Er spürte, daß ihm kalte Schweißperlen auf der Stirn standen, und wischte sie mit dem Handrücken ab. »Ich werde Sie nicht töten. Ich werde es nicht einmal in Erwägung ziehen.«

»Sie lügen«, sagte der Ssana. »Sie denken in diesem Augenblick darüber nach.«

»Das ist absurd!« sagte McCoy. Auf seiner Stirn bildete sich neuer Schweiß. »Ich bin Arzt. Ich töte niemanden! Ich helfe!«

»Sogar denen, die sich gar nicht helfen lassen wollen? Sogar wenn sie sich das Fleisch von den Knochen reißen wollen, weil sie wissen, daß ein Außenweltler ihnen das Leben zurückgegeben hat?«

Aha. So war das also. Es war gar nicht die Vorstellung, daß einem das Leben gerettet wurde, die der Ssana so widerlich fand. Es war die Vorstellung, daß ein Außenweltler dafür verantwortlich war.

Diese Erkenntnis versetzte den Menschen in Wut. Sie gab ihm Kraft. Er wappnete sich und erwiderte den starrenden Blick des Assassinen, ohne mit der Wimper zu zucken.

»Hören Sie mal« sagte McCoy und war selber überrascht über die Autorität, die in seiner Stimme mitschwang. »Ich verstehe Ihre Scham. Ich verstehe auch, was Sie dazu treibt, mich überzeugen zu wollen, Sie zu töten. Aber ich will ganz ehrlich mit Ihnen sein: Das ist mir scheißegal!«

Der Ssana kniff leicht die indigofarbenen Augen zusammen. Damit hatte er offensichtlich nicht gerechnet.

»Sehen Sie«, sprach der Mensch weiter, »als Arzt habe ich bereits ausreichend Anlaß zur Scham. Und ich würde mich sonstwas schämen, wenn ich jemanden sterben ließe, nur weil er es will.«

Der Assassine antwortete nicht. Er starrte ihn nur an.

McCoy richtete sich auf. »Nachdem man sie hier entlassen hat, wasche ich meine Hände in Unschuld. Was Sie von da an tun, ist einzig und allein Ihre Angelegenheit – beziehungsweise Ihre und die der Regierung. Doch bis es soweit ist, werde ich alles Menschenmögliche tun, um dafür zu sorgen, daß Sie überleben. Verstanden?«

Der Assassine schien kurz zu überlegen, wie ernst der Mensch seine Worte gemeint hatte. Doch dann drehte er sich einfach um, als würde ihm nichts mehr an einer weiteren Unterhaltung liegen. Er konnte jedoch nicht die lodernde Glut verbergen, die in den Tiefen seiner Seele brannte.

McCoy empfand eine gewisse Befriedigung über diesen kleinen, unscheinbaren Triumph. Und zwar nicht nur, weil er seine Grundsätze vertreten hatte, sondern weil der Ssana letztlich recht hatte.

Denn tief im Innern haßte McCoy ihn wirklich – sowohl wegen der Morde, die er begangen hatte, als auch wegen der Kaltblütigkeit, mit der er es getan hatte. Und wenn es den Assassinen in Rage versetzte, zusehen zu müssen, wie ihm ein Außenweltler das Leben rettete... nun, dann war das nur ein kleiner Bonus, den man während seiner Ausbildung zu erwähnen vergessen hatte.

McCoy überprüfte noch ein paar Biowerte seines Patienten und wandte dem Assassinen dann den Rücken zu. Schließlich mußte er noch seine Berichte abliefern. Und er hatte den Eindruck gewonnen, daß Bando großen Wert darauf legte, daß solche Dinge pünktlich erledigt wurden.

Das war zwar keine Überraschung, denn der Erste Medo-Offizier war in jeder Beziehung sehr streng und...

»McCoy!« schnitt ein kehliger Ruf durch die sorgfältig kontrollierte Atmosphäre der Krankenstation. Der junge Arzt verfolgte ihn bis zu seinem Ursprung und sah Bando persönlich am Eingang stehen und ihn anstarren. Das Gesicht des Mannes verriet keine Regung, doch das tröstete McCoy kein bißchen.

Hatte Bando ihn beobachtet? Wie lange schon? Hatte er gesehen, wie McCoy dem Assassinen ausgewichen war? Hatte er gesehen, wie er dem hypnotischen Blick des Ssana beinahe zum Opfer gefallen war?

McCoy überkam eine flüchtige Erinnerung aus seiner Kindheit in Georgia, an einen der knallbunten Schmetterlinge aus der Sammlung seines Freundes Skippy Manwaring, die mit Nadeln auf glatten, weißen Karton gepinnt waren. Er war von dem Ding fasziniert gewesen, von der Idee, daß jemand von einer riesigen Nadel aufgespießt war, ohne jede Hoffnung auf Erlösung.

Trotzdem hatte er sich niemals vorstellen können, dieser Schmetterling zu sein. Zumindest nicht bis heute.

Als McCoy sich räusperte, war er sich auf geradezu übersinnliche Weise bewußt, daß jeder im Saal ihn anstarrte. Nicht nur die Ärzte, sondern auch die meisten der Patienten. Doch die zwei Augen, die ihm am meisten Sorgen machten, waren die des Medo-Offiziers.

»Ja, Sir?« schaffte er endlich zu erwidern. Seine Stimme klang schwächlich im Vergleich zu der des Offiziers.

Bando forderte ihn mit einer Bewegung des Zeigefingers auf, zu ihm zu kommen. Vom Blick des Mannes aufgespießt, durchquerte McCoy die Krankenstation und folgte Bando in den Korridor.

Bando war ein Mann, der kein Blatt vor den Mund nahm. Doch vielleicht war das sogar ganz gut so, dachte McCoy. So müßte er jedenfalls nicht lange hin und her überlegen, was er falsch gemacht hatte.

»Sie wissen«, sagte der grauhaarige Mann, »daß ich Sie vom ersten Augenblick an nicht mochte. Und die Tatsache, daß Sie uns einen Assassinen angeschleppt haben, hat Sie mir auch nicht gerade sympathischer gemacht.«

McCoy schluckte. Das klang sogar noch schlimmer, als er sich ausgemalt hatte, und seine Karriere lag nun gänzlich in den Händen des Medo-Offiziers. Ein Wort von Bando, und er würde den Rest seiner Berufslaufbahn auf einem Schleppkahn im Marsorbit absitzen.

Und der Mars war für McCoys Geschmack der Erde viel zu nahe. Um etliche Lichtjahre zu nahe.

»Natürlich kann ein erster Eindruck täuschen«, redete Bando weiter. »Manchmal erweist sich der größte Kotzbrocken auf lange Sicht als der beste Arzt.« Er kniff leicht die Augen zusammen. »Also gebe ich jedem eine Chance. Und ich meine wirklich jeden.«

Es gab eine lange Pause. McCoy wand sich innerlich unter dem prüfenden Blick des Mannes, doch er hielt den Mund. Etwas zu erwidern, ganz gleich was, schien jetzt das Falscheste zu sein, was er tun konnte.

»Nichtsdestotrotz«, sagte Bando, »haben Sie nichts getan, was mich dazu veranlaßt hätte, meine Meinung über Sie zu ändern. Und wenn ich Spaß am Wetten hätte, hätte ich alles verwettet, daß sie auch nichts dergleichen tun würden.«

Plötzlich schien Bandos Gesicht die Anspannung zu verlieren, als ob es an verschiedenen, unerwarteten Stellen auftaute. *Mein Gott,* dachte McCoy. *Ich glaube, der alte Bastard lächelt mich an!*

»Bis heute«, sagte Bando zu ihm. »Ich habe Sie gesehen, McCoy, zusammen mit diesem gottverdammten Assassinen. Ich habe gesehen, wie er Sie ködern wollte, damit Sie ihm seine verdammte Philosophie abkaufen. Habe ich recht?«

Wie benommen nickte der junge Arzt. »Sie haben recht«, bestätigte er.

»Aber Sie haben sich wacker gehalten. Und was noch besser war: Sie haben ihm die Meinung gesagt. Ich habe Ihr Gesicht gesehen, McCoy. Selbst auf dem Gesicht eines

Assassinen sieht man diesen Ausdruck nur selten. Er bedeutet« – er schien den Gedanken einen Moment lang zu genießen –, »daß er verloren hat. Und das verabscheuen sie zutiefst – bei irgendeiner Sache zu verlieren.«

Der Juniorarzt schüttelte den Kopf. »Sie meinen… Ihnen hat gefallen, was Sie gesehen haben?«

Bando nickte langsam, während die Muskeln an seinen Schläfen arbeiteten. »Es hat mir sehr gefallen, McCoy. Und wissen Sie auch warum? Weil mehr als nur Mitleid nötig ist, um ein guter Arzt zu werden. Dazu ist auch Wut nötig, und zwar eine ganze Menge. Wut über die Umstände, die zu dem Elend geführt haben, dessen Folgen man beseitigen soll. Wut über die Leute, die diese Umstände herbeigeführt haben. Wut über den ganzen verdammten Kosmos, weil er überhaupt solche Wesen hervorgebracht hat, die so schrecklich sein können. Ich weiß, davon erfährt man nichts im Medizinstudium, aber zum Henker, davon hätte man Ihnen etwas sagen sollen!«

Die Augen des älteren Mannes funkelten in der Beleuchtung des Korridors. McCoy hatte beinahe den Eindruck, daß sie Funken versprühten.

»Ich freue mich, sagen zu können, daß ich mich in Ihnen getäuscht habe«, sagte Bando. »Sie werden es hier auf Ssan schaffen, Doktor. Sie werden es schaffen, Punkt.«

Nun, das wäre doch schon etwas, dachte McCoy. *Also werde ich wohl doch nicht auf einem Marsschlepper enden.*

»Danke, Sir«, sagte er. »Es tut gut, das zu hören.«

»Es tut gut, so etwas sagen zu können«, entgegnete der Medo-Offizier. »Machen Sie weiter so, Dr. McCoy.« Er klopfte dem Juniorarzt auf die Schulter und ging durch den Korridor davon, in dem seine Schritte von den Wänden widerhallten.

McCoy grinste wie ein kleiner Junge. Merlin würde es auch in einer Million Jahren noch nicht glauben!

»Bando hat *was* gesagt?«

Merlins Gesicht drückte eindeutig aus, daß er kein Wort glaubte. Und die anderen Juniorärzte im Labor sahen auch nicht so aus, als wollten sie glauben, was sie gerade gehört hatten.

»Er hat gesagt«, teilte McCoy ihnen allen mit, »daß es ihm gefallen hat, wie ich mit dem Assassinen umgesprungen bin. Er sagte, es gefalle ihm sogar sehr. Und daß es ganz natürlich sei, daß man wütend wird, daß es sogar gut ist. Das soll mich sogar zu einem besseren Arzt machen.«

Taylor schüttelte den Kopf. »Heiliges Kanonenrohr! Bando hat also doch eine menschliche Seite.«

»Und er hat gelächelt?« fragte Huang. »Richtig gelächelt?«

McCoy zuckte die Schultern. »Nun ja, ich bin zwar kein Fachmann, aber für mich hat es wie ein Lächeln ausgesehen.«

»Mensch!« sagte Jiminez. »Vielleicht sollten wir ihn fragen, ob er es noch mal tun kann. Wißt ihr, dann können wir uns selbst ein Urteil bilden.«

»Ja«, sagte Taylor. »Am besten sofort.«

»Jetzt bist du also der Liebling des Ersten Medo-Offiziers«, stellte Huang in einem gespielten Geistesblitz fest. »Heißt das, du bekommst jetzt zwei Portionen Nachtisch?«

McCoy runzelte die Stirn, aber ohne Verbitterung. »Mindestens. Du glaubst doch nicht, daß ich es mit leerem Magen schaffe, mich über meine Patienten aufzuregen, oder?«

»Nee«, sagte Jiminez. »Das wäre wirklich unmenschlich.«

»Genau, unmenschlich«, wiederholte Carver. Aber er lachte nicht mit den anderen mit.

McCoy warf ihm einen Blick zu. »Was bedrückt dich?«

Merlin zögerte kurz, bevor er antwortete. »Ich versteh's einfach nicht«, sagte er schließlich.

»Was?« bohrte McCoy nach.

»Wie du so stolz auf dich selbst sein kannst. Ich meine, wie kannst du ein guter Arzt sein, wenn du wütend bist? Da komme ich nicht mit!«

»Ui«, sagte Jiminez. »Ich rieche eine neue philosophische Debatte.«

»Ich auch«, sagte Huang. »Dabei fällt mir ein, daß ich sowieso gerade Pause machen wollte.« Er warf Taylor und Jiminez bedeutungsvolle Blicke zu. »Hat jemand Lust, sich meiner Wenigkeit anzuschließen?«

Taylor räusperte sich. »Klar, warum nicht? Wer *eine* Mikrobe gesehen hat, hat sie eigentlich schon alle gesehen.«

Und während McCoy von seinem Freund Carver gemustert wurde, verließen ihre Kameraden das Labor. »Sieh nur, was du angerichtet hast!« stichelte er. »Ausgerechnet jetzt, wo ich gerade dabei war, mich beliebt zu machen.«

Merlin murmelte einen Fluch. »Weißt du«, sagte er, »ich hätte niemals gedacht, daß ein bißchen Lob dir völlig den Kopf verdrehen könnte.«

McCoy regte sich auf. »Was soll das jetzt heißen? Daß ich diesem Assassinen hätte nachgeben und ihn umbringen sollen?«

»Natürlich nicht«, gab Carver mit ein wenig lauterer Stimme zurück. »Aber die Tatsache, daß du es nicht getan hast, macht dich nicht gerade zum Anwärter auf einen Orden. Ich meine, was hast du schon Großartiges geleistet? Du hast dich jemandem gegenüber behauptet, der dich nicht einmal richtig herausgefordert hat.«

»Immerhin ein Assassine«, warf McCoy ein.

»Aber er war hilflos«, entgegnete Merlin. »Und ein Patient, du meine Güte! Dein Job ist, ihn zu heilen. Du sollst keine Ringkämpfe mit ihm austragen.«

»Ringkämpfe ...« McCoy konnte nicht glauben, was er da gerade gehört hatte, vor allem nicht von Carver.

Und dann verstand er, warum sein Freund auf diese Weise reagierte. »Du bist eifersüchtig, nicht wahr?«

»Worauf?« fragte Merlin, dessen Stimme wieder ein wenig lauter wurde. »Auf das Lob eines Mannes, der völlig aus den Augen verloren hat, weswegen er eigentlich hier ist? Du hast gehört, was man sich über ihn erzählt, Leonard. Bando glaubt, er sei einer der wichtigsten Feldherren in diesem Krieg. Er glaubt, Li Moboron stehe auf der einen Seite und er auf der anderen. Die Medizin ist für ihn zu einer völligen Nebensache geworden.«

»Er steht bis zum Hals in einer Blutlache«, entgegnete McCoy genauso laut wie sein Freund. »Was erwartest du von ihm?«

Carver riß die Augen auf. »Jetzt verteidigst du ihn sogar schon!«

»Nein«, widersprach McCoy – obwohl sein Freund offenbar recht hatte, oder? »Ich will nur einige Tatsachen klarstellen.«

»Wie wäre es dann mit einigen klaren Tatsachen bezüglich Ihres Patienten, *Doktor*?«

Das saß. »Was meinst du damit?« fragte McCoy.

»Meinst du, es sei zum Lachen, wenn dein Patient dich darum bittet, ihn zu töten?« Merlin trat einen Schritt auf ihn zu. »Meinst du, du kannst dich anschließend mit deinen Freunden darüber lustig machen?«

McCoy spürte, wie ihm das Blut ins Gesicht schoß. Jetzt reichte es!

»Ich habe mich über niemanden lustig gemacht«, knurrte er. »Ich habe nur …«

»Nur was? Nur ein paar herablassende Bemerkungen über einheimische Sitten von dir gegeben?«

Plötzlich erkannte McCoy, was eigentlich vor sich ging, und sprach es aus. »Da liegt also der Hund begraben. Jetzt sind wir wieder bei unserem alten Streit angelangt.«

Carver schlug mit der Faust auf den Metalltisch des

Labors. »Nein. Jetzt geht es nicht mehr um Philosophie, Leonard. Jetzt geht es um dich – und darum, was für ein Arzt aus dir werden soll. Wie er es sich vorstellt oder wie ich es mir vorstelle. Denn wenn es auf seine Vorstellungen hinausläuft, will ich damit nichts mehr zu tun haben!«

McCoy schluckte. »Soll das vielleicht eine Art Ultimatum sein, Merlin?«

»Es ist das, was ich gesagt habe«, erwiderte Carver. »Es geht um eine Entscheidung. Darum, wie *du* dich entscheidest.«

Jetzt konnte McCoy seine Wut nicht länger zurückhalten. Wer war Merlin Carver eigentlich, daß er sich einbildete, ihm Moralpredigten halten zu können? Was hatte er durchgemacht, um sich dieses Recht zu verdienen?

Eine gescheiterte Ehe? Keine Spur. Eine Tochter, die ihn wahrscheinlich niemals kennenlernen würde? Nicht mal andeutungsweise.

»Geh zum Teufel!« sagte er zu seinem Freund.

Merlins Lippen kniffen sich einen Augenblick lang zusammen. Dann schüttelte er mit quälender Langsamkeit den Kopf. »Nein«, sagte er zu McCoy. »*Du* wirst zum Teufel gehen!«

Als könne er seine Anwesenheit nicht länger ertragen, drehte sich der Mann um und stapfte aus dem Labor. McCoy blieb zurück, mit einem Geschmack nach Asche im Mund.

»Tja«, sagte er, obwohl niemand mehr da war, der ihn hören konnte, und seine Stimme von der plötzlichen Leere im Labor verschluckt zu werden schien. »Ich schätze, jetzt habe ich ihn wohl zum Teufel geschickt.«

4

Bud Glavin hatte mit Li Moborons Gegenschlag recht behalten. Kaum elf Stunden, nachdem der Unterschlupf der Assassinen zerstört worden war, erfolgte die Antwort des Rebellenführers – in Form einer Vergeltungsaktion.

Sein Ziel waren diesmal die weitläufigen, einstöckigen Baracken der Stadtpolizei. Die Assassinen auf seiten der Regierung, die die Taktiken und Fähigkeiten ihrer Gegner besser als sonst jemand kannten, hatten es abgelehnt, sich in öffentlichen Gebäuden zu versammeln. Doch die Polizei besaß genügend Stolz und Naivität, um freiwillig dort zu schlafen, wo sie immer schlief.

Das wurde ihr zum Verhängnis.

Sobald McCoy hinuntergebeamt worden war, begann auch schon der Angriff auf seine Sinne – durch den Lärm der Ssana-Stimmen, die vor Schmerzen heulten, durch den Anblick des Blutes, das großzügig über die weitverstreuten Trümmer verspritzt worden war. Doch diesmal erstarrte er nicht vor Entsetzen. Er hatte seine erste Bluttaufe, die ihn mit der Realität des Krieges konfrontiert hatte, bereits hinter sich.

»Okay!« schrie Bando, um sich im Lärm verständlich zu machen, nachdem die übrigen Juniorärzte heruntergebeamt worden waren. »Verteilen Sie sich und benutzen Sie Ihre Tricorder! Diesmal müssen wir vielleicht etwas graben!«

Noch bevor der Medo-Offizier zu Ende gesprochen hatte, watete McCoy bereits durch den Schutt und schirmte seine Augen mit der Hand gegen das Sonnenlicht ab, das in schrägen, goldenen Strahlen durch das zerstörte Dach hereindrang. Nach fünf Schritten stieß er auf einen Mann, der noch lebte, und ging neben ihm in die Knie.

»Schweinehunde!« zischte der Ssana und biß die Zähne zusammen. Sein zertrümmertes Bein mußte furchtbar schmerzen. »Ich hab sie nicht mal kommen sehen.«

»Ruhe jetzt!« kommandierte McCoy. »Sparen Sie sich Ihre Kräfte auf.« Er runzelte die Stirn, als er das Ausmaß der Zellschädigungen registrierte, das auf dem Tricorder angezeigt wurde. »Sieht so aus, als könnten Sie sie noch brauchen.«

»Schweinehunde«, murmelte der Mann wieder – und schrie plötzlich auf, als der Arzt einen Injektor an seinem verwundeten Bein ansetzte. Er hämmerte mit der Faust auf ein Stück verkohltes Holz, verdrehte die indigofarbenen Augen und preßte Tränen zwischen den Lidern hervor.

Es dauerte nicht lange, bis das Colerium seine Wirkung tat. Zufrieden, daß sein Patient sich nicht mehr in unmittelbarer Gefahr befand, stand McCoy auf und blickte sich um.

Es gefiel ihm überhaupt nicht, was er sah. Von den zwanzig Ärzten, die am Unglücksort eingetroffen waren, arbeiteten nur zwei Drittel an neuen Patienten. Die übrigen standen herum, blickten voller Abscheu auf ihre Tricorder oder auf Haufen toter Ssana, die unter herabgestürzten Deckenbalken oder Ziegelwerk zerquetscht worden waren.

Im Unterschied zum Schaden, den Moboron am Regierungsgebäude angerichtet hatte und der bereits schrecklich genug gewesen war, hatte er hier eindeutig ganze Arbeit geleistet. Dort hatte Moboron eine erhebliche Anzahl von Überlebenden zurückgelassen; hier jedoch hatte er solche Rücksichten nicht genommen.

»Heiliger Strohsack!« fluchte Taylor, die nur ein paar Meter von McCoy entfernt dastand. Neben ihr lag ein Ssana am Boden, dem unzweifelhaft nicht mehr zu helfen war. »Verdammte Höllenbrut!«

Es war schrecklich, in ein solches Durcheinander gebeamt zu werden. Aber es war wesentlich schlimmer, wenn es hier für sie kaum etwas zu tun gab.

Doch am meisten litt Vinnie Bando darunter. Er wuchtete zersplitterte Holzstücke zur Seite, stieß Trümmerbrocken mit dem Fuß weg und fluchte wortreich. Er wirkte wie ein Löwe, der zu seinem Bau zurückgekehrt war und feststellen mußte, daß er zerstört und seine Familie niedergemetzelt worden war.

Diese Schlacht hatte er verloren, dachte McCoy. Moboron war zu gründlich gewesen. Er hatte die Schlacht entschieden, bevor Bando überhaupt auf dem Feld erscheinen konnte.

»Verdammter Mist!« brüllte der Medo-Offizier. »Hören Sie mich?« Er überblickte die Szenerie. »Verdammter Mist! Nächstes Mal werden wir schneller sein, verstanden? Nächstes Mal werden wir diese verfluchten Mordbestien schlagen!«

Das war nicht der verzweifelte Ruf eines Heilers, erkannte McCoy. Es war der Schlachtruf eines Kriegers, eines Mannes, dessen Stolz verletzt worden war und der keine weitere Erniedrigung hinnehmen wollte. Der junge Arzt nahm seinen Kommunikator vom Gürtel und machte sich bereit, das Gerät einzusetzen.

Doch dann erkannte er, daß er nicht der einzige war, der den Wutausbruch des Medo-Offiziers beobachtete. Auf der anderen Seite des Trümmerfelds sah er für einen Moment hinter Bandos Gestalt Merlin Carver, der ihn ebenfalls anstarrte.

Nein, er starrte nicht Bando an, erkannte McCoy, er starrte an ihm vorbei! Auf seinen Studienkollegen Leonard McCoy. Und der Blick in seinen Augen drückte kein Grauen aus. Er war eine Anklage.

Merlin hatte ihm gesagt, daß Vinnie Bando eine verlorene Seele war, jemand, der vergessen hatte, aus welchem Grund er hier war. Und nun schien sich der Medo-Offizier alle Mühe zu geben, die Richtigkeit von Merlins Worten zu beweisen.

McCoy zwang sich dazu, den Blick abzuwenden und ließ seinen Kommunikator aufschnappen. »McCoy an FH Eins.« Er war in die gebräuchliche Kürzelsprache verfallen, ohne darüber nachzudenken. »Diesmal nur einer«, fügte er hinzu.

»Verstanden«, kam die Antwort. »Und erfaßt. Nächstes Mal mehr Glück, Junior.«

Während McCoy zusah, wie der Transportereffekt seinen Patienten umhüllte, runzelte er die Stirn. Er war noch nicht lange hier, aber er hatte das dumme Gefühl, daß es beim nächsten Mal überhaupt nicht besser werden würde.

Auf halbem Wege vom Transporterraum des Hospitals zur Krankenstation wäre McCoy fast mit einem der Pfleger zusammengestoßen, einem großen, muskulösen Kerl mit Armen so dick wie die Taille des jungen Arztes. Er war dem Mann schon ein- oder zweimal begegnet.

Wie war noch gleich sein Name? Cauley? Nein, Curley. Curley, der Köhler, dachte McCoy. Er lächelte über seinen kleinen privaten Scherz. Außerdem tat es gut, nach all den Schrecken, die er gerade erlebt hatte.

Der Pfleger erwiderte das Lächeln. »Auf dem Weg zur Station?« fragte er.

»Jawohl«, sagte McCoy. »Und Sie?«

Curley zuckte mit einer Schulter. »Wohin sonst?« Sein Lächeln verschwand. »Bando hat Sie früher abgezogen?«

»Hmh«, war McCoys Antwort. Ihre Schritte hallten in der Nüchternheit des Korridors nach. »Das heißt, wenn man nach sechs Stunden von früh reden kann.«

»Sechs Stunden sind doch gar nichts«, sagte der Pfleger. Seine blaßblauen Augen stellten eine stumme Frage, die er kurz darauf in eine hörbare Form brachte. »Was ist los? Ist Ihnen schlecht geworden?«

Der junge Arzt schüttelte den Kopf. »Nein. Es hatte nur keinen Sinn, noch länger herumzuhängen. Die anderen kommen auch bald zurück.«

Curleys Stirn legte sich in Falten. »Alle? Nach nur sechs Stunden?«

»Hmh«, bestätigte McCoy. »Ich vermute, ich bin nur deswegen der erste, weil ich den ersten Überlebenden ausgegraben habe.«

Als sie in die Station traten, fühlte er sich irgendwie unvollständig. Er hätte eigentlich mehr lebende Patienten mitbringen müssen. Unglücklicherweise war die Sache jedoch anders verlaufen.

»Unsere lieben Assassinen waren diesmal etwas gründlicher als sonst«, erklärte McCoy. »Es waren kaum noch Überlebende da, um die wir uns hätten kümmern können.«

Der Pfleger schluckte. »Sie meinen, die Patienten, die wir bisher erhalten haben – das sind alle?«

McCoy blickte besorgt. »Ja, so ist es.«

»Verdammt!« sagte Curley und ging durch die Reihen der Biobetten voraus. »Muß ja das reinste Schlachthaus gewesen sein.«

»Das war es«, stimmte ihm der Juniorarzt zu. Eigentlich war es nicht mit einem einzigen Wort zu beschreiben, aber ›Schlachthaus‹ kam der Sache schon recht nahe.

»Ihre Patienten sind da drüben, nicht wahr?« fragte der Pfleger.

»Richtig«, antwortete McCoy.

Er überließ Curley weiterhin die Führung. Das bedeutete, daß er einen Moment lang eine Sache weniger hatte, über die er nachdenken mußte. Komisch. Er fühlte sich jetzt ausgelaugter als bei seiner allerersten Runde durch die Station, obwohl er sich beim letzten

Mal mehr als doppelt so lange am Unglücksort aufgehalten hatte. Auch die Frustration konnte einem ganz schön zu schaffen machen, erkannte er.

»Wo ist übrigens der Patient, den ich hergeschickt habe?« fragte McCoy.

Der Pfleger neigte den Kopf zur Seite. »Da drüben«, sagte er und bog an der nächsten Kreuzung ab. »Bei Ihren anderen.«

Kurz darauf stand der junge Arzt vor seinem neuesten Schützling. Der vom Colerium betäubte Patient war in seine Isolierdecke gehüllt und sowohl nach innen vor Schmerzen als auch nach außen vor herumfliegenden Keimen geschützt. Sein verwundetes Bein konnte nur noch dann infiziert werden, wenn etwas seinen ganzen Körper angriff. Aber die Biosensoren würden sie rechtzeitig davor warnen, bevor es ernst wurde.

»Danke«, sagte McCoy zu Curley, dem Köhler.

Der Mann winkte ihm zu, ohne sich noch einmal umzublicken, und kümmerte sich um eine Patientin, die ihre Decke beiseite gestrampelt hatte. Mit einer einzigen geübten Bewegung brachte Curley alles wieder in Ordnung und ging weiter.

McCoy wandte sich seinem eigenen Patienten zu und studierte die Biowerte des Ssana. Alles war so, wie es sein sollte, stellte er fest. Atmung, Puls, neurale Aktivität, sämtliche Werte waren optimal.

Aufgrund der erheblichen Verletzungen des Beines mußte der Juniorarzt ihn natürlich aufmerksam beobachten. Knochenzellen waren problematischer als weiches Gewebe, sie regenerierten sich nicht immer in der richtigen Anordnung. Doch vorläufig gab es für McCoy keinen Grund, sich Sorgen über die Situation zu machen.

Er warf einen Blick über die Schulter, um sich zu orientieren, und sah dem unmittelbaren Nachbarn des Verletzten in die Augen. Wieder begann die Wut in ihm zu kochen. *Das paßt ja wie die Faust aufs Auge,* dachte er. Die Pfleger hatten den Neuzugang im erstbesten leeren

Bett untergebracht – genau neben dem verdammten Assassinen!

Doch eine noch größere Überraschung stellte für McCoy das dar, was er im Gesicht des Killers sah. Von dem spöttischen Grinsen, das er bereits mit dem Mann assoziierte, war keine Spur mehr vorhanden. Statt dessen zeigte er jetzt einen besorgten Ausdruck. Vielleicht hätte McCoy sogar Mitgefühl in seinem Gesicht erkannt, wenn er es nicht besser gewußt hätte.

Er runzelte die Stirn und kehrte dem Assassinen wieder den Rücken zu. Auch wenn er das letzte Gefecht gewonnen hatte, hatte er trotzdem keine Lust, den Mann länger als unbedingt nötig anzusehen.

»Doktor?«

McCoy knirschte mit den Zähnen. Dummerweise konnte er den Ssana nicht einfach ignorieren. Wie Merlin schon gesagt hatte: Er war trotz allem sein Patient.

Der Arzt drehte sich langsam um und erwiderte den Blick des Assassinen. »Ja?«

Der Ssana drehte seinen Kopf in Richtung seines neuen Nachbarn. »Er ist Polizist, nicht wahr?«

»Ich weiß nicht, was Sie das angehen sollte«, sagte der Mensch.

Der Assassine sah ihn einen Moment lang schweigend an, dann nickte er. »Das habe ich mir gedacht. Moboron hat anscheinend ihre Baracken in der Stadt zerstört.« Er zögerte. »Mein Großvater war Polizist. Schlecht bezahlt und der letzte Dreck für seine reichen Arbeitgeber in der Regierung. Trotzdem hat er seine Arbeit getan. Er ging darin auf, genauso wie ich in meiner.« Er zögerte wieder. »Es hätte ihm nicht gefallen, wenn er gesehen hätte, daß seine Kameraden und ihre Unterkünfte verwüstet werden.«

McCoy sah, wie sein Patient leicht zusammenzuckte. Etwa bei der Vorstellung der Zerstörung? Er glaubte es nicht, angesichts dessen, was der Assassine getan hatte. Was war es dann? Die Erinnerung an seinen Großvater, der bei der Polizei gewesen war? Und wie wenig er von seinen Vorgesetzten respektiert worden war?

Damit konnte sich der Arzt identifizieren. Sein eigener Großvater war ein kleiner Techniker in einer Firma für Medizintechnik gewesen. Er hatte nie sehr gute Arbeit geleistet und ständig mit der Drohung einer Kündigung gelebt. Aus diesem Grund hatte er immer vor seinen Chefs gekatzbuckelt, in der Hoffnung, daß sie ihm seinen Job ließen.

Deshalb hatte er gewollt, daß seine Söhne, McCoys Vater und sein Onkel, Ärzte wurden, die Leute, die die Instrumente benutzten, die seine Firma herstellte. Auf diese Weise hoffte er, schließlich doch ein wenig Respekt zu erlangen.

Auch wenn McCoy und sein Patient vielleicht einige Gemeinsamkeiten in ihrer Familiengeschichte hatten, wurde ihm der Ssana dadurch nicht sympathischer. Der Mann war und blieb in den Augen des Menschen ein Killer, ein Monster.

»Die Polizeibaracken«, sagte der Assassine nachdenklich. »Das war eins der Ziele, die Moboron sich bis ganz zum Schluß aufheben wollte.« Dann schien er die Konsequenzen aus dieser Überlegung zu ziehen. »Also muß er wegen irgendeiner Sache Vergeltung geübt haben. Vielleicht weil einer unserer Stützpunkte entdeckt wurde? Und anschließend vernichtet wurde?«

McCoy spitzte die Ohren, als er das hörte. Womöglich hatten ein paar der Pfleger in Hörweite des Ssana darüber diskutiert. Aber wenn er nur aufgrund der Anwesenheit des verletzten Polizisten darauf gekommen sein sollte …

Dann kannte er seine Organisation ziemlich gut. Und dann mußte er auch Moboron ziemlich gut kennen.

Wenn dem so war, wäre es vielleicht keine schlechte Idee, sich eingehender mit ihm zu beschäftigen, trotz McCoys Widerwillen gegen den Mann. Was bedeuteten schon persönliche Gefühle gegenüber der Möglichkeit, an strategische Informationen zu gelangen, mit deren Hilfe sich das Leben vieler Ssana retten ließ?

Der Assassine verzog nachdenklich das Gesicht, als er sich wieder seinem Nachbarn zuwandte. »Eigentlich ist uns so etwas zuwider«, sagte er. »Das ist überhaupt nicht unsere Art.« Ein verärgerter Seufzer. »Sprengsätze sind etwas für die Schwachen, die Unfähigen. Wer sie benutzt, verliert seine Ehre.«

»Warum tun Sie es dann?«

Der Ssana blickte ihn mit kleinen Indigoaugen an. »Weil uns keine andere Wahl bleibt«, antwortete er ruhig. »Die Regierung will uns ausrotten.« Er blickte den Arzt abschätzend an. »Sagen Sie mir, Doktor, was würden Sie tun, wenn jemand versuchen würde, Sie auszurotten? Zu welchen Mitteln würden Sie greifen, um das Überleben Ihrer Art zu gewährleisten?«

McCoy schüttelte den Kopf. »Das ist etwas anderes«, sagte er. »Die Assassinen sind keine eigene Art. Sie sind ein Kult, ein winziger Bruchteil der Bevölkerung.«

Der Ssana lächelte dünn. »Ich verstehe. Dann bestimmt also die Größe einer Gruppe, ob sie ein Recht auf Überleben hat?«

Der junge Arzt spürte, wie es in seinen Schläfen arbeitete. Dieser Assassine wußte genau, auf welche Knöpfe er drücken mußte. Doch wenn McCoy eine Gelegenheit erhalten wollte, irgend etwas Wichtiges von dem Mann zu erfahren, mußte er seine Gefühle unter Kontrolle behalten.

»Es geht hier nicht um Zahlen«, entgegnete er – völlig ruhig. »Ich glaube, niemand würde sich die Mühe machen, Ihre Praktiken zu ächten und Sie Ihrer sogenannten Rechte zu berauben, wenn Sie damit nicht die Rechte anderer verletzen würden.«

»Anderer?« fragte der Ssana.

McCoy nickte. »Ihr Volk möchte ohne Angst vor den Assassinen leben. Die Leute wollen nicht sterben. Ist das so schwer zu verstehen?«

Der Ssana schüttelte den Kopf. »Nein, das ist überhaupt nicht schwer zu verstehen. Die Frage ist nur, ob man ihnen dieses Recht erlauben sollte.«

»Ich halte das für ein sehr verständliches Ansinnen«, sagte der Mensch.

»Aber Sie sind kein Ssana«, warf sein Patient ein. »Vielleicht rümpft man in Ihrer Föderation über die Institution der Assassinen die Nase.«

»So ist es«, bestätigte McCoy.

»Das habe ich mir gedacht. Aber im Kontext der Gesellschaft und der Geschichte der Ssana verletzen die Assassinen die Rechte von niemandem. Die Institution selbst ist ein Recht, vielleicht das wichtigste, wertvollste und heiligste aller Rechte.«

Der Arzt schüttelte den Kopf. »Das Recht zu sterben?«

Der Ssana zuckte die Schultern. »In gewisser Weise, ja. Das Recht, den Traditionen entsprechend zu sterben. In Ehre. In Würde, wie es nur dem Opfer eines rituell vorgehenden Assassinen möglich ist.«

McCoy knurrte verächtlich – er hoffte jedoch, daß es nicht zu verächtlich klang. Er wollte den Assassinen nicht vor den Kopf stoßen. Aber er wollte auch nicht plötzlich zu nett wirken, damit der Ssana ihn nicht verdächtigte, daß er etwas im Schilde führte.

Laß das Gespräch nicht abbrechen, sagte er sich. *So kannst du hoffen, daß der Bastard irgendwann unbedacht etwas ausplaudert.*

»Damit wir uns richtig verstehen«, sagte er. »Sie behaupten, daß es ein besonderes Privileg ist, von der Hand eines Assassinen zu sterben?«

»Richtig«, bestätigte sein Patient.

»Was ist aber, wenn die Opfer es anders sehen?« argumentierte McCoy. »Was ist, wenn ihnen gar nichts an diesem Privileg liegt?«

Der Ssana lächelte wieder sein dünnlippiges Lächeln. »Niemand auf Ssan hat jemals diese Frage gestellt, bevor Ihre Föderation sich in unsere Angelegenheiten einmischte. Sie haben uns mit ihrer Anwesenheit und mit ihren Ideen infiziert.«

»Falsch«, widersprach der Mensch. »Die Föderation mischt sich nicht ein. Sie macht nur Vorschläge.«

»Zwei unterschiedliche Begriffe, die jedoch dasselbe beschreiben.« Der Blick des Patienten wurde härter. »Trotzdem gibt es das Recht auf einen ehrenvollen Tod. Auch wenn das Opfer es anders sieht und sich vielleicht sogar dagegen wehrt. Aber das Opfer hat das Recht, ein Opfer zu sein.«

McCoy blickte ihn entsetzt an. »Das ist absurd!«

»Nach Ihren Maßstäben«, entgegnete der Assassine. »Nicht nach unseren.«

Er redete fast wie Merlin, dachte der Arzt. Als wären die Kriterien von Richtig und Falsch an bestimmte Orte gebunden, als würden sie sich mit der Temperatur, dem Luftdruck oder der Farbe des Himmels verändern.

»Sie haben so etwas schon einmal gehört?« fragte der Ssana mit leichter Überraschung. *Verdammt,* dachte McCoy, *der Kerl hat dich durchschaut!*

»Hören Sie«, sagte der Mensch, ohne auf die Feststellung seines Patienten einzugehen. »Ich werde es einfach nicht akzeptieren. Wie kann etwas ein natürliches Recht sein, wenn es von dem Individuum abgelehnt wird, das angeblich davon profitieren soll?«

Der Assassine dachte einen Moment lang nach. »Da ich nur wenig über Ihre Gesellschaft weiß, ist es schwer für mich, diese Frage zu beantworten.« Dann erhellten sich plötzlich seine Augen. »Warten Sie mal! Was denkt die Regierung Ihrer Heimatwelt über Selbstmord?«

»Man hält ihn für unangemessen«, antwortete McCoy.

»Mehr nicht?« hakte der Ssana nach.

Der Arzt verzog das Gesicht. »Na gut. Eigentlich ist es verboten. Und?«

»Hat eine Person das Recht, von eigener Hand zu sterben?«

McCoy schluckte. Er glaubte jetzt zu verstehen, worauf sein Patient hinauswollte. »Nein«, mußte er zugeben. »Die Gesetze gestehen niemandem dieses Recht zu.«

»Also zwingt die Regierung die Menschen zu ihrem Recht auf Leben«, folgerte der Assassine. »Auch wenn es seinen Wünschen zuwiderläuft. Auch wenn es ein Recht ist, das er nicht in Anspruch nehmen will.«

Der Mensch mußte sich eingestehen, daß diese Schlußfolgerung richtig war. Und daß sein Patient offenbar ein ausgezeichneter Jurist war. Sogar der alte Richter Bernhard in Georgia wäre bei einem solchen Plädoyer aufgewacht.

»Ich glaube«, sagte der Ssana, »daß ich Ihnen die Augen geöffnet habe – zumindest ein wenig.« Er blickte besorgt zum Verwundeten im nächsten Biobett hinüber. »Nicht daß es auf lange Sicht irgend etwas bewirken wird. Aber jetzt weiß wenigstens einer von Ihnen, was es ist, bei dessen Zerstörung Sie mithelfen.«

McCoy überlegte, was er darauf entgegnen sollte, aber ihm fiel nichts ein. Er stand einfach nur da und verstand, wenn auch widerstrebend, einen Teil der Verzweiflung seines Patienten. Er wußte, daß seine eigenen Ansichten nicht falsch waren. Es konnte einfach nicht richtig sein, Lebewesen zu töten, vor allem, wenn sie nicht getötet werden wollten. Trotzdem ...

Überraschend blickte der Ssana zu ihm auf. »Werden Sie wieder mit mir reden?« fragte er. »Vielleicht später? Oder morgen?«

McCoy hatte durchaus die Absicht gehabt, wieder mit ihm zu reden. Doch er hatte nicht damit gerechnet, daß dem Assassinen so viel daran lag. Er nickte.

»Ja«, beruhigte er den Ssana. »Wir werden reden.« Und mit einem letzten Blick auf die Biowerte des Neuankömmlings – nur um ganz sicherzugehen – machte er sich erschöpft auf den Weg zum Schlafsaal.

5

Vincent Bando verbrachte nicht viel Zeit in seinem Büro. Darauf deutete nicht nur die dünne Staubschicht hin, die dort über den Möbeln lag, sondern auch die Art, wie er in seinem Sessel saß. Er wirkte dort nicht sehr zufrieden, stellte McCoy fest. Er paßte überhaupt nicht hierher.

»Wie Sie wissen, komme ich gerne sofort zur Sache«, sagte der Medo-Offizier und ließ seine Fingergelenke knacken, als er den Juniorarzt über seinen alten Metallschreibtisch hinweg betrachtete, der noch aus der vorigen Beamtengeneration der Verwaltung von Ssan stammte. »Ich habe gesehen, daß Sie wieder mit dem Assassinen geredet haben. Und zwar recht lange. Ich will wissen, worüber.«

In Bandos Stimme lag weder Verärgerung noch Mißtrauen. Offenbar hatte McCoy mit seiner früheren Leistung das Vertrauen des Mannes gewonnen. Andererseits wußte der junge Arzt, daß der Mann hinter dem Schreibtisch zu der Sorte Vorgesetzter gehörte, die immer wieder Leistungen sehen wollte. McCoy würde mit nur einer einzigen guten Tat nicht lange durchkommen.

Er räusperte sich. »Über das Recht auf Leben«, antwortete er. »Und das Recht auf Sterben.«

Der Medo-Offizier runzelte die Stirn. »Was?«

»Es war nicht weiter wichtig«, beruhigte McCoy ihn. »Nicht wirklich. Der eigentliche Grund, warum ich mich überhaupt auf ein Gespräch mit ihm eingelassen habe, war die Hoffnung, ein paar Informationen aus ihm herauszubekommen.« Er beugte sich vor und stellte sich furchtlos Bandos prüfendem Blick, der ihn wie ein Degen zu durchbohren schien. »Wissen Sie, er kennt Li Moboron recht gut – was er denkt und was er vermutlich als nächstes tun wird. Und unser Mann langweilt sich, während er den ganzen Tag in seinem Bett liegt. Er hungert geradezu nach Konversation.«

»Um seinen Blutkreislauf ein wenig zu stimulieren«, meinte Bando.

»Genau. Wenn ich dieses Bedürfnis befriedigen kann ...«

»Wird er Ihnen vielleicht unabsichtlich etwas verraten, das uns im Kampf gegen Moboron helfen könnte«, vervollständigte der ältere Mann den Satz.

»Richtig«, sagte McCoy. »Ich meine, es gibt keine Garantie, aber ich dachte, es wäre einen Versuch wert. Was habe ich dabei schon zu verlieren?«

Bando holte tief Luft und stieß den Atem langsam aus, während er über diese Frage nachdachte. Einen Moment lang schien sein Blick leer geworden zu sein. Dann gewannen seine Augen ihre gewohnte Schärfe wieder. »Nichts«, lautete seine Antwort. »Überhaupt nichts.«

An diesem Abend aß McCoy zusammen mit Jiminez. Seine Kollegen Carver, Huang und Taylor saßen auf der anderen Seite des Raumes.

»Das ist lächerlich«, sagte McCoy. »Nein, es ist absolut lächerlich! Es ist absoluter Schwachsinn!«

Jiminez zuckte die Schultern. »Was soll ich dazu sagen? Merlin scheint zur Zeit nicht gerade dein größter Fan zu sein.«

»Aber wenn er und ich ein Problem miteinander haben, heißt das doch nicht, daß auch die anderen aus unserer Gruppe darunter leiden müssen.«

Jiminez schüttelte den Kopf und schob sich eine weitere Gabel mit Ssan-Gemüse in den Mund. »Ich leide nicht«, sagte er mit vollem Mund. »Sehe ich aus, als würde ich leiden?«

»Du weißt genau, was ich meine«, sagte McCoy. »Wir waren alle gemeinsam an der Universität. Wir sind gemeinsam auf die Trainingsmission gegangen. Dann sollten wir auch gemeinsam essen.«

»Mach das Carver begreiflich!« sagte Jiminez, ohne den Blick von seinem Teller zu heben. »Und ... nun ja, Taylor auch!«

McCoy starrte ihn verständnislos an. »Taylor auch?« Er blickte sich zu ihr um. »Was zum Teufel hat sie denn gegen mich?«

Sein Kollege seufzte. »Sie scheint der gleichen Meinung wie der alte Merlin zu sein, was deinen Umgang mit den Patienten betrifft. Wenn du mich fragst, ist sie nur entsetzt darüber, wie wenige Überlebende wir letztes Mal bergen konnten und daß es in Zukunft vermutlich noch schlimmer werden wird. Ich schätze, jetzt richtet sie ihren Frust auf das verfügbarste Opfer. Aber im Grunde läuft es darauf hinaus, daß du in Ihren Augen ein Barbar bist.«

»Großartig!« sagte McCoy. »Einfach großartig! Als ob ich etwas dafür könnte, was in diesen verdammten Baracken passiert ist!«

»Wahrscheinlich nicht«, erwiderte Jiminez. »Aber hier scheint das alte Prinzip von Angebot und Nachfrage zu gelten.«

»Angebot und Nachfrage?« wiederholte McCoy verständnislos.

Jiminez nickte. »Eine Wirtschaftstheorie, die vor etwa dreihundert Jahren recht populär war. Sie besagt, daß seltene Dinge viel wertvoller sind als solche, die im Überfluß zur Verfügung stehen. Ich meine, mit unseren Patienten ist es ähnlich. Wenn wir wesentlich mehr hätten, würde es gar nicht auffallen, was du mit deinem Assassinen anstellst. Doch weil Überlebende in Zukunft sehr knapp werden könnten, scheint jeder Patient ungleich wertvoller. Und es wird um so wichtiger, daß wir sie streng nach Vorschrift behandeln, selbst wenn einer von ihnen ein mordlustiger Assassine ist.«

McCoy, der immer noch Taylor beobachtete, dachte über die Theorie nach. »Interessant«, entgegnete er. »Trotzdem wünsche ich mir, Taylor hätte mich persönlich mit ihren Schwierigkeiten konfrontiert.«

»Das hätte ich ihr auch empfohlen«, sagte Jiminez. »Aber, wie ich schon sagte, sie ist etwas verärgert. Vielleicht sieht sie es in ein oder zwei Tagen schon anders.« Er lächelte, obwohl es ihn eine gewisse Anstrengung zu kosten schien. »Können wir jetzt einigermaßen in Frieden unsere Mahlzeit einnehmen? Du hast dein Gemüse noch gar nicht angerührt, weißt du? Dabei ist es sogar beinahe eßbar.«

Doch McCoy war jetzt nicht an Gemüse interessiert. »Ich schätze, Huang hält auch nicht mehr allzuviel von mir«, bemerkte er, ohne auf die Ablenkungsversuche seines Kollegen zu reagieren.

Jiminez verzog das Gesicht über McCoys Hartnäckigkeit. »Eigentlich hat Warren sich in keiner Richtung eindeutig geäußert. Doch als ich ihm sagte, daß ich dir beim Essen Gesellschaft leisten wollte, hat er nur zu Boden geblickt.« Er schwieg. »Ich denke, du kannst selbst deine Schlüsse daraus ziehen.«

McCoy kniff die Augen zusammen. »Und warum weichst du mir dann nicht genauso wie die anderen aus?«

Der andere Juniorarzt brummte. »Sagen wir einfach, daß ich die Meßlatte nicht so hoch lege, und damit basta. Abgesehen davon waren wir, wenn ich mich richtig erinnere, gerade beim Essen. Wenn man sich dabei unterhält, gilt es im allgemeinen als gutes Benehmen, sich dabei anzusehen.«

McCoy riß sich von Carvers Tisch los. »Tschuldigung«, sagte er. »Gut. Wie läuft es denn so an deinem Ende der Station?«

Jiminez stach mit der Gabel in einen Haufen aus Schabefleisch. »In Anbetracht der Umstände wohl ganz gut. Morgen werde ich zwei Patienten entlassen, ganz nach Plan. Ich hatte auf drei gehofft, aber die Frau mit dem gebrochenen Handgelenk leidet unter irgendwelchen Nervenstörungen, die das Biobett nicht registriert hat. Ich muß wohl noch einen mikrochirurgischen Eingriff unternehmen, bevor sie gehen kann.« Er hob die Gabel mit dem Fleisch und schien sich erst dazu durchringen zu müssen, sie in den Mund zu schieben. »Und an deinem Ende?«

»Einfach phantastisch«, antwortete McCoy sarkastisch. Er litt immer noch ein wenig unter der Zurückweisung durch Taylor und Huang. »Ich habe auch ein paar Patienten, die demnächst nach Hause gehen können. Und mit den anderen habe ich keine Probleme, die ich nicht in den Griff bekommen würde.«

Jiminez kaute eine Weile. Dann fragte er: »Wie geht's deinem Assassinen? Als ich ihn das letzte Mal gesehen habe, wirkte er irgendwie besänftigt. Er war nicht mehr so jähzornig wie vorher.«

»Scheint so«, sagte McCoy. Er blickte sein Gegenüber kurz nachdenklich an. »Kannst du ein Geheimnis für dich behalten?« fragte er.

Jiminez legte den Kopf schräg. »Das kommt ganz darauf an«, sagte er ehrlich. »Ich meine, wenn du vorhast, der Assassinen-Bruderschaft beizutreten oder etwas in der Art, solltest du es lieber für dich behalten.«

McCoy grinste. »Keine Sorge, es ist nichts in der Art, obgleich es um die Assassinen geht.« Er senkte seine Stimme zu einem verschwörerischen Flüstern. »Doch in erster Linie geht es darum, Leben zu retten.«

»Daran bin ich jederzeit interessiert«, sagte Jiminez, ebenfalls mit gesenkter Stimme.

»Natürlich geht es nicht um die Art von Lebensrettung, die man uns während des Studiums beigebracht hat. Hier geht es um die Fälle, bei denen man Informationen statt Tricorder und Injektor einsetzt.«

Der andere legte die Stirn in Falten. »Informationen?« wiederholte er.

»Du hast es erfaßt.«

»Und woher bekommst du diese Informationen?«

»Woher wohl? Von meinem Freund, dem Assassinen. Er scheint ziemlich viel über Li Moborons Strategie zu wissen, Paco. Ich habe bereits daran gearbeitet, sein Vertrauen zu gewinnen. Und wenn ich es vertiefen kann, wer weiß? Vielleicht wird er mir etwas verraten, womit wir diesen Assassinenkrieg ein wenig früher beenden können.«

Jiminez blickte ihn stumm an. »Also ist dieser Assassine ein Werkzeug«, sagte er schließlich. »Ein Mittel zum Zweck.«

McCoy war von seinem Tonfall nicht sehr angetan und teilte ihm sein Unbehagen mit.

»Trotzdem«, sagte Jiminez, »genau das ist er, zumindest aus deiner Sicht. Ein Werkzeug, wie ein Neuroskalpell. Nur daß er außerdem noch dein Patient ist.«

McCoy spürte, wie ihm das Blut zu Kopf stieg. »Jetzt halt mal für einen Moment die Luft an, Paco ...«

Die Augen des anderen Mannes verschossen dunkelglühende Lichtpfeile. »Nein«, unterbrach er McCoy mit ungewohnt scharfer und schroffer Stimme. »Jetzt hältst *du* mal die Luft an, Leonard! Siehst du nicht, was du da tust? Du brichst den Eid, den du geschworen hast, als du die medizinische Fakultät verlassen hast. Deine allererste Verpflichtung gilt dem Patienten – nicht irgendeiner abstrakten Vorstellung vom Wohl des Ganzen.«

»Abstrakt?« McCoy hatte das Gefühl, er würde an seiner eigenen Wut ersticken. »Mein Gott, Paco, du hast diese Leute doch auch gesehen. Die Leichen. Wenn wir verhindern können, daß weitere von ihnen verletzt und getötet werden, ist das nicht ein kleines Täuschungsmanöver wert?«

Jiminez schüttelte den Kopf. »Du willst es einfach nicht begreifen! Du bist kein Politiker, Leonard. Du bist kein General. Du bist Arzt. Und Ärzte sollten sich mit dem Heilen beschäftigen, Punkt. Wenn wir anfangen, andere Dinge zu berücksichtigen, sind wir keine Heiler mehr.«

»Haarspaltereien!« zischte McCoy.

»Vielleicht bin ich im Philosophieren nicht so gut wie Carver«, gab Jiminez zu. »Aber eins kann ich dir sagen: Es gibt gute Gründe, warum sich Ärzte nicht in solche Dinge einmischen sollen, in die du dich einmischst.« Er stand auf und blickte traurig auf seinen Kollegen herab. »Wenn das dein Geheimnis ist, solltest du es lieber für dich behalten.«

Während McCoy fassungslos zusah, nahm Jiminez sein Tablett und ging damit auf die andere Seite des Raumes. Zuerst sah es so aus, als wollte er sich zu Carver und den anderen setzen, aber das tat er nicht. Er ging an ihnen vorbei und kippte den Rest seiner Mahlzeit in den Abfallverwerter. Dann verließ er den Speisesaal.

Trotz seines unspektakulären Abgangs wurden andere auf Jiminez aufmerksam. Zum Beispiel Carver. Und Taylor und Huang. Auch einige der älteren Ärzte. Einer nach dem anderen sah zu McCoy.

Mit einem leisen Fluch wandte der junge Arzt den Blick ab. Er brauchte ihre Anerkennung nicht und wollte sie auch gar nicht. Der Erste Medo-Offizier hatte ihm versichert, daß er das Richtige tat. War er da noch auf die Billigung anderer angewiesen?

Er verzog das Gesicht, als er den leicht säuerlichen Geruch des Ssan-Gemüses bemerkte, das er bisher nicht angerührt hatte. Er steckte sich eine Gabel voll in den Mund und zwang sich dazu, es zu essen. Es schmeckte genauso, wie er sich fühlte: bitter.

Wenigstens mache ich keine halben Sachen, dachte McCoy. *Jetzt habe ich es geschafft, auch den letzten Freund vor den Kopf zu stoßen.*

Irgendwann mitten in der Nacht wachte McCoy auf, in kalten Schweiß gebadet. Sein Atem keuchte laut in seinen Ohren, so laut, daß eigentlich alle im Schlafsaal davon hätten aufwachen müssen.

Doch er schien als einziger wach zu sein. Als er sich umblickte, konnte er es bestätigen: Alle schliefen den Schlaf der Gerechten.

Mit Ausnahme von ihm selbst. Er verdrängte die Schlußfolgerungen, die sich aus dieser Beobachtung ergaben, und versuchte sich an seinen Traum zu erinnern. Irgend etwas mußte er doch geträumt haben! Man wachte nicht urplötzlich aus tiefem Schlaf auf, wenn man nicht etwas sehr Schlimmes geträumt hatte.

Doch so sehr er sich anstrengte, er konnte sich nicht daran erinnern. Er schloß die Augen und versuchte, der erzwungenen Finsternis ein Bild zu entlocken. Doch nichts geschah.

Seufzend streckte er sich wieder auf der Matratze aus. *Schlaf weiter*, redete er sich stumm ein. *Vor dir liegt ein weiterer schwerer Tag. Und wenn es wieder einen Angriff gibt, kommst du vielleicht sehr lange nicht mehr zur Ruhe. Also schlaf ein, verdammt noch mal!*

Doch leider trieb sich das, was ihn geweckt hatte, noch immer in ihm herum. Es hatte sämtliche Lichter eingeschaltet und die Nachbarn zur Mitternachtsparty eingeladen. McCoy wußte aus leidlicher Erfahrung, daß es, wenn er sich so fühlte, keine Strategie gab, die ihm jetzt noch irgend etwas nützen würde.

Diese Nacht würde er keinen Schlaf mehr finden. Mit einem verärgerten Brummen setzte er sich auf die Bettkante und massierte seine blutunterlaufenen Augen. Dann griff er nach der Uniform, die am Kleiderständer neben dem Bett hing, stand auf und zog sich an. Zuletzt kamen seine Stiefel. Das robuste, lederähnliche Material verlieh ihm ein gewisses Gefühl der Stabilität.

Schließlich verließ er den Schlafsaal. Er ging den Korridor entlang, an Bandos dunklem Büro und dem

Speisesaal vorbei bis zum schwach beleuchteten Durchgang am Ende und dann in die Station, in der die verwundeten Ssana lagen.

Wie immer stand eine Ssana-Wache direkt hinter dem Eingang, aber nicht der Mann, den McCoy gewöhnlich tagsüber dort sah. Die Augen der Wache waren das einzige, was sich bewegte, als der junge Arzt eintrat. Als der Ssana sah, daß es sich nicht um einen Assassinen handelte, ließ seine Aufmerksamkeit wieder nach.

Auf der anderen Seite der Station überprüfte einer der älteren Ärzte gerade die Biodaten eines der neueren Patienten. Als er McCoy aus dem Augenwinkel bemerkte, drehte sich der Mann zu ihm um. Seine Augenbrauen hoben sich mit einer stummen Frage: *Was machen Sie um diese Zeit hier?*

Der Juniorarzt wußte keine gute Antwort. Er konnte nur die Hände in einer Geste der Hilflosigkeit heben und mit dem Mund die Worte formen: *Kann nicht schlafen.*

Der Veteran lächelte gütig und wandte sich wieder seiner Arbeit zu. Zweifellos hatte er so etwas schon öfter erlebt. McCoy war bestimmt nicht der erste Juniorarzt, der nach ein paar Tagen auf Ssan Schlafprobleme bekam.

Dann hatte er das Gefühl, von einem dritten Augenpaar beobachtet zu werden – das weder dem Wachmann noch dem Arzt gehörte. Der Juniorarzt sah sich um, aber es fiel ihm nicht leicht, den Ursprung des Blicks zu bestimmen. Eigentlich war er sogar bereit, das Gefühl gänzlich seiner Einbildung zuzuschreiben.

Dann blickte er zufällig den Gang hinunter, an dem das Bett des Assassinen lag, und sah einen schwachen Lichtschein, der von zwei kleinen, indigofarbenen Kreisen reflektiert wurde. *Natürlich,* dachte McCoy. *Wer sonst?*

Er bewegte sich zwischen den Reihen schlafender

Ssana hindurch, bis er den Assassinen erreicht hatte. Der Mann war hellwach.

»Was ist los?« fragte der Mensch. »Können Sie nicht schlafen?«

»Genausowenig wie Sie«, sagte sein Patient. »Abgesehen davon brauchen Assassinen auch weniger Schlaf als andere Ssana. Ich hoffe, das gleiche gilt für Ärzte.«

McCoy schnaufte leise. »Leider nicht«, sagte er.

Der Assassine nickte. Seine Augen schienen direkt in die Seele des Menschen zu blicken.

»Wissen Sie, Doktor, ich habe über das nachgedacht, worüber wir geredet haben. Wie ich Ihnen am besten meinen Standpunkt erklären könnte.«

»Ist es das, was Sie wachgehalten hat?« fragte McCoy.

Der Ssana lächelte dünn. »Vielleicht.« Er schwieg einen Moment. »Sagen Sie mir, was wissen Sie über Li Moboron?«

McCoy nahm sich Zeit, seine Worte sorgfältig zu wählen. »Daß er der Anführer Ihrer Gruppe ist. Daß er die Idee haßt, die Assassinen zu verbieten, genauso wie Sie. Und daß er nach den blutigen Ergebnissen, die ich gesehen habe, verdammt gut in seinem Metier ist.«

»Alles völlig richtig«, erwiderte sein Patient. »Aber wußten Sie auch, daß Li Moboron ein Poet ist? Ein Mann von bemerkenswerter Sensibilität und großer Ausdruckskraft?«

Der Mensch blickte ihn an. »Das ist für mich schwer zu glauben«, gab er ehrlich zu. »Mordgierige Absichten und tiefempfundenes Mitgefühl passen meiner Meinung nach nicht in dieselbe Schublade.«

»Das gilt im allgemeinen auch für Ssan«, sagte der Assassine. »Trotzdem ist Li Moboron sozusagen eine Schublade, in der sich beide Eigenschaften finden. Vielleicht ist er genau aus diesem Grund unser Anführer – weil er es geschafft hat, diese zwei ungleichen Charakterzüge in einem einzelnen überlegenen Intellekt zu verbinden und zu versöhnen.«

McCoy runzelte die Stirn, als ihm klar wurde, daß der Ssana noch einen kleinen Anstoß benötigte. »Worauf wollen Sie hinaus?«

»Daß Sie sowohl mit dem Herzen als auch mit dem Verstand zuhören müssen, wenn Sie Dinge verstehen wollen, die die Ssana betreffen. Daß Sie den Assassinen in allen seinen Aspekten kennenlernen müssen, bevor Sie sich anmaßen dürfen, über ihn zu urteilen.«

McCoys Herz machte einen Sprung. Jetzt wurde das Gespräch allmählich konkreter. »Na gut«, erwiderte er. »Ich höre zu.«

Sein Patient schloß die Indigoaugen und rezitierte aus der Erinnerung ein Gedicht: »Wir alle sind Schatten auf der Sonne, wir verdunkeln ihr heiliges Licht, ihre Vollkommenheit. Wer Leben nimmt, erlaubt der himmlischen Glorie, um so heller zu scheinen.«

Ein ziemlich entsetzlicher Gedanke, stellte McCoy innerlich fest. Auch die Kunstfertigkeit beeindruckte ihn nicht sonderlich, selbst wenn es für das Ohr eines Ssana wesentlich besser klingen mochte.

Der Assassine öffnete die Augen. »Verstehen Sie jetzt?«

Der Mensch seufzte. »Ich fürchte, nicht so gut, wie Sie es sich gewünscht haben. Ich meine, ich verstehe zwar das Bild und so weiter. Es ist nur so, daß es in meiner Erfahrung keine Gültigkeit hat.«

Jetzt war es an der Reihe des Ssana, die Stirn zu runzeln. »Sie können sich die Sonne nicht als Symbol einer höheren spirituellen Realität vorstellen? Auch nicht auf einer rein bildlichen Ebene?«

»Das ist es nicht«, sagte McCoy. »Ich habe Probleme damit, daß das Leben diese Realität auf irgendeine Weise beflecken soll. Ich würde sagen, daß es ohne Lebewesen, die daran glauben und der Sache dadurch erst Bedeutung verleihen, überhaupt gar keine spirituelle Ebene gibt. Demnach würde in Ihrer Symbolik jede Person, die sie aus dieser Gleichung herausstreichen, dazu beitragen, daß die Sonne weniger hell scheint.«

Der Assassine dachte einen Moment darüber nach. »Es scheint, daß es zwischen unseren Kulturen größere Unterschiede gibt, als ich gedacht hätte.«

»Scheint so«, sagte McCoy, der darüber genauso enttäuscht wie sein Patient war. Bislang hatte er nichts herausgefunden, was auch nur im entferntesten für den Krieg gegen Moboron nützlich sein könnte. »Aus welchem Grund sind Sie überhaupt zum Assassinen geworden? Weil Ihnen diese Philosophie zugesagt hat?«

Sein Patient zuckte die Schultern. »Mein Vater war Assassine. Ich habe gesehen, was er getan hat, und es respektiert, vielleicht weil ich ihn respektiert habe. Erst später, nachdem ich mein erstes Opfer getötet und den Traum des Blutfeuers erlebt hatte, erkannte ich die Schönheit und Vielschichtigkeit der Lehre, der ich mich verschrieben hatte.«

»Blutfeuer ... Traum?« wiederholte der junge Arzt.

»Ja. Wenn man mit dem heiligen Virus infiziert wird, folgt eine Fieberphase mit kurzen, aber mächtigen Visionen. Es gibt immer wieder Leute, die diesen Zeitraum nicht überleben. Doch die anderen schöpfen für den Rest ihres Lebens aus der Vitalität dieser Visionen.«

»Interessant«, sagte der Mensch. »Und was sind das für Dinge, die Sie sehen?«

Der Blick des Ssana schweifte in die Ferne, und seine Mundwinkel verzogen sich zur Andeutung eines Lächelns. »Ich befand mich auf einem Plateau in den nördlichen Bergen. Ich lag auf dem Rücken, meine Hände und Füße waren an Pflöcken gefesselt, die fest in Felsspalten geschlagen worden waren. Ein Uterra – ein fliegendes Raubtier, das die Berge heimsucht – stürzte sich auf mich herab, mit Hunger in den Augen, in der Absicht, meine Eingeweide herauszureißen. Doch im letzten Moment hielt er inne.

Statt mir das Fleisch von den Knochen zu fressen, hat der Uterra sein eigenes Bein abgebissen. Er nahm es in den Schnabel und wollte mich damit füttern, als wäre ich eins seiner Jungen. Er hat sich selbst zum Opfer gemacht, sehen Sie. Er hatte erkannt, daß ich von uns beiden der bessere Killer war. Und er gab mir von seinem Fleisch, damit ich meine Prüfung überlebe.«

Seine Mundwinkel zogen sich ein Stück höher. »Es war eine mächtige Vision – vielleicht die mächtigste, von der mein Vater jemals gehört hatte. Der Uterra ist ein hervorragender Jäger, Doktor. Wenn ein Assassine in seinen Träumen von diesem Tier besucht wird, ist das ein Vorzeichen, daß große Dinge geschehen werden. Und wenn ein Uterra sich selbst opfert, damit ein Assassine überlebt, dann ist das ein Zeichen ...«

Seine Stimme war immer leiser geworden, und von seinem Gesicht verschwand jede Spur eines Lächelns. Plötzlich konzentrierte sich sein Blick mit neuer Wachsamkeit auf den Menschen. »Warum sind Sie hier, Doktor?«

Diese Frage kam ziemlich überraschend für McCoy. »Sie meinen, in spiritueller Hinsicht?«

Der Assassine schüttelte den Kopf. »Ich meine, warum Sie auf Ssan sind. Bei Starfleet. Im All. Warum haben Sie Ihre Heimatwelt verlassen?«

Der Arzt räusperte sich verlegen. Darauf wollte er sich auf keinen Fall einlassen. Andererseits wollte er aber auch nicht, daß sich diese Tür zur Seele des Assassinen wieder schloß.

»Das ist eine sehr persönliche Frage«, sagte er schließlich.

»So ist es«, bestätigte der Ssana. »Ich habe Ihnen meinen Blutfeuertraum erzählt. Es gibt nichts, was persönlicher wäre.«

»Was ist mit unserer Diskussion über die Poesie Ihres Anführers?«

»Ich glaube nicht mehr, daß es sich lohnt, diese

Straße weiterzuverfolgen. Ich möchte gerne mehr über *Sie* erfahren.«

McCoy schluckte. »Da gibt es nicht viel zu erzählen. Ich wollte Arzt werden, also bin ich jetzt hier.«

»Aber Sie hätten die Medizin doch auch auf Ihrer Heimatwelt ausüben können. Meine Frage ist, warum Sie so weit hinausgegangen sind, um es zu tun.«

Das war eine gute Frage, über die der junge Arzt noch mit niemandem ausführlich geredet hatte – nicht einmal mit Carver, als sie noch miteinander geredet hatten.

Nun, er hatte natürlich erwähnt, daß seine Ehe gescheitert war. Aber er hatte mit niemandem über die Gründe gesprochen. Er hatte auch nicht vorgehabt, es jemals zu tun – bis jetzt.

McCoy blickte sich um, ob jemand zuhören könnte. Es waren keine anderen Ärzte in der Nähe, weder Junioren noch Veteranen. Niemand, der ein Privatgespräch belauschen konnte.

Er hätte sich auch eine Lüge zurechtlegen können. Doch er befürchtete, daß der Assassine ihn durchschaute und das Vertrauen in ihn verlor. Außerdem wurde ihm plötzlich klar, daß er gerne mit jemandem darüber reden würde, was geschehen war. Er hatte es eigentlich schon seit langem gewollt.

Jetzt hatte er die Chance, es jemandem zu erzählen, der in ein paar Tagen entlassen wurde, den er in seinem Leben nie wiedersehen müßte. McCoy befeuchtete seine Lippen.

»Ich habe die Erde verlassen«, sagte er langsam und betont, »weil ich keine andere Wahl mehr hatte.«

Sein Patient runzelte die Stirn. »Keine Wahl? Waren Sie auf der Flucht vor dem Gesetz?«

McCoy schüttelte den Kopf. »Nein, nicht vor dem Gesetz. Vor etwas viel Schlimmerem, vor meiner Herkunft.«

Und in den nächsten paar Minuten schilderte er, was

sich ereignet hatte. Es war schwer für ihn, die Worte zu formulieren, die ihm die Erinnerung wieder ins Bewußtsein riefen, aber nicht so schwer, wie er gedacht hätte. Und am Ende fühlte er sich sogar erleichtert.

Während der ganzen Zeit hatte der Ssana nur schweigend zugehört. Er hatte keinen Kommentar und kein Urteil abgegeben. Er hatte McCoys Erzählung lediglich mit einem Ausdruck des Mitgefühls in sich aufgenommen, genauso wie er auf seinen Bettnachbarn aus den Polizeibaracken reagiert hatte.

»Jetzt wissen Sie Bescheid«, sagte der Mensch. »Kein sehr angenehmes Bild.«

»Nein«, pflichtete ihm der Assassine bei. »Und das war es, was Sie in den Weltraum getrieben hat? Der Wunsch, das zu vergessen, was Sie an jenem Tag erlebt haben?«

»Das war es«, bestätigte McCoy.

Die Nasenflügel seines Patienten bebten. »Wenn ich an Ihrer Stelle gewesen wäre«, sagte er, »hätte ich es vermutlich nicht halb so gut wie Sie weggesteckt.«

»Was hätten Sie anders als ich gemacht?« fragte der Mensch.

Der Ssana überlegte eine Weile und blinzelte, während sich die Szene vor seinem inneren Auge abspielte. Dann richtete sich sein Blick wieder auf McCoy.

»Nichts, was Sie gutheißen würden«, antwortete er schließlich.

6

Am nächsten Morgen war McCoy unausgeschlafen und noch ein wenig benommen von seinem nächtlichen Exkurs, aber er mußte sich um seine Patienten kümmern. Wie zuvor hob er sich auch diesmal die Untersuchung des Assassinen bis zuletzt auf.

Doch diesmal geschah es aus einem ganz anderen Grund. Diesmal freute er sich tatsächlich auf ihr Gespräch.

McCoy war über seine eigene Reaktion überrascht. Schließlich war der Ssana immer noch ein Killer, jemand, der im Gegensatz zu allem stand, an das der junge Arzt glaubte. Und es stimmte auch, daß er ursprünglich nur deshalb mit dem Assassinen geredet hatte, um an Informationen über Li Moboron zu kommen.

Doch irgendwann hatte er, ohne daß es seine Absicht gewesen war, eine Beziehung zu dem Ssana entwickelt und vielleicht sogar den Ansatz von Achtung. Sie beide hatten einen Abgrund überbrückt, den McCoy vorher als viel zu weit und tief bezeichnet hätte. Auch wenn sich ihre Ansichten niemals miteinander versöhnen ließen, hatte es doch etwas äußerst Befriedigendes, diese Ansichten darzulegen.

»Sie sehen müde aus«, stellte der Assassine fest, als der junge Arzt sich näherte.

»Das bin ich«, gab McCoy zu. »Sehr sogar.«

»Trotzdem vernachlässigen Sie nicht Ihre Pflichten. Das ist gut.«

Der Mensch zuckte nur die Schultern. »Würden Sie es tun?«

Sein Patient schüttelte den Kopf. »Ich kann Ihnen versichern, daß ich es nicht tun würde.«

Die Gelegenheit schien jetzt genauso günstig wie zu jedem anderen Zeitpunkt zu sein, dem Ssana noch ein paar Informationen zu entlocken. McCoy versuchte, seine Aufregung zu verbergen, indem er kurz auf den Monitor mit den Biodaten blickte. Dann sagte er: »Was würden Sie tun, wenn Sie jetzt nicht in diesem Biobett liegen würden? Ich meine, was tut ein Assassine, wenn er gerade nicht seiner Arbeit nachgeht?«

Der Ssana zeigte sein gewohntes dünnlippiges Lächeln. »Ein Assassine geht ständig seiner Arbeit nach«, erwiderte er. »Das heißt, wenn er hofft, ein guter Assassine zu sein. Aber was Ihre eigentliche Frage betrifft …« Er brummte. »Wenn ich jetzt bei Li Moboron wäre, würde ich vermutlich die Stelle aussuchen, wo unser nächster Schlag erfolgen soll. Oder vielleicht auch schon den übernächsten Schlag planen.«

»Er plant so weit im voraus?« fragte McCoy, während er die aus Metallfasern gewebte Isolierdecke beiseite schlug, um zu überprüfen, wie gut die Wunden seines Patienten heilten.

Die Verbrennungen machten gute Fortschritte, obwohl die Splitterwunden ein wenig hinter seinen Erwartungen zurückgeblieben waren. Aber nicht so sehr, daß er sich deswegen Sorgen machen mußte.

»Er ist eben Li Moboron«, sagte der Ssana. »Als Anführer aller Assassinen auf Ssan weiß er besser als jeder andere, daß der Erfolg eines Attentats in der Planung liegt. Jeder kann töten, aber um es schnell und wirkungsvoll zu tun und mit einem Minimum an Gefahr, muß man sehr klug vorausplanen.«

»Was Sie nicht sagen!« entgegnete der Arzt, als würde er nur mit halbem Ohr zuhören, während er seinen Patienten wieder zudeckte. »Dann wußte Moboron schon lange im voraus, daß er die Polizeibaracken zerstören würde?«

»In der langfristigen Planung war es eine von mehreren Möglichkeiten«, gab der Assassine zu. »Für welche dieser Möglichkeiten er sich dann entscheidet, hängt ganz von der Situation ab. Wenn die Leute der Regierung unseren Stützpunkt nicht ausgelöscht hätten, hätte sich Li Moboron wahrscheinlich für eine weniger destruktive Vorgehensweise entschieden. Aber Sie haben ihm keine andere Wahl gelassen.«

»Aha«, sagte McCoy nur. Es schien, daß er allmählich Fortschritte machte, wenn auch mit quälender Langsamkeit. Durfte er es wagen, seine Fragen direkter zu formulieren, ohne Gefahr zu laufen, seine Absichten zu verraten und damit die ganze Aktion zu verpatzen?

Er dachte eine Weile angestrengt darüber nach. Dann kam ihm sein Patient mit einer eigenen Frage zuvor.

»Sagen Sie mir, Doktor, erinnern Sie sich noch an meine frühere Bitte ... mich zu töten?«

Er sprach so sachlich, als würde er darüber reden, ob es heute noch regnen könnte. Oder was ein alter Kauz seiner Frau zur Goldenen Hochzeit geschenkt hatte.

»Ja«, sagte McCoy, »sicher.«

»Aber ich habe meine Bitte seitdem nicht wiederholt. Und Sie haben mich nie nach dem Grund gefragt.«

»Na gut«, sagte der Mensch. »Ich will kein Spielverderber sein. Warum haben Sie mich seitdem nicht mehr gebeten, Sie umzubringen?«

»Weil sich dadurch nichts an der verabscheuungswürdigen Tatsache ändern würde, daß Sie mir das Leben gerettet haben. Die Entehrung, die ich dadurch erlitten habe, ist nicht wiedergutzumachen. Mein Tod würde sie nicht lindern. Angesichts dieser Umstände ist es besser für mich, wenn ich sogar mit dieser Schande lebe und weiter für die Sache der Assassinen arbeite.«

McCoy starrte ihn entgeistert an. »Weiter für die

Sache der Assassinen arbeiten?« wiederholte er. »Heißt das, Sie haben die Absicht zu fliehen?«

Der Ssana nickte. »Natürlich. Wenn nicht von hier, dann von dem Ort, an den man mich anschließend bringen wird. Es ist nur eine Frage der Zeit.«

Der Arzt schluckte, als er die Gewißheit in der Stimme seines Patienten hörte. Der Assassine war vollauf von seinen Worten überzeugt.

»Wirklich?« fragte McCoy in Ermangelung einer besseren Erwiderung.

»Wirklich«, bestätigte der Ssana.

»Wirklich«, sagte Bando.

McCoy nickte. »Das hat er gesagt. Früher oder später wird er flüchten, ganz gleich, wohin die Regierung ihn verfrachten wird.« Er überlegte. »Natürlich mußte man damit rechnen, daß er so etwas sagt. Schließlich ist er ein Assassine.«

Der Medo-Offizier runzelte die Stirn, und die Falten um seine Mundwinkel vertieften sich. »Wie steht es mit Informationen über Li Moboron? Haben Sie irgendwelche Fortschritte gemacht?«

Bandos Tonfall klang leicht verdrießlich, worauf der Juniorarzt nicht vorbereitet war. Immerhin hatte der Mann ihn bislang zu den Gesprächen ermutigt.

Aber vielleicht hatte es auch gar nichts mit McCoy zu tun. Vielleicht war es nur die Last, die auf Bandos Schultern lag. Bei einem solchen Job – das ständige Warten auf das nächste blutige Massaker, ohne zu wissen, ob und wann es geschehen würde – war es ein Wunder, daß er nicht regelmäßig in jeder Nacht den Mond von Ssan anheulte.

»Sie sind kaum der Erwähnung wert«, antwortete der Juniorarzt. »Er hat mir nur verraten, daß Moboron seine Aktionen weit im voraus plant und dann nach den Umständen entscheidet, wo er als nächstes zuschlägt. Aber ich habe noch keinerlei Hinweis darauf erhalten, an welchen Stellen das geschehen könnte.«

Bando brummte. »Und wann werden Sie es Ihrer Einschätzung nach herauskriegen?«

McCoy spürte, daß ihm heiß wurde. »Ich… ich weiß es nicht. Ich meine, ich könnte versuchen, etwas direkter vorzugehen, aber ich will nicht, daß er…«

»Dann gehen Sie direkter vor!« sagte der Medo-Offizier. Er bewegte sich unruhig in seinem Sessel. »Die Regierung hat gerade ein weiteres von Moborons Verstecken gefunden. Es war eine saubere Aufräumaktion. Kein einziger Rebell ist übriggeblieben.« Er machte eine Pause. »Ich schätze, Sie sind schon lange genug hier, um zu wissen, was nun folgt.«

Der Juniorarzt erinnerte sich an Taylors Gesicht, als sie in den Polizeibaracken das Gemetzel gesehen und ihre Hilflosigkeit verflucht hatte. Er erinnerte sich auch an die Blutspritzer auf den zersplitterten Balken. Er nickte.

»Leider habe ich gerade alle meine Patienten besucht«, sagte McCoy. »Er – der Assassine, meine ich – weiß also, daß meine nächste Visite erst heute abend ansteht.«

Bando beugte sich über seinen alten Metallschreibtisch. »Wenn wir von Ihrem Patienten irgendwelche Informationen erhalten wollen, muß es geschehen, solange sie uns noch etwas nützen. Heute abend könnte es bereits zu spät sein. Haben Sie mich verstanden?«

»Ich habe verstanden«, sagte McCoy.

Er wartete noch etwa eine Stunde, damit sein Besuch nicht allzu verdächtig wirkte. Dann betrat McCoy mit dem Tricorder in der Hand die Station mit den kritischen Fällen und vollführte die Pantomime, die er sich in Bandos Büro ausgedacht hatte.

Um nicht mit seiner gewohnten Praxis zu brechen, trat er erst dann an das Bett des Assassinen, nachdem er allen anderen einen Besuch abgestattet hatte. Er hielt seinen Tricorder über den Ssana und beobachtete die Biowerte, die auf dem Monitor über dem Patienten angezeigt wurden.

»Irgendwelche Probleme?« fragte der Assassine.

McCoy blickte auf den kleinen Tricorder und dann wieder auf den Biomonitor über dem Bett. Er schüttelte langsam den Kopf.

»Offenbar nicht«, stellte er fest. Dann legte er den Tricorder weg und lächelte zerstreut. »Nur ein Routinecheck. Diese Biobetten halten nicht immer das, was sie versprechen.«

»Wie steht's mit meinem?« hakte der Ssana nach. Er wirkte nicht besorgt, sondern einfach nur neugierig.

»Alles bestens«, antwortete McCoy. »Auf meinem Tricorder erhalte ich genau die gleichen Anzeigen. Die schlechte Neuigkeit ist, daß es Ihnen kein bißchen besser geht, als ich gedacht hatte. Die gute Neuigkeit ist, daß es Ihnen auch nicht schlechter geht.«

Sein Patient sah sich auf der Station nach den anderen Ärzten um. Um McCoys Trick größere Glaubwürdigkeit zu verleihen, hatte Bando Carver und Huang beauftragt, die gleichen Arbeiten wie ihr Kollege auszuführen. Sie hatten ein wenig später als er angefangen, so daß sie noch einige Betten vor sich hatten.

Carver warf ihm einen eiskalten Blick zu, als er bemerkte, wie er von McCoy gemustert wurde. Es war unmöglich, daß der Assassine die Bedeutung erriet, aber McCoy wußte sehr genau, was er damit ausdrücken wollte. Merlin hatte deutlich gemacht, daß er überhaupt nichts von Ärzten hielt, die ihre Patienten hinters Licht führten. Daß er außerdem an diesem Täuschungsmanöver mitwirken sollte, war ihm erst recht ein Greuel.

Andererseits würde er sich auf keinen Fall Bandos Anweisungen widersetzen und McCoys kleinen Trick zunichte machen. Carver hatte zuviel Respekt vor der

Befehlskette, um etwas Derartiges in Erwägung zu ziehen – und zuviel Respekt vor den Starfleet-Vorschriften, ganz gleich, wer dazu ermächtigt worden war, ihnen Geltung zu verschaffen.

»Übrigens habe ich ein Gerücht gehört«, warf McCoy ein und wurde etwas ernster. »Es bedeutet schlechte Neuigkeiten für Ihre Seite, wenn es stimmt.«

»Und was besagt dieses Gerücht?« erkundigte sich der Ssana ruhig.

»Daß Assassinen auf der anderen Seite der Hauptstadt ein Waffenlager der Regierung angegriffen haben, jedoch aufgehalten wurden, bevor sie irgendwelchen Schaden anrichten konnten. Offenbar konnte keiner von Ihren Leuten entkommen.«

McCoys Patient schüttelte den Kopf. »Glauben Sie nicht an diese Geschichte. Li Moboron hat sich keine Waffenlager als Ziele ausgesucht. Und er würde es auch niemals tun.«

»Wie können Sie da so sicher sein?« fragte der Mensch. »Sie sind jetzt schon seit mehreren Tagen von ihm getrennt. Vielleicht hat er inzwischen seine Meinung geändert.«

»Nein«, beharrte der Ssana auf seiner Ansicht. »Li Moboron weiß, daß es keinen Sinn hat, ein Waffenlager anzugreifen. Es ist ein Ort der Dinge, und alle Dinge lassen sich zu irgendeinem Preis ersetzen. Nicht jedoch Fleisch und Blut. Nur in Form von Fleisch und Blut läßt sich ein überzeugendes Argument aufstellen.«

»Ich verstehe«, sagte McCoy. Er hatte das Gefühl, daß er endlich weiterkam. »Dann habe ich mich vielleicht geirrt. Vielleicht war es ein anderes Ziel.«

»Das Terminal für die Atmosphärenshuttles?« fragte der Assassine.

McCoy spürte, wie sein Herz einen Satz machte. Jetzt wurde es wirklich interessant.

»Vielleicht war es das«, stimmte er zu.

»Oder das Geschichtsmuseum? Dort wird momentan

eine Ausstellung über steinzeitliche Kulturen gezeigt. Die Besuchermassen wären ein perfektes Ziel für unsere Assassinen.«

Dem Menschen schwindelte. Es war, als hätte er die Hauptschlagader getroffen.

»Oder vielleicht die Bibliothek? Tausende Ssana gehen dort jeden Tag ein und aus. Li Moboron hat sie bestimmt längst in Erwägung gezogen.«

Plötzlich hatte McCoy ein dummes Gefühl. Das Gefühl, daß er zum Narren gehalten wurde.

»Sie machen sich über mich lustig«, sagte er zu seinem Patienten.

Der Ssana schüttelte den Kopf. »Nein, ich mache mich nicht lustig, Doktor. Ich teile Ihnen lediglich mit, daß ich Ihre Taktik durchschaut habe. Und daß sie nicht funktionieren wird.« Er grinste entschlossen. »Vergessen Sie nicht, daß ich ein Assassine bin. Täuschungen sind mein alltägliches Handwerkszeug. Und es gibt kaum etwas Schwierigeres, als jemanden, der mit Tricks arbeitet, auszutricksen.«

McCoy überlegte, ob er dem Blut, das ihm in die Wangen geschossen war, die Schuld geben sollte. Er suchte nach Worten, fand aber keine. Allerdings spielte es jetzt sowieso keine Rolle mehr. Das Spiel war vorbei.

Schließlich fand er seine Stimme wieder. »Sie haben recht«, sagte er. »Ich habe versucht, Sie zu täuschen. Aber nur um Leben zu retten – das Leben unschuldiger Ssana.« Er zeigte auf den Patienten im benachbarten Biobett. »Als er eingeliefert wurde, schienen Sie sich Sorgen um ihn zu machen.« Er befeuchtete seine Lippen. »Bald wird es noch viel mehr Ssan geben, die in der gleichen Lage sind.«

Der Assassine verengte seine Augenlider. »Wollen Sie damit andeuten, daß man wieder eins unserer Verstecke gefunden hat?«

Der Mensch nickte. »Und es wurde völlig vernichtet. Mein Vorgesetzter rechnet damit, daß Ihr Vorgesetzter mit einem beispiellosen Massaker Vergeltung üben wird. Das heißt, wenn Sie uns nicht helfen.«

»Ihnen helfen«, wiederholte der Ssana. »Sie meinen, ich soll Ihnen sagen, wo Li Moboron als nächstes zuschlagen wird. Ich soll meine Kameraden verraten, meine Sache?«

McCoy spürte, wie der Ärger seine Kehle hinaufstieg und ihn zu ersticken drohte. »Verdammt noch mal!« knurrte er. »Wir reden hier von Menschenleben! Wir sprechen von Lebewesen, die gerettet werden können, wenn wir schnell handeln!«

Der Assassine blickte ihn mit einem Ausdruck des Mitgefühls an, als spürte er, welche Schmerzen der Mensch erlitt. Als McCoy es sah, dachte er einen Augenblick lang, sein Patient würde seine aufrichtige Bitte erfüllen.

Doch er hatte schon etliche Zeit mit diesem Ssana verbracht und hätte ihn eigentlich besser kennen müssen.

»Ich glaube«, sagte der Assassine, »über dieses Thema haben wir bereits geredet.« Er schüttelte den Kopf und war offenbar traurig über seine Unfähigkeit, McCoy die Antwort geben zu können, die er von ihm wollte. »Ich kann Ihnen nicht helfen, Doktor.«

»Können Sie nicht?« fauchte McCoy. »Oder wollen Sie nicht?«

Sein Patient blieb bei diesem Wutausbruch völlig ruhig. »Ich kann es nicht«, wiederholte er. »Oder haben Sie mir in den letzten Tagen überhaupt nicht zugehört, als ich Ihnen von meinen Überzeugungen und denen meiner Leute erzählte?«

Der Mensch knirschte mit den Zähnen. Seine Wut war wie ein Fluß aus geschmolzener Lava, die jeden Ansatz vernünftigen Denkens überrollte.

»Ja, ich habe Ihnen zugehört«, knurrte er. »Ich habe mir Ihr Geschwafel und unsinniges Gerede angehört, in der Hoffnung, vielleicht irgend etwas Nützliches zu erfahren, irgendein Informationsbruchstück, das dazu dienen könnte, diesem sinnlosen, hirnverbrannten Blutvergießen ein Ende zu bereiten. Aber ich sehe jetzt ein, daß ich meine Zeit vergeudet habe.«

Über den indigofarbenen Augen des Assassinen legte sich seine Stirn in Falten. »Mit anderen Worten«, schlußfolgerte er, »unsere Gespräche waren nur eine List? Keine aufrichtigen Diskussionen über Richtig und Falsch, sondern lediglich Versuche, mich dazu zu bringen, all das zu verraten, was mir heilig ist?«

So wie er es sagte, fühlte sich McCoy beschämt. Als wäre er derjenige, der von ihnen beiden moralisch falsch handelte. Als wäre er der Mörder und nicht der andere.

Offenbar verrieten seine Augen diese Gedanken, denn der Ausdruck seines Patienten veränderte sich. Das Mitgefühl und die Sympathie waren verschwunden. Sie wurden durch eine harte Maske des Grolls ersetzt.

»Wie aufschlußreich«, bemerkte der Ssana in sorgsam kontrolliertem Tonfall. »Und ich dachte, ich wäre nicht so einfach auszutricksen. Dennoch haben Sie es geschafft.« Er starrte den Arzt an. »Sie haben sich meinen Respekt verdient, Außenweltler, obwohl Sie vermutlich überhaupt nicht stolz auf Ihre respektablen Fähigkeiten wären.«

Während McCoy sich eine Antwort überlegte, erinnerte er sich plötzlich daran, daß er und der Assassine nicht allein waren. Er blickte auf und bemerkte, daß einige seiner übrigen Patienten ihn ansahen.

Und nicht nur seine Patienten. Von der anderen Seite der Krankenstation aus starrte auch Carver zu ihm herüber. Und Huang ebenfalls, obwohl er sich Mühe gab, es nicht allzu offen zu zeigen.

»Ihre Demütigung schmerzt mich, Doktor«, sagte der Assassine. »Ich hatte geglaubt, jemanden gefunden zu haben, der wie ich ist – der so sehr an seine Grundsätze glaubt, daß er dafür zu sterben bereit ist. Aber jetzt sehe ich, daß Sie ganz anders sind – daß Sie Ihre Überzeugungen den Umständen anpassen.« Er schwieg kurz. »Sie haben große Schande über mich gebracht, als Sie mich nicht sterben lassen wollten. Aber das ist nichts im Vergleich zu der Schande, die Sie über sich selbst gebracht haben.«

McCoy hätte dem Ssana am liebsten ins Gesicht geschlagen. Er wollte ihn als blutrünstigen Mörder beschimpfen, der nicht das Recht hatte, über andere zu urteilen. Er hätte es vielleicht sogar getan – wenn der Kerl nicht recht gehabt hätte.

Und Merlin hatte ebenfalls recht gehabt. Das gleiche galt für Jiminez und Huang. Er hatte vergessen, daß er ein Arzt war, und versucht, etwas anderes zu sein. Jetzt hatte er nur noch seine schmerzhaften Gewissensbisse, die brannten, als seien sie mit Salzwasser in Berührung gekommen.

Und wenn es geklappt hätte? Wenn er die Informationen erhalten hätte, die er haben wollte, und dadurch einigen Ssana das Leben gerettet hätte? Würde er sich dann besser oder schlechter als jetzt fühlen? Hätte der Gewinn sein Gewissen beruhigt, oder wäre dadurch auf eine schwer in Worte zu fassende Weise alles nur noch schlimmer geworden?

Er wußte es nicht. Es war ihm auch egal. Im Augenblick sah er nur die anklagenden Augen seiner Kollegen. Und natürlich die des Assassinen. Vor allem ihnen wollte er entgehen.

Mit diesem Gedanken im Kopf machte McCoy kehrt und ging rasch auf den Ausgang zu. Er wurde erst langsamer, als er ihn hinter sich gelassen und ein gutes Stück durch den Korridor weitergelaufen war, während der Ssana-Wachmann ihm verständnislos nachstarrte.

Er konnte Bando noch nicht sofort gegenübertreten. Er konnte es einfach nicht. Nicht solange in seinem Kopf ein solches Durcheinander herrschte. Er mußte zuerst seine Beherrschung wiederfinden. Er mußte sich daran erinnern, wer er war und warum er hier war.

McCoy zog seinen Kopf unter dem Wasserhahn hervor, wo er ihn unter das kalte Wasser gehalten hatte, strich eine nasse Haarsträhne beiseite und betrachtete sich selbst im Spiegel. Es gefiel ihm ganz und gar nicht, was er dort sah.

Einen Mann, für den der Zweck jedes Mittel geheiligt hatte. Einen Mann, der seine Moral gegen sachliche Zweckdienlichkeiten eingehandelt hatte, für den das Individuum zu einer Zahl in einer Gleichung geworden war, die zudem einen sehr kleinen Wert angenommen hatte.

Und ausgerechnet ein gnadenloser Mörder hatte bewirkt, daß er diese Tatsachen erkannt hatte. Aber jetzt sah er, wie wenig er in den Weltraum gehörte, weit von den friedlichen Tälern seiner Heimat in Georgia entfernt, wo ein charakterschwacher Mensch in Versuchung geraten könnte, alles zu vergessen, was er gelernt hatte, und zu einer willenlosen Figur auf dem Schachbrett des Krieges zu werden.

Sicher, Bando hatte ihn dazu ermutigt. Aber die Entscheidung war allein seine Sache gewesen. Und gegen den Rat seiner Freunde hatte er die falsche Entscheidung getroffen.

Aber es war noch nicht zu spät, oder? Er konnte sich immer noch von jeder Schuld reinwaschen. Er konnte immer noch zu seiner Überzeugung zurückkehren, die er sich einst, in den immergrünen Tagen, so sehr zu Herzen genommen hatte …

Er kniff die Augen leicht zusammen. *Mach dir nichts daraus. Mach dir nichts aus* ihr.

Er mußte dem Medo-Offizier berichten, und wenn es dafür einen richtigen Zeitpunkt gab, so war er jetzt gekommen. McCoy wischte sich das Wasser aus dem Gesicht und trat aus dem Waschraum in den Korridor. Der

Gang, in dem es gewöhnlich sehr betriebsam zuging, war jetzt menschenleer. Seine Schritte erzeugten grelle Echos, wie kleine Donnerschläge, bis er Bandos Büro erreicht hatte.

Die Tür stand offen. Der Medo-Offizier blickte von seinem Computerbildschirm auf und sah dem jungen Arzt direkt in die Augen. »Haben Sie etwas herausgefunden?« fragte er.

»Er hat mich durchschaut«, sagte McCoy kraftlos.

Der ältere Mann fluchte. »Wie?«

»Ich habe zu direkt gefragt«, erklärte der Juniorarzt. »Er hat erkannt, was ich vorhatte, und sich dann geweigert, irgendwelche nützlichen Informationen preiszugeben. Und als ich ihn bei seinen nobleren Instinkten zu packen versuchte, sagte er mir, ich sollte mich schämen, daß ich meine Position als Arzt mißbraucht hätte, um ihn zu hintergehen.«

Bando brummte verächtlich. »Das ist ja'n Ding! Er bringt unschuldige Leute um und hält *Ihnen* dann einen Vortrag über Moral!«

McCoy sah seinen Vorgesetzten an. »Und wissen Sie was?« sagte er. »Er hatte sogar recht.«

Der Medo-Offizier legte die Stirn in Falten. Er beugte sich vor, als wäre er nicht sicher, ob er richtig gehört hatte.

»Wie bitte?« war alles, was er herausbringen konnte.

»Ich sagte, daß er recht hat. Ich habe wirklich meine Position mißbraucht. Aber ich werde es nicht wieder tun. Nicht einmal, wenn die Assassinen ganz Ssan niederbrennen. Ich bin Arzt und kein Spion, Sir. Und von jetzt an will ich nur noch als Arzt tätig werden.«

Bando funkelte ihn an. »Sie wissen«, knurrte er, »daß ich Sie nicht darum gebeten habe, McCoy. Die Initiative ging nicht von mir aus. Sicher, als Sie damit zu mir kamen, dachte ich, Sie wären einer interessanten Sache auf der Spur. Aber es war *Ihre* Idee.« Er hielt inne, während seine Kiefermuskeln hektisch arbeiteten.

»Jetzt kommen Sie angekrochen und erzählen mir, daß Ihr verdammter Plan nicht funktioniert hat. Und weil Sie nicht den Mumm haben, die Schuld dafür auf sich zu nehmen, versuchen Sie jetzt, sie mir anzuhängen!«

Der Juniorarzt schüttelte den Kopf. Das war keineswegs seine Absicht gewesen. »Nein«, widersprach er. »Es geht mir gar nicht darum, wer die Schuld hat. Es geht mir nur ...«

Weiter kam er nicht, denn der Rest seines Satzes wurde vom Lärm einer gewaltigen Explosion verschluckt, die nicht nur mit den Ohren, sondern mit dem ganzen Körper wahrzunehmen war. Kurz darauf folgte eine zweite.

»Mein Gott!« Bando sah zur Decke hinauf, wobei ihm die Augen aus dem Kopf zu springen schienen. »Sie sind hier!«

In seiner Verwirrung brauchte McCoy einen Moment, um zu erkennen, wovon der Medo-Offizier sprach. Dann wurde ihm alles klar.

Dieses Gebäude war das Ziel des nächsten Anschlags der Assassinen! Und dieser Anschlag fand jetzt statt!

7

Zuerst dachte McCoy, daß die Station mit den Überlebenden der Katastrophe – seine Station – das Ziel des Angriffs war. Doch dann, kurz bevor er und seine Kollegen zum Unglücksort gebeamt wurden, erfuhr er, wo sich das eigentliche Ziel der Assassinen befand.

Diese Erkenntnis ließ ihm das Blut in den Adern gefrieren. Kein Wesen, ganz gleich wie grausam, konnte tun, was Moborons Assassinen getan hatten. Es war einfach undenkbar.

Dann materialisierte McCoy zusammen mit Bando und einigen der älteren Ärzte an der Angriffsstelle und erkannte, wie naiv er gewesen war. Es spielte überhaupt keine Rolle, wieviel Grauen jemand schon miterlebt hatte. Dahinter lauerte immer noch ein größeres Grauen.

Was er jetzt sah, war vor wenigen Minuten noch eine Kinderstation gewesen. Ein Ort, an dem die unschuldigsten Mitglieder der Gesellschaft sich von Verletzungen, Krankheiten und chirurgischen Eingriffen erholen konnten. Doch Li Moboron hatte nun seine Art von Chirurgie an diesem Ort praktiziert. Jetzt war die staubgeschwängerte Luft mit dem hellen Jammern aus sterbenden Kehlen erfüllt.

Der junge Arzt kniete sich nieder und legte seine Fingerspitzen an den Hals eines Mädchens, das kaum älter als seine eigene Tochter war und halb unter den Trümmern einer eingestürzten Wand begraben lag. Sie war auf zerbrechliche Weise schön – und schlanker, als sie hätte sein dürfen. Vielleicht war es eine Krankheit, die sie so sehr ausgezehrt hatte; vielleicht war sie nur aus diesem Grund hergebracht worden.

Sie mußte sich jetzt keine Sorgen um ihre Krankheit mehr machen, sagte er sich. Sie mußte sich um gar nichts mehr Sorgen machen. Er schloß ihre Augen und ging weiter, auf das Zentrum der Katastrophe zu.

Die Schreie wurden lauter, aber McCoy war bislang nur auf Leichen gestoßen. Hier ein Junge, dort ein Mädchen, kurz dahinter ein Säugling. Er spürte ein Pochen in seinen Schläfen, das mit jedem Schritt, den er weiterging, lauter zu werden schien. Doch es gab keine lebenden Ssana, niemanden, dem er noch helfen konnte.

Dann kam mitten aus den Flammen und dem wirbelnden Rauch etwas auf ihn zu. Er wurde davon völlig überrascht und stürzte unter dem Aufprall nach hinten, während er das Wesen festhielt.

Es schluchzte herzerweichend. Als McCoy sich aufrichtete, erkannte er, daß es ein kleiner Ssana-Junge war. Das Kind blutete aus einem tiefen Schnitt in der vorgewölbten Stirn, seine Indigoaugen waren vor Schock weit aufgerissen, und sein Atem ging rasselnd und schwerfällig. Als der Mensch gerade zu der Schlußfolgerung gelangte, daß er auch innere Verletzungen haben könnte, hustete der Ssana einen Schwall Blut aus.

»Alles in Ordnung«, sagte McCoy automatisch. Er überprüfte den Jungen hastig mit dem Tricorder und stellte den Ursprung der Probleme fest. Eine Lunge war von einem abgebrochenen Rippenstück verletzt worden.

Er nahm seinen Kommunikator, klappte ihn auf und bellte: »McCoy an FH Eins. Dieses Kind raufbeamen, verdammt noch mal!«

Es kam keine Antwort von der Station, die ein Stockwerk über ihnen lag. Kurz darauf wurde das Kind jedoch in den Transportereffekt gehüllt und war einen Moment später verschwunden.

McCoy erhob sich und stieß weiter vor, als Teil einer Linie aus erfahrenen und jungen Ärzten, die die Trümmer nach Überlebenden durchsuchten. Während der Rauch in ihren Augen brannte, versuchten sie den Schmerzensschreien zu ihrem Ursprung zu folgen. Doch auf jeden lebenden Ssana, den sie fanden, kam ein halbes Dutzend anderer, die bei der Explosion umgekommen waren.

Es gab keine Worte, keine Flüche, keine Klagen, die eine angemessene Reaktion auf das Blut waren, das hier vergossen worden war. Es gab nur die unerträgliche Last der Wut, der Verzweiflung und der Fassungslosigkeit – und das wachsende Bedürfnis, jene zur Verantwortung zu ziehen, die dieses Verbrechen begangen hatten.

Und auf einmal bot sich ihnen diese Chance. Während sie durch die große Station strichen, glaubte McCoy, weißgewandete Gestalten zu sehen, die sich durch die Lücken zwischen dem Feuer und den Trümmern bewegten. Mit verbitterter Gewißheit erkannte er, daß einige der Assassinen, die dieses Leid verursacht hatten, noch anwesend waren.

Aber warum? Warum waren sie nicht geflüchtet, bevor die Bombe losgegangen war. Es sei denn …

Der Mensch schluckte. Es sei denn, sie waren anschließend wieder zurückgekommen – um das zu vollenden, was sie begonnen hatten.

»Aufpassen!« rief er. Die Worte hatten seine Kehle kaum verlassen, als auch schon etwas an seinem Kopf vorbeisurrte. Es war so nahe gewesen, daß er den Luftzug gespürt hatte. »Es sind die Assassinen!« knurrte er.

Als hätten sie das Manöver trainiert, gingen alle Ärzte gleichzeitig in die Knie. Alle bis auf einen, der dastand, als wollte er die Assassinen herausfordern, ihn mit ihren Messerklingen anzugreifen. Und dieser eine war Vincent Bando.

Er hielt ein Mädchen in den Armen, allem Anschein nach eine Jugendliche. Unglücklicherweise würde sie niemals die Chance erhalten, erwachsen zu werden. Ihre Kehle war von der Explosion aufgerissen worden und klaffte jetzt wie ein zweiter blutiger Mund unter ihrem Kinn.

»Gehen Sie runter!« zischte jemand. Durch den Rauch erkannte McCoy am roten Haarschopf, daß es Bud Glavin war. »Gehen Sie runter, verdammt noch mal!«

Aber Bando hörte gar nicht zu. Er stand einfach nur da, mit schwankenden breiten Schultern, und blickte mit Tränen auf den Wangen dem ermordeten Kind ins Gesicht.

»Na kommt schon!« schrie er den undeutlichen Gestalten der Assassinen zu. »Ihr wollt jemanden töten? Dann tötet mich, in Gottes Namen! Tötet mich!« Es war der Schrei eines Wahnsinnigen.

Doch seltsamerweise reagierten die Assassinen gar nicht auf seine Aufforderung. Sie unternahmen nicht einmal den Versuch. Ihre einzige Reaktion erfolgte in Form einer einzelnen Gestalt, die hinter einer Wand aus rauchenden Trümmern hervortrat – ein großer Ssan mit kantigem Gesicht und einem aufgestickten roten Kreuz in rotem Kreis auf der Brust.

Jemand murmelte ein einziges Wort: »Moboron.« Und McCoy verspürte eine Welle der Ehrfurcht, die sich mit Haß mischte. Der Anführer der Rebellen, der Urheber all der Zerstörung, die er seit seiner Ankunft auf Ssan miterlebt hatte …

Moboron.

»Wir töten keine Außenweltler«, entgegnete der Höchste Assassine. »Geh zurück zu deiner Föderation, Eindringling! Überlaß Ssan uns!«

Dann schien etwas in Bando zu zerbrechen. Mit einem erstickten Knurren, an dem kaum noch etwas Menschliches war, ließ er das tote Fleisch in seinen

Armen fallen und stürmte wie ein wilder Stier auf den Assassinen los. Zuerst rührte sich Moboron überhaupt nicht. Doch als der Medo-Offizier nur noch einen Meter von ihm entfernt war, wirbelte er wie ein Derwisch herum und trat mit seinem Fuß aus. Es gab einen dumpfen Schlag, und Bando wurde unvermittelt gestoppt.

Eine ganze Sekunde lang blieb er schwankend stehen, mit hängendem Kopf und einem dünnen Blutrinnsal im Mundwinkel. Dann brach er vor den Füßen des Höchsten Assassinen zusammen.

»Bando!« brüllte Glavin. »Nein!«

Ohne nachzudenken, eilte er an die Seite des Medo-Offiziers. Moboron sah einfach nur zu. Er wußte offenbar, daß der rothaarige Mann keine Bedrohung darstellte.

»Gott sei Dank«, flüsterte Glavin. »Er lebt.«

»Ich sage es noch einmal«, zischte der Assassine. »Wir töten keine Außenweltler.«

Dann zog er sich zu seinen Kameraden zurück, die im Hintergrund auf ihn gewartet hatten. Ein oder zwei Sekunden später waren sie alle verschwunden, als hätte der wirbelnde Rauch sie verschluckt.

McCoy kroch weiter und gesellte sich zu Glavin und Bando. Doch inzwischen stieß der Medo-Offizier bereits jeden zur Seite, der ihm helfen wollte.

»Mir ist nichts passiert«, murmelte er. »Alles in Ordnung.«

McCoy sah zu, wie Carver und die anderen durch den Rauch vorrückten, auf der Suche nach weiteren verletzten Kindern. Er brummte und untersuchte Bandos zerschundenes Gesicht, während er über den Mut des Mannes staunte.

Mit seiner Tollkühnheit hatte er Moboron davon abgehalten, auch den Rest der überlebenden Kinder zu töten. Indem er sein eigenes Leben aufs Spiel gesetzt hatte, war es dem Medo-Offizier zumindest ansatzweise gelungen, den Sieg zu erringen, nach dem er gestrebt hatte.

Doch es war offensichtlich, daß Bando es anders sah. Er wischte sich mit dem Handrücken das Blut aus dem Mundwinkel, vergrub dann sein Gesicht in den Händen und verfluchte sich selbst in einem grotesken Singsang.

Er fluchte immer noch, als die im Dienst der Regierung stehenden Assassinen eintrafen und das letzte noch lebende Kind aus der Station weggebracht worden war. Erst nachdem die Ärzte alles getan hatten, was in ihrer Macht stand, ließ der Medo-Offizier zu, daß auch er zurück in sein Büro gebeamt wurde.

Die nächsten paar Tage waren außergewöhnlich ruhig. Li Moboron unternahm keine neuen Angriffe, und so gab es auch keine neuen Opfer. Die Assassinen der Regierung verhielten sich ebenfalls still, so daß auch keine Aussicht auf einen blutigen Gegenschlag bestand. Es war, als hätten sich beide Seiten für eine Weile zurückgezogen, um ihre Wunden zu lecken.

McCoy bekam Vinnie Bando kaum zu sehen. Der Medo-Offizier verbrachte die meiste Zeit in seinem Büro, wo er offenbar versuchte, das zu verarbeiten, was er in der Kinderstation gesehen und erlebt hatte.

McCoys Vater hatte einmal gesagt, daß es der schwerste Fall für einen Arzt war, wenn er sich selbst behandeln mußte. Jetzt erkannte der junge Arzt die Weisheit hinter dieser Behauptung.

Um ehrlich zu sein, hatte er ebenfalls damit zu tun, sich selbst zu heilen. Das galt für alle, die dabeigewesen waren. Jeder, der in diese Szenerie des lähmenden Schreckens hinabgebeamt worden war, würde lange brauchen, bis er es vergessen hatte. Sehr lange.

Viele der Ssana in der Rekonvaleszenzstation wurden in andere Teile des Gebäudes oder die übrigen Krankenhäuser von Pitur verlegt. Die einzigen, die noch unter den Metallfaserdecken in den Biobetten der Föderation lagen, waren jene, die die schwersten Verletzungen davongetragen hatten, und natürlich die Kinder, die erst vor kurzem vor dem Zorn des Höchsten Assassinen gerettet worden waren.

Überraschenderweise schlief McCoy die ersten zwei Nächte nach dem Angriff sehr gut. Doch in der dritten Nacht wachte er wieder schweißgebadet auf, während sein Herz so heftig schlug, daß er dachte, seine Rippen würden brechen.

Er hatte geträumt, daß seine Tochter Joanna zwischen den Trümmern der Kinderstation lag. Ihr Haar war blutverkrustet, und ihre weichen Mädchenwangen so blaß, daß sie wie Kerzenwachs aussahen.

Weil er dachte, sie könnte noch am Leben sein, hatte er sie mit dem Tricorder untersucht. Doch in ihrem zarten, zerschundenen Körper gab es kein Lebenszeichen mehr. Er konnte nichts mehr für sie tun. Voller Zorn über seine Hilflosigkeit beugte er sich über sie und weinte bittere Tränen.

Plötzlich öffneten sich ihre Augen. Doch sie waren genauso tot wie ihr ganzer Körper. Joanna starrte ihn mit anklagendem Blick an und sagte mit trockener, zitternder Stimme: »Du hast mich getötet, Daddy. Du hast mich getötet.«

Er folgte ihrem Blick und sah auf seine Hände, die voller Blut waren. Und die Haut über den Knöcheln war abgeschürft. Hatte er sie zu Tode geprügelt? War es das, was sie gemeint hatte?

Und dann wußte er mit einer Klarheit, die es nur in Träumen gab, daß er sie wirklich getötet hatte. Nicht die Assassinen, sondern er. Und in diesem Augenblick war er aufgewacht.

McCoy hatte auf der medizinischen Fakultät Psychologiekurse besucht und ein wenig über Traumdeutung gelernt. Was hatte dieser Traum also zu bedeuten?

Daß er die Liebe seiner Tochter getötet hatte, als er

sie auf der Erde zurückließ? Daß er sie verraten hatte, als er in den Weltraum geflüchtet war?

Oder hatte er sich selbst verraten, indem er im Umgang mit dem Assassinen, der seiner Pflege anvertraut war, die Zwecke höher als die Mittel bewertete? War die vernichtete Unschuld, die er in den Armen gehalten hatte, seine eigene?

Es war eine mögliche Antwort. Frierend und immer noch zitternd aufgrund des Schocks, den ihm der Anblick von Joannas Leiche versetzt hatte, zog McCoy genauso wie ein paar Nächte zuvor seine Uniform und seine Stiefel an und machte sich durch den dunklen Korridor auf den Weg zur Station.

Warum? Weil das der Ort war, an dem er sich in letzter Zeit am meisten zu Hause fühlte. Solange er nicht mit seinen Kameraden oder seinem vorgesetzten Offizier reden konnte, blieb ihm wenigstens die stumme Kommunikation mit den Biomonitoren. Es war nicht viel, aber immerhin etwas.

Seltsamerweise gab es am Eingang zur Station keine Wache. War der Ssana dem Ruf der Natur gefolgt? Oder hatte die Verwaltung den Wachmann anderswo postiert – vielleicht in der Kinderstation?

Doch für den jungen Arzt spielte diese Frage eigentlich keine Rolle. Er hatte sich nie richtig damit abfinden können, einen bewaffneten Ssana auf der Station zu haben. Tödliche Waffen und die Heilung von Patienten waren zumindest in McCoys Augen zwei Dinge, die überhaupt nicht zusammenpaßten.

Als er die Station betrat, suchte McCoy instinktiv nach dem diensthabenden Arzt. Er wußte nicht, wer es sein könnte, doch der Mann oder die Frau würde ohne weiteres am blauen Medizinerkittel zu erkennen sein.

Einen Augenblick später hatte er die Gestalt entdeckt – und zwar, wie es der Zufall wollte, innerhalb seines eigenen Zuständigkeitsbereichs. Als er in diese Richtung schritt, bemerkte der Juniorarzt, daß der Arzt, wer auch immer es sein mochte, die Biowerte des Assassinen studierte.

Als McCoy näher kam, stellte er überrascht fest, daß es sich bei dem Arzt um Vinnie Bando handelte. Der Mann stand neben dem Bett des Ssana und blickte auf dessen schlafendes Gesicht herab, als wäre dort irgendein Geheimnis verborgen, das er einfach nicht ergründen konnte.

Komisch, dachte der junge Arzt. Er hatte den Medo-Offizier vorher noch nie in der Krankenstation gesehen. Aber schließlich stellte der Assassine auch einen ganz besonderen Fall dar. Und einen Fall, den Bando vermutlich nicht allzubald wieder zu Gesicht bekommen würde.

Um Bando nicht unvermittelt aus seiner Beschäftigung zu reißen, räusperte sich McCoy dezent. Der Medo-Offizier wurde sofort darauf aufmerksam, daß er Gesellschaft bekommen hatte. Dann trafen sich ihre Blicke, und der junge Arzt nickte.

Bando lächelte – irgendwie traurig, dachte McCoy. Jedenfalls schien der ältere Mann keinen Groll wegen der Worte zu hegen, die vor einiger Zeit zwischen ihnen gefallen waren.

»Was führt Sie um diese Stunde hierher?« fragte der Medo-Offizier.

McCoy zuckte die Schultern. »Es scheint sich zu einer Angewohnheit zu entwickeln«, antwortete er. »Und Sie?«

Bando brummte. »Es gab einmal eine Zeit, als ich noch kein Erster Medo-Offizier war. Ich war auch einmal ein Juniorarzt, genauso wie Sie. In einer Krankenstation, die genauso wie diese aussah, nur daß die Patienten schwarze Haut und silbrige Augen hatten und Hälse so lang wie Ihr Unterarm.«

»Kasseriten?« riet der jüngere Mann.

»Kasseriten«, bestätigte sein Kollege.

McCoy schluckte. »Ich… äh… hoffe, Sie sind nicht

allzu verärgert über die Dinge, die ich gesagt habe. Vor dem Anschlag, meine ich.«

»Nicht *allzu* verärgert«, beruhigte ihn der Medo-Offizier.

Der Juniorarzt grinste. »Gut. Ich habe nämlich viel Respekt vor Ihnen, Sir. Es ist nur so, daß ich nicht mit dem weitermachen konnte, was ich getan hatte, ohne meinen Überzeugungen untreu zu werden. Ich wurde als Arzt ausgebildet, und das ist alles, was ich von jetzt an sein will. Ein einfacher Landarzt.«

Bando warf ihm einen abschätzenden Blick zu. »Dann werden Sie ein guter!« sagte er zu McCoy. »Ich habe einen Vorschlag. Wir sollten dieses Gespräch in meinem Büro fortsetzen. Ich habe eine Flasche romulanisches Ale, das Ihnen die Schädeldecke wegpusten wird. Es gibt keine bessere Medizin gegen Schlaflosigkeit als dieses Zeug.«

Der Juniorarzt blickte ihn skeptisch an. »Und was ist, wenn wir früh aufstehen müssen?« fragte er.

Der Medo-Offizier legte ihm einen Arm um die Schulter. »Hören Sie, sogar ein Arzt muß von Zeit zu Zeit einmal abschalten. Das ist ein Teil des Hippokratischen Eides. Es steht ganz unten im Kleingedruckten.«

McCoy schmunzelte. »Okay, Sie haben mich überzeugt. Ich möchte mir nur noch schnell meinen Patienten ansehen.«

Doch Bando hielt ihn zurück. »Kommen Sie, ich habe ihn gerade inspiziert. Es ist ihm noch niemals besser gegangen.«

Der jüngere Mann wurde geradezu aus der Station gescheucht. Verdammt, ein Drink war jetzt genau das richtige. Außerdem würde er bei einer Untersuchung nichts feststellen, was nicht bereits der Medo-Offizier festgestellt hatte.

Doch irgend etwas in Bandos Stimme ließ ihn stutzen. Und das vage Gefühl, daß etwas nicht in Ordnung sein konnte, wenn ein Juniorarzt von einem Ersten

Medo-Offizier eingeladen wurde, gemeinsam eine Flasche romulanisches Ale zu trinken.

»Ich sollte mir die Biowerte doch noch einmal selbst ansehen«, sträubte sich McCoy. Er riß sich los und warf einen Blick auf die Anzeigen über dem Bett des Assassinen.

Mehr als diesen einen Blick brauchte er nicht. Die Biomonitoren über dem Bett waren abgeschaltet – sämtliche Anzeigen. Das allein war noch kein Grund zur Panik. Aber kein Arzt, der auch nur einen Pfifferling taugte, hätte dies mit Normalwerten verwechseln können, was bedeutete …

»Was haben Sie mit ihm angestellt?« wollte McCoy wissen.

Bandos Gesicht wurde plötzlich zu einer steinernen Maske. »Eigentlich sollten Sie zu dieser nächtlichen Stunde gar nicht hier sein«, sagte er. »Das sollten Sie eigentlich erst dann zu sehen bekommen, wenn es längst zu spät ist.«

»Verdammter Mist, was haben Sie getan?« wiederholte der jüngere Mann seine Frage. Er fragte sich, was der Medo-Offizier dem Assassinen injiziert haben könnte …

Injiziert. Bando müßte den Injektor noch bei sich haben. Und er war vermutlich immer noch auf den Wirkstoff eingestellt, mit dem er McCoys Patienten vergiftet hatte.

»Verstehen Sie es nicht?« sagte der Medo-Offizier. »Ich mußte es einfach tun. Er ist ein Assassine. Er ist genauso wie diese verdammten Killer, die die Kinder umgebracht haben.«

»Aber er ist auch mein Patient«, warf der Juniorarzt ein. »Und ich muß erfahren, was Sie ihm verpaßt haben.«

Bando schüttelte den Kopf und blickte mit wilder Entschlossenheit. »Nur über meine Leiche«, knurrte er. »Er hat den Tod verdient. Sie alle!«

»Was er verdient hat, ist Gerechtigkeit!« schrie McCoy zurück. »Und nur Ssana dürfen über ihn richten. Nicht Sie oder ich. Ich fordere Sie jetzt zum letzten Mal auf. Ich will wissen…«

»Was ist hier los?« dröhnte eine Stimme von der anderen Seite der Station.

Der junge Arzt drehte sich um und versuchte, in der Dunkelheit etwas zu erkennen. Es dauerte einen Moment, bis er sah, daß die dunkle, stämmige Gestalt zu Curley, dem Köhler gehörte.

»Ich habe gefragt, was hier los ist!« wiederholte der Pfleger etwas lauter.

»Es ist Bando!« rief McCoy. »Er hat einen meiner Patienten vergiftet!«

Mehr mußte Curley nicht hören. Mit überraschender Schnelligkeit stürmte er zwischen den Biobetten hindurch. Es bestand kein Zweifel daran, daß er den Medo-Offizier erwischen wollte, bevor dieser fliehen konnte.

Bedauerlicherweise hatte Bando noch eine Trumpfkarte im Ärmel – in Form eines Phasers, den er unter seinem Arztkittel versteckt und vermutlich zuvor einer Leiche an einem der Katastrophenschauplätze abgenommen hatte. Er zog den Phaser und richtete ihn auf den näherkommenden Pfleger.

»Achtung!« brüllte McCoy und machte einen Satz auf die Waffe zu. »Er hat einen Phaser!«

Doch bevor der Juniorarzt die Waffe erreichen, geschweige denn das Ziel beeinflussen konnte, feuerte Bando einen summenden rötlichen Strahl aus Phaserenergie ab. Er traf den Pfleger genau ins Brustbein und warf ihn gute zehn Meter zurück. Dort prallte er heftig gegen das Gestell eines Biobetts. In seiner Brust klaffte ein blutiges, rauchendes Loch.

Entsetzt drehte McCoy sich zum Medo-Offizier um, der sich im selben Augenblick auch zu ihm umdrehte. In Bandos Augen stand ein mörderischer

Wahnsinn, wie ihn der jüngere Mann noch nie zuvor erlebt hatte.

Plötzlich wirbelte Bando herum und versetzte dem Juniorarzt einen Schlag ins Gesicht. McCoys Kopf wurde zurückgeworfen. Er stürzte auf seinen Patienten und fiel dann auf den harten Fußboden.

Als er sich wieder aufrichtete und im Mund den warmen, leicht metallischen Geschmack von Blut spürte, sah er, daß der Medo-Offizier seine Waffe auf ein zweites Ziel gerichtet hatte – den bewußtlosen Assassinen. Ohne nachzudenken, packte McCoy den Phaser und zerrte mit aller Kraft daran.

Der Strahl aus rubinrotem Licht verfehlte seine Finger um weniger als einen Zentimeter und erlosch nicht eher, bis er ein Loch in die Decke gebrannt hatte. Bando riß an der Waffe, um sie wieder unter Kontrolle zu bekommen, doch der jüngere Mann ließ nicht los, nicht einmal, als der Medo-Offizier ihn wieder auf die reglose Gestalt seines Patienten warf und ihn dann zu Boden rang.

McCoy versuchte, seine Arme zwischen sich und seinen Gegner zu bringen, aber es war nicht einfach. Der Medo-Offizier mochte zwar älter sein, aber er war wesentlich kräftiger gebaut. Für einen Moment sah McCoy, wie die Mündung des Phasers sein Gesichtsfeld ausfüllte. Und als er dann mit einem plötzlichen Kraftstoß seine Beine ausstreckte, warf er Bando rückwärts in die Lücke zwischen zwei Biobetten.

Er rappelte sich hastig wieder auf, während seine Gedanken rasten. Was war mit dem Wachmann geschehen? Mit dem diensthabenden Arzt? Der Medo-Offizier mußte sie für den Rest dieser Schicht entlassen haben, damit er ungehindert seinen wahnsinnigen Racheplan ausführen konnte.

Bald mußten einige der Patienten aufwachen, wenn dies nicht schon geschehen war. Aber die meisten waren viel zu schwer verletzt, um helfen zu können.

Also gab es niemanden, der ihn in seinem Kampf

gegen Bandos überlegene Körperkräfte unterstützen konnte. McCoy war der einzige, der zwischen seinem vergifteten Patienten und einem Verrückten stand, der ihn für die Verbrechen seiner Genossen büßen lassen wollte.

Bevor der ältere Mann wieder aufstehen oder seine Waffe heben konnte, war der Juniorarzt aufgesprungen und hatte sich auf ihn geworfen. Sie rollten nach links, dann nach rechts, aber McCoy ließ nicht los. Das hieß, bis Bando ihm einen Schlag gegen das Kinn versetzte und er Sterne sah.

Verdammt, dachte der junge Arzt, *ich werde nicht aufgeben! Ich lasse nicht zu, daß er diesen Ssana tötet!*

Unvermittelt schoß neben McCoys Kopf ein zischender Phaserstrahl in die Höhe, so nahe, daß er sein Ohrläppchen streifte. Ohne auf den Schmerz zu achten, strengte er sich an, das verdammte Ding zur Seite zu drehen. Der Strahl bewegte sich nur ein leichtes Stück und schnitt in den Biomonitor über dem nächsten Bett.

Das Gerät sprühte Funken. Der junge Arzt spürte, wie sie sein Genick und seine Hände trafen und seine Haut versengten. Sein Gegner hatte offenbar auch etwas abbekommen, denn er stieß einen unterdrückten Schrei aus und wischte sich mit der freien Hand über das Gesicht.

Als McCoy diese Chance erkannte, nutzte er sie sofort aus. Er hob seine Faust und schlug damit gegen Bandos Unterkiefer, so fest er konnte. Und wieder. Und wieder.

Doch das schien den anderen nur um so mehr in Rage zu versetzen. Mit einem Wutschrei packte er McCoys Luftröhre und drückte zu. Der Juniorarzt schnappte keuchend nach Luft und versuchte sich verzweifelt aus Bandos Umklammerung zu lösen, doch er hatte das Gefühl, als hielt ihn eine Faust aus Duranium gepackt.

Mit einer wilden, verzweifelten Kraftanstrengung

warf der Medo-Offizier McCoy auf den Rücken und drückte ihm ein Knie in den Brustkorb. Bando fletschte die Zähne, spannte die Halsmuskeln an und verstärkte den Druck.

Der jüngere Mann versuchte sich freizustrampeln, auf die Arme und Schultern seines Gegners einzutrommeln, doch es nützte ihm nichts. Sein Gesicht schwoll an wie eine exotische Frucht; seine Kraft ließ mit jeder Bewegung nach.

Als der Schraubstock an seiner Kehle immer fester wurde, dachte McCoy, sein Kopf würde gleich platzen. Er krächzte, knurrte und bemühte sich aufzuschreien, doch Bando gab ihm keine Gelegenheit, ein zweites Mal um Hilfe zu rufen.

Die Welt, die eigentlich nur noch aus dem Gesicht seines Gegners und der Mündung eines Phasers bestand, begann von den Rändern her schwarz zu werden. Die Schwärze breitete sich immer mehr aus. Der Juniorarzt versuchte sich mit aller Kraft zu wehren, aber sie reichte nicht, bei weitem nicht. Er spürte, wie ihn das Leben nach und nach verließ.

Er wußte, daß es im Weltraum viele Gefahren gab. Er war sogar darauf vorbereitet, im Dienst von Starfleet zu sterben. Doch dies war eine Möglichkeit, die er sich niemals hätte träumen lassen: daß er von einem verrückt gewordenen Medo-Offizier erwürgt wurde ...

8

Aus dem Nichts kam ein Ruck, und dann spürte McCoy plötzlich, daß der Druck auf seinen Hals verschwunden war. Mit einer Gier, die grausame Schmerzen durch seine Brust schießen ließ, sog er einen Atemzug nach dem anderen ein. Er konnte seine Lungen kaum schnell genug füllen, um seinen geschwächten und zitternden Körper mit Sauerstoff zu versorgen.

Doch er verfügte noch über genügend Geistesgegenwart, um zu registrieren, was seinen unmittelbaren Tod verhindert hatte. Zu seiner Überraschung entdeckte er ein vertrautes Gesicht. Nein, nicht nur eins, sondern drei.

Carver, Jiminez und Huang. Und alle drei kämpften mit Bando. Paco versuchte ihm den Phaser zu entwinden, während die anderen zwei ihn an ein leeres Biobett drückten.

Nachdem McCoy ein paar tiefe, lebensspendende Atemzüge eingesogen hatte, wollte er sich am Kampf beteiligen. Doch er konnte es nicht. Er konnte nur seinen Kameraden zusehen, die mit dem Medo-Offizier um den Besitz des Phasers rangen.

Macht schon! feuerte er sie stumm an. *Laßt nicht zu, daß er seine blutige Rache ausüben kann! Laßt nicht zu, daß der Kerl meinen Patienten tötet!*

Dann konnte Jiminez ihm plötzlich die Waffe entreißen. Und als Bando ihm nachsetzte, um sie sich zurückzuholen, versetzte Carver dem Verrückten einen Schlag, hinter dem sein ganzes Körpergewicht lag. Das

Krachen der Faust gegen Bandos Knochen hallte durch die Station.

Ein oder zwei Sekunden lang blinzelte der Medo-Offizier, als hätte er Probleme mit seiner Sehkraft. Dann ging er in die Knie, wobei er Huang mitriß, und sank schließlich bewußtlos zu Boden.

Mit beinahe komischer Hast kroch Warren unter Bandos Körpermasse hervor, da er offensichtlich Zweifel hatte, wie lange der Mann noch reglos daliegen würde. Doch es spielte jetzt keine Rolle mehr, da Jiminez nun den Phaser hatte.

Dann erinnerte sich McCoy wieder daran, worum es bei diesem Kampf überhaupt gegangen war. Mit wackligen Armen und Beinen kroch er auf den Medo-Offizier zu und krächzte: »Der Injektor!«

Carver kniete sich neben seinen Kameraden. Er massierte seine blutenden Fingerknöchel. »Leonard, ist alles mit dir in Ordnung?« fragte er.

McCoy schüttelte den Kopf. Um ihn konnten sie sich später kümmern. Im Augenblick gab es ein viel wichtigeres Problem, da er nicht wußte, wieviel Zeit ihm noch zur Rettung seines Patienten blieb.

»Der Injektor«, wiederholte er keuchend, diesmal etwas lauter. »In seiner Tasche. Der verdammte Injektor!«

Merlin hatte offensichtlich keine Ahnung, worum es ging, aber er gab McCoys Drängen nach. Kurz darauf hatte er einen Injektor aus einer von Bandos Kitteltaschen gezogen.

»Ist es das, wonach du gesucht hast?« fragte er.

McCoy riß seinem Freund das Gerät aus der Hand und überprüfte die Einstellung. Als er feststellte, wie sich die Substanz zusammensetzte, die der Medo-Offizier seinem Opfer verabreicht hatte, wurde ihm schlagartig Bandos Plan klar.

Er hatte den Assassinen mit dem Blutfeuer-Virus geimpft – demselben, der die Ssana im Ernstfall zu

Wesen mit übernatürlichen Kräften machte. Doch es handelte sich nicht um die Variante, mit der der Ssana bereits infiziert war. Diese hier würde keine relativ harmlose Symbiose mit dem Wirt eingehen, sondern sich mit einer exponentiellen Rate vermehren und ihn allmählich in eine biologische Zeitbombe verwandeln.

Kurzfristig würde diese Variante des Virus sich nur durch gesteigerte Puls- und Atemfrequenz bemerkbar machen. Doch schon nach wenigen Stunden hätte es sich so stark vermehrt, daß der leichteste Streß den Ssana mit dem überschwemmen würde, was er als Entsprechung zum menschlichen Adrenalin besaß. Das Resultat? Sofortiger und unwiderruflicher Herzstillstand.

Das Geniale an diesem Plan war, daß niemand irgendeinen Verdacht schöpfen würde. Solange sich niemand die Mühe einer genaueren Untersuchung machte, würde die Virusvariante sich überhaupt nicht von der bereits existierenden unterscheiden. Jeder Arzt hätte den Tod auf eine ›natürliche Ursache‹ zurückgeführt.

Zum Glück konnte dieses Virus vernichtet werden, vorausgesetzt, es befand sich nicht länger als ein paar Minuten im Körper des Assassinen. McCoy schickte ein Stoßgebet zum Himmel, daß ihm noch genügend Zeit blieb.

»Was ist los?« fragte Merlin. »Was ist passiert?«

Jetzt war keine Zeit für Erklärungen. Er hielt sich an der Schulter seines Freundes fest und brachte sich wieder auf die Beine. »Ich muß zum Bett des Assassinen«, sagte er. »Schnell!«

Carver, der ihn mit skeptischen Blicken beobachtet hatte, schien jetzt eins und eins zusammenzuzählen. Er legte McCoy einen Arm um die Hüfte und trug ihn halb zum Assassinen hinüber, der wie tot in seinem Bett lag.

Als erstes schaltete der junge Arzt die Monitoren wieder ein. Tatsächlich waren der Herzschlag und die

Atmung bereits stark beschleunigt. Die Virusvariante tat bereits ihre Wirkung.

McCoy konzentrierte sich auf den Injektor und verdrängte die Schmerzen der Verletzungen, die Bando ihm zugefügt hatte und die sich erst jetzt bemerkbar machten. Was war noch gleich das Gegenmittel gegen das Virus? Er hatte erst vor wenigen Tagen darüber gelesen.

Verdammt, verfluchte er sich selbst. *Denk nach! Du hast doch ein Gehirn, oder nicht? Beweise, daß es auch zu etwas anderem nütze ist, als dich in Schwierigkeiten zu bringen!*

Und dann erinnerte er sich. Er stellte das Gerät entsprechend ein, schickte ein stummes Gebet an Hippokrates und drückte den Injektor gegen den Arm des Assassinen. Sofort wurde das Virusgegenmittel in den Blutkreislauf des Mannes injiziert.

McCoy blickte noch einmal auf den Monitor über dem Bett. Wenn er das Gegenmittel rechtzeitig verabreicht hatte, müßten die Biowerte in spätestens einer Minute sinken. Wenn er zu spät gekommen war oder das falsche Gegenmittel gewählt hatte …

»Was geht hier vor?« fragte Jiminez, der hinter sie getreten war.

»Still!« entgegnete Merlin.

»Was ist eigentlich los?« fragte Huang, der ebenfalls zu ihnen gekommen war. »Moment mal«, sagte er dann. »Diese Werte sind doch viel zu hoch, nicht wahr?«

»Sie sind zu hoch«, stimmte Jiminez zu. »Sogar für einen Ssana.«

Aber sie gingen bereits runter, stellte McCoy mit großer Erleichterung fest. Nicht viel und nicht sehr schnell, aber sie näherten sich den Normalwerten.

Er hatte das verdammte Virus rechtzeitig erwischt. Er hatte seinem Patienten das Leben gerettet. Aber war das nicht sowieso die Aufgabe eines Arztes?

»Was auch immer du gemacht hast«, stellte Merlin fest, »es hat gewirkt.«

»Ja, es hat gewirkt«, bestätigte McCoy heiser. Er warf Merlin einen Blick zu, während sich eine Frage in sein Bewußtsein drängte. »Was zum Teufel habt ihr überhaupt hier gemacht?«

Carver drehte sich zu ihm um. Ein reumütiges Lächeln breitete sich langsam auf seinem Gesicht aus. »Ich habe gesehen, wie du mitten in der Nacht aufgestanden bist – wieder einmal. Du hast ausgesehen, als könntest du einen Freund gebrauchen.«

McCoy musterte ihn. »Aber ihr alle drei?«

»Du hast ausgesehen, als könntest du drei Freunde gebrauchen«, erwiderte Huang.

»Verdammt«, sagte Jiminez. »Du weißt doch, daß wir wie siamesische Mehrlinge sind. Sobald einer von uns aufwacht, wachen auch alle anderen auf.«

Merlin nickte. »Besonders wenn einer von uns seit einiger Zeit im Exil gelebt hat. Wenn du nichts dagegen hast, Leonard, würde ich gerne das Kriegsbeil begraben.«

McCoy verspürte plötzlich den unwiderstehlichen Drang zu lächeln. »Ach ja?« gab er zurück. »Und wo möchtest du es gerne begraben?«

Ohne mit der Wimper zu zucken, antwortete Carver: »Am liebsten mitten in deinem Schädel.« Er blickte sich zu Huang um. »Oder noch besser, in Warrens Schädel. Damit tun wir seinen potentiellen künftigen Patienten einen großen Gefallen.«

Doch Huang zeigte nur mit dem Daumen über die Schulter. »Apropos Kriegsbeil begraben – wir sollten uns lieber um unseren Boß kümmern. Es sieht aus, als kommt er wieder zu sich.«

Zum Glück hatten sie zu dem Zeitpunkt Gesellschaft bekommen – jede Menge sogar, und zwar in Gestalt sämtlicher Ärzte, die durch den Tumult geweckt worden waren. Es dauerte eine Weile, bis sie erklärt hatten, was geschehen war, und noch etwas länger, bis die anderen es glaubten, aber am Schluß tauchten zwei Ssana-Wachen auf und führten den wutschnaubenden und fluchenden Vinnie Bando ab.

Einen Monat später traf Captain Hillios mit der *Republic* und einer frischen Ladung Juniorärzte ein. Hillios' Befehle lauteten, die fünf Neulinge, die sie auf Ssan abgesetzt hatte, mitzunehmen und sie zu ihrem nächsten Einsatz zu bringen, und zwar auf Beta Aurelon Drei, wo eine mysteriöse Seuche die Bevölkerung dezimierte.

Inzwischen hatte es beim medizinischen Personal einige Veränderungen gegeben. Der Erste Medo-Offizier Vincent Bando war vor einiger Zeit von der *Enterprise* unter dem Kommando von Captain Pike abgeholt worden, um wegen Mordes vor Gericht gestellt zu werden.

Bud Glavin war nun an Bandos Stelle zum Ersten Medo-Offizier ernannt worden und machte sich in dieser Stellung ausgezeichnet. Und der von McCoy betreute Assassine hatte sich genügend erholt, um in das Lazarett einer Strafanstalt auf Ssan verlegt zu werden, ohne daß er jemals davon erfuhr, daß sein Arzt ihm ein zweites Mal das Leben gerettet hatte.

Außerdem waren sie zu drei weiteren Anschlagszielen gebeamt worden. Doch an keinem davon war es so schlimm wie in der Kinderstation gewesen. Man hatte fast den Eindruck, daß Li Moborons Leute ihre Kampflust verloren hatten.

Etwas anderes hatte sich auch verändert. McCoy und Carver konnten sich wieder in die Augen sehen – zum Erstaunen und zur Besorgnis der übrigen Mitglieder des Trainingsteams.

McCoy sah seine Kameraden am Frühstückstisch der Reihe nach an. »Ich weiß, daß jeder von uns das Gegenteil behauptet, aber dieses Ssana-Fressen taugt nicht mal für Hunde«, stellte er fest.

Merlin nickte. »Es ist eine Zumutung!«

»Es ist schrecklich«, sagte McCoy und schob seinen Teller von sich.

»Der Gipfel!« meinte sein Freund und tat es ihm nach.

McCoy brummte. »Ich werde es überhaupt nicht vermissen«, sagte er. »Das kann ich euch versprechen. Obwohl bei unserem Glück das Essen auf Beta Aurelon Drei wahrscheinlich keinen Deut besser ist.«

Gelächter klang auf. Es war die humorvolle Kameradschaft von Menschen, die gemeinsam durch die Hölle gegangen und heil zurückgekehrt waren.

Jiminez seufzte. »So. Beta Aurelon Drei«, dachte er laut nach. »Vom Regen in die Traufe, wie?«

Huang verdrehte mürrisch die Augen. »Den müden Kriegern wird keine Ruhe gegönnt. Nur gut, daß ich noch so enthusiastisch bin, sonst würde ich zur Erde zurückkehren und dort eine Privatpraxis eröffnen.«

»Es gibt Schlimmeres«, sagte McCoy. »Mein Vater hat eine Praxis auf der Erde und würde sie gegen nichts in der Welt eintauschen. Nicht einmal gegen eine ganze Welt.«

»Was würdet ihr sagen«, fragte Taylor, »wenn ich nicht mit euch nach Beta Aurelon gehen würde?«

McCoy starrte sie entgeistert an. Er konnte nicht glauben, was er da gerade gehört hatte. »Wovon redest du da?«

Sie zuckte die Schultern. »Ich rede davon hierzubleiben. Ihr wißt schon, um die Sache bis zum bitteren Ende durchzustehen.«

»Aber wir haben doch schon einen neuen Einsatzbefehl erhalten!« protestierte Jiminez. »Du kannst dich nicht einfach dafür entscheiden hierzubleiben.«

»Ich könnte es schon, wenn ich die Erlaubnis des befehlshabenden Offiziers bekomme«, widersprach Taylor. »Ich habe bereits mit Glavin gesprochen, und er hat mir seinen Segen gegeben.«

McCoy schüttelte den Kopf. »Du würdest das Team auseinanderreißen?« fragte er, nur halb im Ernst.

Seine Kameradin lächelte traurig. »Ich fürchte, ja«, gab sie zu. »Für mich ist es sehr wichtig. Das könnt ihr doch sicher verstehen, nicht wahr? – Nicht wahr?«

Huang sprach aus, was alle anderen dachten. »Natürlich verstehen wir das. Es gefällt uns zwar nicht, aber wir verstehen es.«

»Ich werde wieder zu euch stoßen«, beruhigte sie die Runde. »Wenn nicht auf Beta Aurelon, dann irgendwo anders. Wir haben noch einen weiten Weg vor uns. Wir müssen uns einfach wieder über den Weg laufen, richtig?«

»Richtig«, sagte McCoy, der nicht einen Augenblick lang daran glaubte.

»Richtig«, bestätigte Jiminez und grinste. »Unausweichlich.«

Sie blickte die anderen an. »Versteht mich nicht falsch, Jungs, aber ich werde euch vermissen.«

Carver schüttelte den Kopf. »Nein, mich nicht.«

Taylor sah ihn mit freundlichem Bedauern an. »Sag das nicht, Merlin. Natürlich werde ich dich vermissen.«

»Nein, das wirst du nicht«, beharrte er auf seiner Meinung. Er räusperte sich. »Weil ich nämlich auch hierbleibe.«

McCoy warf ihm einen anklagenden Blick zu. »Was soll das werden? Eine Epidemie? Du hast nie ein Sterbenswörtchen davon gesagt, daß du hierbleiben möchtest.«

»Du bist doch nur eifersüchtig, weil Janice jetzt im Zentrum der Aufmerksamkeit steht«, erkannte Huang. »Gib's zu!«

Merlin schüttelte wieder den Kopf. »Ich fürchte, nein, Warren.« Er wandte sich an McCoy. »Und der Grund, warum ich vorher nichts davon erwähnt habe, ist der, daß ich mir bis zu diesem Augenblick nicht sicher war.«

»Also hast du noch gar keine Genehmigung?« fragte Jiminez voller Hoffnung.

»Nein«, bestätigte Carver. »Aber wenn Janice sie bekommen hat, werde ich sie auch bekommen. Ich bin mir sogar ziemlich sicher.«

»Das ist doch lächerlich!« entgegnete McCoy. »Du wirst auf Beta Aurelon genauso dringend gebraucht wie hier.«

»Damit hast du vermutlich recht«, stimmte Merlin zu. »Aber ich habe ein besonderes Verhältnis zu Ssan gewonnen. Ich glaube, ich verstehe diesen Planeten, seine Bewohner und ihre Philosophie jetzt viel besser. Ich möchte noch so lange hierbleiben, bis ich miterlebt habe, wie sie ihre Schwierigkeiten überwunden haben und es ihnen wieder gutgeht.«

McCoy blickte ihn böse an. »Das kannst du auch bei den Aureloniten erleben. Reicht dir das nicht?«

Merlin grinste. »Dieses Vergnügen überlasse ich dir. Und dann kannst du mir davon erzählen, wie es auf Beta Aurelon zugegangen ist.«

McCoy lehnte sich zurück und zwang sich dazu, die neue Situation zu akzeptieren. »Das Versprechen gilt«, sagte er.

»Als ob ich dir irgendeine Wahl lassen würde.« Merlin lächelte. »Vergiß niemals, ein verdammt guter Arzt zu werden, Leonard! Das, wozu du bestimmt bist.«

»Das werde ich«, entgegnete McCoy. »Darauf kannst du Gift nehmen.«

Zur Erntezeit auf Beta Aurelon Drei war die Seuche endlich unter Kontrolle, dank des Impfstoffs, der vom medizinischen Team der Föderation entwickelt worden war. McCoy war gerade von einer abgelegenen Insel zurückgebeamt worden, dem letzten Refugium der aurelonitischen Kultur, das noch nicht mit Impfstoff versorgt worden war, als der schmalgesichtige Arzt, der für den Transporterbereich zuständig war, ihm eine Datenscheibe mit einer Subraumnachricht überreichte.

»Für mich?« fragte der Juniorarzt.

»Steht jedenfalls drauf«, klärte ihn der Mann auf. Er

studierte einen tragbaren Computer-Datenblock, da er den Transport von Versorgungsgütern erwartete. »Das ist zumindest ein Indiz.«

Ohne auf diesen Sarkasmus zu achten, warf McCoy einen Blick auf die handgeschriebenen Zeichen auf der Kassette. »Es ist von Ssan«, sagte er laut.

Der Arzt blickte zu ihm auf. »Dort waren Sie vorher stationiert, nicht wahr?«

McCoy zuckte genauso ungerührt wie der andere die Schultern. »So steht es in meiner Personalakte. Das ist zumindest ein Indiz.«

Der Arzt antwortete mit einem verächtlichen Schnaufen. »Klugscheißer«, brummte er und beschäftigte sich wieder mit seiner Warenliste.

Mit eiligen Schritten verließ der Juniorarzt den Transporterbereich und ging den Korridor entlang, der zu seinem Schlafsaal führte. Obwohl die Anlage dieses Gebäudes sehr an das auf Ssan erinnerte, war die Atmosphäre hier ganz anders.

Sie hatten die Seuche rechtzeitig in den Griff bekommen, so daß es nur recht wenige Todesopfer gegeben hatte. In der Krankenstation herrschte ein Gefühl des Erfolgs, die beruhigende Gewißheit, daß sie hart gearbeitet und schließlich gewonnen hatten. Er bedauerte es überhaupt nicht, Ssan verlassen zu haben.

McCoy betrat schwungvoll den Schlafsaal und marschierte direkt auf das Lesegerät zu. Nachdem er die Datenscheibe hineingeschoben hatte, erschien sofort die Adresse in goldenen Buchstaben auf dem schwarzen Bildschirm.

Subraumnachricht
Standard-Erdzeit 8.3.2254
An: Dr. Leonard McCoy
Monfarra-Stadt, Monfarra-Union, Beta Aurelon Drei
Von: Dr. Janice Taylor
Pitur, Südkontinent, Alpha Gederix Vier

Der junge Arzt lächelte. Er freute sich darauf, nach der langen Zeit wieder etwas von seinen Freunden zu hören. Er hätte die Nachricht gerne zusammen mit Huang und Jiminez gelesen, seinen ehemaligen Kameraden vom ›Ssanitätstrupp‹, aber sie sammelten immer noch Daten auf einer Insel und wurden erst in einigen Tagen zurückerwartet.

Kein Problem, dachte er. Ganz gleich, was sich auf der Kassette befinden mochte, es würde immer noch eine Neuigkeit für sie sein, wenn sie zurückkamen – auch wenn er nicht so lange warten wollte.

Er drückte auf den Knopf, der die eigentliche Nachricht auf den Bildschirm brachte, lehnte sich zurück und las.

Lieber Leonard,
leider habe ich schlechte Neuigkeiten. Ich bin immer noch viel zu sehr von den Ereignissen aufgewühlt, um klar denken zu können. Entschuldige bitte, wenn diese Nachricht deshalb etwas chaotisch wirken mag.

Wie Du vielleicht gehört hast, sind die Assassinenkriege inzwischen vorbei. Vor mehreren Tagen wurde Li Moboron bei einem Angriff auf einen Rebellenstützpunkt getötet, und die Regierung dürfte in Kürze den Sieg erklären.

Merlin und ich sind mit ein paar der neuen Juniorärzte zu einer der hiesigen Wasserstellen gegangen, um zu feiern. Als Ihr – Du, Paco und Warren – noch hier wart, hat man es uns nie erlaubt, weil man einen möglichen Angriff der Assassinen befürchtete. Doch seit Moboron tot ist, wurden die Bestimmungen ein wenig gelockert.

Wir saßen also im Kreis da und haben uns bei einer Flasche Brandy unterhalten. Einer von den Neuen fragte, wie es sei, wenn man nach sechs langen Monaten miterlebt, daß der Konflikt beendet worden ist.

Merlin sagte, es sei ein großartiges Gefühl, und hob

sein Glas, um einen Toast auf alle Föderationsärzte auszubringen, die auf Ssan gedient haben – sogar auf Vinnie Bando. Plötzlich wurden seine Augen immer größer, als habe er etwas gesehen, das sich in seinem Glas spiegelt. Dann weiß ich nur noch, daß er auf mich zuflog und mich zu Boden riß. Eine Sekunde später gab es ein lautes, schreckliches Geräusch.

Als ich wieder einigermaßen zu Verstand gekommen war, sah ich am anderen Ende des Platzes ein halbes Dutzend Assassinen stehen. Fünf liefen weg. Doch einer stand einfach nur da und starrte mich an. Und jetzt kommt das Schlimmste, Leonard: Ich habe ihn wiedererkannt.

Es war der Ssana, den du behandelt hast, der Assassine, den Bando in jener Nacht in der Station zu töten versuchte. Ich habe mich natürlich gefragt, ob ich mir sein Gesicht in meiner Verwirrung nur eingebildet habe, aber das stimmt nicht. Er war es.

Der Kerl hat sein Versprechen gehalten, obwohl ich nicht weiß, wie er es geschafft hat. Er ist aus der Strafanstalt geflohen und hat Moborons schmutzige Arbeit fortgeführt.

Merlin kam bei der Explosion ums Leben. Wir haben versucht, ihm zu helfen, aber es war zu spät. Das Trauma und der Blutverlust waren zu groß. Wenn er sich nicht auf mich geworfen hätte, wäre ich jetzt vermutlich ebenfalls tot.

Ich weiß, wie sehr es dich schmerzen wird, wenn Du dies liest. Du warst sein bester Freund. Du warst der einzige, dem er alles verzeihen würde, ganz gleich, was zwischen Euch beiden vorgefallen war.

Ich weiß, daß er stolz auf das war, was wir während unseres Aufenthaltes auf Ssan erreicht haben. Verdammt stolz. Doch vor allem auf Dich – wegen der Dinge, die Du getan und die Du gelernt hast. Er sagte, daß Du eines Tages zurückschauen und wissen würdest, daß die Rettung dieses Assassinen vor Bando das

Wichtigste sein würde, was Du jemals in Deinem Leben getan hast. Und er würde jetzt immer noch sagen, daß es richtig war, dem Assassinen das Leben zu retten, ungeachtet der Folgen, weil es die Aufgabe eines Arztes ist. Er soll Leben retten, ganz gleich, wessen Leben.

Wir sehen uns. *Janice*

McCoy saß lange Zeit einfach nur da und starrte auf den Bildschirm. Er konnte das Geräusch hören, das Taylor beschrieben hatte. Er konnte Merlin sehen, wie er über den Tisch flog, um sie zu schützen.

Und er konnte auch das Gesicht des Ssana sehen, dem er das Leben gerettet hatte, wie er auf der anderen Seite des Platzes stand, die Indigoaugen leicht zusammengekniffen, wie er seine Arbeit mit grimmiger Zufriedenheit begutachtete. Warum auch nicht? Er hatte doch nur einen weiteren Unschuldigen ermordet!

McCoy wußte, daß er dieses Gesicht nie wieder vergessen würde, so lange er lebte.

DRITTES BUCH

Jocelyn

1

McCoy waren schon längst die Beschäftigungen ausgegangen, mit denen er auf der Krankenstation die Zeit totschlagen konnte. Es gab kein einziges Gerät mehr, dessen Funktion nicht immer wieder überprüft worden war, nicht ein einziges Pillenfläschchen, das nicht schon mehrfach mit der Bestandsliste verglichen worden war.

Also ging er auf und ab. Und ging wieder auf und ab. Seine Schritte durchmaßen den ganzen Raum, bis Choi und Frederickson, die zwei diensthabenden Krankenschwestern, es nicht mehr ohne weiteres ignorieren konnten und sich gegenseitig zweifelnde Blicke zuwarfen.

Dem Doktor war es egal. Seine Krankenschwestern hatten nicht soeben die Möglichkeit erhalten – wenn auch eine nur sehr geringe – ein ganz neues, glückliches Leben anzufangen. Sie hatten nicht soeben die Person wiedergefunden, die sie geliebt hatten und immer lieben würden, nur damit sie sofort wieder von jemandem weggeschnappt und ins Inferno der Hölle geworfen wurde.

Er war so sehr in seine Gedanken vertieft, so zerrissen vor Sorge um Jocelyn – und nicht zu vergessen auch um Kirk und Spock –, daß er es zunächst gar nicht bemerkte, als die Türflügel zur Seite glitten und sich zum dahinter liegenden Korridor öffneten. Doch dann hörte er Stimmen, die so bedrückt klangen, daß er mit dem Kopf herumfuhr und sein Gesicht jegliche Farbe verlor.

»Mein Gott!« keuchte er, als er die zwei blutüberströmten Gestalten sah, die auf den Antigravbahren lagen. Spock und Clay halfen ein paar Sicherheitskräften dabei, die Liegen in den Operationsraum zu manövrieren.

Der Arzt traf sie am Eingang zur Station und half mit, die Bahren zwischen zwei Operationstische zu befördern. Ohne nachzufragen, wiesen seine Krankenschwestern Spock und das übrige nichtmedizinische Personal an, die Patienten auf die Tische zu legen und anschließend zu verschwinden.

Als der Vulkanier gehen wollte, rief McCoy ihm jedoch nach: »Wo sind die anderen?«

Spock hatte keine Zeit zu einer Antwort, da er bereits durch die Tür nach draußen gedrängt wurde, doch sein Gesichtsausdruck verriet dem Doktor alles, was er wissen mußte. Aus irgendeinem Grund waren der Captain und Jocelyn auf dem Planeten zurückgeblieben.

Es war genau das eingetreten, was McCoy befürchtet hatte. Die Assassinen hatten sie niedergemetzelt.

McCoy schob seine Gefühle für Kirk und seine Exfrau beiseite und konzentrierte sich auf seine Patienten. Er kannte die beiden: Es waren Peterson und Diaz. Sicherheitsoffiziere. Gute Männer.

Einer von ihnen war jetzt ein guter toter Mann. Er betrachtete besorgt die Biowerte, die über Diaz' Operationstisch angezeigt wurden, fluchte unterdrückt und tauschte einen Blick mit Schwester Frederickson aus, als wollte er sagen: Ihm können wir nicht mehr helfen. Dann begutachtete er Petersons Werte und fluchte erneut.

Der graue Metallbolzen, der aus seinem Rücken ragte, hatte großen Schaden angerichtet. Der Sicherheitsoffizier blutete innerlich aus, und mit jeder verstreichenden Sekunde wurde sein Schockzustand ernster. Auf der Habenseite der Bilanz war jedoch zu verzeichnen, daß der Bolzen weder die Wirbelsäule noch wichtige Organe getroffen hatte.

»Zehn Kubikzentimeter Penthorbalin«, sagte er zu Schwester Choi. Die Frau hatte ihm den Injektor bereits in die Hand gedrückt, als er kaum zu Ende gesprochen hatte. Zischend entleerte er den Inhalt in Petersons Arm.

Es würde einen Moment dauern, bis die Droge ihre Wirkung entfaltete. *Komm schon, komm schon,* drängelte McCoy. *Ich kann überhaupt nichts machen, solange der Junge nicht stabil ist, verdammt!*

Obwohl er, wie es ihm vorkam, eine halbe Ewigkeit warten mußte, machte sich das Penthorbalin schließlich bemerkbar. Trotz des schrecklichen Gegenstands, der in Petersons Körper eingedrungen war, senkten sich seine Biowerte allmählich auf ein normales Niveau, während die Nervenenden in der Umgebung anästhesiert wurden. Jetzt konnte McCoy sich darum kümmern, das verfluchte Ding aus ihm herauszuholen.

Er drückte auf die entsprechenden Knöpfe am Tisch und rief damit verschiedene Ansichten des Bolzens auf den Bildschirm. Offensichtlich hatte es keine Widerhaken; das Ding bestand nur aus einem Schaft, der vorne spitz zulief. Vermutlich wäre es sogar glatt durch sein Opfer hindurchgesaust, wenn nicht eine von Petersons Rippen im Weg gewesen wäre.

Das paßte zu allem, was der Doktor über die Assassinen wußte. Sie brachten einen schnellen, sauberen Tod und waren keine Folterknechte, die mit ihren Waffen weiteren Schaden anrichten wollten, wenn sie entfernt wurden.

Als nächstes stand jedoch an, den Sicherheitsmann aus seiner roten, gefütterten Jacke zu befreien. »Skalpell!« befahl er und streckte seine Hand mit der Innenfläche nach oben aus.

Diesmal war es Frederickson, die ihm einen Schritt voraus war. McCoy stellte das Skalpell auf geringe Schnittiefe ein, hielt es neben dem Bolzen über den Stoff und aktivierte den winzigen Strahl.

Kurz darauf hatte er einen etwa handbreiten Kreis herausgeschnitten, unter dem das zerrissene, blutgetränkte Hemd zum Vorschein kam. Der Doktor musterte besorgt das dunkle, zerschundene Fleisch am Rand der Wunde.

Er warf Choi einen Blick zu. »Wir holen es heraus«, warnte er sie. »Sie halten den Mann fest, und ich ziehe.«

Die Schwester nickte. Sie eilte auf die andere Seite des Tisches und hielt den Patienten fest, so daß Daumen und Zeigefinger beider Hände einen Ring um den Bolzen bildeten.

»Fertig«, teilte sie ihm mit.

»Gut«, sagte McCoy. »Dann los!«

Der Bolzen rutschte müheloser heraus, als er gehofft hatte. Frederickson stand mit einem Plastikbeutel bereit, in den er das Ding legte. Dann wandte er sich wieder der Wunde zu.

Choi hatte sie vorübergehend mit einem Pflaster abgedeckt, um die Blutung auf ein Minimum zu reduzieren. Der Doktor blickte auf, um die Anzeigen zu kontrollieren. Nach den Sensoren des Operationstisches war der Bolzen in einem Stück herausgekommen. Es gab keinerlei Metallsplitter, um die er sich Sorgen machen müßte.

McCoy hatte es schon immer ein wenig nervös gemacht, sich so sehr auf eine Maschine verlassen zu müssen. Aber immerhin handelte es sich um eine Maschine, die er erst gestern überholt hatte, als er noch damit beschäftigt gewesen war, sich abzulenken...

Er unterbrach seinen Gedankenfluß. *Nein,* dachte er, *dazu ist jetzt keine Zeit. Ich bin noch nicht fertig, ich muß noch die Wunde schließen.*

Das tat er dann auch, während ihm Choi und Frederickson halfen. Es ging nur darum, ein winziges Röhrchen einzuführen, um das Blut abzuleiten, das sich in Petersons Brustkorb gesammelt hatte, die zerfetzten

Ränder der Wunde zu säubern und etwas Dermaplast aufzulegen, das die Funktion der Haut übernahm, bis darunter neues Fleisch nachgewachsen war.

Nachdem die Chirurgie abgeschlossen war, warf der Arzt noch einen Blick auf die Biodaten seines Patienten. Immer noch stabil, stellte er nicht ohne Befriedigung fest, und sogar etwas besser als vorher. Alles, was der Mann jetzt noch brauchte, war Ruhe.

Er beugte sich zu Petersons wächsernem Gesicht herab und versprach: »Bald bist du wieder gesund, mein Sohn.« Er wußte, daß der Sicherheitsoffizier ihn wahrscheinlich gar nicht hörte, aber er sagte es trotzdem. Er überließ Peterson den geschickten Händen von Choi und Peterson und verließ den Raum.

Draußen warteten Spock und Clay immer noch zusammen mit den Sicherheitsleuten, wie McCoy gehofft hatte. Als er aus dem Operationsraum kam, wandten sich alle Köpfe in seine Richtung.

»Sind sie ...?« begann einer der Sicherheitsleute. Er schien eine Ahnung zu haben, daß es schlechte Neuigkeiten gab.

»Diaz ist tot«, meldete der Doktor ohne Umschweife. »Peterson wird es überleben.« Aber er sah gar nicht mehr den Offizier an, der die Frage gestellt hatte. Jetzt konzentrierte er sich auf den Diplomaten, der mit dem Rücken an die Wand gelehnt dastand und sein Gesicht in den pflegsam manikürten Händen vergraben hatte.

»Treadway!« knurrte McCoy.

Clay blickte auf. Seine Augen wurden größer, als er die Wut sah, die sich in den Augen des Doktors widerspiegelte, und er hob bereits einen Arm, um McCoys Schlag abzuwehren. Aber er war nicht schnell genug. Als Pille ausholte und seine ganze Kraft in den Hieb legte, flog der Kopf des Diplomaten zurück, und er wurde rückwärts über einen Tresen aus Hartplastik geschleudert. Mit einem lauten Krachen landete er dahinter auf dem Boden.

Der Doktor umrundete den Tresen, um wieder an Clay heranzukommen. Er packte den benommenen Diplomaten am Kragen und holte ein zweites Mal mit seiner knochigen Faust aus, doch dann hielt jemand sein Handgelenk fest und ließ nicht locker, obwohl McCoy sich loszureißen versuchte.

Es war Spock. Es konnte nur Spock sein. Kein anderer unter den Anwesenden besaß solche Kräfte.

»Lassen Sie mich los!« knurrte er und krallte seine andere Hand fester in Clays Jacke. »Ich will diesem Schweinehund nur das geben, was er verdient hat, verdammt noch mal!«

»Das kann ich nicht zulassen«, teilte der Vulkanier ihm mit. »Bitte, Doktor! Lassen Sie Mr. Treadway frei.«

McCoy hatte keineswegs die Absicht, dieser Aufforderung Folge zu leisten. Erst durch die gemeinsamen Anstrengungen von Spock, den zwei Sicherheitsleuten und Clay selbst gelang es, McCoys Finger aus der Kleidung des Diplomaten zu lösen.

»Sie sind wahnsinnig!« zischte Treadway, als er wieder auf die Beine kam. Er berührte die rot angelaufene Schwellung an seinem Unterkiefer, wo ihn der Doktor getroffen hatte.

»*Ich* bin wahnsinnig?« tobte der Doktor. »Ich war es nicht, der darauf bestand, sich mitten in das Versteck der Assassinen beamen zu lassen. *Sie* sind für diesen genialen Einfall verantwortlich!«

Clays Gesicht verfärbte sich vor Zorn. »Ich habe nur getan, was ich tun mußte«, entgegnete er. »Was der Auftrag erforderlich machte!«

»Sie haben Jim und Jocelyn mit dem, was Sie getan haben, getötet!« brüllte McCoy. Er wollte sich erneut auf den Diplomaten stürzen, doch Spock hielt ihn wieder zurück. »Aber Sie haben es ja nicht nötig, auf den Rat anderer zu hören, und jetzt haben Sie die zwei Menschen auf dem Gewissen, die ich mehr als alles auf der Welt liebe!«

»Ich habe sie auch geliebt«, entgegnete Clay, dessen gutaussehendes Gesicht zu einer häßlichen und primitiven Maske verzerrt war. »Ich bin ihr Ehemann, verdammt noch mal!«

Der Doktor schüttelte den Kopf. »Jetzt nicht mehr. Sie haben sie verloren – oder wußten Sie es noch gar nicht?«

Das gab Clay offenbar den Rest. Mit einem kehligen Schrei warf er sich auf McCoy. Zu spät bemerkte der Doktor die Faust, die ihn seitlich auf der Augenbraue traf.

»Mr. Treadway!« bellte einer der Sicherheitsleute.

Als McCoy wieder zu sich kam, sah er, daß beide Offiziere den tobenden und fluchenden Diplomaten in die Zange genommen hatten. »Ich habe sie auch geliebt«, knurrte Clay mit zusammengebissenen Zähnen. »Ich würde niemals zulassen, daß ihr etwas zustößt, nicht um alles in der Welt!«

McCoy wischte das Blut ab, das an der Seite seines Kopfes herabsickerte. »Wirklich?« meinte er. »Sie haben eine verdammt merkwürdige Art, das zu zeigen.«

Plötzlich wurde ihm klar, wie sie über Jocelyn sprachen. Nämlich in der Vergangenheitsform. Er schluckte und wandte sich an Spock.

»Sie ist tot«, stellte er fest. »Nicht wahr?«

Als der Erste Offizier bemerkte, daß der Doktor sich offenbar ausgetobt hatte, ließ er ihn los und schüttelte den Kopf. »Ich weiß es nicht«, gestand er. »Als ich sie das letzte Mal sah, war sie noch am Leben. Dasselbe gilt für den Captain.«

McCoy war verwirrt. »Wenn sie am Leben waren, warum wurden sie dann nicht raufgebeamt? Warum zum Henker sind sie immer noch da unten?«

Spock seufzte. »Ich kann es nicht mit Bestimmtheit sagen, aber ich schätze, daß es an der hohen Maldiniumkonzentration in der Umgebung liegt. Dadurch war es Mr. Scott vermutlich nicht möglich, sie anzupeilen.«

»Maldinium«, murmelte der Doktor. Dann warf er dem Vulkanier einen Blick zu. »Mit anderen Worten, Sie und unser Diplomatenfreund hatten das Glück, vom Transporter erfaßt zu werden, Jim und Jocelyn jedoch nicht.«

»Ich habe lediglich spekuliert«, schränkte Spock ein. »Aber ich kann mir keine wahrscheinlichere Erklärung vorstellen.«

»Ich will es genau wissen«, bellte Treadway und befreite sich aus dem Griff der Sicherheitsoffiziere. »Ich will wissen, was geschehen ist und was wir tun können, um Jocelyn zurückzuholen. Und ich will es jetzt wissen!«

Der Vulkanier reagierte mit einem leichten Stirnrunzeln. »Ich werde mir alle Mühe geben zu ermitteln, was geschehen ist, und zwar sowohl mit dem Captain wie auch mit Ihrer Frau«, versicherte er dem Diplomaten. »Und dann werden wir entscheiden, auf welche Weise wir vorgehen.«

»Das werden wir. Darauf können Sie wetten!« versprach Treadway. Und mit einem letzten wütenden Blick auf McCoy stürmte er aus der Krankenstation.

Pille wandte sich an den Ersten Offizier. »Wenn Sie etwas herausfinden, Spock...«

Der Vulkanier nickte. »Werde ich auch Sie sofort in Kenntnis setzen, Doktor. Das war ohnehin meine Absicht.«

Spock warf ihm einen mitfühlenden Blick zu – sofern er dazu tatsächlich in der Lage war – und verließ zusammen mit den Sicherheitsleuten den medizinischen Bereich. Als sie fort waren, blieb nur eine bittere, quälende Stille zurück, die für den Doktor schwerer zu ertragen war als selbst die schrecklichste Gewißheit.

Spock mußte sich daran erinnern, daß er Vulkanier war und sich als solcher nicht an lautstarken Auseinandersetzungen beteiligte. Andernfalls wäre er in große Versuchung geraten, Clay Treadways Bemerkungen in gleicher Dezibelstärke zu erwidern.

»Was soll das heißen: Ich trage keine Verantwortung mehr?« wollte der Mensch wissen. Er war aufgesprungen – schon vor etwas mehr als einer Minute, als die Besprechung einberufen und er von seinem unerwarteten Machtverlust informiert worden war.

Da er selbst die Veranstaltung einberufen hatte, hatte Treadway zweifellos damit gerechnet, daß er ihr auch vorsitzen würde. Doch das entsprach keineswegs den Intentionen des Vulkaniers.

»Das soll exakt das heißen, was ich gesagt habe«, entgegnete Spock. »Es handelt sich in unserem Fall nun nicht mehr um eine einfache diplomatische Mission. Daher übernehme ich wieder die Befehlsgewalt, und zwar unter Berufung auf die Kommandostruktur des Schiffes und auf Starfleet-Vorschrift neun fünf acht, Artikel drei, Absatz sieben und acht.«

Aus dem Augenwinkel stellte der Vulkanier fest, daß seine Handlung die Zustimmung von Mr. Scott, Lieutenant Uhura und Mr. Chekov fand – den Offizieren, die Treadway zu dieser Besprechung hinzugezogen hatte. Der Chefingenieur zwinkerte ihm sogar auf verschwörerische Weise zu.

»Das ist absurd«, erwiderte Treadway. »Das ist lächerlich. Vorschrift neun fünf acht bezieht sich nur auf Situationen, in denen der diplomatische Gesandte getötet oder in der Ausübung seiner Aufgabe beeinträchtigt wurde.«

»Diese Voraussetzung könnte durchaus zutreffend sein«, warf Spock entschlossen ein, »zumindest, was Ihre Frau betrifft.«

Der Mensch senkte gefährlich die Augenbrauen. »Und was ist mit mir? Ich bin weder tot noch beeinträchtigt.«

Der Vulkanier zuckte mit der Schulter – eine kraftsparende Geste, die kaum mit Bewegung verbunden war. »Vielleicht nicht, Mr. Treadway. Doch soweit ich die Lage beurteile, stellen Sie nur eine Hälfte des diplomatischen Teams dar, das dieser Mission zugewiesen wurde. Und die Abwesenheit der anderen Hälfte deutet zumindest meiner Ansicht nach auf eine Beeinträchtigung bei der Ausübung Ihrer diplomatischen Aufgaben hin.«

Der Mensch schüttelte den Kopf. »Sie riskieren ein Kriegsgerichtsverfahren, Spock. Und Sie wissen es.«

»Nicht daß ich wüßte«, entgegnete Spock. »Wenn Sie jedoch auf Ihrem Standpunkt beharren, haben Sie gewiß das Recht dazu. Sie können Ihre Einwände jederzeit der Starfleet-Zentrale vortragen, nachdem ich den Befehl zur Einstellung jeglicher Subraumkommunikation aufgehoben habe.«

Treadways Gesicht verfärbte sich. »Sie haben Funkstille angeordnet?«

»Das ist korrekt«, bestätigte der Vulkanier. »Es ist möglich, daß die Assassinen unsere Kommunikation abhören. Ich möchte sie keineswegs dadurch ermutigen, daß sie irgendwelche Hinweise auf Meinungsverschiedenheiten innerhalb der Befehlsebene erhalten.«

Treadways Nasenflügel bebten über seinem sorgsam gepflegten Schnurrbart. Offenbar ließ er sich seine verschiedenen Möglichkeiten durch den Kopf gehen und verwarf sie eine nach der anderen. Als er schließlich wieder sprach, geschah es mit der Stimme eines Mannes, der sich seine Niederlage eingestanden hatte.

»Es sieht ganz danach aus, als wollte man mich ausbooten, Mr. Spock.«

Der Erste Offizier hob eine Augenbraue. »Nicht daß ich wüßte«, bemerkte er. »Ich halte mich lediglich an die Vorschriften, auf die Sie sich berufen haben, als Sie das Kommando übernahmen. Ich bedaure es«, fügte er – ohne jegliches Bedauern – hinzu, »daß Sie meine Auslegung nicht teilen.«

Treadway gab keine Antwort. Ihm war klar, daß er

mit seinen Protesten nicht weiterkommen würde, genauso wie es der Vulkanier beabsichtigt hatte. Darauf bedacht, seine letzte Würde nicht zu verlieren, ließ sich der Diplomat wieder auf seinen Sessel sinken.

»Also gut, dann ist es jetzt Ihr Spiel, Spock«, erklärte er spitz. »Wie wollen Sie vorgehen?«

Bevor der Erste Offizier antworten konnte, glitt die Tür auf, und Dr. McCoy trat ein. Mit einem wütenden Blick auf den Diplomaten sagte er: »Sie wollten mich wohl nicht bei Ihrem kleinen Treffen dabeihaben, Clay!«

Der andere antwortete ohne sichtliche Regung. »Gab es irgendeinen Grund, Sie hinzuzuziehen?« fragte er.

»Darauf können Sie Gift nehmen!« knurrte McCoy. »Ich weiß immer noch mehr über Ssan, als Sie jemals in der Schiffsbibliothek lernen können. Nachdem jetzt Jocelyns Leben auf dem Spiel steht, hatte ich damit gerechnet, daß Sie mal kurz vergessen, was zwischen uns vorgefallen ist, damit ich mich nützlich machen kann.« Er schüttelte den Kopf. »Ich habe nicht damit gerechnet, daß Sie so tief sinken könnten.«

Treadway reagierte nur mit einem kalten Lächeln. »Nicht tiefer als Sie selbst«, entgegnete er.

Spock hatte keine Ahnung, was der Diplomat damit gemeint haben könnte. Trotzdem hielt er es für besser, das Gespräch in eine andere Bahn zu lenken, bevor es auf ein noch tieferes Niveau sank.

»Meine Herren«, unterbrach er sie, »wir stehen vor einem sehr ernsten Problem. Ich schlage vor, daß wir unsere Animositäten beiseite schieben und zum Thema zurückkehren. Dr. McCoy? Mr. Treadway?«

»Meinetwegen gerne«, sagte der Doktor und nahm sich einen Stuhl, um sich seinem Rivalen gegenüber an das andere Ende des Tisches zu setzen.

Der Diplomat nickte. »Mir soll es recht sein«, behauptete er, obwohl sein gefrorenes Lächeln auf das Gegenteil hindeutete.

»Also gut«, sagte der Vulkanier und wandte sich dann an den Ingenieur. »Mr. Scott, was haben Sie über die Gründe für Ihr Unvermögen, den Captain und Jocelyn Treadway zurückzuholen, in Erfahrung gebracht?«

Scotty verzog das Gesicht. *Unvermögen* gehörte eindeutig nicht zu den Worten, die er gerne hörte.

»Es war so, wie Sie bereits vermutet haben, Sir. Das Maldinium in der Umgebung hat den Transportvorgang behindert. Eigentlich ist es ein Wunder, daß wir Sie beide herausholen konnten.«

Spock nickte. »Und waren Sie inzwischen in der Lage, Captain Kirks Koordinaten zu lokalisieren, nachdem Sie uns an Bord gebeamt haben?«

»Das waren wir nicht«, gab er zu. »Das Maldinium bringt unsere Sensoren völlig durcheinander. Natürlich ...«

»Also wissen wir nicht einmal, ob sie überhaupt noch am Leben sind?« fragte Treadway mit kaum verhüllter Sorge in der Stimme.

»So ist es«, sagte der Ingenieur. »Aber wie ich gerade sagen wollte, können wir unsere Instrumente rekalibrieren, und irgendwann müßten wir dann imstande sein, den Captain und Mrs. Treadway von ihren Feinden zu unterscheiden.«

»Wenn sie noch am Leben sind«, warf McCoy ein. »Wenn die Assassinen sie nicht inzwischen getötet haben, um sich dieses Problem vom Hals zu schaffen.«

»Wie lange werden Sie brauchen?« fragte Spock, ohne den Blickkontakt zu Scott abzubrechen und ohne auf den Pessimismus des Doktors einzugehen.

Der Ingenieur zuckte die Schultern. »Zwei, vielleicht drei Stunden.«

Der Doktor beugte sich vor – wie eine Schlange sich zum Angriff ausstreckte. »Bis dahin«, gab er zu bedenken, »können wir vielleicht gar nichts mehr für sie tun.«

»Wir könnten ein Rettungsteam nach unten schikken«, schlug Chekov vor. »Vielleicht ein halbes Dutzend Sicherheitsleute, die auf den Einsatz im Berggelände vorbereitet sind.«

»Dazu brauchen Sie einen Kommunikationsspezialisten«, warf Uhura ein. »Jemanden, der es schafft, Verbindung mit dem Schiff zu halten – trotz des Maldiniums.«

Der Vulkanier schüttelte den Kopf. »Zu diesem Zeitpunkt brauchen wir weder Sicherheitsoffiziere noch Kommunikationsspezialisten. Wir werden niemanden hinunterbeamen, solange wir nicht mit Sicherheit wissen, ob Captain Kirk und Mrs. Treadway noch am Leben sind.«

»Was?« tobte McCoy. »Das darf doch wohl nicht wahr sein, Spock! Jim ist Ihr Freund, zum Donnerwetter!«

Der Erste Offizier stellte sich dieser Kritik. »Das entspricht durchaus den Tatsachen, Doktor. Doch gerade der Captain wäre der erste, der uns warnen würde, das Leben unserer Leute wegen einer so geringen Chance aufs Spiel zu setzen.«

Doch McCoy befand sich erst in der Aufwärmphase. Er fixierte Spock und sagte: »Er hat auch versucht, Sie zu retten, verdammt noch mal! Gegen alle Vorschriften, gegen jede Wahrscheinlichkeit und sogar gegen den gesunden Menschenverstand. Trotzdem hat er auf diesem verdammten Genesis-Planeten nach Ihnen gesucht. Und er hat Sie zurückgeholt!«

Der Vulkanier spürte den Schlag, den McCoy ihm damit versetzen wollte. Nach all den vielen Jahren wußte der Bordarzt wie kaum ein anderer, wie man ihn packen konnte.

Mit leichtem Trotz in der Stimme erwiderte er: »Sie müssen mich nicht an das erinnern, was Jim Kirk für mich getan hat, Dr. McCoy. Es hat sich tief in meine Seele eingebrannt, wie Sie sehr genau wissen. Doch das ändert nichts an den Tatsachen. Ich darf die logischen

Argumente bei meiner Entscheidung nicht außer acht lassen. Und die Logik diktiert mir, daß nicht mehr Blut vergossen werden darf, als ... als absolut notwendig ist.«

»Als absolut notwendig ist?« wiederholte Uhura ungläubig.

Nicht umsonst war sie seit fünfundzwanzig Jahren die führende Autorität des Schiffes in Kommunikationsangelegenheiten. Sie hatte die Veränderung in Spocks Haltung bereits entdeckt, bevor sie ihm selbst aufgefallen war.

Denn Spock hatte seine Haltung tatsächlich geändert. An irgendeinem Punkt zwischen McCoys Vorstoß und seiner fast reflexhaften Erwiderung hatte er die Situation neu eingeschätzt und erkannt, daß man sie auch in anderem Licht sehen konnte. Doch das alles war ihm erst in dem Augenblick zu Bewußtsein gekommen, als Uhura den Finger auf den wunden Punkt gelegt hatte.

Sicher war Spock immer noch durch und durch Vulkanier. Er hatte sein ganzes Leben diesem Ideal gewidmet. Er hatte hart daran gearbeitet.

Doch seit dem schicksalhaften Absturz des Shuttles *Galileo* vor mehr als einem Vierteljahrhundert hatte auch er viel hinzugelernt. Er hatte gelernt, daß er sich irren konnte. Und er hatte gelernt, daß Menschen trotz ihrer Irrationalität manchmal Wahrheiten erkannten, die ihm verschlossen waren.

Entscheidungen, bei denen es um Leben und Tod ging, ließen sich nicht immer auf mathematische Gleichungen reduzieren. Das Wohlergehen eines Einzelnen war manchmal alles, was zählte.

»Ja«, bestätigte der Vulkanier, als er sich an Uhuras Frage erinnerte. Er holte tief Luft. »Vielleicht war meine Entscheidung ... etwas übereilt, als ich die Möglichkeit eines Rettungsteams ablehnte.«

»Könnte mich mal jemand kneifen?« sagte McCoy in ehrlichem Erstaunen. »Sie haben tatsächlich Ihre geistige Blockierung durchbrochen. Ein Wunder ist geschehen!«

»Wie dem auch sei«, fuhr Spock unerschüttert fort, »ich bleibe bei meiner Ansicht, daß Sicherheits- und Kommunikationspersonal nicht in Frage kommen. Es gibt keine ausreichenden Sicherheitsvorkehrungen für jemanden, der sich in das Gebiet der Assassinen hinunterbeamen läßt. Und ich glaube auch nicht, daß wir Gelegenheit zur Kommunikation haben werden.« Er wandte sich wieder an McCoy und gab ihm ein Versprechen, das weit über die Worte hinausging, die er formulieren konnte. »Ich werde allein hinuntergehen«, sagte er. »Und wenn es möglich ist, werde ich sie zurückholen – sowohl den Captain als auch Jocelyn Treadway.«

»Nein!«

Clay Treadway hatte dieses Wort ausgesprochen. Sein Blick war hart wie Duranium, als er den Kopf schüttelte.

»Ich werde nicht untätig hier herumsitzen«, verkündete er, »während Jocelyn in Gefahr schwebt, ihr Leben durch diese Assassinen zu verlieren.« Er blickte jeden der Anwesenden am Tisch an, einschließlich McCoy, zuletzt den Vulkanier. »Ich bin ihr Ehemann. Ich werde auf jeden Fall am Rettungsversuch teilnehmen!«

»Das ist verrückt«, sagte der Doktor. »Sie wissen nicht das geringste über Geheimaktionen. Sie werden die Sache nicht überleben und die Mission von Anfang an zum Scheitern verurteilen.«

»Ich bin gut in Form«, widersprach Treadway mit derselben Eindringlichkeit wie McCoy. »Ich kann es mit den besten Bergsteigern aufnehmen. Das steht sogar in meiner Personalakte, wenn Sie mir nicht glauben. Und ich bin ziemlich gut mit dem Phaser. Auch das steht in meiner Akte.«

Der Doktor bedachte die Einwände seines Rivalen mit einer wegwerfenden Handbewegung und wandte sich wieder an den Ersten Offizier. »Sie brauchen keinen Bergsteiger, Spock. Sie brauchen jemanden, der Ihnen sagen kann, wie diese verdammten Assassinen denken. Jemanden wie mich.«

»Sie?« Der Diplomat verzog das Gesicht. »Sie sind Arzt. Was wissen Sie schon über fremde Standpunkte? Über die Philosophie von Aliens?«

McCoy sprang auf. »Ich wußte zumindest, daß Sie sich auf keinen Fall direkt vor die Haustür der Assassinen beamen lassen solltent! Meine Kenntnisse waren zumindest ausreichend, um vorherzusagen, daß Ihr tapferer Vorstoß in einem blutigen Desaster enden würde!«

Treadway beugte sich vor, um wieder den Vulkanier anzusprechen. »Sie brauchen mich, Spock. Was ist, wenn sich eine Gelegenheit ergibt, unsere ursprüngliche Mission auszuführen und die Assassinen an den Verhandlungstisch zu bringen? Wenn es eine Chance für den Frieden gibt, sei sie auch noch so gering, brauchen Sie mich, um sie zu erkennen und zu nutzen.«

»Das ist nicht mehr als ein frommer Wunsch«, höhnte der Doktor. »Ich habe es schon einmal gesagt und werde es immer wieder sagen: Diese Assassinen werden sich niemals zu Verhandlungen herablassen. Niemals! Und wenn Sie anderer Meinung sind, ist dafür lediglich Ihre Arroganz verantwortlich, die ...«

»*Meine Herren!*« wurde ihr Streit von Spock unterbrochen. Der Diplomat und McCoy wandten ihm gleichzeitig die Köpfe zu, während in ihren Augen immer noch der Haß stand, den sie füreinander empfanden. »Es ist sinnlos, diese Debatte weiterzuführen. Wenn Sie meinen, daß Ihre Anwesenheit von Vorteil ist, können Sie beide mitkommen.«

McCoys Augen nahmen eine gefährliche Färbung an. »Beide?« wiederholte er.

Spock nickte. »Sie, Doktor, haben recht mit Ihrem Hinweis, daß niemand sonst in diesem Schiff Erfahrungen mit den Ssana hat. Außerdem könnten der Captain und Mrs. Treadway medizinische Hilfe benötigen. Allerdings«, wandte er sich dann an den Diplomaten, »sind auch Mr. Treadways Argumente berechtigt. Es könnte durchaus eine Gelegenheit zu Friedensverhandlungen geben, und in diesen Dingen ist er besser ausgebildet als wir. Überdies könnte ich noch jemanden gebrauchen, der einen Phaser bedienen kann, und laut seinen Akten ist er, wie gesagt, ein guter Schütze.«

Treadway warf McCoy einen Blick voller unverhohlener Verachtung zu. Doch er beschwerte sich nicht über Spocks Entscheidung. Er hatte bekommen, was er wollte, und als Mitglied des diplomatischen Korps wußte er, wann er sich mit dem Erreichten zufriedengeben mußte.

»Natürlich kann ich es nur unter der Voraussetzung gestatten«, fuhr der Vulkanier fort, »daß Sie beide sich bewußt sind, wer die Verantwortung für die Aktion trägt, und daß sie bereit sind, meinen Anweisungen Folge zu leisten, ungeachtet der Gefühle, die Sie füreinander hegen. Andernfalls kann ich Ihnen versichern, daß ich nach wie vor bereit bin, allein zu gehen.«

Der Doktor verzog sein Gesicht. »Ich denke, ich kann meine persönlichen Ansichten so lange ignorieren, bis wir Jim und Jocelyn da rausgeholt haben. Sie können auf mich zählen.«

»Ich nehme Ihre freundliche Einladung an«, sagte Treadway, der plötzlich wieder ganz auf Südstaaten-Höflichkeit eingeschwenkt war. »Auf mich können Sie sich ebenfalls verlassen.«

»Ich sollte Ihnen außerdem sagen«, fügte Spock hinzu, »daß es keine weiteren Rettungsversuche geben wird, falls wir verlorengehen. In werde dementsprechende Befehle zurücklassen.«

»Verstanden«, erwiderte der Diplomat.

McCoy schnaufte. »Ich habe nichts anderes erwartet.«

Spock musterte die beiden. »Gut«, entschied er. »Wir

werden in zwanzig Minuten hinunterbeamen, nachdem ich mich mit Commander Scott und Lieutenant Uhura abgesprochen habe. Mr. Chekov, Sie können wieder Ihren Posten an der Navigation übernehmen.«

Der Russe nickte. »Aye-aye, Sir.« Er stand auf und machte sich auf den Weg nach draußen.

Treadway folgte ihm und McCoy einen Moment später. Als sich die Tür hinter ihnen geschlossen hatte, blickte der Vulkanier den Chefingenieur und den Kommunikationsoffizier an. Sie warteten auf seine Anordnungen.

»Ich benötige eine Karte der Umgebung des Assassinenverstecks«, sagte er zu Scotty, »mit Angaben über die Stellen, wo die Maldiniumkonzentrationen am problematischsten sind.«

»Wird gemacht, Sir«, versprach Scotty.

»Sie brauchen außerdem Kommunikatoren«, wandte Uhura ein, »die auf einer Frequenz arbeiten, die die Ssana höchstwahrscheinlich nicht abhören werden. Und Verstärkermodule für den Fall, daß Sie mit uns in Verbindung treten möchten, während Sie sich im Innern der Höhlen aufhalten.«

Spock brummte leise. »Sie kommen meinen Befehlen zuvor, Lieutenant. Aber zumindest liegen Sie damit richtig. Ich werde in der Tat die Vorrichtungen benötigen, die Sie erwähnten.«

»Ich werde mich gleich an die Arbeit machen«, sagte der Lieutenant zu ihm.

Doch als sie gleichzeitig mit Scotty aufstand, schien sie es plötzlich gar nicht mehr so eilig zu haben. Als der Ingenieur ihr Zögern bemerkte, hielt auch er inne.

»Gibt es noch etwas?« wollte der Vulkanier von ihnen wissen.

Uhura runzelte die Stirn. »Mr. Spock ... ich glaube, Sie waren nicht ganz offen zu uns. Was Ihre Gründe betrifft, Dr. McCoy und Mr. Treadway zu erlauben, Sie zu begleiten.«

Der Erste Offizier hob eine Augenbraue. »Tatsächlich?« meinte er. »Und wie lauten meine wahren Gründe?«

»Ich glaube«, sagte Uhura zögernd, »daß Sie zwei Menschen gesehen haben, die bereit waren, ihr Leben für jemanden zu opfern, den sie lieben. Und aus Respekt davor haben Sie ihnen nachgegeben.«

Spock tat so, als würde er über diese Möglichkeit nachdenken. »Faszinierend«, bemerkte er schließlich. »Ich wünschte, wir hätten mehr Zeit, um diese Theorie zu diskutieren, Lieutenant. Wie Dr. McCoy jedoch bereits sagte, ist es wichtig, daß wir diese Mission so schnell wie möglich in Angriff nehmen.«

Uhura sah ihn noch eine Weile an. Dann erschien ein Lächeln auf ihrem Gesicht. »Natürlich, Sir«, entgegnete sie. »Ich werde die Kommunikatoren in den Transporterraum bringen.«

»Das dürfte genügen«, sagte er zu ihr und sah zu, wie Uhura und Scott den Raum verließen.

Als er allein war, lehnte sich der Vulkanier in seinem Sessel zurück. Uhura hatte recht, überlegte er, obwohl er es niemals zugeben würde.

Er hatte nicht nur in dem Punkt nachgegeben, überhaupt ein Rettungsteam loszuschicken, sondern auch in der Frage, ob ihm der Arzt und der Diplomat dabei Gesellschaft leisten sollten. Sein Vater wäre überhaupt nicht mit seiner ziemlich unlogischen Vorgehensweise einverstanden gewesen.

Doch Sarek war auch nicht durch eine Gruppe Menschen, die kaum eine vernünftige Chance gehabt hatten, vom Genesis-Planeten gerettet und sogar zurück ins Leben geholt worden.

Trotz seiner großen Weisheit hatte Sarek kein Verständnis für die Macht der Liebe.

2

Als sie auf dem Weg durch den Korridor zum Transporterraum waren, mußte Scotty sich anstrengen, mit den langen Schritten des Vulkaniers mitzuhalten. Wenn Spock sich auf ein Ziel konzentriert hatte, überlegte der Ingenieur, war es verdammt schwer, ihn aufzuhalten.

»Sie sehen also«, redete Scott weiter, »daß es auf dem verdammten Felsplateau wirklich keine Stelle gibt, wo Sie runterbeamen können, ohne bemerkt zu werden.«

»Das ist bedauerlich«, stellte der Erste Offizier fest. »Gibt es eine Alternative?«

»Aye«, sagte der Chefingenieur, »aber es wird nicht einfach.« Er drückte einige Knöpfe des Tricorders, den er mitgenommen hatte, und hielt ihn hoch, damit Spock den kleinen Bildschirm sehen konnte. »Wenn Sie genau hinschauen, Sir, können Sie einen Abhang erkennen, knapp oberhalb der Stelle, wo nach unseren Daten höchstwahrscheinlich der Eingang zu ihrer Höhle liegt. Allerdings ist es dort ziemlich steil, und wie es aussieht, gibt es dort kaum etwas, woran man sich festhalten könnte. Außerdem ist es ein sehr langer Abhang, so daß es mehrere Stunden dauern würde, dort hinunterzuklettern. Aber aus denselben Gründen denke ich, daß diese Stelle nicht sehr genau überwacht wird.«

Der Vulkanier blickte auf den Tricorder und nickte. »Wir werden dem Captain und Jocelyn Treadway kaum helfen können, wenn die Assassinen uns entdecken. Ich stimme Ihrer Einschätzung zu, Mr. Scott. Wir werden über den Abhang vorstoßen.«

»Sehr gut, Sir«, sagte der Ingenieur. »Der Abhang also. In diesem Fall brauchen Sie den Tricorder. Er enthält alle Daten über das Maldinium, die Sie haben wollten, und auch einen Vorschlag für die beste Abstiegsroute.«

Spock warf ihm einen Blick zu. »Danke«, sagte er zu Scotty. »Das war sehr gründliche Arbeit – obwohl ich, um ehrlich zu sein, nichts anderes erwartet habe.« Der Vulkanier nahm den Tricorder an sich und verstaute ihn in einer Tasche seiner Thermojacke.

Dann hatten sie den Eingang zum Transporterraum erreicht. Scott fühlte sich erleichtert, denn er wußte nicht, wie lange er noch in diesem Tempo hätte weitermarschieren können.

Als die Tür aufglitt, sahen sie, daß Uhura dort bereits auf sie wartete. In der Armbeuge hielt sie die Kommunikatoren, die Spock angefordert hatte. Offensichtlich hatte sie es geschafft, die notwendigen Anpassungen der Geräte rechtzeitig und ohne Probleme vorzunehmen.

Fariss, Scotts erfahrenste Transporterassistentin, war ebenfalls anwesend. Ihr glattes, schwarzes Haar, das zu einem festen Pferdeschwanz zurückgebunden war, wippte, als sie mit einem Nicken anzeigte, daß alles in Ordnung war.

Natürlich würde der Chefingenieur niemand anderem außer sich selbst erlauben, das Rettungsteam hinunterzubeamen. Aber er konnte nicht gleichzeitig eine Maldinium-Karte herstellen, die Abstiegsroute austüfteln und auch noch den Transporter einsatzbereit machen – obwohl er es in jüngeren Jahren sicherlich versucht hätte.

Als die Türen wieder zuglitten, hörte Scotty Schritte im Korridor, den er und Spock gerade verlassen hatten. Mit einem Blick über die Schulter sah er, daß Dr. McCoy und Clay Treadway ihnen folgten. Sie hatten die Zähne entschlossen zusammengebissen, was offenbar nicht nur ihre Bereitschaft ausdrückte, Captain Kirk und die Frau des Diplomaten zurückzuholen, sondern auch den Willen, es zu tun, ohne ein Wort miteinander zu reden.

Bei der Annäherung der zwei Männer kehrte sich die Bewegung der Türflügel um, bis diese sich wieder ganz geöffnet hatten. Treadway marschierte schnurstracks auf die Transporterplattform zu, wo er neben einem Haufen aus Kletterseilen und Duraniumhaken stehenblieb, um sich innerlich auf die bevorstehende Aufgabe vorzubereiten. Der Arzt trat zu seinen Offizierskollegen, die in der Mitte des Raumes standen.

Uhura lächelte. »Ihre Kommunikatoren«, sagte sie und reichte sie Spock und McCoy.

Pille nahm einen, der Vulkanier zwei – einen für den Diplomaten und einen für sich selbst. Dann gesellten sie sich zu Treadway und der Bergsteigerausrüstung auf der Plattform.

Nun übernahm Scotty den Befehl über die Transporterkonsole. Fariss trat ohne jeden Protest zur Seite. Sie wußte, wie wichtig diese Sache für ihren unmittelbaren Vorgesetzten war. Wenn irgendwelche Fehler auftraten, wollte er ganz allein die Verantwortung dafür übernehmen.

Der Chefingenieur warf einen kurzen Blick auf die Kontrollen, nur um ganz sicherzugehen, daß Fariss ihre Arbeit richtig gemacht hatte. Zufrieden stellte er fest, daß dies der Fall war. Jetzt lag es nur noch an ihm. Er blickte zu Spock auf und wartete auf sein Kommando.

Der Erste Offizier starrte mit gesenkten Augenlidern durch den Raum. Sein Intellekt war ganz auf sein Ziel konzentriert, wie es nur einem Vulkanier möglich war. Scott hatte diesen Blick schon des öfteren bemerkt und fühlte sich dadurch ermutigt. Ganz gleich, wie gut die Assassinen waren, die dort unten auf sie warteten, sie hatten es noch nie mit der gnadenlosen Entschlossenheit dieses Wesens namens Spock zu tun gehabt.

Ohne dem Ingenieur in die Augen zu sehen, sagte der Vulkanier: »Energie!«

Scotty führte den Befehl aus. Die kontrollierten Energien des Transportvorgangs hüllten die drei Gestalten auf der Plattform ein. Und im nächsten Augenblick waren sie verschwunden.

Viel Glück, wünschte ihnen der Ingenieur. *Und gesunde Heimkehr!*

Er bemerkte, daß Uhura ihn ansah. Sie lächelte, da sie genau wußte, was er gedacht hatte. Er lächelte zurück, da er wußte, daß sie das gleiche gedacht hatte.

»Nun«, sagte Scott ausatmend, »ich schätze, das war's.« Er wandte sich an Fariss. »Jetzt ist es wieder Ihr Reich, Lieutenant.« Und gemeinsam mit Uhura verließ er den Transporterraum, während ihm klar wurde, daß jetzt sehr lange Minuten und vielleicht sogar Stunden vor ihnen lagen.

Denn der schlimmste Teil des Dienstes als Offizier in einem Raumschiff war, hilflos auf die Rückkehr eines Landetrupps warten zu müssen. Und Scotty hatte sich selten so hilflos wie jetzt gefühlt.

»Captain?«

Er lag auf einem Feld und blickte zum dunkelblauen Himmel hinauf, der von Getreidehalmen eingerahmt wurde, die sich rings um ihn erhoben. Zu seinen Füßen summten träge ein paar Fliegen, und auf seinem sonnenverbrannten Gesicht kitzelte es, wo der Schweiß in langsamen Rinnsalen darüberlief. Der Wind trug aus der Ferne den stechenden Geruch nach Dünger heran.

Außerdem war er gar kein Captain, wer auch immer sich den Spaß gemacht haben mochte, ihn so zu nennen. Aber wenn Träume wahr werden konnten, würde er es vielleicht eines Tages schaffen, Captain zu sein.

»Captain Kirk?«

Der Himmel und das Getreide wichen der gewölbten, kupferfarbenen Decke einer Sporthalle in der Starfleet-Akademie. Sein Rücken tat weh, und auf seinen Wangen war eine furchtbare Hitze. Während er dalag, beugte sich ein Gesicht über ihn, und eine Hand streckte sich zu ihm herunter. Beides gehörte zu einem Akademie-Schüler namens Finnegan, dem er zwei von drei Stürzen zu verdanken hatte.

Er war immer noch kein Captain – noch lange nicht. Und wenn Finnegan ihn noch öfter genauso heftig wie beim ersten Mal zu Boden warf, würde er nicht lange genug leben, um jemals die Chance zu erhalten, einer zu werden.

»Captain Kirk? Um Himmels willen…«

Die Sporthalle verschwamm, und dann war er wieder im Freien. Es war Nacht und der Himmel voller Sterne. Neben ihm stand jemand, ein Mann mit üppiger gelber Mähne und einer Art winzigem Juwel in der Stirn knapp über dem Nasenrücken. Der Name des Mannes war Tyree. Sie waren Freunde, und Tyree hatte in dieser Nacht die erste Wache übernommen, während Jim und das übrige Vermessungsteam der Föderation schlief.

Und er war immer noch kein Captain, obwohl er sich jetzt bereits auf dem Weg dahin befand. Wenn alle seine Missionen so gut wie diese verliefen, würde er sein eigenes Schiff haben, bevor…

»Captain Kirk, wachen Sie auf!«

Kirk ließ sich vom drängenden Tonfall anspornen und richtete sich hastig auf. Dann spürte er, wie sein Kopf in ein Meer aus Übelkeit erregenden Qualen zu tauchen schien. Er legte eine Hand an die Schläfe und berührte den Ursprung der Schmerzen – ein brennender, pulsierender Knoten am Rand seiner Stirn.

»Alles in Ordnung?« fragte die Stimme.

Als er die Augen öffnete, sah der Captain, wer diese Frage gestellt hatte. Es war Jocelyn Treadway. Ihr Gesicht lag zur einen Hälfte im Schatten, zur anderen im Schein einer Kerze, die sie in der Hand hielt.

»Ich habe mich schon schlimmer gefühlt«, teilte er ihr wahrheitsgemäß mit.

Er blickte sich um und sah, daß sie sich in einer niedrigen Höhle befanden. Das Kerzenlicht reichte nicht weit genug, um ihm zu verraten, wie groß der Raum war. Er wußte nur, daß es eine Frischluftzufuhr gab, denn die kleine Flamme flackerte in einem leichten Luftzug.

»Wo sind wir?« fragte er.

Jocelyn seufzte. »Im Versteck der Assassinen. Genau dort, wo wir eigentlich hinwollten.« Sie blickte auf etwas, das außerhalb des Lichtkreises in der Dunkelheit lag. »Man hat uns hierhergebracht, nachdem die anderen zurückgebeamt wurden.«

Nachdem sie ... zurückgebeamt wurden? Kirks Kopf tat viel zu sehr weh, um klar denken zu können, aber dann erinnerte er sich vage daran, daß er gesehen hatte, wie Spock und Clay Treadway sich im Transporterstrahl aufgelöst hatten. Und daß er erwartet hatte, kurz darauf ebenfalls auf diese Weise zu verschwinden. Nur daß es dann doch nicht geschehen war. Und mit Jocelyn auch nicht.

»Was ist schiefgegangen?« fragte der Captain. »Warum hat man uns nicht auch raufgebeamt?« Doch noch während er die Frage formulierte, wußte er bereits die Antwort. »Das Maldinium.«

Jocelyn nickte. »Natürlich. Wir müssen uns an einer Stelle mit einer höheren Konzentration befunden haben, so daß Mr. Scott uns nicht erfassen konnte.« Sie biß sich auf die Unterlippe. »Pech.«

Kirk sah, wie ihre Augen sich bewegten, als sie über diese Ungerechtigkeit nachdachte. Doch er konnte dort nicht sehr viel Verbitterung erkennen. Oder Angst, wenn man bedachte, daß sie sich in den Händen eines gewalttätigen Kults befanden.

»Tja«, sagte sie und blickte wieder ihn an, »wenigstens die anderen konnten entkommen. Ich schätze, es hätte schlimmer kommen können.«

»Scheint so«, meinte der Captain. Und dann kam ihm der Gedanke, daß seine Begleiterin ebenfalls verletzt sein könnte – wenn auch nicht so offensichtlich wie er. »Hat man Ihnen weh getan?« fragte er besorgt.

Jocelyn lächelte leicht und schüttelte den Kopf. »Nein. Sie haben versprochen, daß mir nichts geschehen würde, solange ich keinen Widerstand leiste – wenigstens vorläufig«, setzte sie unheilvoll hinzu.

Kirk runzelte die Stirn. War es nur eine Drohung, damit sie keine Schwierigkeiten machten? Oder eine offene Ankündigung der Absichten der Assassinen? Er hatte keine Ahnung.

»Immerhin«, sagte er laut. »Die Tatsache, daß man sich die Mühe gemacht hat, uns hierherzubringen, ist ein gutes Zeichen. Da sie uns nicht auf der Stelle getötet haben, bedeutet das vermutlich, daß sie noch etwas von uns wollen. Für Informationen, als Geiseln oder sonstwas.«

Oder vielleicht wußten sie einfach noch nicht, was sie mit uns machen sollten, überlegte er. Vielleicht dachten sie gerade darüber nach. Aber davon sagte er Jocelyn nichts.

Die Augen der Frau leuchteten im schwachen gelben Licht. »Wird Mr. Spock versuchen, uns hier herauszuholen?« fragte sie.

Der Captain schüttelte den Kopf – und zuckte beim Schmerz zusammen, den diese Bewegung ihm verursachte. Er tastete umher und fand einen Felsvorsprung, an dem er sich festhalten konnte, bis der Schwindel- und Übelkeitsanfall vorbei war.

»Ich weiß es nicht«, sagte er zu ihr. »Das hängt von vielen Faktoren ab. Zuerst davon, ob sie glauben, daß wir noch am Leben sein könnten. Wenn die Maldiniumkonzentration in diesen Höhlen sie daran hindert, eine zuverlässige Sensorpeilung zu erhalten, könnte Spock entscheiden, keine weiteren Leben aufs Spiel zu setzen.«

Jocelyn wirkte darüber nicht sehr glücklich, aber sie brach auch nicht in Tränen aus. Sie war ein harter Brocken, stellte Kirk fest.

»Und wenn sie uns finden?« fragte sie. »Wenn sie ohne jeden Zweifel bestätigen können, daß wir noch am Leben sind?«

»Auch das ist keine Garantie«, warnte sie der Captain. »Aus denselben Gründen könnten sie gehindert werden, den Transporter mit ausreichender Sicherheit einzusetzen. Und Spock ist ein viel zu guter Offizier, um ein solches Risiko einzugehen.«

Seine Begleiterin nickte. »Ich habe mir schon fast gedacht, daß Sie etwas Ähnliches sagen würden.« Sie blickte wieder in die Dunkelheit. »Also sind wir allem Anschein nach auf uns allein gestellt. Und wenn wir von hier entkommen können, geschieht es entweder durch eine Gnade Gottes oder durch unser eigenes Geschick.«

Kirk konnte es nicht besser zusammenfassen und sagte es ihr.

Jocelyn nahm die Information auf und musterte den Captain. Dann wandte sie sich ab und kicherte leise.

»Was gibt es?« wollte der Captain wissen.

Die Diplomatin unterdrückte ihre Heiterkeit und blickte wieder zu ihm auf. »Ich habe nur gerade das, was ich über die Assassinen weiß – ihre Physiologie, ihre Ausbildung, ihre Psychologie – gegen die körperlichen Fähigkeiten zweier Greise wie wir beide aufgerechnet.«

»Und?« fragte er.

Jocelyns Gesicht nahm einen bedauernden Ausdruck an. »Ich würde jedenfalls nicht das Familienerbe verwetten, wenn Sie wissen, was ich meine.«

Kirk brummte. »Sie verletzen mich, Madam.«

»Keine Chance«, gab sie trocken zurück. »Jemand anderer ist mir zuvorgekommen.«

Bevor der Captain parieren konnte, hörte er, wie sich

etwas außerhalb des Lichtkreises bewegte. Er legte den Zeigefinger auf die Lippen, um sie aufzufordern zu schweigen, und lauschte auf das Scharren von Stiefeln auf einer harten, rauhen Oberfläche.

Das Geräusch wurde an einer Stelle langsamer, bei der es sich offenbar um den Eingang zur Höhle handelte. Stimmen, mindestens zwei, unterhielten sich, jedoch zu leise, als daß Kirk etwas hätte verstehen können. Dann setzten die Schritte wieder ein und entfernten sich.

Jocelyn fragte mit einem Blick, ob sie wieder sprechen konnte. Kirk nickte bestätigend.

»Das habe ich schon des öfteren gehört«, verriet sie ihm. »Wachablösung.«

»Haben Sie eine Ahnung, wie häufig es passiert?« fragte der Captain.

Die Frau überlegte einen Moment. »Schwer zu sagen«, entgegnete sie. »Vielleicht jede Stunde, vielleicht auch alle zwei Stunden. Ich habe es fünf- oder sechsmal gehört, seit man uns hergebracht hat.« Sie schwieg kurz. »Es ist erstaunlich, wie schnell man an einem solchen Ort jedes Zeitgefühl verliert.«

»Und wie viele Wachen sind es?« drängte er. »Nur ein Mann oder mehrere?« Obwohl er nur jeweils eine Person gehört hatte, die gekommen und gegangen war, könnten mehrere Wachen postiert sein, die sich umläufig abwechselten.

Jocelyn zuckte die Schultern. »Es waren vielleicht zehn oder zwölf Assassinen, die uns hierhergebracht haben. Aber wie viele sich außerdem noch hier aufhalten...« Sie zuckte erneut die Schultern. »Tut mir leid, ich kann es wirklich nicht sagen.«

»Schon gut«, sagte er. »Wir werden es herausfinden.«

Doch trotz seiner ermutigenden Worte hatte er kein gutes Gefühl. Selbst wenn Spock wußte, daß sie am Leben waren, selbst wenn er ein Rettungsteam zu ihnen schickte, waren sie in der Gefangenschaft ausgebildeter

Killer, die diese Höhlen wesentlich besser kannten als jeder Sicherheitsoffizier von der *Enterprise*.

Kirk war schon häufig genug in Gefangenschaft gewesen, sogar an einem so hoffnungslosen Ort wie dem klingonischen Arbeitslager auf Rura Penthe. Doch sogar in dieser frostigen Vorhölle hatte er niemals die Hoffnung verloren. Tief im Innern hatte er immer gewußt, daß er und McCoy sich eines Tages wieder an einem freundlichen Lagerfeuer die Hände wärmen würden.

Allen widrigen Umständen zum Trotz hatten sich seine Hoffnungen erfüllt. Irgendwann waren sie von Rura Penthe entkommen, wie es ihnen in der Vergangenheit schon so oft gelungen war. Trotz schlechter Chancen war die Gleichung immer wieder zu ihren Gunsten aufgegangen, und sie hatten über jede Schwierigkeit triumphiert, die ihre Feinde ihnen in den Weg gestellt hatten.

Angesichts seiner Leistungen, seines Talents zum Bluffen und Improvisieren hätte der Captain eigentlich eine gewisse Zuversicht hegen müssen, daß er wieder einmal dem Tod entrinnen würde.

Doch diesmal nagte die leise Befürchtung an ihm, daß diese kleine, düstere Höhle in den nördlichen Bergen von Ssan der Ort sein würde, an dem ihn sein Glück schließlich doch verließ.

»Die Außenweltler müssen sterben!« sagte Cor Lakandir, dessen Augen im Feuerschein glänzten. »Es gibt keine andere Möglichkeit.«

Von den anderen jungen Assassinen kam zustimmendes Gemurmel. Andrachis merkte es sich. Die vorherrschende Stimmung war überhaupt nicht nach seinem Geschmack. Außerdem besaßen Stimmungen die Tendenz, sich immer mehr jeder Kontrolle zu entziehen, wenn ihnen nicht früh genug Einhalt geboten wurde. Und genau das mußte er tun.

»Es gibt eine andere Möglichkeit«, entgegnete er. »Es gibt immer eine andere Möglichkeit. Vor allem, wenn es die Tradition verbietet, solche Leute sterben zu lassen.«

»Warum ist es verboten?« fragte Lakandir.

Andrachis stellte sich seiner Herausforderung. »Es ist unehrenhaft«, erklärte er, »Blut zu vergießen, das niemals durch die Adern eines Ssana geflossen ist. Das habe ich gelernt, bevor ich zum ersten Mal getötet hatte. Die Assassinen üben ein Recht, ein Privileg aus, das keinem Außenweltler zusteht.«

Er erinnerte sich, daß es eine Zeit gegeben hatte, als er von diesem Grundsatz abgewichen war. Aber das war schon lange her, als er noch sehr jung gewesen war, und jetzt bereute er es mehr als alles andere.

»Wir haben bereits getötet«, warf einer der Jüngeren ein. »Mindestens einer von den Föderationsleuten ist tot, und vielleicht sogar ein zweiter.«

Für den Ssana, der gesprochen hatte, war es ein Argument, damit weiterzumachen, wie es Lakandir gefordert hatte. Für Andrachis stellte es genau das Gegenteil dar.

»Das ist wahr«, gestand er ein. »Wir haben bereits das Fleisch von Außenweltlern verletzt. Aber ist das ein Grund, es noch einmal zu tun? Häuft ein Assassine eine Schande auf eine andere? Oder lernt er aus seinen Fehlern und strebt danach, sie wiedergutzumachen?«

Lakandir brummte leise. »Du nennst es Schande, wenn sich jemand verteidigt, Meister?«

»Ich nenne es Schande, wenn jemand mit der Tradition bricht«, sagte Andrachis zu ihm, »ganz gleich, wie sehr er provoziert wurde. Ich kann euch versprechen, Li Moboron hätte sich eher seine eigene Kehle und die all seiner Kameraden aufgeschlitzt, bevor er sein Messer mit dem Blut von Außenweltlern beschmutzt hätte.« Er machte eine Pause, um seine Worte wirken zu lassen und den Altersgenossen Lakandirs in die

Augen zu sehen. »Der Angriff draußen auf dem Felssims war unnötig. Wäre ich dabeigewesen, hätte ich alles versucht, um ihn zu verhindern.«

»Aber du hast versprochen, daß wir die Außenweltler vertreiben würden«, sagte Lakandir.

Der Meister der Assassinen schüttelte den Kopf. »Wir wollen sie vertreiben, aber nicht töten. Wir wollen sie ins Weltall zurückschicken, nicht zu den Seelen ihrer Vorfahren.«

»Was geschehen ist, ist geschehen«, stellte ein anderer Ssana fest, der weder zu den jungen noch zu den grauhaarigen Veteranen gehörte. »Die Frage lautet jetzt, was wir mit unseren Gefangenen tun.«

»Wir können sie nicht gehen lassen«, sagte Lakandir. »Sie haben unser Versteck gesehen. Sie werden zu ihrem Schiff zurückkehren und ihr Wissen dazu benutzen, uns hier zu vernichten.«

Ein älterer Assassine nickte. »Sie haben die Macht dazu. Es kostet sie überhaupt keine Mühe, wie jemand erst kürzlich erwähnte.«

Es war natürlich Lakandir, der die Waffen der Außenweltler erwähnt hatte. Auch wenn der ältere Ssana sich nicht daran erinnerte, der Meister hatte es nicht vergessen. Er vergaß nie etwas.

Andrachis schüttelte verächtlich den Kopf – aber nicht zu verächtlich. Schließlich wollte er seine Anhänger nicht vor den Kopf stoßen, sondern sie nur auf den richtigen Weg zurückbringen.

»Ist noch niemand auf die Idee gekommen«, fragte er, »daß die Außenweltler die Lage unseres Verstecks bereits durch ihre weit entwickelte Technik in Erfahrung gebracht haben, die ebenfalls jemand erst kürzlich erwähnte? Oder glaubt jemand von den Anwesenden, daß die Föderationsleute durch einen Zufall in diesen Bergen waren?«

Es war still, nur das Feuer prasselte.

Gut, dachte er. Seine Worte hatten ins Ziel getroffen.

Er war zwar kein so überzeugender Redner wie Li Moboron, aber seine Talente schienen für diesen Zweck zu genügen.

»Warum waren sie also in den Bergen?« brach Lakandir das Schweigen. »Vielleicht konnten ihre Instrumente ihnen nicht alles verraten. Vielleicht gab es etwas, das sie noch in Erfahrung bringen mußten, bevor sie uns angreifen konnten.«

»Ja«, sagte ein anderer junger Assassine. »Und durch unseren Angriff wurden sie daran gehindert, dieses Wissen zu erlangen. Aber wenn wir die Gefangenen zu ihnen zurückschicken ...«

Wieder eine Herausforderung, die unterdrückt werden mußte, bevor sie außer Kontrolle geriet. Andrachis stürzte sich darauf, wie er sich während der Assassinenkriege auf zahllose Gegner gestürzt hatte.

»Denk nach!« rief er. Seine Stimme knallte in der stillen Luft der Höhle wie eine Peitsche. »Haben die Föderationsleute jemals versucht, uns anzugreifen? Haben sie den Wunsch gezeigt, mit uns zu kämpfen?« Er spuckte in die Flamme, um zu zeigen, was er von dieser Idee hielt. »Das ist nicht ihre Art«, betonte er, »wie ich es euch bereits gesagt habe. Sie reden. Sie schwatzen. Aber sie benutzen keine Gewalt, es sei denn, alle anderen Mittel versagen.«

»Wie kannst du dir so sicher sein?« fragte Marn Silariot, ein Junge aus Lakandirs Fraktion.

»Wie ich euch bereits sagte«, erklärte er, »habe ich Erfahrungen aus erster Hand. In den Kriegen hatte ich mit ihnen zu tun. Ich habe sie besser kennengelernt, als einige von uns sich selbst kennen. Und ich kann euch sagen, daß diese Expedition nicht mit gewalttätigen Absichten zu uns gekommen ist. Sie sind gekommen, um im Namen der Stadtstaaten mit uns zu reden, um über Frieden zu verhandeln.«

»Es ist wahr«, bemerkte einer der Jüngeren, »daß sie niemanden von uns mit ihren Waffen getötet haben.

Wir wurden zurückgeschleudert und betäubt, aber kein Assassine hat dort draußen sein Leben verloren.«

»Aber wenn sie so naiv und harmlos sind, warum lassen wir sie dann nicht einfach frei?« Ars Rondorrin stellte diese Frage weniger aus dem Grund, weil er die Antwort wissen wollte, sondern eher, um Andrachis eine Gelegenheit zu geben, sein gewonnenes Terrain weiter auszubauen.

»Weil sie für uns sehr wertvoll werden könnten«, antwortete der Meister pflichtschuldig. »Selbst wenn die Föderationsleute uns nicht in unserem Versteck angreifen werden, haben die Obergouverneure keine solchen Bedenken. Irgendwann werden sie versuchen, einen Angriff zu organisieren. Doch wenn sich einige ihrer menschlichen Verbündeten unter uns befinden, werden sie mit der Wahl ihrer Waffen vorsichtig sein müssen. Vielleicht greifen sie uns sogar überhaupt nicht an, aus Angst, die Freundschaft der Außenweltler zu verlieren.«

Lakandir musterte ihn von der anderen Seite des Lagerfeuers aus. »Du sprichst von unseren Traditionen, Meister. Doch Gefangene zu bewachen, ist kaum die angemessene Aufgabe für einen Assassinen.«

Andrachis nickte. »Du hast recht. Aber es gibt auch keine Überlieferung, die es uns verbietet. Versteh mich nicht falsch, Cor. Auch ich sehe die Notwendigkeit, daß wir uns an die Situation anpassen müssen, um auf eine Notlage zu reagieren, die weder Li Moboron noch seine Vorgänger vorausahnen konnten. Ich fordere nur, daß wir dem *Geist* unserer Gesetze treu bleiben, daß wir Respekt vor jenen Ssana haben, die vor uns den Weg des Assassinen beschritten.«

Es war nicht einfach, seine Haltung anzugreifen, nachdem er sie in diese Form gekleidet hatte. Andrachis wußte es. Und offensichtlich wußte es auch Lakandir, denn er verzichtete darauf, ihr mit einer weiteren Herausforderung zu begegnen.

»Die Gefangenen bleiben am Leben«, sagte der Höchste Assassine, damit es in dieser Angelegenheit keine Mißverständnisse gab. »Vorläufig ist das die einzige Entscheidung, die wir über ihr Schicksal treffen müssen.«

Diesmal hatte Andrachis sich der Herausforderung gestellt und sie zurückgeschlagen. Doch er wußte, daß es nicht die letzte Herausforderung war, die er von Cor Lakandir zu erwarten hatte.

McCoys Atem gefror in der dünnen Luft, als er sich umblickte. Er war zusammen mit seinen Gefährten auf einem großen, verschneiten Plateau materialisiert. Auf zwei Seiten war es möglich, leicht und mühelos vom Berg abzusteigen, und die Abhänge wurden immer wieder durch kleinere Plateaus unterbrochen. Auf der dritten Seite erhob sich eine senkrechte graue Felswand.

Doch es war die vierte Seite, mit der sie sich beschäftigen mußten, denn dort lag der Abhang, von dem Scotty gesprochen hatte – der stark geneigte Hang, über den sie zu einer Stelle gelangen sollten, die direkt über dem Eingang zur Höhle der Assassinen lag.

»Dort entlang?« fragte der Doktor.

Spock nickte. »Ja.«

McCoy verzog das Gesicht. Er konnte diese Reaktion nicht unterdrücken.

Clay sagte nichts, zog es jedoch offensichtlich vor, seine Empfindungen im Zaum zu halten. Pille war es recht. Es war besser, wenn sie beide schwiegen, statt sich gegenseitig an die Kehle zu fahren.

Der Vulkanier ging zu dem Haufen aus Seilen und Haken, die Scotty gemeinsam mit ihnen hinuntergebeamt hatte, und lud sich einen Teil der Ausrüstung auf die Schulter. McCoy und der Diplomat folgten seinem Beispiel.

Während der Doktor zusah, ging Spock zum Rand

des Plateaus, kniete auf dem kalten Felsboden nieder und benutzte einen Haken als Hammer, um einen zweiten Haken in einen kleinen Spalt zu treiben. Es gab ein helles Geräusch, das jedoch nicht so laut war, daß man es weiter unten noch hören konnte.

Es war zweifellos nur der erste von vielen Haken, die der Vulkanier an diesem Tag benutzen würde. McCoy wurde es klar, als Spock es ein zweites und drittes Mal tat. Dann befestigte er sein Seil daran und ließ es den Abhang hinunterfallen, der kaum irgendwelche Unregelmäßigkeiten aufwies – ein erster Schritt auf dem Weg zu ihrem Ziel.

Dann blickte Spock zum Doktor. Mit erhobenen Augenbrauen stellte er eine stumme Frage. Schließlich wußte Spock sehr genau über McCoys Höhenangst Bescheid. Der Doktor hatte es vor ein paar Jahren erzählt, als er gesehen hatte, wie Jim Kirk am El Capitan geklettert war. Selbst wenn der Vulkanier es nicht aus McCoys eigenem Mund erfahren hätte, wäre es ihm sofort aufgrund seines Blickes klargeworden.

Doch Pille wollte sich nicht vor diesem Abstieg drücken – nicht wenn es für Jocelyn den Unterschied zwischen Leben und Tod bedeutete. Genauso stumm wie Spock formulierte er seine Antwort: *Sie können sich darauf verlassen, daß ich jetzt nicht kneife.*

Zufriedengestellt faßte Spock das Seil und hangelte sich daran über den Rand des Plateaus hinunter. McCoy schluckte. Er hoffte nur, daß diese wahnsinnige Heldentat wenigstens nicht umsonst war.

Kirk wußte, daß eine diskrete Vorgehensweise sinnlos war, als er sich auf den Weg zum Ausgang der Höhle machte. Wie er auch zu Jocelyn gesagt hatte, bevor er ihr ihre einzige Kerze abgenommen hatte, würde die Wache der Ssana ihn hören, ganz gleich, wie still er sich verhielt. Und wenn ein Ssana glaubte, einer der Menschen würde versuchen, sich an ihn anzuschleichen, könnte er die Entscheidung fällen, zuerst zuzuschlagen und später Fragen zu stellen.

All das galt natürlich nur für den Fall, daß es lediglich einen einzigen Wachtposten gab. Aber es war durchaus möglich, daß es mehr als einen gab, und in diesem Fall wäre es doppelt töricht, vor dem Höhlenausgang herumzuschleichen.

Also tat er genau das Gegenteil. Er kam mit der Kerze in der Hand zum Ausgang, pfiff leise vor sich hin und machte jeden, der sich dort draußen befand, darauf aufmerksam, daß sich einer der Gefangenen näherte.

Als sich die Öffnung im schwachgelben Licht abzeichnete, hörte Kirk das Scharren von Füßen aus dem felsigen Gang vor ihm. Doch selbst jetzt konnte er nicht erkennen, ob es sich nur um einen oder mehrere Assassinen handelte.

Also biß er die Zähne zusammen, schob einen Fuß vor den anderen und pfiff weiter. Und er würde nicht eher damit aufhören, schwor er sich, bis er herausgefunden hatte, was er wissen wollte.

Urplötzlich stand eine Gestalt in weißem Gewand vor ihm und versperrte ihm den Weg. Kirk hatte nicht gesehen, wie der Ssana sich bewegt hatte. Es war, als wäre er aus dem Nichts erschienen.

»Wohin wollen Sie?« fragte der Assassine.

Der Captain verzog das Gesicht. »Nicht einmal Tiere verschmutzen ihren eigenen Bau«, sagte er.

»Nein«, stimmte der Ssana zu. »Aber Sie werden es tun. Das heißt, wenn Sie wissen, was gut für Sie ist.«

Während er sprach, bezogen zwei weitere Assassinen hinter ihm Stellung. Sie rechneten vermutlich nicht damit, daß ein unbewaffneter Mensch eine echte Bedrohung darstellen könnte, aber sie wollten kein Risiko eingehen.

Doch Kirk wußte nun, wie viele Wachen sich mindestens hier draußen aufhielten. Drei bewaffnete Wachtposten, stellte er fest, während sein Blick zu den messerähnlichen Waffen wanderte, die in ihren Gürteln steckten.

Angesichts der Häufigkeit, mit der sie durch neue Leute ausgewechselt wurden, war die Wahrscheinlichkeit gering, daß sie eindösten. Und wenn sie ihren Gefangenen nicht einmal simple Hygienemöglichkeiten zur Verfügung stellten, würden sie vermutlich auch nicht auf das alte Spiel mit einer plötzlichen Krankheit hereinfallen.

Keine guten Neuigkeiten, dachte der Captain.

»Danke für die gastfreundliche Behandlung«, sagte er und grinste den Ssana an, der sich ihm entgegengestellt hatte. »Dann werde ich mal wieder gehen.«

Der Assassine gab keine Antwort. Er stand nur da und sah zu, wie Kirk sich wieder in die Höhle zurückzog. Erst als der Captain etwa die Hälfte des Weges zurückgelegt hatte, hörte er, wie sich der Ssana vom Eingang entfernte.

Kurz darauf geriet Jocelyn wieder in den Lichtkreis der Kerze. »Glück gehabt?« fragte sie.

Kirk brummte. »Zumindest weiß ich jetzt, was ich wissen wollte«, antwortete er.

»Und?«

Er schüttelte den Kopf. »Fragen Sie lieber nicht!«

»Mehr als einer?« hakte sie nach.

»Mehr als zwei«, teilte er ihr mit.

Jocelyns Enttäuschung war nicht zu übersehen. »Oh«, lautete ihr Kommentar.

Der Captain setzte sich wieder neben sie und lehnte seinen Rücken gegen eine mehr oder weniger senkrechte Felsfläche. »Tut mir leid, daß ich keine besseren Neuigkeiten überbringen konnte«, fügte er hinzu.

Sie warf ihm einen Blick zu. »Schon gut«, sagte sie. »Es ist ja nicht Ihre Schuld, daß wir in dieser Lage stecken.« Sie schwieg einen Moment lang. »Es ist meine Schuld. Meine und die meines Mannes.«

»Schwamm drüber«, sagte er nur.

Jocelyn lächelte schwach. »Vermutlich haben Sie recht«, sagte sie. »Was jetzt? Warten wir darauf, daß etwas passiert?«

Kirk überlegte. Eine gute Frage. Es gab natürlich immer noch eine Chance, daß sie hier herauskamen. Es gab immer eine Chance.

Aber er glaubte nicht daran, daß sie es aus eigener Kraft schaffen konnten. Es mußte sich irgendeine Gelegenheit bieten, und dann sollten sie darauf vorbereitet sein.

»Ich wüßte nicht, welche Möglichkeiten wir noch haben«, erwiderte er schließlich. »Zumindest im Augenblick nicht.«

Seine Begleiterin antwortete auf diese Feststellung mit Schweigen. Diese Hilflosigkeit war nicht leicht zu akzeptieren. Aber sie riß sich zusammen.

Dann sagte sie plötzlich: »Sie kennen Leonard doch schon seit ... wie lange? Fast dreißig Jahren?«

»Siebenundzwanzig«, sagte er. »Seit er seinen Dienst auf der *Enterprise* angetreten hat.«

»Fast sein halbes Erwachsenenleben«, sagte Jocelyn nachdenklich.

»Das könnte hinkommen«, bestätigte der Captain. Worauf wollte sie hinaus? Er versuchte die Antwort in ihren Augen zu erkennen.

»Wie ist er?« fragte sie dann.

Kirk blickte sie an. »Was meinen Sie damit?«

Jocelyn runzelte leicht die Stirn. »Ich meine, was für ein Mensch ist er? Was ißt er am liebsten? Hat er irgendwelche Hobbys?«

Der Captain mußte lächeln. »Hobbys?« wiederholte er. »Pille?« Es war schwierig, sich seinen Freund dabei vorzustellen, wie er ein rigelianisches Terrarium bastelte oder eins dieser Nullschwerkraftspiele spielte, die seit ein paar Jahren ein Comeback erlebten.

»Nein«, sagte er. »Er hat keine Hobbys. Aber was das

übrige betrifft...« Er dachte eine Weile über die Frage nach. »Nun, wenn ich es recht bedenke, ist er nicht gerade ein Gourmet. Wir hatten die Gelegenheit, im Verlauf unserer Reisen von einigen sehr interessanten Mahlzeiten zu kosten, aber ich kann mich nicht erinnern, daß es ihm einmal besonders gut geschmeckt hätte. Pille hat immer gerne selbst gekocht. Wenn ich mich recht erinnere, ist sein Lieblingsgericht Hühnchensteak.«

»Sie machen Witze!« entgegnete sie verblüfft.

Der Captain schüttelte den Kopf. »Nein. Wieso?«

»Ich habe manchmal Hühnchensteak zubereitet, als wir noch verheiratet waren«, erklärte Jocelyn. »Und er hat es gehaßt. Er wollte es partout nicht anrühren.«

Kirk schmunzelte über diese Ironie. »Vielleicht haben es zu sehr durchgegart«, meinte er. »Nicht saftig genug.«

Sie warf ihm einen dankbaren Blick zu. »Vielleicht. Was können Sie mir sonst noch über ihn erzählen?«

Der Captain lehnte sich gegen die Höhlenwand. »Lassen Sie mich überlegen. Er ist ein verdammt guter Arzt. Er kümmert sich wirklich um seine Patienten.«

»Das überrascht mich keineswegs«, bemerkte Jocelyn. Klang ihre Stimme etwa leicht gekränkt? Mit einem Hauch der Verärgerung?

»Er liebt seine Familie.« Kirk errötete, als er die Konsequenzen seiner Worte erkannte. »Ich meine...«

»Sie meinen Joannas Familie«, warf sie ein und ersparte es ihm, sich entschuldigen zu müssen. »Seien Sie unbesorgt. Ich habe nicht damit gerechnet, in diesen Begriff eingeschlossen zu werden. Zumindest nicht in den letzten paar Jahrzehnten.«

Kirk räusperte sich und sprach weiter. »Pille haßt Maschinen. Ganz gleich welcher Art, besonders jedoch Transporter. Er hat mir immer wieder vorgejammert, er könne es nicht ertragen, daß seine Atome aufgelöst und durch den Weltraum geschossen werden.«

Seine Begleiterin schien von dieser Information fasziniert zu sein. »Was Sie nicht sagen!« staunte sie. »Auch ich benutze Transporter nur ungern.« Sie schwieg kurz. »Glauben Sie, wir hätten tatsächlich etwas miteinander gemeinsam?«

Der Captain wußte nicht, was er darauf erwidern sollte. Zum Glück holte Jocelyn ihn kurz darauf aus dieser Verlegenheit.

»Entschuldigung«, sagte sie aufrichtig. »Ich wollte wirklich nicht sarkastisch werden. Es rutscht mir manchmal so heraus. Bitte, reden Sie weiter!«

Kirk kratzte sich am Kinn. »Nun, er hat eine ziemlich gut ausgestattete Bar. Schon solange ich ihn kenne. Er hat eine Vorliebe für Brandy, insbesondere saurianischen. Und er mag es nicht, allein zu trinken.«

Jocelyn nickte. Ihr Blick ging ins Leere. »Ich glaube«, sagte sie nach einer Weile, »das habe ich gewußt.«

Der Captain ignorierte diese Bemerkung, da er das Gefühl hatte, daß sie ihn nichts anging. »Und darüber hinaus«, schloß er, »glaube ich nicht, daß es noch viel mehr zu erzählen gibt.«

Seine Begleiterin wirkte enttäuscht. »Aber Sie sind doch so viele Jahre lang sein Freund gewesen«, warf sie ein. »Es muß doch sicherlich noch mehr geben.«

»Er ist ein Mann von einfachem Geschmack«, meinte Kirk. »Außerhalb seiner Familie, seinen Freunden und seinem Beruf gibt es nicht viel im Leben, das großen Eindruck auf ihn macht.«

Jocelyn dachte nach. »Und wer sind seine Freunde? Abgesehen von Ihnen natürlich. Mr. Spock?«

Der Captain mußte grinsen. »In gewisser Weise schon«, antwortete er. »Nun ja, die beiden sind nicht gerade unzertrennliche Kumpel. Wenn man ihnen zuhört, hat man eher den Eindruck, sie wären erbitterte Feinde. Aber wenn es hart auf hart kommt – was nicht selten passiert, glauben Sie mir –, halten sie zusammen. Spock und McCoy haben schon eine merkwürdige Beziehung.«

Er hätte noch mehr erzählen können, wie der Doktor eine Zeitlang das Katra des Vulkaniers in sich gehabt hatte oder wie Spock ein glückliches Leben mit Zarabeth aufgegeben hatte, um Pille die Rückkehr zu seiner eigenen Zeit zu ermöglichen. Doch das ging nur die beiden etwas an und niemand sonst.

»Ich verstehe«, meinte Jocelyn, als sie offenbar spürte, daß Kirk etwas verschwieg, aber ihn nicht weiter drängen wollte. »Wie steht es mit Mr. Scott? Chekov? Uhura?«

»Alte Kameraden«, antwortete der Captain. »Sie würden ihr Leben für ihn geben. Andersherum genauso. Ich würde auch Captain Sulu zu dieser Gruppe rechnen. Und Christine Chapel, die für ihn als Krankenschwester gearbeitet hat.«

McCoys Exfrau nickte leicht. »Und was ist mit... Frauen?« fragte sie. »Es muß doch einige in seinem Leben gegeben haben, oder?«

Kirk lächelte. Er hätte mit dieser Frage rechnen müssen. »Ich glaube nicht, daß es richtig wäre«, sagte er, »wenn ich über die Affären eines Freundes reden würde. Über fast alles andere, aber nicht das.«

Jocelyn räusperte sich. »Hören Sie«, entgegnete sie, »ich weiß über Leonards Beziehung zu Nancy Crater Bescheid – oder wie auch immer ihr Mädchenname war. Es stand alles in Ihren Logbüchern.«

Nancy Crater war eine Frau, der der Captain und Pille auf einer ihrer ersten gemeinsamen Missionen begegnet waren. Einige Zeit nachdem sie und ihr Mann auf dem Planeten M-113 eine archäologische Ausgrabungsstätte eingerichtet hatten, wurde Nancy getötet und von einem Wesen ersetzt, das seine Gestalt verändern konnte und sich von Salz ernährte. Kirk entdeckte diesen Sachverhalt erst, nachdem bereits einige seiner Besatzungsmitglieder von dem Wesen getötet worden waren.

»Ich weiß auch von Natira«, fuhr Jocelyn fort. »Und

wie Leonard tödlich an Xenopolyzythemie erkrankte und beschloß, bei ihr auf dem zum Untergang verurteilten Asteroiden zu bleiben. Wie war der Name? Yonada? Und wie er seine Meinung änderte, nachdem er gleichzeitig eine Heilung für seine Krankheit und eine Möglichkeit gefunden hatte, Natiras Welt zu retten.« Sie schwieg kurz. »Ich möchte nur wissen, ob es noch andere gegeben hat – eine Frau, die nicht in Ihren Logbüchern erwähnt wurde.«

»Es gab ein paar«, verriet der Captain vorsichtig, weil er keinen Vertrauensbruch begehen wollte. »Aber keine, die er so sehr wie Natira geliebt hat.« *Oder so sehr wie dich,* fügte er in Gedanken hinzu.

»War sie hübsch?« fragte Jocelyn.

Kirk nickte. »Ja, das war sie.«

Seine Begleiterin schüttelte den Kopf. »Leonard hätte auf Yonada bleiben sollen. Er wäre dort wahrscheinlich mit seiner Hohenpriesterin sehr glücklich geworden.«

Der Captain zuckte die Schultern. »Er hat immer wieder gesagt, daß ihm sein Leben auf der *Enterprise* viel wichtiger ist. Ich glaube nicht, daß er seine Entscheidung jemals bereut hat.«

Sie blickte ihm in die Augen. »Meinetwegen hätte er es beinahe bereut.«

Kirk war sich nicht sicher, wovon sie jetzt sprach. »Jocelyn«, sagte er, »wenn es sich um eine private Angelegenheit handelt ...«

»Unsinn«, sagte sie. »Sie sind Leonards bester Freund. Wenn er Ihnen nichts davon erzählt hat, dann nur aus dem Grund, weil er bisher keine Gelegenheit dazu hatte.« Im flackernden Kerzenlicht war zu sehen, daß ein wehmütiger Blick in ihre Augen getreten war. »Wissen Sie, wir hatten letzte Nacht ein kleines Stelldichein, er und ich. Beinahe, aber nicht ganz.«

Plötzlich paßte alles zusammen. Die Anspannung zwischen den Treadways, die ihm im Transporterraum aufgefallen war. Sein Verdacht, daß in der vergangenen

Nacht irgend etwas vorgefallen sein mußte. Jetzt wußte er, was es war. Und er wußte, warum dadurch ein Keil zwischen die beiden getrieben worden war.

»Captain?«

»Hm?«

»Ihr Mund steht offen«, sagte Jocelyn.

Verlegen schloß der Captain den Mund. »Tschuldigung«, murmelte er.

»Schon gut«, erwiderte sie. »Es ist meine Schuld. Ich hatte nicht erwartet, daß es Sie so sehr überraschen würde.«

Kirk schluckte. Es war nicht richtig. Solche Dinge wollte er nicht von ihr wissen. Von niemandem. Es gab einige Dinge, die nicht für die Öffentlichkeit bestimmt waren.

»Hören Sie«, sagte er, »was immer letzte Nacht vorgefallen ist, geht nur Sie und Pille etwas an. Wenn ich ihn jemals wiedersehe, will ich nicht, daß ...«

»Sie werden ihn nicht wiedersehen«, unterbrach Jocelyn ihn. Sie sprach unerschrocken und ruhig, ohne mit der Wimper zu zucken.

Der Captain runzelte die Stirn. »Warum sind Sie sich dessen so sicher?«

»Sie haben mir keinen Grund gegeben, das Gegenteil anzunehmen«, entgegnete sie.

»Wir werden hier wieder herauskommen!« sagte er mit größerer Überzeugung. »Wir werden es schaffen! Klingt das besser so?«

»Es klingt nach einem besseren Lügner«, antwortete seine Begleiterin. »Obwohl es eine Lüge bleibt. Und wenn Sie ihn niemals wiedersehen ... weder Sie noch ich ... möchte ich gerne ein paar Dinge sagen. Nein, ich *muß* Ihnen einiges sagen.«

Kirk verstand. »Eine Beichte, meinen Sie?«

»Es heißt, so etwas tut der Seele gut«, entgegnete sie.

Er brummte. »Ich bin wahrscheinlich nicht gerade der ideale Beichtvater für Sie.«

Jocelyns Augen leuchteten plötzlich im schwachen Licht auf. »Captain«, sagte sie zu ihm. Ihre Stimme klang ein wenig heiserer als gewöhnlich. »Sie sind im Moment der einzig verfügbare Beichtvater.«

Damit hatte sie zweifellos recht. Er atmete tief durch. »Na gut«, sagte er. »Ich werde zuhören.«

3

»Waren Sie jemals auf einer High-School-Fete?« fragte Jocelyn.

Kirk dachte einen Moment lang nach. »Ja, ich denke schon«, erinnerte er sich. »Obwohl ich mich, um ehrlich zu sein, nicht mehr sehr gut daran erinnern kann. Nur daß es da ein Mädchen namens Cindy Mellon gab und daß sie viel besser als ich tanzen konnte.«

Seine Begleiterin nickte. »Daran erinnert man sich meistens am besten, glaube ich. Mit wem man getanzt hat. Und mit wem man nicht getanzt hat.« Sie überlegte. »Auf dieser besonderen Party – ich war gerade siebzehn geworden, wenn ich mich recht erinnere – habe ich mit dem beliebtesten Jungen der ganzen Stadt getanzt. Dem besten Sportler, dem hübschesten Kerl – einfach in jeder Hinsicht der Beste. Das war natürlich Clay Treadway.«

Der Captain sah sie entgeistert an. »Also haben Sie ihn schon damals gekannt?«

Jocelyn seufzte. »Schuldig im Sinne der Anklage. Wenn ich es mir recht überlege, war er damals eigentlich schon genauso wie heute. Gutaussehend, höflich – und wahnsinnig eifersüchtig. Doch damals hat mir diese Eifersucht nichts ausgemacht. Schließlich bedeutete es, daß ihm etwas an mir lag.«

»Das war vor der Zeit mit Pille?« fragte Kirk.

»Ja«, bestätigte sie. »Aber nicht lange vorher. Clay und ich waren mindestens ein Jahr lang zusammen, würde ich sagen. In gewisser Weise hatten wir uns allerdings schon wesentlich früher gefunden. Wissen Sie, unsere Familien, die Darnells und die Treadways, waren so etwas wie die oberen Zehntausend unserer Stadt, und sie hatten uns praktisch schon verlobt, als wir noch Kinder waren. Fast so wie in alten Gesellschaften, wo die Hochzeiten von den Eltern arrangiert wurden und die unmittelbar Beteiligten keinerlei Einfluß darauf hatten.«

»Klingt ja nett«, bemerkte der Captain.

»Das Komische ist nur, daß es mir irgendwie gefallen hat. Sogar sehr. Das heißt, wenn ich jemandem anderen als Clay versprochen worden wäre, hätte es mir vielleicht überhaupt nicht gepaßt.« Jocelyn lächelte. »Nun ja, ich schwebe also über das Tanzparkett, als dieses andere Mädchen vorbeikommt. Ich habe längst ihren Namen vergessen, aber sie war viel hübscher als ich. Und größer. Und wenn sie einen Jungen anlächelte, mußte er einfach zurücklächeln.«

»Und sie hat Clay angelächelt«, erriet Kirk.

»Darauf können Sie Gift nehmen«, sagte sie. »Und da er nicht wußte, daß ich ihn beobachtete, grinste er wie ein Waschbär, der gerade seine Nase in einen Picknickkorb gesteckt hat. Aber ich habe es gesehen. Und ich kann Ihnen sagen, daß es mir überhaupt nicht in den Kram gepaßt hat.«

»Dann sind Sie von der Tanzfläche gestürmt«, vermutete der Captain.

»Ich war stinksauer«, erklärte sie. »Natürlich ist Clay mir nachgeeilt und hat mir einzureden versucht, ich hätte mir alles nur eingebildet und er hätte nur ganz zufällig gelächelt. Aber ich habe es ihm nicht abgekauft. Ich war rasend. Und wenn damals ein Mitglied der Darnells zu rasen anfing, wußten die Leute, daß man sich davor in acht nehmen mußte.«

»Was haben Sie getan?« fragte Kirk, dessen Neugier nun geweckt worden war.

»Ich bin dorthin gegangen«, erzählte Jocelyn ihm, »wo die Mauerblümchen versammelt waren, unter dem Chronometer. Ich schätze, dort, wo Sie herkommen, gab es ebenfalls Mauerblümchen.«

»Ein paar«, antwortete der Captain. Verdammt, er selbst war früher einmal eins gewesen. Aber das hier war nicht seine Geschichte, also ließ er es dabei bewenden.

»Nun«, sagte Jocelyn, »wir hatten mehr als genug davon. Sogar ein paar ganz nette Jungs, die nur ein wenig schüchtern waren. Auf jeden Fall bin ich hinübermarschiert und habe mir den erstbesten geschnappt.«

»Und das war zufällig Pille?« fragte Kirk.

»Beinahe«, schränkte sie ein. »Eigentlich war er der zweitbeste, nachdem mir der erste in Ohnmacht gefallen war. Und so, wie Ihr Freund mich angestarrt hat, mit aufgerissenen Augen und totenbleich, glaubte ich, daß auch er kurz darauf umkippen würde.«

»Aber er ist auf den Beinen geblieben?«

»Ja«, sagte Jocelyn. »Zum Glück hat er sich wacker gehalten und sich von mir zum Tanzparkett führen lassen. Und vor Clay und allen anderen habe ich mit ihm getanzt. Es war ein langsames Lied, aber das machte nichts. Ich habe allen gezeigt, daß ich unabhängig war – und das war ein verdammt gutes Gefühl!«

»Und Pille?« fragte der Captain.

Sie dachte einen Augenblick lang darüber nach. »Ich glaube, er hat sich dabei auch sehr gut gefühlt.« Nachdem sie noch einen Moment überlegt hatte, sagte sie: »Nein, ich bin mir nicht sicher. Er hat weder gelächelt noch sonst irgendwie auf mich reagiert, weil er wahrscheinlich viel zu sehr damit beschäftigt war, mir nicht auf die Füße zu treten. Aber ich wußte, daß es ihm gefiel, denn als die Musik vorbei war, hat er mich gebeten, mit ihm weiterzutanzen.«

Kirk lächelte, mitgerissen von den unschuldigen und zaghaften Gefühlen, von denen die Geschichte durchdrungen war. »Sagen Sie mir nicht, Sie hätten abgelehnt!« flehte er sie an.

Jocelyn schüttelte den Kopf. »Ich habe ja gesagt. Aber nicht, weil ich Clay eifersüchtig machen wollte, obwohl das ganz zu Anfang natürlich meine eigentliche Absicht gewesen war. Es war wegen Leonards Gesichtsausdruck. Er war so süß, voller Vertrauen und Hoffnung. Und natürlich seine Augenfarbe. Sogar heute würde ich sagen, daß ich noch nie schönere blaue Augen gesehen habe.«

»Und Clay«, warf der Captain ein, »wurde zweifellos von Minute zu Minute wütender.«

»Von Sekunde zu Sekunde«, korrigierte sie ihn. »Er hat versucht, es sich nicht anmerken zu lassen und so zu wirken, als wäre es ihm gleichgültig, daß ich mit jemand anderem tanzte – und dazu auch noch mit einem Mauerblümchen. Aber ich hätte schwören können, daß ich sah, wie ihm der Dampf aus den Ohren quoll.

Jedenfalls habe ich meinen Tanzpartner dann nach seinem Namen gefragt, und er sagte mir, er sei Leonard McCoy. Er und seine Familie seien neu in der Stadt, so daß ich vermutlich noch nichts von ihm gehört hätte. Und so war es auch. Andererseits kannte er sehr wohl meinen Namen. Er hat mir sogar gestanden, daß ich ihm in der Schule aufgefallen war. Aber er habe niemals damit gerechnet, daß er einmal mit mir tanzen würde – und erst recht nicht, dazu *aufgefordert* zu werden.«

Kirk glaubte zu wissen, was als nächstes kam. Ein langer Spaziergang im Schatten der Pfirsichbäume, Geständnisse des Herzens, eine Idylle im Mondschein. Doch er lag voll daneben.

»Das war der Augenblick, als Clay ihn herumwirbelte, mit der Faust ausholte und ihm einen Schlag mitten auf die Nase verpaßte«, sagte Jocelyn. Ihre Stirn legte sich bei dieser Erinnerung in Falten. »Ich weiß nicht, wer mehr darüber schockiert war, Leonard oder ich. Ich erinnere mich nur, daß Clay meine Hand packte und mich wegzerrte, während er etwas murmelte, ich müsse wieder zu Verstand kommen. Ich versuchte mich zu befreien, aber Clay war stark, und er hatte wirklich genug von meinen Eskapaden. Ich bin mir sicher, daß er mich losgelassen hätte, wenn ich geschrien hätte, aber ich wollte keine Szene machen, von der meine Eltern unweigerlich erfahren würden.«

Der Captain schüttelte den Kopf. »Aber wie sind Sie und Pille dann ...?«

»Dazu komme ich gleich«, versprach seine Begleiterin. »Ich wurde also wie eine Steinzeitfrau davongezerrt. Und Clay war wütend über die Bestrafung, die er seiner Meinung nach gar nicht verdient hatte. In unserer gegenseitigen Wut haben wir beide völlig den Jungen vergessen, mit dem ich getanzt hatte. Doch Leonard hatte *uns* nicht vergessen.

Es gab ein Geräusch, als würde ein Ast während eines Sturms abbrechen, und plötzlich saß Clay auf seinem Hosenboden und hielt sich die Hand vor den Mund. Und mein Tanzpartner stand über ihm, mit funkensprühenden Augen, mit blutender Nase und blutenden Händen, dazu bereit, sich auf meinen Gegner zu stürzen. *Meinen* Gegner, nicht seinen. Leonard schien überhaupt nicht zu bemerken, daß seine Nase wie eine große rote Kirschblüte anschwoll. Er sah nur noch, daß jemand seiner Angebeteten etwas angetan hatte. Er war wie ein edler Ritter, der gekommen war, um meine Ehre zu verteidigen.«

Kirk erinnerte sich unwillkürlich an den Vergnügungsplaneten im Sektor Omikron Drei und an den Schwarzen Ritter, dem McCoy dort begegnet war. Er erschauderte bei der Vorstellung, wie der Doktor auf dem Rasen lag, nachdem der Schwarze Ritter ihn mit einem augenscheinlich tödlichen Hieb seiner Lanze niedergestreckt hatte.

»Ich weiß«, sagte Jocelyn, die seine Reaktion fälschlicherweise auf ihre Geschichte bezog. »Ich weiß. Auch ich erschaudere, wenn ich daran zurückdenke.« Sie atmete tief durch. »Vermutlich ist Ihnen klar, daß mich diese Szene außerordentlich fasziniert hat. Wenn man eine junge Frau ist und zwei Männer um einen kämpfen, wie es Leonard und Clay taten, ist das wahrscheinlich die größte denkbare Genugtuung für das Selbstbewußtsein. Außerdem hatte Clay nach seinem Benehmen einen Denkzettel verdient.«

Der Captain blickte sie an. »Sie meinen, Sie haben zugelassen, daß die beiden übereinander herfielen?«

Sie riß die Augen auf. »Sind Sie verrückt? Natürlich nicht. Clay hätte ihn umgebracht. Also bin ich schnell dazwischengegangen und habe deutlich gemacht, daß ich mich nicht von der Stelle rühren würde, bis beide sich an entgegengesetzte Enden des Saals zurückgezogen hätten.«

»Ein kluger Schachzug«, bemerkte Kirk.

»Das dachte ich auch. Außerdem standen wir nun im Zentrum der Aufmerksamkeit, so daß mir einige andere dabei halfen, die Kampfhähne auseinanderzuhalten. Clay und Leonard zogen sich zurück, um sich die Wunden zu lecken, obwohl sie sich weiterhin wütende Blicke zuwarfen. Beziehungsweise mir Blicke zuwarfen, um zu sehen, was ich als nächstes tun würde.

Erst dann wurde mir klar, daß ich eine Entscheidung treffen mußte und zwar eine sehr schwerwiegende. Sollte ich, wie erwartet, mit Clay nach Hause gehen, da er immerhin derjenige gewesen war, der mit mir zum Tanz gegangen war? Oder sollte ich den Klatschmäulern jede Menge neue Nahrung geben und den Arm eines verschüchterten Jungen nehmen, der meine Ehre unter Gefahr für Leib und Leben verteidigt hatte?«

»Ich wette, Sie haben sich für die zweite Alternative entschieden«, sagte der Captain.

»Die Wette haben Sie gewonnen«, bestätigte Jocelyn. »Ich ging mit Leonard nach Hause, zu Clays größter Bestürzung – und zum Kummer nicht nur der Treadways, sondern auch der Darnells.«

»Ihre Familie mochte McCoy nicht?« fragte der Captain.

Jocelyn schüttelte den Kopf. »Überhaupt nicht. Sie müssen sich dazu vorstellen, wie die Dinge damals lagen. Als ich noch ein Mädchen war, hatte sich in mancherlei Hinsicht in den Südstaaten seit dem Bürgerkrieg kaum etwas geändert. In Städten wie der unseren gab es immer noch so etwas wie eine Aristokratie, die Kaste der Alteingesessenen, die schon seit Ewigkeiten dort lebten und sich etwas darauf einbildeten. Und diese Leute sahen es natürlich lieber, wenn ihre Kinder sich mit den Kindern ihrer Freunde verheirateten, wie es schon immer gehalten worden war, und, solange die Erde nicht einer außerirdischen Invasion zum Opfer fiele, auch weiterhin gehalten würde.«

»Eine geschlossene Gesellschaft«, meinte Kirk dazu. »Ich habe etwas Ähnliches oft auf anderen Welten erlebt. Ich wußte bisher nicht, daß es auch auf der Erde noch so etwas gibt.«

Seine Begleiterin brummte. »Nicht mehr viele«, sagte sie, »aber es gibt sie noch. Eine Familie wie die McCoys konnte noch so nett und umgänglich sein – was sie auch war –, aber für die Darnells oder die Treadways oder andere aus denselben gesellschaftlichen Kreisen war sie niemals gut genug. Sie waren Außenseiter, von geringerer Herkunft. Und ich ging mit einem von diesen Leuten. Das paßte meinen Eltern und einer Reihe anderer Leute überhaupt nicht in den Kram.

Doch davon ließ ich mich nicht zurückhalten. Ich glaube sogar, daß es mich in gewisser Weise anspornte. Ich traf mich immer wieder mit Leonard. Obwohl Clay natürlich ständig versuchte, mich umzustimmen. Er wollte einfach nicht aufgeben, und ich denke, irgendwie fühlte ich mich dadurch geschmeichelt. Aber ich habe ihm niemals Hoffnungen gemacht. Ich war Leonard McCoys Freundin und damit basta.

Genauso ging es auf der High-School weiter. Dann

kam das College. Inzwischen hatte Leonard beschlossen, daß er in die Fußstapfen seines Vaters treten und Arzt werden wollte. Seine Zensuren waren dazu weiß Gott gut genug. Er war der intelligenteste junge Mann, den ich kannte. Die einzige Frage war nur, ob er weit fortgehen oder in der Nähe bleiben würde.

Dr. McCoy – sein Vater, meine ich – riet ihm fortzugehen. Er sagte, bei seinem Talent für die Medizin könnte Leonard sich jede Universität auf der Erde aussuchen. Ich habe ihn überhaupt nicht zu beeinflussen versucht. Mein Verstand sagte mir, daß sein Vater vermutlich recht hatte. Aber in meinem Herzen befürchtete ich, daß er eine andere finden könnte, wenn er wegging, so daß er nie wieder zurückkommen würde.«

»Aber er ist nicht weggegangen«, stellte der Captain fest. »Er blieb in der Nähe.«

»Richtig. Und zwar meinetwegen. Weil er die gleichen Befürchtungen hatte – wenn auch nicht, daß er derjenige sein würde, der das Interesse verlieren könnte. Er befürchtete, daß ich irgendwann wieder Clays Charme verfallen könnte, wenn er mich allein ließ.«

Jocelyn schwieg eine Weile, während sie in Gedanken versunken war, die offenbar selbst für eine Beichte zu persönlich waren. Dann holte sie tief Luft und sprach weiter.

»Komisch«, sagte sie. »Im nachhinein betrachtet, hätte er eigentlich genausogut fortgehen können. Er hat so intensiv studiert, daß ich ihn nur selten zu Gesicht bekam. Es gab Nächte, in denen ich zur Bibliothek gehen und ihn buchstäblich herauszerren mußte, nur um ihm etwas Eßbares zwischen die Zähne zu stopfen.« Sie schwieg kurz. »Ich war auch auf dem College, aber ich habe das Studium nicht so verbissen gesehen wie er. Ich kann mich nicht einmal mehr erinnern, was ich eigentlich studiert habe, nur daß es ein Fach war, in dem man ohne große Probleme einen Abschluß bekam. Damals wollte ich gar nicht mehr sein als die Frau eines wunderbaren Mannes, und das war etwas, was man auf der Schule nicht lernen konnte.

Als ich ihn eines Nachts aus der Bibliothek holen wollte, saß er nicht an seinem Stammplatz. Ich habe überall nach ihm gesucht, ich habe jeden gefragt, der ihn kannte, und sogar zu Hause bei seinen Eltern angerufen. Aber nirgendwo eine Spur von Leonard. Verwirrt und ziemlich besorgt ging ich irgendwann nach Hause. Und als ich die Stufen vor dem Haus hinaufging, wäre ich im Dunkeln fast über ihn gestolpert.« Ihre Augen leuchteten rührselig auf. »Der Narr war früher gegangen, um einen Verlobungsring für mich zu besorgen«, erklärte sie. »Als meine Eltern ihm sagten, ich sei nicht da, beschloß er, auf mich zu warten, und das war nun schon einige Stunden her.«

Jocelyn blieb eine Weile stumm. Kirk respektierte es und unternahm nichts, um das Schweigen zu brechen.

»Ich habe seinen Antrag angenommen«, schloß sie dann. »Wie Sie sich denken können. Und ein paar Monate später waren wir verheiratet.«

Cor Lakandir war an einer dichtbesiedelten Küste aufgewachsen, wo die Sonne ständig brannte und die Hauptbeschäftigung eines Jungen darin bestand, von Schatten zu Schatten zu springen. Er war nicht an Orte wie diesen gewöhnt, wo es kalt war und der Wind einem mit eisiger Faust ins Gesicht schlug.

Natürlich hatten die nördlichen Berge auch ihre Vorteile. Hier gab es die weiten, blau-weißen Landschaften, von denen Cor vor ein paar Jahren nur hatte träumen können. Und der kalte Wind wehte auch durch den Geist, so daß dort eine Klarheit herrschte, die seinem Assassinentemperament zugute kam.

»Andrachis irrt sich«, sagte Cors Freund und Kollege auf dem Wachtposten, ein Jugendlicher namens Marn

Silariot. »Die Gefangenen sollten genauso wie unsere anderen Feinde getötet werden.«

Cor zuckte die Schultern. »Der Höchste Assassine vertritt die Tradition. Und die Tradition diktiert, daß wir den Außenweltlern erlauben, am Leben zu bleiben.«

Marn gab ein angewidertes Schnauben von sich. »Andrachis und seine Freunde leben immer noch in der Zeit der Kriege. Sie glauben, die Föderation zu kennen, aber ihre Kenntnisse sind vierzig Jahre alt. Wer weiß, wie sich die Außenweltler während dieses Zeitraumes verändert haben?«

»Ich habe mir die gleiche Frage gestellt«, gab Cor zu. »Natürlich nicht in der Öffentlichkeit. Und ich habe noch keine zufriedenstellende Antwort darauf gefunden.« Er überblickte das Felsplateau, das sich kilometerweit vor dem Eingang zu ihrem Versteck erstreckte. »Andererseits deutet ihr Verhalten während der Begegnung darauf hin, daß die Einschätzung des Meisters richtig ist. Sogar als einer von ihnen getötet wurde, haben sie sich nicht mit Gewalt gegen uns gewehrt. Ihre Waffen haben uns lediglich betäubt.«

»Es wäre möglich, daß ihre Waffen gar nicht in der Lage sind, schwereren Schaden anzurichten«, überlegte Marn. »Oder vielleicht hatten sie keine Zeit, sie auf tödliche Wirkung einzustellen.«

Cor brummte. »Auch das würde tief blicken lassen. Wenn sie Waffen mitbringen, mit denen sie ihre Feinde nur betäuben können! Oder wenn ihre Waffen töten können, warum sie dann nicht von Anfang an auf tödliche Wirkung eingestellt sind.« Er schüttelte den Kopf. »In dieser Hinsicht hatte Andrachis wohl recht.«

Der andere Ssana lächelte. »In *dieser* Hinsicht?« wiederholte er.

Cor nickte. »Vielleicht nur in dieser Hinsicht.« Er drehte sich zu seinem Gefährten um. »Seit wann töten Assassinen nur die Starken? Oder solche, die sich mit tödlicher Gewalt verteidigen? Wir töten, weil das unsere Natur ist, weil es unsere Lebensaufgabe ist.«

»Dann bist du auch der Meinung, daß die Gefangenen sterben sollten?« fragte Marn. »Obwohl der Höchste Assassine das Gegenteil angeordnet hat?«

Der Wind wehte vom Berg herab und brachte körnigen Schnee mit, der wie winzige Juwelensplitter im Sonnenschein glitzerte. Cor spürte, daß ihm der Schnee wie tausend winzige Messer ins Gesicht stach.

In der Ferne erschienen zwei schwarze, V-förmige Vögel am Himmel. *Uterra,* dachte er, *die nach ihrer heutigen Beute suchen.*

Cor runzelte die Stirn. »Ja«, sagte er schließlich. »Ich meine auch, daß sie sterben sollten.«

Marn klopfte ihm auf die Schulter. »Das dachte ich mir. Was werden wir also tun? Am Feuer sitzen und uns außer Atem reden oder unserer Überzeugung entsprechend handeln?«

Das war eine gute Frage. Cor wußte, in welche Richtung dieses Gespräch führen würde. Doch war er bereit, diesen Schritt zu unternehmen? Sich gegen Andrachis zu stellen und dafür verantwortlich zu sein, daß ihre Gruppe gespalten wurde? Und daß eine beträchtliche Menge Blut vergossen wurde?

Andererseits mußte er sich fragen, ob er untätig zusehen konnte, wie der Höchste Assassine sie auf den Weg der Schwäche führte. War es nicht sogar ihre Pflicht, Andrachis die Führerschaft zu entreißen und die Bewegung wieder auf den Weg der Kraft und des Mutes zurückzuführen?

Seitdem Cor als einer der ersten in diese Berge gekommen war, war seine Treue zum Meister unerschütterlich gewesen. Doch die Zeiten hatten sich geändert. Er war erwachsen geworden – als Assassine und als Ssana.

»Nun?« Marn suchte in Cors Augen nach einer Antwort.

Cor blieb sie ihm nicht schuldig. »Wir handeln«, sagte er.

Als wollte er seinen Kommentar dazu abgeben, pfiff der Wind den Berghang hinunter. Doch ob er mit seiner Entscheidung einverstanden war oder nicht, konnte Cor nicht sagen.

»Es gefiel mir, mit Leonard McCoy verheiratet zu sein«, sagte Jocelyn. »Und es gefiel mir sogar noch besser, als Joanna da war. Natürlich waren wir damals erst einundzwanzig. Wir hatten sie nicht eingeplant und keine Ahnung, was es bedeutet, Eltern zu sein. Aber irgendwie haben wir es im Laufe der Zeit gelernt.«

Einen Moment lang dachte Kirk an seinen eigenen Sohn, der auf dem Genesis-Planeten den Klingonen zum Opfer gefallen war. Er wünschte sich, er hätte David großziehen können, um zu erleben, wie er sich entwickelte. Doch diese Chance war unwiderruflich verloren, und so sehr er es bereute, keine Macht konnte ihm dies alles zurückgeben.

Ohne etwas von den Grübeleien des Captains zu ahnen, fuhr seine Begleiterin fort. »Das war die glücklichste Zeit meines Lebens«, gestand sie. »Wir drei waren eine eigene kleine Welt, die völlig von alltäglichen Realitäten isoliert war. Was bedeutete schon eine einschneidende Veränderung in der Weltpolitik, wenn Joanna sich gerade das erste Mal auf den Bauch gerollt hatte? Was kümmerte uns der Erstkontakt mit irgendeiner Alien-Rasse, wenn unsere Tochter gerade ihren ersten Zahn bekam?«

Jocelyn lehnte sich gegen die Höhlenwand und lächelte wehmütig. »Die glücklichste Zeit«, wiederholte sie. »Nur schade, daß sie nicht sehr lange andauerte. Zwei, vielleicht drei Jahre. Dann vertiefte Leonard sich wieder in sein Studium. Er sagte, es würde immer schwieriger, mit dem Lehrplan mitzuhalten. Sie nahmen Exophysiologie und Exoimmunologie durch, Exodies und Exo-das. Es klang alles sehr exotisch und schwierig. Mir war klar, daß es schwere Arbeit war, das alles zu verstehen.

Doch das war kein großer Trost, wenn Joanna und ich uns gegenseitig über den Essenstisch anblickten und uns fragten, wann Leonard an diesem Abend nach Hause kommen würde. Allerdings wurde sie damit wesentlich besser fertig als ich. Wenn ihr Vater schließlich zur Tür hereingetaumelt kam, freute sie sich mehr über ihn, als wenn er den ganzen Tag lang zu Hause gewesen wäre. Abwesenheit macht das Herz nachsichtiger, sagt man. In meinem Fall jedoch machte es das Herz kälter.«

»So etwas geschieht gar nicht so selten«, stellte Kirk fest. »Ich habe miterlebt, wie etliche Beziehungen in die Brüche gingen, weil einer oder auch beide Partner sich nicht von ihrer Arbeit losreißen konnten.« Er schwieg einen Moment. »Ich hatte auch eine solche Beziehung.«

Nur daß er und Carol zu guter Letzt ihre Karrieren aufgegeben hatten, um Zeit füreinander zu haben. Hatte das Schicksal es ihnen erlaubt, nur um es Kirk in der letzten Minute zu vereiteln? Konnte das Schicksal so grausam sein?

»Dann können Sie sich vielleicht vorstellen, wie es war«, sagte Jocelyn. »Die Einsamkeit. Das Gefühl, daß man ein Kind ganz allein großziehen muß. Der Zorn, wenn man endlich ein wenig Zeit füreinander gefunden hat und er dann nur über seine Arbeit reden will und über all das Gute, das er nach dem Medizinstudium tun will. Nicht über die Ferien, die er mit seiner Familie verbringen wird, oder die Abende allein mit seiner Frau, sondern nur über die geplante Karriere.« Sie seufzte. »Zum Glück hatte ich die kleine Joanna, die mir Gesellschaft leistete. Sie hielt mich davon ab zu erkennen, wie schlecht es mir eigentlich ging.«

Jocelyn wirkte, als würde sie einen Kampf mit sich selbst ausfechten. »Dann erschien Clay wieder auf der

Bildfläche«, sagte sie schließlich. »Er war eine Zeitlang aus der Stadt fortgezogen, um irgendein schickes College im Norden zu besuchen. Nicht daß ihm viel daran lag, etwas zu lernen, aber die Treadways sind schon seit mehreren Generationen auf diese Universität gegangen, und er wollte nicht der erste sein, der mit dieser Tradition bricht.

Jedenfalls hatte ich ihn seit meinem Hochzeitstag nicht mehr gesehen. Doch eines Tages machte ich mit Joanna einen Spaziergang im Park. Wir wollten die Enten füttern, und sie hatte eine kleine Tüte mit altem, hartem Brot dabei, das sie sich zu diesem Zweck aufgehoben hatte. Doch als wir an den Tennisplätzen vorbeikamen, glitt ihr die Tüte aus der Hand, und das Brot fiel auf den Rasen.

Bevor wir reagieren konnten, war ein Schwarm Tauben aufgetaucht und stürzte sich auf den Rasen, um Joannas Brot zu vertilgen. Sie heulte mit aller Kraft los, und ich wußte nicht, ob ich zuerst die Tauben verscheuchen, meine Tochter trösten oder mir die Haare raufen sollte. Genauso schnell, wie sie gekommen waren, machten sich die Vögel plötzlich wieder aus dem Staub. Und als ich mich umdrehte, um zu sehen, wer oder was ihnen Angst gemacht hatte, stand ein gutaussehender Mann in weißem Tennisdress mit dem Schläger in der Hand da.«

Es war nicht besonders schwierig zu erraten, bei wem es sich um Jocelyns Retter handeln könnte. »Clay«, sagte Kirk nur.

»Clay«, bestätigte die Frau. »In voller Lebensgröße. Er lächelte mich an, dann Joanna und schließlich wieder mich. Er kniete sich auf den Rasen, während sein Tennispartner ziemlich ungeduldig wartete, und half uns, das Brot aufzulesen, das die Tauben übriggelassen hatten.«

»Nett von ihm«, bemerkte der Captain.

»Sehr nett«, stimmte Jocelyn zu. »Er fragte mich, wie

es Leonard und mir ginge, und ich sagte, es ginge uns ausgezeichnet. Doch Clay kannte mich zu gut, um die Unzufriedenheit in meiner Stimme zu überhören. Er war mir viel zu ähnlich, um mir abzukaufen, ich wäre damit zufrieden, den ganzen Tag lang zu Hause herumzusitzen, während mein Mann in irgendeiner Bibliothek medizinische Texte büffelte.

Nach außen hin ging Clay jedoch mit keinem Wort darauf ein. Er legte nur Joanna eine Hand auf die Schulter, sagte mir, es sei schön, mich wiederzusehen, und kehrte zu seinem Tennisspiel zurück. Er verhielt sich in jeder Beziehung wie der perfekte Gentleman.«

Kirk war leicht unwohl in der Magengegend. Aber er ließ seine Begleiterin ohne Unterbrechung weiterreden.

»Es war gut, Clay nach all den Jahren wiederzusehen. Wie ein frischer Luftzug für jemanden, der zu lange die Fenster verschlossen gehalten hatte. Ich hatte fast ein schlechtes Gewissen, weil ich so über ihn dachte. Meine Schuldgefühle waren sogar so groß, daß ich Leonard an diesem Abend als erstes von meiner Begegnung mit Clay erzählte. Aber er schien mir gar nicht richtig zuzuhören. In Gedanken war er wohl auf einem anderen Planeten und führte gerade eine schwierige Blinddarmoperation an einer fremden, intelligenten Lebensform durch. Auf jeden Fall war er nicht bei mir in der Küche.

Ein paar Tage später rief Clay mich an. Er wollte wissen, ob ich Zeit hätte, mit ihm Tennis zu spielen. Natürlich sagte ich nein. Meine Eltern waren nicht in der Stadt, und ich hatte niemanden, der auf Joanna aufpassen könnte. Er sah es ein und fragte, ob er es ein andermal wieder versuchen sollte.

Dann vergingen jedoch Wochen, ohne daß er anrief. Ich begann mir schon zu wünschen, ich hätte irgendeine Möglichkeit gefunden, seine erste Einladung anzunehmen. Schließlich würde es bestimmt mehr Spaß machen, als mit einer Fünfjährigen Karten zu spielen.

Oder meinem Mann zuzuhören, wie er mir irgendwelches medizinisches Blabla ins Ohr flüstert – statt kleiner Nettigkeiten.

Als der Sommer dann beinahe vorbei war, versuchte Clay es erneut. Und diesmal war ich bereit. Ich packte meinen Tennisschläger ein, brachte Joanna zum Haus meiner Eltern und machte mich dann sofort auf den Weg zum Park. Als ich die Tennisplätze erreichte, wartete Clay bereits auf mich, ein großer, braungebrannter Mann, der mich mit makellosen Zähnen anstrahlte. Ich fühlte mich plötzlich wieder so jung, als wären wir Kinder, die gerade die Schule schwänzten.«

Kirks unangenehmes Gefühl wurde immer stärker, doch er schaffte es, den Mund zu halten, damit Jocelyn weitererzählen konnte.

»Ich habe keinen Beweis, daß er mich an diesem Tag hat gewinnen lassen, aber ich bin mir trotzdem ziemlich sicher. Schließlich hatte ich schon seit mehreren Jahren nicht mehr gespielt, und das war außerdem mit Leonard gewesen, der nicht viel von Sport hält. Jedenfalls gewann ich zwei von drei Sätzen, und das war ein großartiges Gefühl. Nicht nur zu gewinnen, sondern zu schwitzen, die Sonne auf meiner Haut zu spüren und einmal jemanden zu haben, der mir Aufmerksamkeit schenkt.

Clay wollte mich zu einem späten Mittagessen einladen, um zu zeigen, daß er kein schlechter Verlierer war, aber ich dachte nicht, daß das eine gute Idee wäre. Man könnte uns sehen und darüber reden, und das wollte ich auf keinen Fall. Also habe ich ihn nur gebeten, mich nach Hause zu bringen, wenn es ihm nichts ausmachen würde. Natürlich machte es ihm nichts aus.

Es war ein komisches Gefühl, als Clay mich zur Tür brachte. Fast so wie damals auf der High-School. Aber wir waren keine Kinder mehr. Es kam mir falsch vor, ihn einfach so wegzuschicken, ohne wenigstens ein Glas Eistee. Außerdem war ich nach der Gesellschaft eines Erwachsenen geradezu ausgehungert. Ich wollte nicht, daß der Nachmittag schon zu Ende war. Also bat ich ihn herein.«

Kirk wand sich. Er konnte sehen, wohin die Geschichte führte, und davon wollte er nichts hören. Aber er hatte keine Wahl. Er saß jetzt mit im Boot.

»Während der vergangenen vierzig Jahre habe ich mich zu erinnern versucht, wer den ersten Schritt getan hat«, sagte Jocelyn. »Wer den Anfang zu dem, was dann folgte, gemacht hat. Aber es gelingt mir einfach nicht. Vielleicht spielt es auch gar keine Rolle. Jedenfalls endete Clays Besuch nicht mit einem Glas Eistee. Alles kam ganz anders. Ich habe es nicht geplant, oder zumindest glaube ich es nicht. Aber es ist trotzdem passiert, Gott steh mir bei. Es ist trotzdem passiert.«

Kirks Bauchmuskeln zogen sich krampfhaft zusammen. Es kam ihm beinahe vor, als wäre er und nicht Pille betrogen worden. Doch da war noch etwas anderes. Er konnte es in ihren Augen erkennen, als der Kerzenschein es ans Licht brachte.

»Unglücklicherweise war es an diesem Nachmittag«, fuhr sie fort, »daß Leonard beschloß, früher nach Hause zu kommen und mich mit einem Blumenstrauß zu überraschen. Und er hat mich wirklich überrascht.« Sie legte eine Hand auf den Mund, als sie die Erinnerung noch einmal durchlebte. »Uns beide. Nein – sagen wir lieber: uns alle drei.«

McCoy blickte zu Clay und Spock auf, die sich über ihm die Seile hinunterarbeiteten und gefrorene Atemwölkchen ausstießen. Der Abstieg ging langsamer vonstatten, als sie gehofft hatten. Die drei waren immer noch ein ziemliches Stück von ihrem Ziel entfernt, und der Tag neigte sich bereits dem Ende zu.

Ganz gleich, was geschah, sie durften es nicht wagen, die Nacht hier zu verbringen. Es wäre zu schwierig, einen sicheren Halt im Felsen zu finden, und zu kalt, um sich noch mit ausreichender Geschicklichkeit bewegen zu können. Sie durften auch keine künstliche Lichtquelle benutzen, da sie mit größter Wahrscheinlichkeit von den unvermeidlichen Wachtposten am Fuß des Abhangs gesehen würde.

Die Überlegungen des Doktors wurden durch einen dunklen Schatten in seinem Augenwinkel gestört. Etwas Großes und Ledriges flatterte im Wind. Als er sich umdrehte, sah er plötzlich einen langen, offenen Schnabel und mehrere Staffeln von Reißzähnen, bis das Ding im nächsten Augenblick über ihm war.

Ein Uterra, dachte er. Das geflügelte Raubtier der nördlichen Berge mit dem Pterodaktylus-Kopf. Bis jetzt hatte er diese Tiere nur aus der Ferne gesehen, und er wünschte sich, daß es dabei geblieben wäre.

Er holte aus und versetzte dem Flieger mit der Faust einen Schlag gegen den Kopf. Das Tier schrie so laut auf, daß McCoy glaubte, seine Trommelfelle würden platzen, aber es gab nicht auf. Bevor er sein Gleichgewicht für einen zweiten Schlag wiedergewinnen konnte, hatte es seine Krallen in den dicken Stoff seiner Jacke gesenkt.

Das Tier zerrte an ihm und versuchte ihn vom Felsabhang fortzuziehen. Es war groß, genauso groß wie er, mit einer Flügelspannweite, die seiner doppelten Körpergröße entsprach. Außerdem war der Uterra stark, während der Doktor nur an einem einzigen Haken hing, der ihn davor bewahrte, in die Tiefe zu stürzen.

Von weiter oben kam der schrille Schrei des zweiten Tieres, das einen seiner Gefährten angriff. Leider hatte McCoy selbst alle Hände voll zu tun, so daß er keinerlei Hilfe leisten konnte. Ihm wurde schlecht vom stinkenden Atem des Geschöpfes, der nach rohem Fleisch roch, als es den Schnabel weit aufriß.

4

McCoy schlug nach dem gierigen Schnabel des Uterra und klammerte sich verzweifelt an das Seil in seinen Thermohandschuhen. Das Ding kreischte und griff aus einem anderen Winkel an. Der Doktor schlug wieder zu, um sich ein oder zwei Sekunden lang Luft zu machen.

Diesen Augenblick nutzte er, um nachzusehen, wie es den anderen erging. Ein Stück weiter oben hing Clay mit einer Hand am Seil und suchte mit der anderen in seiner Jacke nach dem Starfleet-Phaser. Doch er wirkte längst nicht so beunruhigt wie McCoy.

Natürlich nicht, dachte der Doktor. Der Mann hatte überhaupt keinen Grund, sich zu beeilen. Was bedeutete es für Clay Treadway, wenn McCoy einem geflügelten Raubtier zum Opfer fiel? Dadurch würde sein Leben wesentlich einfacher werden.

»Verschwinde, du Mistvieh!« brüllte er dem Raubtier zu. »Such dir gefälligst jemand anderen zum Abendessen!«

Doch das Geschöpf hörte nicht auf ihn. Gierig klammerte es sich an ihm fest und riß die äußerste Schicht seiner Schlechtwetterkleidung in Fetzen. Und seine Versuche, ihm einen betäubenden Schlag zu versetzen, schien das Tier nicht einmal zu bemerken.

Schließlich hatte es erreicht, was es die ganze Zeit beabsichtigt hatte, nämlich einen festen Griff im Stoff seiner Jacke zu finden. Es flatterte heftig mit den riesigen fledermausgleichen Flügeln und versuchte ihn von der glatten Felsoberfläche fortzuzerren.

Doch McCoy wollte nicht loslassen. Er wollte nicht aus schwindelerregender Höhe fallen gelassen werden, wie es eine Möwe mit einer großen Muschel tat, damit eine Bestie von Ssan in aller Ruhe seine Knochen sauberpicken konnte. Doch er konnte sich auch nicht bis in alle Ewigkeit mit nur einer Hand festhalten. Sie begann sich bereits zu verkrampfen und die Kraft zu verlieren …

Urplötzlich blitzte ein schmaler, hellroter Strahl auf, der den Uterra mit der Wucht eines Vorschlaghammers traf. Das Flugtier bäumte sich unter dem Treffer auf und ließ die Luft unter der Gewalt seines Schreis erzittern. Doch das wichtigste war, daß der Doktor jetzt wieder frei war.

Während McCoy erleichtert das Seil um sein Bein schlang, blickte er auf und sah, daß Clay endlich seinen Phaser gefunden hatte und damit den Uterra verfolgte. Doch das Tier war zu schnell und zu unberechenbar in seinen Flugbewegungen, so daß der Diplomat sich nicht darauf einstellen konnte.

Ohne Warnung drehte das Ding nach rechts ab und stürzte sich direkt auf Clay, so daß er flach gegen den Felsen geworfen und sein Phaser davongeschleudert wurde. Er versuchte noch einmal, danach zu greifen, aber es war schon zu spät. Und während er benommen dahing, kam das Tier ein zweites Mal.

Mit einem Schmerzensschrei prallte der Diplomat gegen die Felsoberfläche und verlor unter dem Ansturm des Uterra den Halt am Seil. Und bevor McCoy sich versah, sauste Clay an ihm vorbei in den Tod.

Der Doktor dachte nicht mehr nach. Er streckte nur seinen Arm aus und packte zu. Und wie es das Glück wollte, schlossen sich seine behandschuhten Finger um das Handgelenk des Mannes.

Leider war Clay ein sehr großer Mann, schwerer als die meisten, und McCoy hatte niemals den Drang verspürt, seine Muskeln zu trainieren. Das plötzliche Gewicht des Diplomaten riß dem Doktor beinahe den Arm aus der Schulter.

»Mein Gott!« stöhnte McCoy, als er Qualen erlebte, die schlimmer als alles waren, was ihm auf Rura Penthe zugestoßen war. Sein Bizeps schrie vor Schmerzen, als würde er jeden Augenblick zerreißen. Er biß die Zähne zusammen, schloß die Augen und sah rote Blitze über die Innenseiten seiner Lider zucken.

Für einen Moment glaubte er, das Bewußtsein zu verlieren. Er hörte seinen Pulsschlag wie einen dröhnenden Hammerschlag in den Ohren, spürte eine eisige Welle, die sein Bewußtsein ersticken wollte. Doch trotz allem hielt er fest.

»Lassen Sie nicht los!« brüllte Clay. »Verdammt, McCoy, wagen Sie ja nicht, jetzt loszulassen!«

Seine Stimme schien aus weiter Ferne zu kommen, die jenseits des engen Universums lag, in dem der Doktor sich gegen unerträgliche Qualen aufbäumte. McCoy war in großer Versuchung, seine Last freizugeben und die Tortur zu beenden, aber das konnte er nicht tun. Er konnte keinen Menschen sterben lassen, ganz gleich, wer er war, solange es in seiner Macht stand, es zu verhindern. »So gerne ich es tun würde«, stieß McCoy zwischen zusammengebissenen Zähnen hervor. »Ich werde Sie nicht loslassen, Clay. Seien Sie unbesorgt.«

Doch die Panik in Treadways Augen verringerte sich um keinen Deut.

Und dann begann sich sein Griff zu lockern. Nicht die Hand, mit der er Clay hielt, sondern die andere, die sich um das Seil klammerte, an dem sie beide hingen. Fluchend versuchte der Doktor nachzufassen, aber es war zwecklos. Langsam, aber unaufhaltsam rutschten sie den Abhang hinunter, während das Körpergewicht des Diplomaten sie immer tiefer in den Tod zerrte.

»Halt dich fest!« knurrte McCoy. »Verdammt noch mal, halt dich fest!«

Doch wie sehr er sich auch anstrengte, das Seil glitt

weiter durch seine Finger. Noch wenige Meter, und dann war es zu Ende. Und danach… das grausame und entsetzliche Verderben.

Falls der Doktor sich nicht von überschüssigem Gewicht befreite. War das nicht eine völlig vernünftige Überlegung? Wenn er Clay losließ, könnte er sich selbst retten. Warum sollten sie beide sterben, wenn einer von ihnen überleben konnte?

Doch es gab Zeiten, in denen zwei minus eins nicht unbedingt eins ergaben. Es blieb etwas weniger übrig – ein Bruchteil, der nicht mit sich selbst leben konnte, nicht nach dem Eid, den McCoy vor vielen Jahren geleistet hatte. Er würde eher sterben, dachte er, als sich mit simpler Arithmetik aus der Affäre zu ziehen. Er würde auf keinen Fall loslassen.

Nicht einmal, als das Seil weiter durch seine Finger glitt. Nicht einmal, als er das Gefühl hatte, seine Schulter, an der Clay hing, würde ausgerenkt, was ihm Todesqualen bereitete. Nicht einmal, als er den Tod willkommen hieß, als Erleichterung von seinen unsäglichen Schmerzen.

Unter ihm war das Gesicht des Diplomaten zu einer Fratze der Angst verzerrt. Er ahnte offenbar, was sein Rivale durchmachte, um ihn vor dem Absturz zu bewahren, doch er schien dieses Problem der Alternative vorzuziehen.

Obwohl er wegen der Tränen, die in seinen Augen standen, kaum noch etwas sehen konnte, beobachtete der Doktor, wie das Seil durch seine zitternden Finger glitt, bis kaum noch etwas übrig war. Noch eine Handbreite, und dann würde er jeden Halt verlieren.

Doch dann bemerkte er etwas anderes, etwas Großes, Dunkles und Ledriges. *Der Uterra,* dachte er. *Er kommt zurück, um noch einmal sein Glück mit uns zu versuchen.*

Allerdings konnte sich das Tier die Mühe sparen. In ein oder zwei Sekunden könnte es am unteren Ende des Abhangs leichte Beute machen.

Doch während ihm diese Gedanken durch den Kopf gingen, traf ein dünner roter Phaserstrahl das Tier mitten in die Brust. Mit einem erstickten Schrei flatterte es unbeholfen vom Abhang fort.

McCoy blickte auf und entdeckte den Ursprung dieser Intervention. Es war Spock. Natürlich. Wer außer dem Vulkanier schaffte es sonst, immer wieder genau den richtigen Zeitpunkt abzupassen?

Schade, dachte der Doktor. Auch Spock hätte sich die Mühe sparen können. Von oben hörte er ein Scharren und spürte, wie das Seil gegen die Felsoberfläche schlug. Und dann wand sich trotz seiner Anstrengungen das letzte Stück seiner Lebenslinie aus der verkrallten und verkrampften Hand.

Während des Bruchteils einer Sekunde schienen er und Clay am Abhang zu kleben. Doch dann erinnerte sich die Schwerkraft offenbar an ihre Aufgabe und begann an ihnen zu ziehen, ihrem unvermeidlichen Ende entgegen.

Doch bevor ihr Absturz richtig beginnen konnte, spürte McCoy, wie ihn etwas am Handgelenk seines immer noch ausgestreckten Arms packte. Es war ein sehr starkes Etwas und irgendwie auch ein sehr vertrautes Etwas.

Ein Ruck ging durch die Schulter des Doktors, als Clays Gewicht seine Arme anspannte. McCoy knirschte vor Schmerz mit den Zähnen und blickte nach oben, um zu sehen, ob sein Verdacht den Tatsachen entsprach.

Sein Verdacht bestätigte sich.

»Spock«, keuchte er.

»Sprechen Sie nicht«, riet ihm der Vulkanier. »Sparen Sie Ihre Kräfte.«

Er hielt sich mit der linken Hand am Seil fest und hatte mit der rechten das Handgelenk des Doktors gepackt, genauso wie McCoy noch vor wenigen Augenblicken Clay gepackt hatte. Doch im Unterschied zu ihm hielt Spock das Gewicht von zwei Personen. Der Mensch hatte keine Ahnung, wie lange selbst jemand wie Spock diese Belastung ertragen konnte.

Bevor er sich weitere Gedanken darüber machen konnte, veränderte der Vulkanier seine Position. Er schlang sein Bein um das Seil und ließ mit der linken Hand los, worauf er einen Haken aus seiner Jackentasche holte.

Nachdem er einen winzigen Spalt im Abhang gefunden hatte, trieb Spock den Haken mit aller Kraft hinein. Natürlich war er kaum fest genug, um zuverlässigen Halt zu bieten, aber immerhin war es ein Anfang. Der Vulkanier wühlte erneut in seiner Tasche und holte einen zweiten Haken hervor, mit dem er auf den ersten einhämmerte, um ihn tiefer in den Spalt zu treiben.

Während seine Gesichtsmuskeln die Anstrengung verrieten, die diese Aktion ihn kostete, griff Spock in eine dritte Tasche, aus der er ein aufgerolltes Seil holte. Er knotete ein Ende mit einer Hand am Haken fest und prüfte den Halt. Es hielt.

Erst dann ließ der Vulkanier das Seil den Abhang hinuntergleiten, wo nicht nur McCoy, sondern auch Clay danach greifen konnten. Sekunden später spürte der Doktor, wie das Gewicht des Diplomaten von seinem gequälten Arm genommen wurde. Seine Schulter schmerzte immer noch, aber wenigstens bestand jetzt nicht mehr die Gefahr, daß sie aus dem Gelenk gerissen wurde.

McCoy strengte sich an, seinen Arm nach oben zu bringen und seine tauben und blutleeren Finger um das Seil zu klammern. Ohne darauf zu warten, daß Spock seine andere Hand losließ, griff er auch damit zu.

Der Doktor drückte sein Gesicht gegen den Fels und holte zitternd Luft. »Sie sind ein verdammter Wundertäter, wußten Sie das, Spock?« McCoy wußte nicht, ob er lachen oder weinen sollte.

»Ich bitte Sie, Doktor!« sagte der Vulkanier, verstört über McCoys Gefühlsanwandlung.

Doch dem Doktor war es gleichgültig. Sogar der harte Felsen fühlte sich an seiner heißen, verschwitzten Wange gut an.

Er war in Sicherheit. In Sicherheit! Er würde nicht sterben – zumindest jetzt noch nicht. Und dank seines unbeugsamen Willens galt das gleiche für Clay Treadway, dachte er, als er einen Blick nach unten warf.

In der länglichen, schmalen Nische, die Andrachis für sich als Schlafstelle beansprucht hatte, brannten drei Kerzen. Sie steckten in verschiedener Höhe in kleinen Ausbuchtungen der Felswand, wie es die Tradition vorschrieb. Die unterste Kerze symbolisierte den Tod, der dem Leben vorausging, die mittlere das Leben selbst und die oberste den Tod, der dem Leben folgte.

Als Ars Rondorrin die Nische betrat, bemerkte Andrachis zufrieden, wie der ältere Mann seinen Kopf vor der höchsten Kerze verneigte. Schließlich war der Tod nach dem Leben das unveräußerliche Recht jedes Ssana. An diesem Rebstock hing die gesamte Ideologie der Assassinen wie eine Traube aus süßen, tödlichen Früchten.

»Ich grüße dich, alter Dolch«, sagte der Meister.

Rondorrin lächelte grimmig. »Ich grüße dich, Tir-Andrachis.« Er benutzte den Ehrentitel, obwohl er als einziger von allen Assassinen, die in diesen Höhlen versammelt waren, darauf hätte verzichten können. Doch damit deutete er an, daß er in einer ernsthaften Angelegenheit gekommen war.

»Was hast du auf dem Herzen?« fragte Andrachis.

Der andere Ssana blickte über die Schulter zurück, um sicherzugehen, daß sich niemand in Hörweite befand. Dann wandte er sich wieder dem Meister zu.

»Ich habe in meinem Leben schon sehr viele Geschichten gehört«, sagte er. »Einige haben mir gut gefallen. Andere nicht.« Seine indigofarbenen Augen verengten sich bedeutungsvoll. »Und diejenigen, die ich jetzt höre, gefallen mir am allerwenigsten.«

Andrachis seufzte. Mit den ›Geschichten‹ konnten nur Gerüchte gemeint sein, und zwar solche, die nicht in der Gegenwart des Assassinen-Anführers ausgesprochen wurden. Und da sie Rondorrin nicht gefielen, hatte der Meister das unbestimmte Gefühl, daß sie ihm selbst auch nicht gefallen würden.

»Was für Geschichten?« fragte er ohne Umschweife.

Sein Besucher brummte. »Geschichten vom Tod«, antwortete er. »Vom vorzeitigen Ende eines großen Anführers.«

Der Meister der Assassinen runzelte die Stirn. Er wußte, wovon Rondorrin sprach, und er war dadurch nicht im geringsten überrascht. Er rechnete damit, daß ihre zusammengestückelte Truppe keine Ewigkeit überdauern würde. Trotzdem machte es ihn wütend. Und vor allem war es lächerlich. Trotz seiner harten Arbeit sollte Andrachis wie eine abgenutzte Messerscheide weggeworfen werden.

Nein, sagte er sich. *Nicht wenn ich es verhindern kann.*

»Wer wünscht dies?« wollte er wissen.

Rondorrin kaute einen Moment lang auf dem Namen herum, als wäre er das Mark eines Uterra-Knochens. Dann spuckte er ihn aus: »Lakandir. Der Unruhestifter.«

Lakandir, dachte Andrachis. *Natürlich.* Wer sonst hätte den Mut und die Fähigkeit, andere um sich herum zu versammeln? Wer außer Lakandir hätte es gewagt?

Es war bedauerlich, daß solche nützlichen Charaktereigenschaften zu einem so unklugen Zweck eingesetzt wurden. Sehr bedauerlich, dachte der Meister. Denn jetzt mußte er sich jemand anderen suchen, um ihn zu seinem Nachfolger auszubilden.

»Es tut mir leid, daß ich dir solche Nachrichten überbringen muß«, sagte Rondorrin. »Ich weiß, wie hoch du ihn geschätzt hast.«

Andrachis zuckte die Schultern. »Assassinen kommen, Assassinen gehen, was soll's? Ganz gleich, wie gut Lakandir war, es wird einen Besseren geben. Ich muß nur auf ihn warten.«

Doch er klang nicht sehr überzeugt. Denn er wußte, daß alle, die bereit waren, sich ihm anzuschließen, dies längst getan hatten. Und selbst wenn ihre Gruppe auf die zehnfache Größe anwuchs, würde er vielleicht nie wieder einen Schützling mit dem Potential von Cor Lakandir finden.

Leider gab es für ihn keine Möglichkeit, den Jungen zu verschonen. Mit Rebellen mußte man schnell und unerbittlich verfahren. Auch das war eins der ungeschriebenen Gesetze der Assassinen, eine Tradition, die jeder Ssana um jeden Preis befolgen würde.

»Sie haben einen Plan«, teilte Rondorrin ihm mit. »Er soll am frühen Morgen ausgeführt werden, kurz vor deiner gewohnten Aufstehenszeit. Sie werden zu acht sein, so weit ich erfahren habe. Und wenn es vorbei ist, wird Lakandir der neue Meister sein.«

»Nicht wenn ich sie mit ein paar meiner eigenen Verbündeten erwarte«, warf Andrachis ein. Er dachte darüber nach und nickte schließlich. »Versammle zehn Ssana, denen du vertrauen kannst. Und wenn mein junger Freund mich morgen früh besucht, werde ich ihm die Ehre erweisen, ihn vor seinen Komplizen zu töten.«

Rondorrin neigte den Kopf. »Wie du wünschst, Meister.« Und mit einer respektvollen Geste vor der obersten Kerze zog er sich wieder in die Dunkelheit zurück.

»Bitte urteilen Sie nicht zu hart über mich!« sagte Jocelyn.

Kirk brummte. »Um ehrlich zu sein, das wird ein wenig schwierig, vor allem, da ich die Leute kenne, von denen Sie erzählt haben. Ganz besonders Pille.«

Sie runzelte die Stirn. »Ich will mich nicht vor der Verantwortung für meine Taten drücken. Gott weiß, daß ich Fehler begangen habe. Große Fehler. Aber ich will nicht alle Schuld für die Umstände auf mich nehmen, die dazu geführt haben. Auch Leonard muß seine Rolle in dieser Sache akzeptieren.«

Der Captain nickte. Damit hatte die Frau recht. Untreue ergab sich meistens nicht aus heiterem Himmel. Da mußten viele Dinge zusammenkommen. Viel erzwungene Einsamkeit, viel Unverständnis und das Vergessen der Gründe, warum zwei Menschen sich einmal zusammengetan haben. Und es sah so aus, als hätte Pille sich zumindest des letzten Vergehens schuldig gemacht.

»Alles Weitere ist in meiner Erinnerung irgendwie verschwommen«, fuhr sie fort. »Ich weiß nur noch, daß Leonard weiß wie ein Baumwollbüschel wurde und sein Mund Worte ohne Ton bildete. Ich weiß noch, daß er die Blumen fallen ließ, die er mir mitgebracht hat, und aus dem Zimmer wankte. Und ich weiß, daß ich mich fühlte, als hätte jemand mein Herz gepackt und würde nun mit aller Kraft zudrücken.

Ich warf mir etwas über und lief ihm nach. Ich wußte nicht, was ich zu ihm sagen wollte, was ich noch sagen konnte, aber ich rannte trotzdem los. Natürlich war ich nicht schnell genug. Als ich die Vordertür erreicht hatte, brauste er gerade inmitten einer großen Staubwolke davon. Irgendwie wußte ich, daß er nicht mehr zurückkommen würde. Nie wieder.«

Kirk sah, daß Tränen in Jocelyns Augen standen und ihr die Wangen hinunterliefen. Offenbar machte er Anstalten, ihre Hand zu nehmen, sie zu trösten, denn sie hob eine Hand, um ihn zurückzuhalten.

»Es ist schon gut«, sagte sie. »Ich brauche nur einen Moment, um mich wieder zu sammeln.«

Kurz darauf schüttelte sie sich und schien nun wieder sie selbst zu sein. Sie wischte ein paar Tränen weg und holte tief Luft.

»Mein Gott«, sagte Jocelyn. »Das hat vierzig Jahre lang auf meinem Gewissen gelastet. Es war gut, es endlich einmal jemandem erzählen zu können.«

Der Captain stöhnte leise auf. Eine solche Last so lange mit sich herumzutragen ... Er beneidete die Frau wahrlich nicht. Aber auch Pille war keineswegs zu beneiden. Auch er hatte etwas mit sich herumgetragen, und zwar genauso lange. Und er tat es sogar jetzt noch.

»Das war, als er zu Starfleet ging«, erzählte seine Begleiterin. »Vom Schmerz geblendet, den ich ihm zugefügt habe, unter der schrecklichen Last zerdrückt, wollte er so weit weg wie möglich. Zumindest glaube ich, daß es so war. Ich habe nie die genaueren Einzelheiten erfahren.«

Im Gegensatz zu Kirk. Doch das hier war ihre Beichte, nicht seine. Sogar jetzt noch wagte er es nicht, das Vertrauen seines Freundes zu mißbrauchen.

Anscheinend bemerkte Jocelyn seinen Konflikt, denn sie fragte nicht nach. Sie erzählte einfach ihre Geschichte weiter.

»Das schlimmste war für ihn offenbar, daß er Joanna zurücklassen mußte. Er liebte das kleine Mädchen, wie die Sonne von Georgia die rote Lehmerde liebt. Aber er wußte, daß wir beide nicht mehr zusammenbleiben konnten, und es wäre nicht gut gewesen, wenn wir uns um sie gestritten hätten. Also überließ er mir Joanna, ohne Bedingungen zu stellen.«

Sie fluchte unterdrückt, nicht auf McCoy, sondern auf sich selbst. »Und ich mußte ihr nun erklären, warum ihr Daddy nicht mehr da war. Nicht nur für ein oder zwei Tage, sondern wahrscheinlich für eine sehr lange Zeit, und daß er nichts dafür konnte, daß er sich nicht von ihr verabschiedet hatte. Ich gab mir alle Mühe, sein Verschwinden als tapfere und noble Sache hinzustellen, etwas, worauf Joanna einfach stolz sein mußte. Und falls sie jemals den Verdacht hatte, etwas anderes hätte ihn hinaus zu den Sternen getrieben, hat sie es niemals durchblicken lassen.

Von diesem Moment an wurde mein Leben auf den Kopf gestellt. Mein Mann war irgendwo tief im Weltall. Ich war sowohl praktisch als auch theoretisch eine alleinerziehende Mutter. Finanziell ging es uns ganz gut, weil Leonard Starfleet beauftragte, uns den größten Teil seines Gehalts zu schicken. Aber Joanna und ich waren nun leichte Beute für die Wölfe.«

Der Captain schüttelte den Kopf. »Wölfe?«

Jocelyn nickte. »Meine Familie. Die Darnells. Sie waren schon immer der Ansicht gewesen, daß Leonard nichts taugte, und jetzt hatten sie den Beweis. Er hatte seine Familie im Stich gelassen, um seine selbstsüchtigen Vorstellungen zu verwirklichen. Zumindest waren das ihre Schlußfolgerungen, und ich hatte nicht den Mut, ihnen die Wahrheit zu sagen. Meine Eltern bestanden darauf, daß Joanna und ich zu ihnen zogen, und da mein eiserner Wille nicht mehr so ausgeprägt wie zu meiner Jugendzeit war, stimmte ich zu.

Es dauerte ein Weile, bis Clay es wagte, wieder auf der Bildfläche zu erscheinen. Was zwischen uns geschehen war, wäre der größte Skandal gewesen, den die Stadt seit vielen Jahren erlebt hatte, und er war viel zu sehr Gentleman, um meinen Namen in den Schmutz zu ziehen, wenn es sich vermeiden ließ. Also verkrümelte er sich eine Zeitlang und wartete darauf, daß Gras über die Sache wuchs. Doch dann klopfte er eines Tages an die Tür meiner Eltern.

Es war fast so, als wären wir wieder auf der High-School, und er wollte mich zu irgendeinem idiotischen Tanzball ausführen. Nur daß wir beide jetzt älter und klüger waren und ich an Joanna denken mußte. Clay und ich unternahmen Spaziergänge, trafen uns zum Essen und gingen gelegentlich ins Theater. Es war alles sehr artig und zurückhaltend. Und dann, eines Nachmittags im Zoo, sagte er mir, daß er mehr wollte.«

Jocelyns Gesicht nahm bei dieser Erinnerung einen verträumten Ausdruck an. »Mittlerweile wollte ich es auch«, sagte sie. »Außerdem erschien es mir falsch, weiterhin die Ehefrau Leonard McCoys zu spielen, da es überhaupt nicht mehr den Tatsachen entsprach. Also schickte ich meinem Mann eine Nachricht, daß ich die Scheidung wollte. Sein Einverständnis kam eine Woche später per Subraumübertragung. Und schon am nächsten Tag war es offiziell. Unsere Ehe wurde aus den Akten gelöscht, als hätte sie niemals existiert.«

Sie runzelte die Stirn. »Es muß Leonard sehr schwergefallen sein, eine solche Einwilligung zu geben. Verdammt, ich hätte wissen müssen, wie sehr es ihn schmerzen würde, als ich danach fragte. Aber es war mir egal, wenn ich meine eigene Einsamkeit und Unausgefülltheit danebenhielt. Nur darauf kam es mir an. So war es schon immer gewesen, seit meiner Kindheit.« Sie lachte verbittert. »Das war die Schattenseite unserer Südstaaten-Ritterlichkeit. Frauen wurden zu nutzlosen Objekten der Begierde, und ich war das beste Beispiel dafür.

Doch als mir mitgeteilt wurde, daß die Scheidung nun vollzogen war, ließ mich etwas innehalten. Vielleicht war es die Endgültigkeit der Situation. Ich weiß es nicht. Aber es machte mich sehr traurig. Und ich schwor mir, daß ich nicht eher wieder etwas mit einem Mann anfangen wollte – einschließlich Clay –, bis ich meine Charakterschwächen in den Griff bekommen hatte, die zur Zerstörung meiner Ehe geführt hatten.«

»Eine weise Entscheidung«, bemerkte Kirk.

»In der Tat«, stimmte Jocelyn zu. »Natürlich war Clay darüber nicht sehr glücklich. Er meinte, ich beginge einen Fehler, ich würde meine zweite Chance für ein glückliches Leben wegwerfen. Aber ich ließ mich nicht umstimmen, und es war die beste Entscheidung, die ich jemals getroffen habe. Als erstes feierte ich den Auszug aus dem Haus meiner Eltern. Dann ging ich wieder an die Universität und schrieb mich für einige Kurse ein. Und diesmal habe ich wirklich studiert, hauptsächlich abends, damit ich genügend Zeit für Joanna hatte. Und ich hatte es endlich zu etwas gebracht.«

Das hatte sie. Der Captain konnte sich lebhaft daran erinnern.

»Den Rest kennen Sie bereits«, sagte sie. »Daß Leonard nach einiger Zeit, als Joanna etwas älter geworden war, zurückkam, um sie daran zu erinnern, daß sie einen Vater hatte. Wie wir uns kurz darauf wieder annäherten, bis uns klar wurde, daß es nicht funktionierte. Und wie fast dreißig Jahre vergingen, ohne daß wir auch nur ein Wort miteinander gewechselt haben.« Jocelyn schüttelte den Kopf. »Die ganze Zeit über warb Clay um mich. Er ließ sich nicht entmutigen, ganz gleich, wie oft ich ihn zurückwies. Aber ich konnte ihn nicht heiraten. Er war eitel, oberflächlich, egoistisch – genauso wie ich gewesen war, bevor ich mich zu einer Veränderung zwang. Dann beschloß er vor etwa zwölf Jahren, in das diplomatische Korps einzutreten.«

»Einfach so?« fragte Kirk. »Das erscheint mir als ungewöhnliche Entscheidung für einen Mann, der noch nie zuvor im Weltraum gewesen war.«

»Im Prinzip sehe ich es genauso«, erwiderte sie, »nur daß Clay die Diplomatie im Blut lag. Sein Großvater, sein Vater und zwei seiner Tanten waren beim Korps. Sie mußten nur ein paar Hebel in Bewegung setzen, damit Clay ebenfalls eine Chance bekam.«

»Also hatte er ein natürliches Talent dazu?« riet der Captain.

»Nicht direkt«, entgegnete Jocelyn. »Am Anfang lief es nicht besonders. Er machte zwar keine Fehler, aber er konnte auch keine größeren Erfolge verbuchen. Dann bat Clay mich, ihn nach Yarnos Sieben zu begleiten, wo er in einem zivilisierten, aber recht verwickelten Streit zwischen drei verschiedenen Fraktionen vermitteln sollte. Ich kam nur mit, weil die Sache interessant klang, aber bevor ich mich versah, saß ich neben ihm am Verhandlungstisch. Und zu meinem großen Erstaunen war es ein Vorschlag von mir, der einen Ausweg aus der Sackgasse bot.«

»Und da hat es sie gepackt«, sagte Kirk.

»Mit Clays Hilfe trat ich dem Korps bei. Und nachdem wir auf so hervorragende Weise zusammenarbeiteten, schien es völlig logisch, daß wir auch in anderer Hinsicht zu Partnern werden sollten. Also kehrten wir nach Georgia zurück und heirateten, genauso wie es unsere Familien schon immer gewollt hatten. Endlich hatte ich die Treadways und die Darnells zufriedengestellt.«

Die Bemerkung troff vor Sarkasmus. »Waren Sie selbst nicht zufrieden?« fragte der Captain.

Jocelyn erwiderte seinen Blick. »Ich bin zu der Schlußfolgerung gelangt«, teilte sie ihm mit, »daß ich nicht zum Heiraten tauge. Ein paar Jahre lang waren wir einigermaßen glücklich. Doch dann wurde ich unruhig, genauso wie vierzig Jahre früher mit Leonard. Nur daß ich diesmal keinen unaufmerksamen Ehemann hatte, dem ich die Schuld an meiner Unruhe geben konnte oder an einem intellektuell zu anspruchslosen Leben. Ich machte sehr interessante Arbeit, ich wurde geliebt, ich hatte alles, was eine Frau sich wünschen kann. Und trotzdem war ich unzufrieden. Etwas fehlte.«

»Und was war das?«

Sie zuckte die Schultern. »Ich weiß es bis heute nicht. Aber nach dem, was im Schiff passiert ist, kann ich es mir denken.« Sie fuhr mit der Zunge über die Lippen. »Ich glaube, ich habe niemals aufgehört, Leonard zu lieben; und mir Vorwürfe wegen meines Verhaltens ihm gegenüber zu machen. Und solange ich diese Gefühle nicht überwunden hatte, war ich einfach nicht in der Lage, glücklich zu sein.«

Kirk dachte darüber nach. »Eine interessante Theorie«, bemerkte er.

Jocelyn nickte. »Clay versuchte mir einzureden, es sei nur eine vorübergehende Phase und daß ich irgendwann wieder zur Vernunft kommen würde. Doch das Gefühl der Unruhe verschwand einfach nicht mehr. Es hielt ein, zwei, drei Jahre lang an. Schließlich – das war vor ein paar Monaten – konnte ich es nicht länger ignorieren. Ich bat Clay um die Trennung. Er sagte, es käme überhaupt nicht in Frage. Wir seien doch ein Team. Wie konnte er seine Arbeit fortsetzen, wenn er mich nicht an seiner Seite hatte?

Die Arbeit, die wir machten, war sehr wichtig. Das war mir klar. Also schlossen wir einen Kompromiß. Ich erklärte mich bereit, das diplomatische Team nicht auseinanderbrechen zu lassen. Und er war einverstanden, daß wir in getrennten Quartieren schliefen. Und bis wir auf die *Enterprise* kamen, gab es damit keine Probleme. Doch dann...« Die Frau zuckte die Schultern. »Dann kamen die Probleme.«

Sie blickte den Captain über die Kerze hinweg an. »Jetzt wissen Sie alles«, sagte sie zu ihm.

Es war wesentlich mehr, als er jemals wissen wollte. Mehr als er zu wissen das Recht hatte, dachte er. Doch ob es ihm paßte oder nicht, er hatte jetzt Jocelyns Beichte vom Anfang bis zum Ende gehört.

Und jetzt wartete sie offenbar darauf, daß er ihr eine Art Absolution erteilte. Für das Verbrechen, den Menschen Leid zugefügt zu haben, die sie eigentlich liebte – nicht nur McCoy, sondern auch Clay Treadway.

Es war nicht leicht. Pille war sein Freund, einer der beiden Männer, denen er in der ganzen Galaxis am meisten vertraute. Wenn er ihr sagte, daß er verstand, warum sie so gehandelt hatte, und daß es nur menschlich war, wäre das eine Billigung der Qualen und der

Erniedrigungen, unter denen Leonard McCoy fast sein ganzes erwachsenes Leben lang gelitten hatte.

Dennoch hatte sich sein Freund überlegt, ob er mit dieser Frau noch einmal ein neues Leben anfangen könnte. Trotz der Schmerzen, die sie ihm zugefügt hatte, trotz der langen, einsamen Jahre, die er über seine Enttäuschung und sein Versagen nachgegrübelt hatte. Trotz all dem war es ihm offenbar möglich gewesen, ihr zu verzeihen.

Wenn Pille hiergewesen wäre, hätte er Jocelyn von der Last ihrer Schuld befreien können. Konnte Kirk an Stelle des Doktors etwas Derartiges tun?

Er wählte seine Worte sorgsam. »Ich bin kein Richter«, sagte der Captain zu ihr. »Ich kann nicht gerecht über Schuld oder Unschuld urteilen.« Er atmete tief durch. »Manchmal geschehen Dinge, die zwei Menschen auseinandertreiben. Aber es liegt in unserer menschlichen Natur, diese Dinge aus dem Weg zu räumen, wenn es möglich ist. Ich glaube, zur rechten Zeit und unter den rechten Voraussetzungen hätte mein Freund genau das getan – er hätte die Vergangenheit hinter sich gelassen. Denn es wäre die größere Tragödie, mit den Verletzungen und den Schuldgefühlen weiterzuleben, ohne zu wissen, ob man sich doch noch lieben könnte.«

Jocelyn blickte ihn an. Er spürte, daß sie einerseits wußte, er würde versuchen, behutsam mit ihr umzugehen, doch andererseits schien sie jedes Wort glauben zu wollen, das er sagte. Welche Seite würde am Ende den Sieg davontragen? Er hatte keine Ahnung.

»Danke«, sagte Jocelyn mit beherrschter Stimme. »Das bedeutet mir sehr viel.«

5

Es war bereits dunkel, als McCoy und seine Gefährten den eisigen Vorsprung erreichten, der den Eingang zur Höhle der Assassinen überragte. Sie konnten die unvermeidlichen Wachen nicht sehen, die dort auf Posten stehen mußten, aber das war gut, denn so konnten sie auch von den Wachen nicht gesehen werden.

Natürlich war es denkbar, daß man sie doch gesehen oder vielleicht sogar gehört hatte, dachte McCoy, während er sich den schmerzenden und kaum noch einsetzbaren Arm rieb. Auch wenn sie sich bemüht hatten, so unbemerkt wie möglich abzusteigen. Außerdem war da noch Clays Phaser, den der Diplomat beim Angriff des Uterra fallengelassen hatte.

Doch davon durften sie sich jetzt nicht irritieren lassen. Sie konnten nur unter der Annahme weitermachen, daß die Ssana von ihrem Eintreffen überrascht sein würden.

Der Vulkanier war als letzter heruntergekommen. Als er das restliche Seil und die Haken ablegte, die sie nun nicht mehr benötigten, schien etwas im Schnee seine Aufmerksamkeit zu erregen. Das sah Spock mal wieder ähnlich, dachte der Doktor, wenn er sogar an einem Ort wie diesem etwas ›Faszinierendes‹ entdeckte.

Doch dann verstand er plötzlich den Anlaß für das Interesse des Ersten Offiziers. Was Spock entdeckt hatte, war nämlich Clays Phaser – ein wenig eisverkrustet, aber ansonsten in tadellosem Zustand. Offenbar hatte der Schnee dafür gesorgt, daß er nicht allzu geräuschvoll aufgetroffen war.

Angesichts seines verletzten Arms rechnete McCoy nicht damit, daß er am Angriff auf die Wachtposten der Assassinen teilnehmen sollte. Über diese Aussicht war er kein bißchen enttäuscht. Ohne zu zögern, gab der Vulkanier Clay die Waffe zurück und deutete mit einer Kopfbewegung zur vorderen Begrenzung des Felsvorsprungs. Der Diplomat nahm den Phaser an sich und nickte als Zeichen, daß er verstanden hatte.

Spock näherte sich dem Rand auf allen vieren. Clay tat es ihm nach. Auf ein Zeichen des Vulkaniers warfen beide gleichzeitig einen Blick nach unten. Dann zogen sie ihre Köpfe wieder zurück.

Spock drehte sich zum Doktor um, vermutlich aus reiner Höflichkeit. Schließlich gehörte er immer noch zum Team, auch wenn er keine Waffe trug. Der Erste Offizier hielt zwei Finger hoch.

Zwei Wachtposten blockierten den Eingang. Offenbar hatten sie die Anwesenheit der drei Eindringlinge nicht bemerkt. Die Situation war optimal.

Dann wandte sich Spock wieder an Clay. Er hielt alle fünf Finger hoch und begann sie einen nach dem anderen wieder einzuziehen – ein Trick, den nur ein Vulkanier mit solcher Mühelosigkeit ausführen konnte. Als er den letzten Finger heruntergeklappt hatte, schoben sich beide Männer wieder über den Rand des Felsvorsprungs und feuerten hellrote Strahlen nach unten.

McCoy hörte ein Stöhnen und dann zwei dumpfe Aufprallgeräusche. Nach dem zufriedenen Gesichtsausdruck des Diplomaten zu urteilen, hatten er und Spock die Ssana mit dem ersten Schuß erwischt. Der Erste Offizier winkte dem Arzt, er sollte ihnen folgen, und ließ sich über den schneebedeckten Hang rutschen, so daß er vorübergehend außer Sicht war.

Clay wartete noch, um zu sehen, ob McCoy mit seinem verletzten Arm Hilfe beim Abstieg brauchte. Doch der Doktor warf ihm nur einen kurzen Seitenblick zu, näherte sich dem Rand und sprang.

Unglücklicherweise war es dort unten wesentlich glatter, als er erwartet hatte. Wenn Spock nicht nach ihm gegriffen und ihn festgehalten hätte, wäre er sofort auf die Nase gefallen. Als Clay ihnen beiden folgte, wandte sich McCoy den zwei am Boden liegenden Assassinen zu.

Sie lagen vor einer kleinen, dreieckigen Öffnung im Felsen. Mit ihren weißen Gewändern waren sie im Schnee kaum zu erkennen. Der Doktor kniete sich neben sie, um sich die Sache genauer anzusehen, und brummte anerkennend. Keine sichtbaren Verletzungen, aber die gab es schließlich selten, wenn man seinen Phaser auf Betäubung stellte. Das wichtigste war, daß die Ssana für eine Weile ausgeschaltet waren.

Ohne auf einen weiteren Kommentar zu warten, führte der Vulkanier die kleine Gruppe in die Höhle. Clay ging in der Mitte und McCoy als letzter.

Drinnen war es dunkel, aber nicht viel dunkler als in der mondlosen Nacht, die während des letzten Teils ihres Abstiegs geherrscht hatte. Hinter einer Biegung gab es schwaches gelbliches Licht. Als das Trio sich weiter vorwagte, stellten sie fest, daß es von einer einzelnen Kerze stammte, die in einer kleinen Nische stand, die für diesen Zweck wie geschaffen schien.

Indem sie sich an der gegenüberliegenden Wand fortbewegten, um keine verräterischen Schatten zu werfen, führte Spock sie tiefer ins Innere des Berges. Weitere Entscheidungen mußten sie auch gar nicht treffen, da dies der einzige Tunnel war, der vom Höhleneingang aus nach innen führte. Doch dadurch wurde es immer wahrscheinlicher, daß sie auf jemanden stießen, der aus der anderen Richtung kam.

Während sie dem Gang folgten und auf Schritte von Assassinen lauschten, versuchte der Doktor die Chancen zu beurteilen, ihre Mission zu erfüllen. Mit den

Maldinium-Daten, die Scotty auf Spocks Tricorder und ihre Kommunikatoren kopiert hatte, dürfte es nicht allzu schwierig werden, den zweiten Teil ihres Plans auszuführen – die Rückkehr zum Schiff. Doch der erste Teil – die Bestimmung des Ortes, an dem die Assassinen ihre Gefangenen versteckt hatten – dürfte erheblich schwieriger werden.

Natürlich bestand immer noch die Möglichkeit, daß sie bereits zu spät gekommen waren, daß Jim und Jocelyn bereits von den Ssana getötet worden waren, so daß McCoy und seine Gefährten nur noch hoffen konnten, ihre Leichen zu bergen.

Er erinnerte sich an Li Moborons Maxime, die vor so langer Zeit während des Alptraums in der Kinderstation formuliert worden war, daß Assassinen keine Außenweltler töteten. Doch Li Moborons Philosophie war offenbar mit ihm gestorben, ansonsten wäre McCoys Freund Merlin Carver vermutlich noch am Leben.

Ein Stück weiter tauchte wieder ein Licht auf. Eine weitere Kerze. Kurz dahinter verbreiterte sich der Tunnel beträchtlich, doch es gab immer noch keine Verzweigungen. Und der Erste Offizier führte die Gruppe immer noch an der gleichen Wand entlang.

Das wäre ihnen beinahe zum Verhängnis geworden. Nachdem sie eine Weile gut vorangekommen waren, schien Spock urplötzlich das Gleichgewicht zu verlieren und klammerte sich an den glatten Fels. Als Clay nach ihm griff und ihn einen Schritt zurückzog, faßte sich der Vulkanier wieder.

McCoy wagte es nicht, sich nach dem Zwischenfall zu erkundigen. Doch als er am Diplomaten vorbeiblickte, sah er die Antwort mit eigenen Augen.

Vor ihnen war ein Loch, ein Spalt, der hier an dieser Höhlenwand begann, sich dann erweiterte, bis er fast die gesamte Breite des Ganges einnahm, und sich weiter hinten wieder verengte. Es war nicht zu erkennen, wie tief das Loch sein mochte. Es wäre auf jeden Fall kritisch geworden, wenn Spock hineingestolpert wäre.

Leicht beunruhigt über die brenzlige Situation, maß der Erste Offizier sorgsam den Umriß des Spalts. Dann machte er sich wieder auf den Weg und umging ihn in etwa einem halben Meter Abstand. Die Menschen folgten ihm.

Kurz nachdem sie das Loch hinter sich gelassen hatten, wurde der Gang sogar noch enger als zuvor. Und ein paar Meter dahinter verzweigte er sich in zwei Tunnels, die jeweils von einer Kerze beleuchtet wurden.

Welchen Weg sollten sie nehmen? Diese Entscheidung konnte den Unterschied zwischen Erfolg oder Mißerfolg ausmachen. Leider gab es keinerlei Hinweise, die ihnen die Wahl erleichterten.

Im schwachen Licht erkannte der Doktor, wie Spock eine Augenbraue hob. Diese Situation erforderte eine intuitive Reaktion, dachte McCoy, und genau damit taten sich Vulkanier im allgemeinen schwer.

Doch schon bald wurde Spock die Qual der Wahl abgenommen. Aus dem rechten Gang drangen Stimmen, die mit jedem Sekundenbruchteil näher zu kommen schienen.

Der Vulkanier drehte sich zu seinen Begleitern um und winkte ihnen, sich in den linken Tunnel zu begeben. Weder der Doktor noch Clay hielten sich lange mit Überlegungen auf. Dann warteten sie ab, hielten den Atem an und die Phaser bereit.

Die Stimmen wurden lauter. Dann folgte schallendes Gelächter. Im Korridor, den das Föderationsteam gerade verlassen hatte, erschienen Schatten, als die Ssana an einer der Kerzen vorbeigingen, die McCoy wenige Augenblicke zuvor gesehen hatte.

Höchstwahrscheinlich handelte es sich um die Ablösung für die zwei Männer, die sie betäubt am Höhleneingang zurückgelassen hatten. Das war gleichzeitig eine gute und eine schlechte Nachricht. Gut, weil sie die Abzweigung passieren und einfach weitergehen würden. Schlecht, weil sie unweigerlich auf die bewußtlosen Wachen stoßen und Alarm schlagen würden.

Das mußte Spock selbstredend verhindern, dachte der Doktor. Kurz darauf kamen zwei Assassinen in weißen Gewändern vorbei, ohne die Eindringlinge im zweiten Korridor zu bemerken, und McCoys Überlegungen wurden bestätigt.

Ohne Warnung feuerte der Vulkanier seinen Phaser ab. Der rubinrote Strahl warf einen der Assassinen gegen die Wand auf der anderen Seite. Als er in die Knie ging, wirbelte der zweite Ssana herum und griff unter sein Gewand, um eine dort versteckte Waffe hervorzuholen.

Doch als er sie zog, löste Clay seine Waffe aus. Der Energiespeer des Phasers fuhr dem Assassinen in die Schulter und schleuderte ihn herum, wobei ihm etwas aus der Hand flog, das scharf und gefährlich aussah.

Doch der erwünschte Effekt blieb aus, weil der Ssana einen Sekundenbruchteil später über seinen betäubten Kameraden sprang und in den Gang zurückflüchtete, aus dem er gekommen war. Wenn er entkam, waren ihre Chancen, Jim und Jocelyn zu befreien, nichtig geworden, das wußte McCoy.

Zum Glück war Spock fast genauso schnell wie der Assassine. Er setzte dem Ssana nach, zielte und schoß. Als der Doktor ihm folgte, stellte er fest, daß der Schuß seines Gefährten den erwünschten Effekt erzielt hatte. Die weißgewandete Gestalt lag bäuchlings mitten im Korridor.

McCoy warf einen Blick in beide Gänge, die von dieser Kreuzung abzweigten. Es gab kein Anzeichen, daß sich weitere Assassinen in der Nähe aufhielten. Er lauschte. Keine verräterischen Geräusche von Schritten.

Mit etwas Glück würde dieser Zwischenfall unbemerkt bleiben – zumindest für eine Weile. Und bis dahin, hoffte der Doktor, würde er mit dem Rest des Rettungsteams schon wieder verschwunden sein.

Eins nach dem anderen, ermahnte sich McCoy. Ohne den Vulkanier um Erlaubnis zu fragen, bückte er sich und packte den nächstliegenden Ssana am Fußknöchel, um ihn in den linken Korridor zu schleifen.

Nachdem er so viele Jahre lang mit ihm zusammengearbeitet hatte, besaß der Doktor eine ziemlich genaue Vorstellung davon, wie der Verstand des Ersten Offiziers arbeitete. Er war überzeugt, daß Spock sie nun in den Korridor führen würde, aus dem die Assassinen gekommen waren, nachdem sich herausgestellt hatte, daß es am anderen Ende Lebenszeichen gab.

Und diese Lebenszeichen deuteten höchstwahrscheinlich auch auf die Anwesenheit der Gefangenen hin. Leute wie diese Assassinen würden Jim und Jocelyn vermutlich ganz in ihrer Nähe unterbringen, damit sie sie ständig im Auge behalten konnten.

Doch dieselben Lebenszeichen konnten auch auf tödliche Gefahr für sie hindeuten. Allerdings hatten sie von Anfang an gewußt, daß dieser Auftrag gefährlich werden würde.

In der großen Höhle, die als Schlafquartier für viele der jungen Assassinen diente, saß Cor Lakandir und hatte die Knie an die Brust gezogen. Bald war es soweit.

Seine Messerklinge lag griffbereit neben ihm und schimmerte kaum merklich im Licht einer fernen Kerze. Es war die Klinge, von der Andrachis gesagt hatte, sie sei nicht zum Fleischschneiden, sondern nur dazu da, Ssana von ihrer Seele zu befreien. Wenn er sie dazu einsetzte, den Höchsten Assassinen von seiner Seele zu befreien, wäre niemand mehr da, der ihm sagen konnte, was er mit seinem Messer tun und lassen sollte.

Irgendwie war es schade. Es war gut, jemanden zu haben, der von den Gesetzen und den Traditionen erzählte, auch wenn man nicht unbedingt mit ihnen konform ging. Es war klar, daß Cor selbst diese Rolle nicht übernehmen konnte. Dazu mußte er sich auf Ars Rondorrin oder einen anderen der Veteranen verlassen.

Das hieß, wenn sie ihm folgen würden. Es bestand nämlich die große Wahrscheinlichkeit, daß sie es nicht taten. Vielleicht würden sie sogar ihrer eigenen Bewegung den Rücken zukehren, wenn sie nicht Cors Stellung als Höchster Assassine anzweifelten und jemanden aus ihren eigenen Reihen ernannten.

Dann könnte es zu einem Krieg kommen, wie ihn Li Moboron vor vierzig Jahren verloren hatte. Nur daß diesmal viel weniger Assassinen darin verwickelt waren und sich die Bewegung dadurch selbst völlig auslöschen konnte.

Doch das war nur eine der Möglichkeiten, ein Risiko, das sie eingehen mußten. Es bestand genausogut die Möglichkeit, daß ihre Bruderschaft unter einem jungen und dynamischen Anführer stärker als je zuvor wurde.

Und schließlich blieb ihm gar keine andere Wahl. Sie konnten auf keinen Fall einem Meister folgen, dessen Philosophie verwässert und im Lauf der Zeit schwach geworden war. Sie brauchten einen Anführer, der keine Rücksicht nahm, keine Gnade kannte, ob ihre Feinde nun Ssana waren oder nicht.

Cors Entscheidung stand jedenfalls fest. Er hatte Marn sein Wort gegeben. Schon bald würde er Andrachis mit einem schnellen und verdienten Tod eine große Ehre erweisen.

Wumm.

Kirk drehte sich bei diesem Geräusch um, das aus dem Gang zu kommen schien, der aus ihrer Gefängnishöhle führte. Bis jetzt waren die einzigen Geräusche von dort gemurmelte Unterhaltungen ihrer Wachen oder scharrende Schritte gewesen, wenn eine Wachablösung eintraf.

Wumm. Wumm.

Da war es schon wieder. Der Captain ging ein paar Schritte auf den Eingang zu, um besser lauschen zu können.

Jocelyn, die in die schrumpfende Kerze gestarrt hatte, drehte sich zu ihm um. »Haben Sie etwas gehört?« fragte sie.

Er nickte. »Zweimal, im Abstand von ein oder zwei Sekunden.«

Die Frau sah plötzlich besorgt aus, vielleicht weil Kirk seinerseits besorgt aussah. »Was könnte es gewesen sein?«

Er zuckte die Schultern. »Ich weiß es nicht. Aber ich werde mich anstrengen, es herauszufinden.«

Jocelyn kam auf die Beine und trat neben ihn. Er seufzte.

»Was haben Sie vor?« erkundigte sich der Captain ungeduldig.

»Ich komme mit Ihnen«, verriet sie ihm.

»Ich glaube, das ist keine so gute Idee«, entgegnete er.

»Warum nicht?« fragte sie. »Meinen Sie, wenn die Wachen ruppig werden, könnten Sie sich besser wehren als ich?«

Eigentlich war genau das seine Überlegung gewesen. Aber wenn Jocelyn unbedingt ihr Leben aufs Spiel setzen wollte – wie sollte er sie davon abhalten?

Verdammt, was dachte er da? Ihr Leben stand bereits auf dem Spiel, und zwar schon seit einer geraumen Weile.

»Kommen Sie mit«, gab er nach. »Aber bleiben Sie bitte hinter mir, okay?«

Sie grinste süffisant. »Natürlich.«

Ohne auf den Sarkasmus einzugehen, näherte sich Kirk vorsichtig dem Eingang. Irgend etwas ging da draußen vor sich. Jemand flüsterte hektisch, dann folgte das Geräusch schneller Schritte.

Er war nicht sicher, was es zu bedeuten hatte, aber vielleicht konnten sie diese Ablenkung zur Flucht nutzen. Je länger sie sich in dieser Höhle aufhielten, überlegte er, desto größer wurde die Wahrscheinlichkeit, daß die Assassinen die Nutzlosigkeit ihrer Gefangenen erkannten und sie töteten.

Unvermittelt verstummten das Geflüster und die Schritte. Aus dem Gang war nichts mehr zu hören. Der Captain biß sich auf die Unterlippe. Jetzt oder nie!

Er nahm seine Mitgefangene an der Hand und machte einen Schritt auf den Eingang zu, als er plötzlich aus unmittelbarer Nähe von etwas Hellem und Rotem geblendet wurde. Instinktiv reagierte er darauf, bevor sein Gehirn registriert hatte, worum es sich handelte.

Er ließ Jocelyns Hand los und warf sich zur Seite, damit der Phaserstrahl ihn nicht mitten in die Brust treffen konnte. Statt dessen wurde er an der Hüfte getroffen, so daß er herumwirbelte und über den steinigen Boden des Korridors rutschte, bis er gegen etwas stieß und gebremst wurde.

Während Kirk sich trotz der Betäubung seiner Hüfte aufzurappeln versuchte, sah er drei Gestalten als Schattenrisse vor dem Schein einer fernen Kerze auftauchen. Überraschenderweise trugen sie keine weißen Gewänder. Und sie waren mit Phasern bewaffnet, die eindeutig nicht zur Standardausrüstung der Assassinen gehörten.

Die Summe dieser Beobachtungen ergab eine Situation, auf die der Captain überhaupt nicht mehr zu hoffen gewagt hatte. Er strengte seine Augen an, um im Zwielicht irgendwelche Details zu erkennen, die seinen Verdacht bestätigen würden.

»Verdammt«, sagte einer der Schattenrisse. »Es ist Jim!«

Kirk hätte diese Stimme auch in jeder anderen Situation wiedererkannt. »Pille?«

»Mein Gott«, sagte eine der Gestalten, die sich von den anderen absonderte. »Endlich haben wir sie gefunden, und was machen wir als erstes? Wir ballern mit den Phasern auf sie!«

Plötzlich hielt die Gestalt inne, als hätte etwas ihre Aufmerksamkeit erregt. Oder besser *jemand*, wie der Captain sich verbesserte.

»Leonard?« fragte Jocelyn zaghaft. »Leonard, bist du das?«

Sie durchquerte die Höhle, als würde eine unwiderstehliche Kraft sie zu McCoy ziehen – wie ein Eisensplitter von einem Magneten angezogen wurde. Kirk sah, wie sie ihre Arme um ihn schlang und die zwei Gestalten zu einer verschmolzen.

»Autsch!« keuchte er.

Jocelyn zog sich ein Stück zurück und blickte zu ihm auf. »Was ist los?«

»Meine Schulter«, erklärte er. »Ich habe sie auf dem Weg hierher etwas überstrapaziert.« Er zog sie wieder an sich. »Aber es hat sich gelohnt. *Dafür* hat es sich gelohnt!«

Eine weitere Gestalt kam an McCoy und seiner Exfrau vorbei auf den Captain zu. Noch bevor er die Schulter seines Ersten Offiziers packte, wußte Kirk, daß es sich um Spock handeln mußte. Niemand sonst hätte eine Gruppe so tief in das Versteck der Assassinen führen können.

»Jim, ist alles in Ordnung?« fragte der Vulkanier mit ungewohnter Besorgnis in der Stimme.

»Mir geht es gut«, erwiderte der Captain. »Oder wenigstens bis zu dem Moment, als Sie mit dem Phaser auf mich feuerten. Wie haben Sie uns gefunden?«

»Zuerst haben wir Ihre Wachen gefunden«, erklärte Spock. »Da wir uns keine andere Erklärung für drei Assassinen denken konnten, die hier im Gang herumstanden, gingen wir davon aus, daß sie wohl Ihre Flucht verhindern sollten.«

Zum ersten Mal, seit er diese Höhle verlassen hatte, blickte Kirk sich nach ihren Gefängniswärtern um und bemerkte drei weißgewandete Gestalten, die ein Stück hinter ihm auf dem kalten Steinboden lagen.

Sie waren eindeutig bewußtlos, zweifellos durch einen Phaserschuß, wie ihm der Captain selbst knapp entgangen war. Daher die dumpfen Geräusche, die er vor wenigen Augenblicken gehört hatte.

Der Erste Offizier griff in eine Jackentasche, holte einen Phaser hervor und reichte ihn Kirk. Der Captain nahm ihn mit einem dankbaren Nicken an.

»Wir müssen von hier verschwinden«, sagte ihr dritter Retter, »bevor sie die Bewußtlosen finden, die wir hier überall zurückgelassen haben.«

Die Stimme war Kirk nicht so vertraut wie die ersten zwei. Es dauerte einen Moment, bis er erkannte, daß sie Clay Treadway gehörte.

Der Captain warf ihm einen verstohlenen Blick voller Mitleid zu. Der Diplomat hatte sein Leben aufs Spiel gesetzt, um das seiner Frau zu retten, und jetzt mußte er feststellen, daß ihr Herz jemand anderem gehörte. Er konnte sich vage vorstellen, was in dem Mann vorging.

Jocelyn wandte sich im Halbdunkel zu Clay um und murmelte: »Es tut mir leid.«

Ihr Ehemann schien nicht zu wissen, was er darauf erwidern sollte. Er wich lediglich ihrem Blick aus. Eine Weile herrschte völlige Stille, bis sie von Kirk gebrochen wurde, da es irgend jemand tun mußte.

»Treadway hat recht«, sagte der Captain. »Wenn Sie eine Spur von Bewußtlosen zurückgelassen haben, werden sie uns früher oder später aufspüren.«

Der Vulkanier zeigte mit einem Kopfnicken die Richtung an, aus der er und seine Gefährten gekommen waren. »Hier entlang«, drängte er. »Die nächste maldiniumfreie Zone liegt in dieser Richtung.«

Als er sich auf den Weg durch den Gang machte, folgten die anderen ihm in einer langgezogenen Reihe.

Kirk warf noch einen Blick auf die reglosen Wachen, bevor er ihnen hinterherhastete.

Die Kerzen in Andrachis' Schlafnische waren so weit heruntergebrannt, daß sie kaum noch Licht spendeten. Unter normalen Voraussetzungen wäre ihm dieser Umstand niemals aufgefallen. Er wäre einfach am Morgen aufgewacht und hätte die Kerzen durch neue ersetzt.

Doch jetzt herrschten keine normalen Voraussetzungen. Dies war die Nacht, in der der Meister der Assassinen sterben sollte, zumindest wenn es nach dem Willen von Cor Lakandir und seiner Kameraden ging. Aus diesem Grund schlief Andrachis nicht und war auch nicht allein.

Er blickte in den Hintergrund der Nische und sah mehrere winzige Lichter in den dunklen Augen von Ars Rondorrin und der zehn Assassinen, denen er genügend Vertrauen entgegenbrachte, um sie für seinen Hinterhalt zu rekrutieren. Das Schimmern ihrer Messer war jedoch nicht zu sehen. Sie hielten sie verborgen, bis die Zeit gekommen war, sie zu benutzen.

Andrachis hatte sein eigenes Messer unter der Decke versteckt. Er gab vor zu schlafen, da er wußte, daß die Verschwörer niemals einen Angriff auf ihn wagen würden, wenn er wach war und um Hilfe rufen konnte. Doch diese Täuschung war nur schwer aufrechtzuerhalten, da das Blutfeuer wie eine wütende Bestie in seinen Adern tobte.

Es war schon eine ganze Weile her, seit der Meister zum letzten Mal diese Form des Wahnsinns gespürt hatte. Schließlich waren die Attentate auf die Obergouverneure von seinen Anhängern verübt worden. Er selbst war viel zu sehr mit den Planungen beschäftigt gewesen, um persönlich daran teilnehmen zu können.

Andrachis vermißte die Jagd, den Kampf und das Töten. Er sehnte sich nach dem Anblick des Gesichts der Opfer, nach dem Laut des Todes in ihrer Kehle.

Doch seine Vorfreude wurde durch das Wissen gedämpft, daß es ein Assassine war, den er töten würde. Und außerdem nicht irgendein Assassine, sondern die größte Hoffnung der Bewegung für die Zukunft.

Wo blieben sie nur? Worauf warteten sie noch? Seine Finger streichelten den Griff seines Messers – das einzige äußere Anzeichen seiner Ungeduld. Hatten Lakandir und seine Freunde den Mut verloren? Hatten sie ihre Meinung geändert?

Plötzlich hörte er Schritte in der Höhle vor seinem Schlafraum. Sie waren nicht laut genug, um ihn zu wecken, wenn er wirklich geschlafen hätte, aber mehr als laut genug für jemanden, der angestrengt lauschte. Er verstärkte den Griff um sein Messer und bereitete sich darauf vor zu reagieren.

Das nächste Geräusch, mit dem er rechnete, war der flache Atem seiner Gegner, während sie in die Nische traten. Er wurde nicht enttäuscht. Nur daß die Gruppe kleiner war, als er erwartet hatte. Wesentlich kleiner.

Es klang sogar so, als wäre nur ein einziger Verschwörer gekommen. Aber das war doch nicht möglich! Warum sollten die jungen Assassinen nur einen schicken, wenn sich so viele den Tod des Meisters wünschten.

»Tir-Andrachis?« sagte eine Stimme. Lakandirs Stimme.

Der Meister mußte sich beherrschen, um sich nicht durch ein Stirnrunzeln zu verraten. Seit wann kündigten Assassinen ihr Eintreffen an? Verwirrt über diesen Widersinn rasten seine Gedanken und suchten nach einer Erklärung. Was zum Henker ging hier vor?

»Tir-Andrachis?« wiederholte die Stimme. »Bist du schon wach, Meister?«

Immer noch völlig verwirrt öffnete Andrachis die Augen und sah, wie Lakandir am Eingang zu seiner Nische stand. Der Junge war allein. Und soweit der Meister erkennen konnte, war er unbewaffnet.

»Cor?« brummte er und tat so, als würde er aus tiefem Schlaf erwachen. »Bist du es?« fragte er.

Lakandir nickte. »Ja, Meister, ich bin es. Entschuldige die späte Stunde, aber ich mußte so schnell wie möglich mit dir sprechen.«

Langsam und ohne das Messer in seiner Hand zu zeigen, erhob sich Andrachis von seiner Schlafmatte und blinzelte seinen Besucher an. »Worüber willst du sprechen?« wollte er wissen.

Sogar im schwachen Licht konnte er erkennen, wie die Muskeln im Unterkiefer des jüngeren Mannes arbeiteten. »Über deinen Tod«, erwiderte er ruhig.

»Meinen Tod?« wiederholte der Meister, als wäre er immer noch nicht ganz zu sich gekommen. »Wovon, in Moborons Namen, sprichst du?«

»Über den Tod, der dich vor dem nächsten Morgengrauen ereilen sollte«, erklärte Lakandir. »Über den Tod, den ich und andere für dich geplant haben.«

»Geplant?« wiederholte Andrachis.

Er war noch nicht überzeugt, daß der Plan aufgegeben worden war. Er blickte am jungen Assassinen vorbei und lauschte, konnte aber keine weiteren Ssana in der Nähe feststellen.

»Was ist aus diesem Plan geworden?«

»Wir haben ihn aufgegeben«, teilte Lakandir ihm mit. »Auf mein Drängen hin.«

Der Meister brummte. »Und was ist der Grund, weswegen du mich töten wolltest?«

»Dein Festhalten an der Tradition«, sagte der junge Assassine. »Das ist der Grund, weshalb du sterben solltest.« Lakandir hielt inne und suchte nach Worten. »Weißt du, Andrachis, unter uns gibt es etliche, die es für nicht so weise wie du halten, sich an die alten Sitten zu klammern. Viele von uns spüren, wie uns das Blutfeuer von innen heraus verbrennt und uns dazu drängt, die Außenweltler zu töten, genauso wie jeden anderen Gegner, der uns in den Weg tritt.«

Der Meister beobachtete ihn. »Warum habt ihr euren Argumenten dann nicht mit den Klingen eurer Messer Geltung verschafft?«

Lakandir befeuchtete seine Lippen. »Als ich wach lag und über deinen Tod nachdachte, kam mir die Erkenntnis, daß das Weiterbestehen unserer Bewegung viel wichtiger ist als die Ansicht eines einzelnen, ganz gleich, wie berechtigt diese Ansicht sein mag. Schließlich erkannte ich, daß es gar keine Rolle spielt, ob wir der Tradition folgen oder irgendwelchen neuen Ideen, solange wir es nur gemeinsam tun. Als Assassinen. Als Brüder.«

Lakandir lockerte den Griff um sein Messer. »Ich habe dir vertraut, Cor. Und du hättest mich durch eine Rebellion verraten.«

»Das hätte ich getan«, gestand Lakandir. »Aber ich habe es nicht getan. Ich konnte es nicht. Und ich konnte diesen Morgen auch nicht anbrechen lassen, ohne dir meine Absichten anvertraut zu haben.«

Der Meister wägte die Worte des Jungen ab. Sie klangen aufrichtig und – was genauso wichtig war – mutig. Lakandir hätte die Rebellion ersticken und es dabei bewenden lassen können. Doch er war statt dessen ein hohes Risiko eingegangen, um Andrachis von seinem beabsichtigten Verrat zu informieren.

Selbst Li Moboron wäre von einer solchen Handlungsweise beeindruckt gewesen. Also galt dies erst recht für seinen Schüler.

»Ich vergebe dir«, sagte er zum jüngeren Mann.

Lakandirs Augen verengten sich. »Du vergibst mir?« wiederholte er verständnislos.

Andrachis nickte. »Ja, wegen deiner Ehrlichkeit. Wegen deiner bemerkenswerten Tapferkeit. Doch vor allem wegen deiner Vernunft, weil du nicht zugelassen hast, daß deine Entfremdung in Verrat umschlägt.«

Zum ersten Mal, seit er Andrachis' Nische betreten hatte, schien sich Lakandir zu entspannen. »Ich … ich weiß nicht, was ich sagen soll«, murmelte er.

Der Höchste Assassine lächelte. »Sag nichts. Es genügt, wenn du nie vergißt, was diese Nacht geschehen ist und wie knapp du einen Fehler verhindern konntest, der unsere Bewegung auseinandergerissen hätte. Das reicht als Antwort völlig...«

Plötzlich kamen hinter Lakandir zwei junge Assassinen in Andrachis' Nische gestürmt. Im selben Augenblick sprangen Rondorrin und die übrigen Leibwächter des Meisters aus ihrem Versteck, hielten ihre Messer bereit, waren sich aber nicht sicher, ob die Neuankömmlinge tatsächlich Gewalt gegen den Höchsten Assassinen im Sinn hatten.

Der Meister war ebenfalls mit dem Messer in der Hand aufgesprungen. Er hatte gar nicht darüber nachgedacht, sein Körper reagierte einfach auf diese Weise. Lakandir hatte auch nach seiner Waffe greifen wollen, doch seine Hand blieb leer, da er unbewaffnet war.

Es gab einen Augenblick höchster Anspannung, als alles möglich schien. Und in der Mitte standen Andrachis und Lakandir, die einen Blick austauschten und sich gegenseitig vergewisserten, daß beide gleichermaßen vom Eindringen der Jungen überrascht waren. Es war kein Verrat im Spiel, sondern nur der Zufall.

Der Meister wandte sich an seine Überraschungsgäste und sagte: »Sprecht!«

Sie waren offensichtlich verblüfft über die Anwesenheit Rondorrins und seiner Kameraden, kamen seiner Aufforderung jedoch nach. Das hieß, einer sprach für sie beide.

»Ein Feind ist in unser Versteck eingedrungen«, meldete er verwirrt. »Mehrere unserer Assassinenbrüder einschließlich der Wachen am Höhleneingang wurden bewußtlos aufgefunden. Und die Gefangenen sind entflohen.«

Andrachis konnte nur mit Mühe seinen Zorn unter Kontrolle halten. Doch er schaffte es, denn ein Höchster

Assassine durfte sich nicht wie jeder andere seinen Leidenschaften hingeben.

»Schneidet ihnen den Weg ab!« befahl er. Er bedachte Lakandir, Rondorrin und fast jeden anderen mit einem zornfunkelnden Blick. »Sie werden uns nicht entkommen!«

Andrachis schob sein Messer in den Gürtel und führte persönlich die Gruppe an.

McCoy wußte, daß sie noch weit von der Erledigung ihrer Aufgabe entfernt waren. Wenn sie die zum Beamen geeignete Stelle, die Spock im Sinn hatte, nicht erreichten, bestand nur wenig Hoffnung, lebend hier herauszukommen – eine Aussicht, die dem Doktor überhaupt nicht zusagte.

Zunächst trafen sie auf keinerlei Widerstand. Die einzigen Assassinen, auf die sie stießen, waren diejenigen, die sie bereits auf ihrer Suche nach den Gefangenen außer Gefecht gesetzt hatten.

Doch im Augenblick fühlte es sich gut an, Jocelyns Hand in seiner zu halten, zu wissen, daß sie wieder an seiner Seite war und blieb. So war es ihnen von Anfang an bestimmt gewesen, dachte er, wenn er als junger Mann nicht so verdammt blind gewesen wäre.

Und wenn sie diesem Höllenlabyrinth voller Mörder mit Indigoaugen entkamen, würde er dafür sorgen, daß er denselben Fehler nie wieder beging, schwor er sich. Er würde Jocelyn so viel Aufmerksamkeit schenken, daß sie sich nur noch mit einem Brecheisen davon befreien konnte.

Urplötzlich, wie hingezaubert, war der Tunnel vor ihnen voller geisterhafter Gestalten. Erschrocken erkannte McCoy sie als in weiße Gewänder gehüllte Assassinen, die hinter der nächsten Biegung hervorkamen.

Doch wenn sie auf diese Weise losstürmten, mit Messern in der Hand und Wutgebrüll ausstoßend, schienen sie bereits zu wissen, daß jemand in ihr Reich eingedrungen war. Und vielleicht sogar, daß die Gefangenen von diesem Jemand befreit worden waren.

Während ihm diese Gedanken durch den Kopf schossen, drückte der Doktor Jocelyn seitwärts gegen die linke Wand des Tunnels und schirmte ihren Körper ab, so gut es ging. Gleichzeitig sah er, wie die weißen Gewänder der Assassinen von zwei Phaserschüssen rötlich erleuchtet wurden.

Die vordersten zwei Ssana wurden rückwärts gegen die folgenden geschleudert, als die betäubende Energie der Phaser sie traf. Kurz darauf fuhr ein dritter Strahl in die Menge der Assassinen, als der Captain an McCoy und seiner Exfrau vorbeischoß.

Etwas surrte im Zentimeterabstand am Ohr des Doktors vorbei. Instinktiv drehte er sich um und sah nach, ob Kirk getroffen worden war. Doch der Captain war in Deckung gegangen, indem er sich flach gegen die andere Wand drückte.

McCoy glaubte, ein weiteres Messer vorbeizischen zu hören, als erneut Phaserstrahlen durch die kalte, feuchte Luft des Tunnels stachen. Dann waren die Assassinen genauso schnell wieder verschwunden, wie sie gekommen waren.

Doch als McCoy genauer hinsah, erkannte er, daß sie gar nicht verschwunden waren. Sie waren lediglich zu Boden gegangen, nachdem sie den Phaserschüssen seiner Gefährten zum Opfer gefallen waren.

»Verdammt!« keuchte Kirk, als er vortrat, um sich die Bescherung anzusehen. »Es scheint, daß wir sie jetzt auf dem Hals haben, Spock.« Er verstummte kurz. »Wie lange brauchen wir noch, um die Stelle zum Beamen zu erreichen?«

Der Vulkanier dachte einen Moment lang nach. »Nur ein paar Minuten.«

Der Captain seufzte. »Dann los!« befahl er.

McCoy blickte zu Jocelyn hinunter, erkannte keine

Spur von Angst in ihren Augen und fühlte sich dadurch bestärkt. Er half ihr auf, nahm wieder ihre Hand und folgte Spock durch den Korridor.

Etwa zehn oder zwölf Assassinen waren auf dem Boden des schmalen Gangs verstreut, doch sie schafften es, sich an ihnen vorbeizudrängen. Dann war die Luft eine Weile rein. Der Doktor fragte sich bereits, ob sie das Gros ihrer Gegner ausgeschaltet hatten, als der Gang sich erweiterte.

Er wußte wieder, wo sie jetzt waren. Sie näherten sich der Höhle mit dem Spalt, in den der Vulkanier beinahe gestürzt wäre. Offenbar waren sich auch Spock und Clay dessen bewußt, denn sie signalisierten den anderen, langsamer zu werden und sich an die rechte Seite des Tunnels zu halten.

»Pille, was ist los?« zischte Kirk.

»Da vorne ist ein großes Loch«, gab McCoy zurück. »Wenn du mir folgst, wirst du nicht hineinstolpern.«

Dann hörte er noch etwas – aber nicht vom Captain, sondern von weiter hinten. Ein lautes Stimmengewirr aus den Tiefen der Höhlen. Es war nicht zu überhören, daß diese Stimmen keinerlei friedfertige Absichten hegten.

Um so wichtiger war es, die zum Beamen geeignete Stelle so schnell wie möglich zu erreichen, dachte der Doktor. Sie mußten sich schleunigst aus dem Staub machen!

Die zwei Gestalten vor ihm blieben unvermittelt stehen. Der Doktor biß sich auf die Unterlippe. Hatten sie ihr Ziel bereits erreicht? Mußten sie jetzt nur noch ihre Kommunikatoren öffnen, Scotty das Stichwort geben und die Augen schließen, während der Transporter alles weitere erledigte?

Er hätte es gerne geglaubt. Doch irgend etwas stimmte nicht. Er konnte es Spocks Haltung ansehen, der Art, wie er seinen Phaser hielt und wie sich sein Kopf von einer Seite auf die andere bewegte.

Es war, als würde er vor ihnen eine Gefahr spüren – etwas, das er nicht sehen konnte, von dem er jedoch wußte, daß es da war. Als McCoy in die Dunkelheit starrte, kam es auch ihm so vor, als wäre da wirklich etwas. Etwas, das wie ein riesiges, unterirdisches Monster atmete.

»Lassen Sie Ihre Waffen fallen!« knurrte eine Stimme, die eindeutig einem Ssana gehörte. »Und zwar sofort, sonst werden Sie von unzähligen Messern durchbohrt.«

Die Stimme hatte kaum zu Ende gesprochen, als die Höhle plötzlich unter einem halben Dutzend Lichtblitze aufflammte. Und als die Blitze zu Kerzenflammen wurden, sahen McCoy und seine Gefährten, wem sie gegenüberstanden.

»Mein Gott!« hauchte Jocelyn, die vor diesem Anblick genauso ehrfürchtig erstarrt war wie der Doktor.

Auf der gegenüberliegenden Seite des Spalts standen mindestens hundert Ssana, die ihnen den Weg versperrten. Alle trugen ihre weißen Gewänder und hielten Dinge in den Händen, die scharf und gefährlich wirkten. Ihre Indigoaugen funkelten unter dicken, überhängenden Augenwülsten und verrieten den Haß auf die Außenweltler, die Ssan mit ihren Ideen vergiftet hatten. Und ihre Schatten, die hinter ihnen riesig an der Höhlenwand aufragten, wirkten wie die Seelen aller Assassinen, die vor ihnen gelebt hatten und sogar noch im Tod nach Blut dürsteten.

6

Lassen Sie Ihre Waffen fallen!« wiederholte einer der Assassinen; es war dieselbe Stimme, die bereits in der Dunkelheit gesprochen hatte. »Ich werde es nicht noch einmal sagen.«

Er stand vor den anderen, ein älterer Ssana, dessen Gesicht Würde und Entschlossenheit verriet – und dessen Gewand über dem linken Schulterblatt mit einem roten Kreuz in rotem Kreis bestickt war. McCoy erkannte das Symbol sofort wieder.

Das war der Höchste Assassine, erkannte er. Das war Shil Andrachis.

Doch das war nicht alles, was der Doktor wiedererkannte. Als er in das würdevolle Gesicht des Höchsten Assassinen starrte, erkannte er, daß er es schon einmal gesehen hatte.

Inmitten der Ruinen eines Regierungsgebäudes in Pitur. Und später im Biobett der Föderation. Und noch später in Alpträumen, in denen Merlin Carver immer wieder inmitten einer Bombenexplosion sein Leben verlor.

Es war der junge Ssana, dem McCoy vor so vielen Jahren das Leben gerettet hatte. Er war der Höchste Assassine. Er war Shil Andrachis, derjenige, der hinter der jüngsten Welle von Mord und Tod stand.

Plötzlich war McCoys Furcht wie weggeblasen, und zurück blieb nur ein brodelnder Groll. Ohne nachzudenken und ohne auf Jocelyns Versuch zu achten, ihn zurückzuhalten, trat er vor. Auch daß ihm der Tod durch die Hände der versammelten Assassinen drohte, war ihm gleichgültig.

»Sie Bastard!« brüllte er. »Sie kaltherziger, mörderischer Bastard!«

Der Höchste Assassine bedachte den Menschen mit einem wütenden Blick. Doch auch er schien plötzlich zu erkennen, wen er vor sich hatte, denn seine Augen verengten sich, und sein Mund formte den Namen des Doktors.

»McCoy?« brummte er. Das Wort hallte durch die große Höhle.

Die weißgewandeten Assassinen hinter ihm warfen sich verwunderte Blicke zu. Offenbar wußten sie nicht, was sie von dieser Situation halten sollten.

»Sie sind ja auch immer noch quicklebendig«, fauchte der Doktor, während er seinen Gegner musterte. »Warum sollte ich dann nicht auch noch unter den Lebenden weilen?«

Irgendwann war der Captain neben ihn getreten. »Pille … du kennst diesen Mann?« fragte er erstaunt.

McCoy nickte. »Erinnerst du dich an den Freund, von dem ich dir mal erzählt habe? *Er* hier war es, der ihn kaltblütig getötet hat, als die Kriege schon fast vorbei waren.«

Als der Ssana es hörte, schüttelte er den Kopf. »Ich habe keine Außenweltler getötet. In einer solchen Tat liegt keine Ehre.«

»Damit haben Sie ausnahmsweise mal völlig recht«, knurrte der Doktor. Dann sagte er mit anklagend erhobener Stimme: »Aber ein Kamerad von mir hat Sie gesehen. Es war auf einem öffentlichen Platz. Einer von Ihnen warf eine Bombe … und mein Freund starb bei der Explosion.«

Andrachis runzelte die Stirn, als versuchte er sich zu erinnern. »Damals war ich noch jung«, erwiderte er schließlich. »Und wütend. Es ist schwierig, sich an alles zu erinnern, was in jenen Tagen geschah.« Er wischte das Thema mit einer ungeduldigen Handbewegung beiseite. »Aber jetzt leben wir nicht mehr in den Tagen von Li Moborons Kriegen.«

McCoy zügelte seinen Zorn, als er plötzlich eine Gelegenheit erkannte, die er nicht ungenutzt verstreichen lassen durfte.

»Ein Teil von mir«, entgegnete McCoy, »wird für immer in diesen Tagen leben. Ich kann nicht alles vergessen, was damals geschah, Höchster Assassine. Können Sie es?«

Von allen Anwesenden konnte nur Andrachis verstehen, was er damit meinte. Nur Andrachis würde sich daran erinnern, wie der Mensch ihm das Leben gerettet und ihn damit seiner Ehre beraubt hatte. Keine Zeit der Welt konnte dies ungeschehen machen.

Damit besaß McCoy eine gewisse Macht über ihn. Denn wenn er den anderen Assassinen diese Geschichte erzählte, würde ihr Meister seine Ehre verlieren, so daß sie sich einen neuen Anführer suchen mußten.

Andererseits konnte ein gut geworfenes Messer diese Bedrohung schnell aus der Welt schaffen. Schließlich war der Ssana für den vierzig Jahre zurückliegenden Tod von Merlin Carver verantwortlich. Warum sollte er jetzt also nicht auch McCoy töten?

Wenn er es lediglich mit Shil Andrachis zu tun hätte, wäre eine Prophezeiung des Ausgangs dieser Konfrontation sehr einfach – und es würde nicht gut für ihn ausgehen. Doch der Mann war nicht mehr einfach nur Shil Andrachis. Er war der Höchste Assassine, der geschworen hatte, die Grundsätze seines Vorgängers zu ehren. Und Li Moboron hatte den klaren Standpunkt vertreten, daß seinesgleichen keine Außenweltler töteten.

Das war der Grund, warum man sie nicht einfach in der Dunkelheit niedergemetzelt hatte, nicht wahr? Weil Andrachis nicht einfach irgendwelche Außenweltler töten konnte und sich anschließend noch als Meister in der Nachfolge Li Moborons bezeichnen durfte.

»Im Geist jener Tage«, sagte McCoy laut und deutlich, »habe ich Sie gebeten, uns ziehen zu lassen. Zwischen uns gibt es keinen Streit. Wir kamen nur, um zu sehen, ob wir Ihren Konflikt mit den Stadtstaaten beilegen konnten.«

»Ruhe!« zischte ein anderer Ssana, ein junger Mann. »Es ist uns egal, warum Sie gekommen sind. Ihre Methoden und Absichten sind für uns ohne Interesse.«

»Sie verletzen uns durch Ihre bloße Anwesenheit«, protestierte ein anderer. »Indem Sie Ssan mit Ihren fremden Vorstellungen über Leben und Tod infiltrieren!«

Der Doktor ging nicht darauf ein. Schließlich war Andrachis derjenige, der die Macht hatte. Sein Wort war das einzige, das zählte.

»Doch unter zivilisierten Lebewesen«, sprach McCoy weiter, »und ich weiß, daß Sie zivilisiert sind – gibt es keinen gerechten Grund für eine Gefangenschaft. Es gibt keine Entschuldigung, Menschen wie Tiere in Käfigen zu halten. Das bringt dem Gefängniswärter genausowenig Ehre wie dem Gefangenen.«

Die anderen Assassinen wandten sich Andrachis zu und warteten auf seine Erwiderung. Eine Weile dachte er über die Worte des Menschen nach. Dann öffnete er den Mund und setzte zu einer Antwort an.

Doch bevor er ein Wort herausbringen konnte, gab einer seiner Anhänger eine ganz andere Antwort. Etwas Metallisches schwirrte flüsternd durch die Luft, Kerzenlicht wurde von einer glatten Fläche gespiegelt, und ein kurzer, wütender Schrei war zu hören:

»Marn, nein!«

Zum Glück verfehlte das Messer sein Ziel und fiel klirrend am Rand des Spalts vor McCoys Füßen zu Boden. Unter so günstigen Bedingungen hätte ein erfahrener Assassine niemals daneben geworfen – es mußte also einer der Jüngeren sein, der das Ding geschleudert hatte.

Und das bedeutete, daß immer noch die Chance bestand, den möglichen Gewaltausbruch zu verhindern. Solange sie sich beherrschten und niemand zurückschoß ...

Doch es gab jemanden, der sich nicht beherrschte. Clays Phaser spuckte blutrote Energie, bevor jemand ihn aufhalten konnte. Der Doktor sah entsetzt zu, wie der Strahl über den Spalt schoß und Andrachis traf. Der Mann taumelte unkontrolliert am Rand der Grube.

Einer der Assassinen an seiner Seite versuchte, seinen Meister zu packen, doch es war zu spät. Mit einem schmerzvollen und wütenden Aufschrei stürzte Andrachis in den klaffenden Abgrund.

Doch er war noch zu einer letzten Vergeltungstat imstande. Während des Sturzes zog der Höchste Assassine ein Messer aus seinem Gewand und schleuderte es in die Richtung seines Angreifers.

Leider konnte der Ssana unter diesen Umständen nicht mehr richtig zielen. Das Messer verfehlte Clay und wirbelte statt dessen auf McCoy zu. Der Doktor hatte keine Zeit mehr, der Klinge auszuweichen.

Doch dann fand sie ein anderes Ziel – einen Körper, der das Geschick besaß, sich schnell genug vor Pille zu schieben und den Flug des Messers abzufangen. Es dauerte einen Augenblick, bis McCoy erkannte, welcher seiner Gefährten ihm das Leben gerettet hatte.

Zu diesem Zeitpunkt schwankte Jocelyn bereits am Rand des Spalts und umklammerte den Griff des Messers, der ihr aus dem unteren Ende der Kehle ragte. Mit aufgerissenen Augen und weißen Fingerknöcheln folgte sie dem Höchsten Assassinen und stürzte in den Abgrund.

»Jocelyn!« rief er, als ihm mit lähmender Langsamkeit klar wurde, was geschehen war. In seiner Verzweiflung machte er sich bereit, ihr nachzuspringen.

»Pille, nein!« brüllte der Captain. Er packte den rechten Arm des Doktors im selben Augenblick, als Spock ihn am linken Ärmel festhielt. »Du weißt nicht, was dich da unten erwartet!«

Das stimmte zwar, aber es war ihm egal. Er riß sich von Kirk und Spock los und sprang über den Rand des Spalts. Er spürte, wie ihn ein kalter Lufthauch umwehte, während er ins Nichts stürzte.

Unvermittelt und viel schneller, als er erwartet hatte, schlug er auf. Der Aufprall versetzte ihm einen heftigen Schlag und schickte neue Schmerzwellen durch den Arm, den er sich zuvor verletzt hatte.

Als er wieder zu sich kam, hörte er jemanden in der Dunkelheit stöhnen. Assassinen stöhnten nicht, nicht einmal unter Todesqualen. Es mußte Jocelyn sein.

Als Kirk sah, wie McCoy im finsteren Abgrund verschwand, der sich zwischen ihm und den Assassinen erstreckte, bestand sein erster Impuls darin, ihm nachzuspringen. Doch dann hielt er sich zurück, als er sich in Erinnerung rief, daß es im Augenblick ein viel größeres Problem gab.

Am allerwichtigsten war es, dafür zu sorgen, daß es zu keinen weiteren Gewaltakten kam – weder durch Phaser noch durch Messer. Zu diesem Zweck – wobei ein nicht unerheblicher Anteil an persönlicher Genugtuung hinzukam – versetzte er Clay Treadway einen kräftigen Kinnhaken.

Der Diplomat wurde unter der Wucht des Schlages zurückgeworfen und taumelte direkt dem wartenden Spock in die Arme. Der Vulkanier fing Treadway mit einer Hand auf und nahm ihm mit der anderen den Phaser ab. Bevor der Mensch auch nur versuchen konnte, ihn sich zurückzuholen, hatte Spock ihn auf Armeslänge von sich weggeschoben.

Sofort drehte sich der Diplomat zum Captain um, die Hände zu Fäusten geballt, in den Augen den brennenden Wunsch, es Kirk heimzuzahlen. Doch dann konnte er sich im letzten Moment noch zurückhalten.

»So ist es gut«, sagte der Captain. »Sie wollen mich nicht schlagen. Sie wollen überhaupt nichts tun, das unsere Freunde da drüben dazu veranlassen könnte, uns einen Schwarm aus Messern herüberzuschicken.«

Treadway funkelte ihn an, aber dabei blieb es dann auch. Nach und nach entspannte er seine Fäuste und gab seine Angriffshaltung auf. Schließlich riß er seinen Blick von Kirk los und starrte in die Finsternis zu ihren Füßen.

»Mein Gott!« flüsterte er heiser. »Jocelyn ...«

Der Captain drehte sich zu den Assassinen auf der anderen Seite des Spalts um. Sie beobachteten die Eindringlinge und waren auf jede Eventualität gefaßt. Aber sie setzten ihre Waffen nicht gegen sie ein. Zumindest noch nicht.

Das war immerhin schon etwas. Offenbar gab es unter den weißgekleideten Killern einige kühlere Köpfe, obwohl sie eher für das Gegenteil berüchtigt waren. Oder waren sie lediglich verwirrt, da sie gerade ihren Anführer verloren hatten?

Schließlich konnte der Höchste Assassine noch am Leben sein. Und in diesem Fall hatte immer noch er das Recht, das Schicksal der Außenweltler zu bestimmen.

Jedenfalls durfte Kirk sich nicht in das Schicksal fügen, sondern mußte den Dialog wieder aufnehmen. Und zwar bevor einer der Assassinen seine Meinung ändern konnte.

»Mein Kamerad hat einen Fehler begangen, als er auf Ihren Meister schoß«, rief er über den Spalt hinweg. »Er wird seine Waffe nicht noch einmal einsetzen. Keiner von uns wird es tun.«

Die Ssana musterten ihn mißtrauisch. Schließlich trat einer von ihnen vor, um mit ihm zu reden. Er war jung, aber seine Stimme vermittelte bereits eine gewisse Autorität.

»Ich hoffe, daß Sie recht behalten«, sagte er. »Nicht für uns, sondern für Sie. Wir haben uns in Zurückhaltung geübt, weil der Höchste Assassine es uns so gelehrt hat. Doch falls wir feststellen sollten, daß Sie uns zu hintergehen versuchen ...«

»Das werden wir nicht tun«, versicherte ihm der Captain. »Im Augenblick wollen wir nur herausfinden, was mit unseren Leuten geschehen ist – und mit Ihrem Meister. Wenn Sie etwas Licht von Ihren Kerzen in dieses Loch fallen lassen könnten ...«

Der Ssana blickte ihn einen Moment lang an. Dann drehte er sich zum nächsten Assassinen um, der eine Kerze in der Hand hielt, und nickte ihm zu.

In die Richtung, aus der Jocelyns Stöhnen kam, tastete McCoy sich über den Boden. Kurz darauf fühlte er etwas Weiches, etwas, das vor Angst und Verzweiflung zitterte. Es war ihre Hand, die wie in einer flehenden Geste mit der Innenfläche nach oben dalag.

Sofort klammerten sich ihre Finger um seine Hand, auch wenn es sie große Mühe zu kosten schien. Mit seiner freien Hand suchte er nach dem Messer, das über ihrem Brustbein steckte. Es war immer noch da und fühlte sich unerbittlich hart und unaussprechlich häßlich an.

Sein erster Impuls war, es herauszuziehen, um sie von dem Bösen zu befreien, das in ihren Körper eingedrungen war. Doch er tat es nicht, denn es hätte nur zu größerem Blutverlust geführt und ihren Tod beschleunigt.

Er schluckte trotz des Schmerzes in seiner Kehle und hörte hektische Stimmen von oben, die gezischten Proteste und gebellten Befehle. Doch das ging ihn jetzt nichts an. Für ihn zählte nur die Frau, die neben ihm sterbend auf dem kalten Fels lag, die Frau, die sein Kind zur Welt gebracht, sein Herz gebrochen und es schließlich wieder geheilt hatte.

»Leonard?« Ihre Stimme war kaum mehr als ein Flüstern.

»Still!« sagte er und knirschte mit den Zähnen, damit er nicht zusammenbrach und ihr gar nicht mehr helfen konnte.

Er holte den Tricorder aus seiner Jacke und bediente mechanisch die Kontrollen. Als das Gerät sich automatisch an die Dunkelheit anpaßte und den kleinen Monitor aufleuchten ließ, richtete er es auf Jocelyns Körper. Zahlen blitzten auf dem Bildschirm auf, die einem Laien überhaupt nichts gesagt hätten. Doch für ihn besaßen sie eine große Bedeutung.

Seine ersten Befürchtungen wurden bestätigt. Jocelyn lag im Sterben. Es würde schnell und schmerzhaft gehen, und es lag nicht in seiner Macht, sie noch zu retten. Er konnte nur noch ihre Qualen lindern.

McCoy stellte den Tricorder auf dem Boden ab. Im schwachen Licht des Monitors holte er aus einer anderen Jackentasche einen Injektor. Er beeilte sich, da er nicht wußte, wie viele Atemzüge ihr noch blieben, und tippte eine Formel für ein Schmerzmittel ein, das ihre Empfindungen betäuben würde, ohne daß sie das Bewußtsein verlor. Dann injizierte er es ihr.

Die Wirkung trat augenblicklich ein. Im bläulichen Schein des Tricorder-Monitors trafen sich die Blicke des Doktors und seiner Exfrau. Ihre Augen waren genauso klar und schön wie am Abend, als er ihr zum ersten Mal begegnet war, als er noch zu jung gewesen war, um zu ahnen, was das Leben noch für sie bereithalten würde. Jetzt – genauso wie damals – würde er alles für sie tun, doch unglücklicherweise hatte er bereits alles für sie getan, was in seiner Macht stand.

»Leonard«, sagte sie mit noch sanfterer Stimme als zuvor. Dieses Wort schien ihr Freude zu machen, als wäre es eine Beschwörungsformel gegen die Dunkelheit.

»Ich bin hier«, sagte er und hielt ihre Hand fester. Er wußte nicht, was er sonst noch sagen sollte.

Sie atmete rasselnd ein. »Es tut mir leid«, sagte sie. »Alles, was geschehen ist.«

McCoy schüttelte den Kopf. »Es gibt nichts, das dir leid tun müßte. Jetzt nicht mehr.«

Darauf lächelte Jocelyn, oder zumindest versuchte sie es. »Ich will dich nicht allein lassen«, schluchzte sie. »Nicht jetzt. Nicht nachdem wir ...«

Plötzlich riß sie die Augen weit auf, als hätte sie eine ganz neue Wahrheit erkannt. Und dann schlossen sie sich nicht wieder.

»Jocelyn?« fragte er. Dann noch einmal: »Jocelyn?«

Doch sie gab keine Antwort mehr.

Von seinen Gefühlen überwältigt, vergrub McCoy sein Gesicht an ihrer Wange, die immer noch den Duft des Lebens verströmte, und heulte hemmungslos wie ein Baby.

Irgendwann erinnerte er sich daran, daß sie am Grund des Spalts nicht allein waren. Es war noch jemand dort, noch ein lebendes Wesen, das bislang kein Wort von sich gegeben hatte.

Andrachis.

Der Mann, der nicht nur Merlin Carver, sondern jetzt auch noch Jocelyn getötet hatte. Das Individuum, das McCoy mehr Schmerzen als jedes andere zugefügt hatte.

McCoy lauschte trotz seiner Qualen und hörte das Pfeifen eines flachen Atems in der ansonsten absoluten Stille. Er kroch darauf zu, und das Geräusch wurde lauter. Als sich seine Augen schließlich besser an die Lichtlosigkeit angepaßt hatten, erkannte er einen undeutlichen Umriß, bei dem es sich nur um Andrachis handeln konnte.

»Kommen Sie nicht näher!« warnte der Ssana. Doch seine Stimme hatte nicht die beabsichtigte Kraft. Etwas stimmte nicht mit ihm.

Der Doktor wußte, daß es ratsam war, die Warnung des Höchsten Assassinen zu beachten, und hielt knapp außerhalb Andrachis' Reichweite an. Ohne auf den

Schmerz in seiner Kehle zu achten, ließ er den Tricorder über den Körper des Ssana wandern und las die Anzeigen ab.

Es war, wie er vermutet hatte. Andrachis hatte mehrere gebrochene Rippen. Eine davon hatte die Lunge durchbohrt. Der Assassine mußte unglaubliche Schmerzen haben.

»Sie werden verbluten«, sagte McCoy in die Richtung, wo er Andrachis' Gesicht vermutete.

»Das weiß ich«, keuchte Andrachis. »Meine Zeit ist abgelaufen, Doktor. Lassen Sie mich sterben.«

»Ihre Zeit?« Plötzlich wurde McCoy wütend. »Etwa genauso wie für Jocelyn?« wollte er wissen. »Oder wie für Merlin?«

Andrachis stöhnte schmerzvoll auf, als er sich vom Doktor wegrollte. Auf seinem Tricorder beobachtete McCoy, daß die Lebenszeichen des Assassinen noch schwächer wurden.

»Lassen Sie mich jetzt zufrieden«, sagte der Höchste Assassine. »So wie Sie es schon damals hätten tun sollen.«

Diese Worte trafen McCoy wie ein körperlicher Schlag. Er hätte Andrachis zwischen den Trümmern des Rathauses von Pitur wirklich sterben lassen sollen – oder nicht verhindern sollen, daß Bando den Ssana in der Kinderstation tötete. Er hätte. Denn dann wäre Merlin noch am Leben.

Und Jocelyn ebenfalls.

Und jetzt konnte er für Gerechtigkeit sorgen. Er konnte die Waagschalen wieder ins Gleichgewicht bringen. Es war so einfach. Wie vielen Ssana würde er dadurch das Leben retten? Hunderten? Tausenden? Ohne Anführer würde die Bewegung der Assassinen schnell und vollständig aussterben. Zumindest würde sie einen schweren Rückschlag erleiden.

Alles, was er dazu tun mußte, war, Andrachis einfach sterben zu lassen.

Der Assassine neben ihm schrie plötzlich auf.

Und McCoy spürte, wie ihm Tränen in die Augen traten.

»Verdammt!« sagte er heiser. Er warf einen Blick zu Jocelyn hinüber. »Verdammt, ich bin Arzt und kein verfluchter Politiker!«

Wenn Andrachis unbedingt sterben wollte, sollte er sich später selbst das Leben nehmen. Doch hier und jetzt würde McCoy ihn nicht umkommen lassen.

Er tippte neue Anweisungen in seinen Injektor und rückte näher an den Assassinen heran. Trotz seiner Schwäche schlug Andrachis nach ihm und packte sein Handgelenk mit eisernem Griff.

»Lassen Sie mich sterben!« wiederholte der Assassine.

»Gehen Sie zur Hölle!« sagte McCoy. »Aber erst, wenn die Zeit dazu gekommen ist.« Mit seiner freien Hand injizierte er Andrachis ein stabilisierendes Mittel in den Arm.

Es erwies sich als wesentlich wirksamer als die Substanzen, die er damals bei den Ssana angewendet hatte. Die Föderationsmedizin hatte in den letzten vierzig Jahren große Fortschritte gemacht. Der Griff, mit dem Andrachis ihn immer noch gepackt hielt, wurde stärker, als das Mittel seine Wirkung entfaltete.

»Nein!« keuchte der Ssana. »Sie müssen mich …«

»Ruhe jetzt!« knurrte McCoy – fast wie ein Tier. »Brechen Sie mir das Handgelenk, wenn Sie wollen. Aber Sie können mich nicht davon abhalten, meine Arbeit zu tun.«

Unvermittelt riß die Dunkelheit auf, als er und Andrachis von oben in flackernden Kerzenschein getaucht wurden. Als er kurz hinaufblickte, sah er Gesichter, die von beiden Seiten des Abgrunds zu ihm hinunterschauten.

Jim Kirk, Spock und Clay Treadway standen aufgereiht am Rand, die versammelten Assassinen auf der gegenüberliegenden Seite. In ihren Gesichtern standen verschiedene Grade von Überraschung, Schrecken, Erleichterung und Widerwillen.

»Jocelyn!« rief der Diplomat. »Jocelyn, antworte mir!«

»Pille, ist alles mit dir in Ordnung?« rief der Captain.

»Mir geht es ganz gut«, entgegnete der Doktor und zwang sich dazu, sich auf seine Arbeit zu konzentrieren. Er programmierte seinen Injektor neu und verabreichte dem Ssana ein Antibiotikum.

»Was machen Sie da?« brüllte einer der Assassinen.

»Ich versuche, ihn am Leben zu erhalten!« gab McCoy zurück.

»Jocelyn!« rief Clay erneut, der offenbar seinen Augen keinen Glauben schenken wollte. »Sie ist nicht tot! Sie kann einfach nicht tot sein!«

»Halt!« sagte Andrachis, der viel zu schwach war, seinem Befehl Nachdruck zu verleihen. »Es ist falsch, wenn Sie mir das Leben retten wollen. Das wissen Sie.«

»Davon weiß ich gar nichts«, entgegnete der Doktor. Er blickte durch den Schleier seiner Tränen in die verfluchte Visage des Ssana. »Das Leben ist wertvoll. Ich werde mich nicht daran beteiligen, es einfach so wegzuwerfen.«

Der Assassine verzog das Gesicht über diese Anhäufung von Demütigungen. »Ich werde Ihnen das Herz herausschneiden«, drohte er, »und es Ihnen auf einem Spieß servieren. Ich werde Ihr Fleisch zerhacken und Ihre Knochen zu Pulver zermahlen.«

»Nein«, sagte McCoy genauso gehässig. »Das werden Sie nicht tun. Denn auch dadurch würden Sie Ihre Ehre verlieren, nicht wahr? Ich bin ein Außenweltler, haben Sie das schon vergessen?«

»Der Mensch versucht Andrachis zu heilen!«

»Das darf er nicht! Es ist ein Sakrileg, das Leben des Meisters erhalten zu wollen!«

Zum Teufel mit ihnen allen, dachte McCoy, und stellte

seinen Injektor ein drittes Mal ein. *Was wäre das Schlimmste, was sie mir antun könnten? Mich töten?*

Ich komme mir bereits wie tot vor, sagte er sich. Als der Injektor mit dem von ihm gesuchten Mittel geladen war, drückte er ihn wieder gegen den Arm des Ssana.

»Verdammt noch mal, was macht er da unten?«

Schon wieder Clay, stellte der Doktor fest.

»Das ist der Kerl, der meine Frau getötet hat! Weiß er das nicht? Warum hilft er dem Bastard, wenn er Jocelyn auf dem Gewissen hat?«

Weil ich Arzt bin, dachte McCoy und verdrängte seinen Kummer. Denn das sollten Ärzte doch tun, oder nicht?

»Hören Sie damit auf!« schrie der Diplomat. »Lassen Sie ihn für das sterben, was er getan hat, Sie Narr!«

Doch McCoy tat es nicht. Weder für Clay noch für die Assassinen. Nicht einmal für Jocelyn. Statt dessen griff er nach seinem Kommunikator, um einen Nottransport anzuordnen.

Cor Lakandirs Herz klopfte so heftig, daß er kaum einen klaren Gedanken fassen konnte. Er durfte nicht zulassen, daß der Mensch dem Meister das Leben rettete. Damit wäre nicht nur Andrachis entehrt, sondern auch jeder, der nichts dagegen unternahm, daß es geschah.

Doch wenn der Höchste Assassine nicht überlebte, wäre die Bewegung ohne einen erfahrenen Anführer, ohne jemanden, der sie durch diese schwierige Zeit führte. Marn Silariot hatte gedacht, Cor selbst könnte ihr neuer Anführer werden, doch er wußte, daß diese Vorstellung absurd war. Er war kein Meister – er war kaum ein richtiger Assassine.

Er stand eine Weile wie betäubt da, während er nicht wußte, was er tun sollte, und er spürte, daß alle jüngeren Assassinen nun eine Entscheidung von ihm erwarteten. Doch für sein Dilemma schien es keine Lösung zu geben. Er schaffte es einfach nicht, einen Ausweg zu erkennen.

Dann dachte er, daß es vielleicht gar keinen Ausweg gab. Vielleicht gab es nur die Wahl zwischen zwei verschiedenen Katastrophen.

Bislang hatte der Höchste Assassine nur den Außenweltler angestarrt. Jetzt blickte er auf und faßte Lakandir ins Auge. Er sagte etwas, aber es war zu leise, so daß der Junge es nicht verstand, während seine Brüder unruhig flüsterten und die Eindringlinge auf der anderen Seite der Grube einen solchen Lärm machten.

Doch Lakandir mußte die Worte seines Meisters gar nicht hören, um zu verstehen, worum er ihn bat. Er konnte es in seinem Gesicht erkennen.

Während das Blutfeuer wie Säure in seinen Adern brannte, hob er langsam sein Messer. Und mit einer schnellen, tödlichen Bewegung schleuderte er es dem Körper entgegen, der darauf wartete.

Als McCoy aufblickte, war es zu spät, dem Messer auszuweichen, das sirrend auf ihn zuschoß. Doch dann wurde ihm klar, daß es gar nicht für ihn bestimmt war. Es verfehlte seinen Kopf um Fingerbreite und bohrte sich mit der Spitze voran in Andrachis' Brust.

Der Assassine stöhnte auf, als es ihn traf, aber nur für einen Sekundenbruchteil. Dann hatte er jede Empfindung, jede Gefühlsregung verloren.

Der Arzt entdeckte den Ssana, der das Messer geworfen hatte. Er war leicht zu erkennen. Seine Hände waren leer, seine Augen voller Trauer, und er stand im Zentrum der Aufmerksamkeit aller anderen Assassinen.

McCoy holte tief Luft und atmete betrübt wieder aus, während er auf Andrachis herabblickte. Der Ssana war jetzt glücklich, dachte er. Denn jetzt gab es einen Schatten weniger auf der Sonne. Doch der Mensch, der versucht hatte, sein hassenswertes Leben zu erhalten, würde nie wieder glücklich sein können.

Langsam und routiniert steckte McCoy seine Instrumente wieder ein. *Was jetzt?* fragte er sich, während er sich wie ausgelaugt fühlte. Nachdem Andrachis tot war, würde nun ein anderer seinen Platz einnehmen? Jemand, der die Außenweltler für das töten würde, was sie getan hatten?

Eigentlich war es ihm egal. Es gab jetzt nichts mehr, daß ihm nicht gleichgültig war. Er ging zu Jocelyn hinüber und kniete sich neben sie.

Ihre Haut war entsetzlich bleich im tanzenden Kerzenlicht, ihre Lippen erschütternd still. McCoy strich ihr mit den Fingern über die Wange und spürte, wie kalt sie sich anfühlte.

Warum war es so schwer zu akzeptieren? Er hatte schon viele Leichen gesehen. Jeder Arzt hatte das. Wie konnte da eine mehr oder weniger einen solchen Unterschied machen?

Aber es machte einen Unterschied, nicht wahr? Es machte den größten Unterschied, der im Universum denkbar war.

»Gehen Sie!« hörte er jemanden von oben mit verbitterter Stimme rufen. »Wenn es nur um mich ginge, würde ich Ihnen als Vergeltung das Leben nehmen. Aber das hätte der Meister nicht gewollt. Er hätte Sie am Leben gelassen, aus Gehorsam gegenüber der Tradition. Also verschwinden Sie von hier, und zwar schnell!«

Als Antwort darauf ließ jemand seinen Kommunikator aufschnappen. »Kirk an *Enterprise*«, sagte der Captain.

Die Entgegnung kam überraschend deutlich, verständlich und prompt. »*Enterprise* hier. Wie lauten Ihre Befehle, Sir?«

Es gab eine kurze Pause. »Beamen Sie fünf Personen rauf, Lieutenant, einschließlich eines Todesfalls – neben Dr. McCoy.«

Es gab eine weitere Pause, während die Bedeutung

von Kirks Befehl verdaut wurde. »Aye-aye, Sir«, kam Uhuras Antwort voller Mitgefühl.

Der Doktor schüttelte den Kopf. Er hatte sich herunterbeamen lassen, um Jocelyn hier herauszuholen. Und genau das tat er jetzt. Nur nicht ganz auf die Weise, wie er es sich vorgestellt hatte.

Noch während er dies dachte, sah er, wie die Gestalten des Captains, Spocks und Clay Treadways in dem einsetzenden Transportereffekt zu flimmern begannen. Kurz darauf war der Spalt verschwunden und machte einer vertrauteren Umgebung Platz.

EPILOG

PERSÖNLICHES LOGBUCH DES CAPTAINS, Sternzeit 9592.1:

Der Assassinenkult auf Ssan zerfällt. Ohne Andrachis' Erfahrung und Charisma als Anführer scheint sich die Organisation in verschiedene Fraktionen aufzusplittern, von denen jede eine andere Vorstellung über die Traditionen und Ziele der Assassinen hat.

Die Stadtstaaten von Ssan sind der Ansicht, daß sie mit diesen Splittergruppen wesentlich einfacher fertig werden als mit dem anerkannten Genie des Höchsten Assassinen. Es wurden sogar bereits einige Erfolge erzielt, Andrachis' Anhänger aufzuspüren und zu inhaftieren.

Manchmal gibt der Tod eines Anführers einer Bewegung viel größeren Auftrieb – mehr als es der Anführer zu Lebzeiten vermocht hätte. Glücklicherweise ist das hier nicht der Fall. Für ein Volk, das sich den Tod als etwas Erstrebenswertes vorstellt, gibt es kein Märtyrertum.

Alles in allem wurde die Krise also beigelegt, wenn auch nicht in der ursprünglich vorgesehenen Art und Weise. Für die nächste Zukunft besteht kein Grund für ein weiteres Eingreifen der Föderation auf Ssan.

Als persönliche Anmerkung möchte ich den Einsatz und den Mut der Diplomatin Jocelyn Treadway hervorheben. Die Tatsache, daß sie für den Erfolg der Mission ihr Leben gab, deutet darauf hin, wie sehr sie den Grundsätzen des Friedens und der Gerechtigkeit ergeben war. Wir sind traurig, aber auch stolz darauf, sie zur Bestattung zur Erde zurückzubringen.

Kirk hatte seinen Logbucheintrag kaum zu Ende gesprochen, als ein Summen anzeigte, daß jemand vor der Tür zu seinem Quartier stand. Mit einem Druck gegen den Kippschalter unterbrach er die Verbindung zum Schiffscomputer, stand auf und bereitete sich auf seinen Besuch vor.

»Herein!« rief er.

Die Tür öffnete sich und gab den Blick auf Spock frei. Mit der Andeutung eines Nickens kam er in den Vorraum, worauf sich die Tür wieder hinter ihm schloß.

Sie kannten sich viel zu gut, um sich mit einleitendem Geplänkel aufzuhalten. Der Captain zeigte auf einen Stuhl, doch er hatte das Gefühl, daß sein Freund das Angebot ablehnen würde. Und sein Gefühl bestätigte sich.

»Ich werde nicht lange bleiben«, erklärte Spock. »Ich bin nur gekommen, um zu sagen, daß sich Dr. McCoys Verhalten nicht geändert hat. Er betrachtet immer noch die Leiche seiner Exfrau im Stasisfeld.« Er hielt kurz inne. »Ich habe versucht, mit ihm zu reden, um ihm über seinen Verlust hinwegzuhelfen... aber ich hatte keinen Erfolg. Er ist untröstlich.«

Kirk seufzte. »Es ist schwierig für ihn, ich weiß. Auch ich habe ihm zu helfen versucht, hatte dabei aber genausowenig Glück wie Sie.« Er schüttelte den Kopf. »In Situationen wie diesen sind Worte oft unangemessen. Ich glaube... ich glaube, er braucht nur ein wenig Zeit. Wenn er wieder bereit ist, am allgemeinen Leben teilzunehmen, wird er es uns wissen lassen.«

Der Vulkanier hob eine Augenbraue. »Ich respektiere Ihre Einschätzung der Situation«, bemerkte er. »Wie Sie wissen, hatte ich schon immer große Schwierigkeiten, menschliche Gefühle zu verstehen.«

Der Captain überhörte nicht die Ironie in Spocks Stimme. »Davon bin ich überzeugt«, spielte er aus Gewohnheit das Spiel mit. »Von einem untadeligen Vulkanier habe ich nichts anderes erwartet.«

Bei dieser Antwort schob sich Spocks Augenbraue lediglich ein winziges Stückchen höher.

McCoy stand in einem der Aufenthaltsräume des Schiffs und blickte sich um. Der Raum war leer, wie er erwartet hatte. Er wäre gar nicht gekommen, wenn er es nicht gewußt hätte.

Instinktiv war ihm völlig klar, daß er sich irgendwann wieder unter Menschen begeben mußte. Er wußte, daß er Jocelyns Tod überwinden und sich wieder der menschlichen Zivilisation anschließen mußte, wenn er nicht wie eine Topfpflanze ohne Sonnenlicht eingehen wollte. Jocelyn hätte bestimmt nicht gewollt, daß so etwas mit ihm geschah.

Verdammt, als sie noch jung waren, hatte sie ihn dazu gebracht, die gleiche Freude am Leben zu empfinden wie sie. Da war zum Beispiel dieser sonnige Samstagnachmittag, an dem er sich wieder eingesperrt hatte, um für eine Prüfung zu büffeln, doch dann war Jocelyn an sein Fenster gekommen und hatte ihn nach draußen gelockt, damit er den Sonnenschein auf dem Gesicht spürte. Und er hatte nicht anders gekonnt, als irgendwann ihre beinahe heilige Leidenschaft zu teilen.

Also durfte er sich jetzt auf keinen Fall zum Einsiedler entwickeln. So konnte er Jocelyns Angedenken nicht ehren, die jederzeit einen Hügel erklommen hätte, nur um den Duft einer besonderen Blume zu riechen.

Doch... irgendwie war er noch nicht dazu bereit, sein Schneckenhaus zu verlassen. Nicht einmal für Jim und Spock, die während der letzten paar Tage immer wieder versucht hatten, ihm ein Wort zu entlocken.

Nicht einmal für Scotty oder Uhura oder die anderen Freunde, die er im Lauf der Jahre gewonnen hatte.

Er war einfach noch nicht dazu bereit.

Der Doktor wollte gerade den Aufenthaltsraum verlassen, um wieder an Jocelyns Seite zurückzukehren, als er aus dem Augenwinkel wahrnahm, daß jemand in der offenen Tür stand.

McCoy drehte sich um und sah, daß es Clay war.

»Was zum Teufel machen Sie denn hier?« fragte er. Eigentlich hatte er gar nicht beabsichtigt, daß seine Worte so verbittert klangen. Der Mann am anderen Ende des Raumes zuckte leicht zusammen.

Na mach schon! sagte sich der Doktor. *Stürz dich auf ihn! Was geht es dich an, daß sein Schmerz genauso groß wie deiner ist? Was geht es dich an, daß sein Verlust genauso schwer wiegt wie deiner, wenn nicht sogar schwerer.*

»Ich dachte mir, Sie könnten etwas Gesellschaft vertragen«, erwiderte Clay ohne jede Gehässigkeit. »Ich war mir ziemlich sicher.«

McCoy runzelte die Stirn. »Klar«, sagte er. »Kommen Sie herein!«

Der andere Mann nahm neben dem Doktor Platz und wandte sich dem erhabenen Anblick der vorbeiziehenden Sterne zu. »Ich habe mich noch nicht bei Ihnen bedankt«, sagte er. »Dafür, daß Sie mir das Leben gerettet haben, meine ich. Das war nicht sehr höflich von mir.«

McCoy zuckte die Schultern. »Wir waren zu sehr mit anderen Dingen beschäftigt.«

Clay drehte sich zu ihm um und grinste schräg. »Das sind wir immer noch, nicht wahr?« Er schluckte. »Wir sind immer noch mit *ihr* beschäftigt.«

Der Doktor atmete ein und wieder aus. »Scheint so. Und wir werden es vermutlich den Rest unseres Lebens sein.«

»Wissen Sie«, gab Clay zu, »ich habe Sie schon ganz zu Anfang gehaßt. Weil Sie mich auf der Party niedergeschlagen haben. Weil Sie intelligenter als ich waren.

Und natürlich, weil Sie mir Jocelyn weggenommen haben.«

McCoy brummte. »Ich habe Sie auch gehaßt. Weil Sie groß und gutaussehend waren und bei den Frauen gut ankamen. Und für das, was geschah … an dem Tag, als ich früher von der Uni nach Hause kam.«

Der Diplomat nickte. »Ich glaube, jetzt wissen wir beide, wie das ist. Man könnte sagen, daß wir jetzt quitt wären. Das heißt, wenn es nur um den Punktestand gehen würde.«

Der Doktor musterte seinen langjährigen Rivalen. Zu seiner Überraschung empfand er jetzt nur noch Sympathie für ihn.

»Es geht jetzt nicht mehr um Punkte, Clay«, sagte er ruhig. »Das Spiel ist vorbei – und wir beide haben verloren. Wir haben den Menschen verloren, den wir mehr als alles andere im Universum liebten.«

Clays Gesicht verdüsterte sich unter der Last dieser Erkenntnis. Er wandte sich wieder dem Anblick der Sterne zu, um dort einen gewissen Trost zu suchen.

Eine ganze Weile saßen sie in freundschaftlichem Schweigen da – mehr wie alte Freunde als alte Feinde. Dann seufzte Clay und stand auf.

»Wohin gehst du jetzt?« fragte McCoy, der das Gefühl hatte, daß das distanzierende »Sie« nun nicht mehr angemessen war. »Zurück zur Erde?«

Der andere Mann schüttelte den Kopf. »Nein. Ich bleibe im diplomatischen Korps. Das wird mich ablenken. Und du?«

Der Doktor lächelte wehmütig. »Mir steht die Pensionierung bevor. Du weißt sicher, daß dieses Schiff eingemottet wird. Und ich habe keine Lust, mich auf einem anderen anheuern zu lassen.«

»Na gut«, sagte Clay. Er streckte ihm seine Hand hin. »Wir sehen uns.«

McCoy nahm die Hand und drückte sie. »Ich denke schon«, entgegnete er.

Der Diplomat preßte die Lippen zusammen und durchquerte den Raum. Doch dann blieb er noch einmal stehen, als hätte er etwas vergessen, und drehte sich um.

Der Doktor fragte sich, was es noch zu sagen gab. Clay blieb ihm die Antwort nicht schuldig.

»Apropos Punktestand, Leonard – es gibt da noch eine Sache, die zu klären wäre.« Clay warf ihm einen resoluten Blick zu. »Jocelyn hat nur einen von uns wirklich geliebt. Sicher, sie selbst ist lange umhergeirrt, weil sie nicht genau wußte, was sie eigentlich vom Leben erwartete. Aber im Grunde ihres Herzens gab es für sie nur eine wahre Liebe.« Er hob sein Kinn ein wenig. »Auch wenn es mir leid tut, das sagen zu müssen – aber diese Liebe galt dir.«

Ohne auf eine Erwiderung zu warten, machte der Diplomat wieder kehrt und verließ den Raum, so daß McCoy seine Worte nun ganz allein verarbeiten mußte.

Kirk saß in seinem Kommandosessel und betrachtete den vertrauten Anblick, der sich vor ihm auf dem Hauptbildschirm entfaltete.

»Wir nähern uns dem Solsystem«, kündigte Chekov an.

Der Captain nickte. »Gehen Sie auf Impuls runter!« sagte er.

»Gehen auf Impuls«, bestätigte Christiano.

Kirk lehnte sich zurück, runzelte die Stirn und trommelte mit den Fingern auf der Armlehne. Es war nicht richtig, dachte er. Es war einfach nicht richtig.

Dies war die letzte Etappe ihrer letzten Mission. Sie sollten sich alle zusammen auf der Brücke aufhalten, all die hervorragenden, selbstlosen Offiziere, die während all der vielen Jahre im Weltraum so lange und so gut unter ihm gedient hatten.

Die meisten waren natürlich anwesend. Spock stand an der wissenschaftlichen Station, wo er sich mit irgendeinem esoterischen Aspekt der Ssana-Psychologie beschäftigte. Die Bildschirme ließen sein Gesicht grün aufleuchten, in der Farbe seines Blutes. Uhura saß an der Kommunikationskonsole und überwachte mit konzentriertem Gesicht die Subraumübertragungen.

Scotty hielt sich an der technischen Station auf und wirkte wie ein kleiner Junge, der von ferne die Arbeit seiner wertvollen Warptriebwerke bewunderte, ohne an den Augenblick zu denken, in dem er sich von ihnen verabschieden mußte. Und Chekov, der immer noch genauso begeistert war wie damals, als er zum ersten Mal die alte *Enterprise* betreten hatte, behielt mit charakteristischer Aufmerksamkeit die Navigation im Auge.

Nur einer fehlte: McCoy. Doch ihm konnte man nur schwerlich einen Vorwurf wegen seiner Abwesenheit machen.

Der Doktor hatte einen geliebten Menschen verloren, den er erst vor kurzem wiedergewonnen hatte. Damit mußte er erst einmal zurechtkommen. Er mußte sich ausweinen, die Ungerechtigkeit dieses Schicksalsschlags akzeptieren und schließlich einen Sinn darin finden.

Von allen konnte der Captain vielleicht am besten nachvollziehen, wie schwierig so etwas war. Genauso wie McCoy hatte er dem Tod öfter ein Schnippchen geschlagen, als es ihm zustand. Doch der Tod hatte auf seine unnachahmliche Weise immer wieder einen Weg gefunden, um für ausgleichende Gerechtigkeit zu sorgen.

Doch zum Glück hatte der Doktor noch genug, wofür er dankbar sein konnte. Joanna und ihre Kinder warteten auf der Erde auf ihn. Auch wenn sie schwer mit der Trauer zu kämpfen haben würden, konnten sie es wenigstens gemeinsam durchstehen. Dafür waren Familien schließlich da.

Trotzdem wäre es nett gewesen, dachte Kirk, wenn

McCoy gemeinsam mit Spock an seiner Seite gestanden hätte, während sie ein letztes Mal in den Erdorbit einschwenkten. Doch es sah nicht so aus, daß es dazu kommen könnte.

Er hatte diesen Gedanken kaum zu Ende gedacht, als er hörte, wie sich der Turbolift öffnete und jemand das Kommandodeck betrat.

Es konnte natürlich sonstwer sein, der da gerade auf die Brücke kam. Seit dem Beginn der Schicht des Captains vor einer Stunde waren bereits ein halbes Dutzend Offiziere und anderes Personal eingetroffen, um irgendwelche Aufgaben zu erledigen.

Doch ein sechster Sinn verriet Kirk, daß dem nicht so war. Als der Captain sich mit seinem Sessel herumdrehte, sah er seinen Freund Pille vor dem Lift stehen, dessen Türflügel sich gerade hinter ihm schlossen. Er wirkte ein wenig desorientiert, als würde er die Brücke und das anwesende Personal zum allerersten Mal sehen.

Langsam, fast zögernd bewegte sich der Doktor auf den Kommandosessel zu. Niemand sagte etwas. Alle, auch Kirk, sahen ihn nur an. Als McCoy endlich sein Ziel erreicht hatte, blickte er auf den vorderen Hauptbildschirm, wo die Sterne in ihrer makellosen Pracht vorbeizogen.

»Alles in Ordnung mit dir?« fragte der Captain so leise, daß vermutlich nur sie beide es hören konnten.

Sein Freund wandte den Blick nicht vom Bildschirm ab. »Mir geht es gut«, sagte er. Einen kurzen Moment lang runzelte sich seine Stirn. »Das heißt, bald wird es mir gutgehen.«

Dabei ließen sie es bewenden. Kirk drehte seinen Sessel wieder in die Ausgangsposition zurück, als er sah, wie sein Erster Offizier von der wissenschaftlichen Station zurücktrat. So unbewegt wie immer ging nun auch Spock zum Sessel des Kommandanten hinüber und bezog neben Kirks anderer Schulter Stellung.

Der Vulkanier und Pille warfen sich einen kurzen Blick zu. Es gab keine Worte und keine Gesten, sondern nur diesen kurzen Blickkontakt.

Der Captain hatte miterlebt, wie die beiden sich heftig gestritten, gegenseitig auf den Arm genommen und philosophische Debatten geführt hatten. Doch was sich jetzt zwischen ihnen abspielte, gehörte nicht in diese Kategorien. Es war etwas viel Tieferes.

Es lief auf etwas hinaus wie: *Ich verstehe deinen Schmerz.*

McCoys Mund verzog sich zur Andeutung eines Lächelns. Dann wandte er sich wieder dem Hauptbildschirm zu, nachdem seine Seele ein klein wenig erleichtert worden war.

Kirk lächelte ebenfalls. Ihre beruflichen Karrieren mochten vielleicht vorbei sein, aber es war gut möglich, daß das Abenteuer des Lebens gerade erst begann – für sie alle.

STAR TREK™

in der Reihe
HEYNE SCIENCE FICTION & FANTASY

STAR TREK: CLASSIC SERIE

Vonda N. McIntyre, Star Trek II: Der Zorn des Khan · 06/3971
Vonda N. McIntyre, Der Entropie-Effekt · 06/3988
Robert E. Vardeman, Das Klingonen-Gambit · 06/4035
Lee Correy, Hort des Lebens · 06/4083
Vonda N. McIntyre, Star Trek III: Auf der Suche nach Mr. Spock · 06/4181
S. M. Murdock, Das Netz der Romulaner · 06/4209
Sonni Cooper, Schwarzes Feuer · 06/4270
Robert E. Vardeman, Meuterei auf der Enterprise · 06/4285
Howard Weinstein, Die Macht der Krone · 06/4342
Sondra Marshak & Myrna Culbreath, Das Prometheus-Projekt · 06/4379
Sondra Marshak & Myrna Culbreath, Tödliches Dreieck · 06/4411
A. C. Crispin, Sohn der Vergangenheit · 06/4431
Diane Duane, Der verwundete Himmel · 06/4458
David Dvorkin, Die Trellisane-Konfrontation · 06/4474
Vonda N. McIntyre, Star Trek IV: Zurück in die Gegenwart · 06/4486
Greg Bear, Corona · 06/4499
John M. Ford, Der letzte Schachzug · 06/4528
Diane Duane, Der Feind – mein Verbündeter · 06/4535
Melinda Snodgrass, Die Tränen der Sänger · 06/4551
Jean Lorrah, Mord an der Vulkan Akademie · 06/4568
Janet Kagan, Uhuras Lied · 06/4605
Laurence Yep, Herr der Schatten · 06/4627
Barbara Hambly, Ishmael · 06/4662
J. M. Dillard, Star Trek V: Am Rande des Universums · 06/4682
Della van Hise, Zeit zu töten · 06/4698
Margaret Wander Bonanno, Geiseln für den Frieden · 06/4724
Majliss Larson, Das Faustpfand der Klingonen · 06/4741
J. M. Dillard, Bewußtseinsschatten · 06/4762
Brad Ferguson, Krise auf Centaurus · 06/4776
Diane Carey, Das Schlachtschiff · 06/4804
J. M. Dillard, Dämonen · 06/4819
Diane Duane, Spocks Welt · 06/4830
Diane Carey, Der Verräter · 06/4848
Gene DeWeese, Zwischen den Fronten · 06/4862
J. M. Dillard, Die verlorenen Jahre · 06/4869

STAR TREK™

Howard Weinstein, Akkalla · 06/4879
Carmen Carter, McCoys Träume · 06/4898
Diane Duane & Peter Norwood, Die Romulaner · 06/4907
John M. Ford, Was kostet dieser Planet? · 06/4922
J. M. Dillard, Blutdurst · 06/4929
Gene Roddenberry, Star Trek (I): Der Film · 06/4942
J. M. Dillard, Star Trek VI: Das unentdeckte Land · 06/4943
David Dvorkin, Die Zeitfalle · 06/4996
Barbara Paul, Das Drei-Minuten-Universum · 06/5005
Judith & Garfield Reeves-Stevens, Das Zentralgehirn · 06/5015
Gene DeWeese, Nexus · 06/5019
D. C. Fontana, Vulkans Ruhm · 06/5043
Judith & Garfield Reeves-Stevens, Die erste Direktive · 06/5051
Michael Jan Friedman, Das Doppelgänger-Komplott · 06/5067
Judy Klass, Der Boacozwischenfall · 06/5086
Julia Ecklar, Kobayashi Maru · 06/5103
Peter Norwood, Angriff auf Dekkanar · 06/5147
Carolyn Clowes, Das Pandora-Prinzip · 06/5167
Diana Duane, Die Befehle des Doktors · 06/5247
V. E. Mitchell, Der unsichtbare Gegner · 06/5248
Dana Kramer-Rolls, Der Prüfstein ihrer Vergangenheit · 06/5273
Michael Jan Friedman, Schatten auf der Sonne · 06/5179
Barbara Hambly, Der Kampf ums nackte Überleben · 06/5334
Brad Ferguson, Eine Flagge voller Sterne · 06/5349
Gene DeWeese, Die Kolonie der Abtrünnigen · 06/5375
Michael Jan Friedman, Späte Rache · 06/5412
Peter David, Der Riß im Kontinuum · 06/5464
Michael Jan Friedman, Gesichter aus Feuer · 06/5465
Peter David/Michael Jan Friedman/Robert Greenberger, Die Enterbten · 06/5466
L. A. Graf, Die Eisfalle · 06/5467

STAR TREK: THE NEXT GENERATION
David Gerrold, Mission Farpoint · 06/4589
Gene DeWeese, Die Friedenswächter · 06/4646
Carmen Carter, Die Kinder von Hamlin · 06/4685
Jean Lorrah, Überlebende · 06/4705
Peter David, Planet der Waffen · 06/4733
Diane Carey, Gespensterschiff · 06/4757
Howard Weinstein, Macht Hunger · 06/4771

STAR TREK™

John Vornholt, Masken · 06/4787
David & Daniel Dvorkin, Die Ehre des Captain · 06/4793
Michael Jan Friedman, Ein Ruf in die Dunkelheit · 06/4814
Peter David, Eine Hölle namens Paradies · 06/4837
Jean Lorrah, Metamorphose · 06/4856
Keith Sharee, Gullivers Flüchtlinge · 06/4889
Carmen Carter u. a., Planet des Untergangs · 06/4899
A. C. Crispin, Die Augen der Betrachter · 06/4914
Howard Weinstein, Im Exil · 06/4937
Michael Jan Friedman, Das verschwundene Juwel · 06/4958
John Vornholt, Kontamination · 06/4986
Mel Gilden, Baldwins Entdeckungen · 06/5024
Peter David, Vendetta · 06/5057
Peter David, Eine Lektion in Liebe · 06/5077
Howard Weinstein, Die Macht der Former · 06/5096
Michael Jan Friedman, Wieder vereint · 06/5142
T. L. Mancour, Spartacus · 06/5158
Bill McCay/Eloise Flood, Ketten der Gewalt · 06/5242
V. E. Mitchell, Die Jarada · 06/5279
John Vornholt, Kriegstrommeln · 06/5312
Laurell K. Hamilton, Nacht über Oriana · 06/5342
David Bischoff, Die Epidemie · 06/5356
Diane Carey, Abstieg · 06/5416
Michael Jan Friedman, Relikte · 06/5419
Michael Jan Friedman, Die Verurteilung · 06/5444
Simon Hawke, Die Beute der Romulaner · 06/5413
Rebecca Neason, Der Kronprinz · 06/5414 (in Vorb.)

STAR TREK: DIE ANFÄNGE
Vonda N. McIntyre, Die erste Mission · 06/4619
Margaret Wander Bonanno, Fremde vom Himmel · 06/4669
Diane Carey, Die letzte Grenze · 06/4714

STAR TREK: DEEP SPACE NINE
J. M. Dillard, Botschafter · 06/5115
Peter David, Die Belagerung · 06/5129
K. W. Jeter, Die Station der Cardassianer · 06/5130
Sandy Schofield, Das große Spiel · 06/5187
Lois Tilton, Verrat · 06/5323
Diane Carey, Die Suche · 06/5432

STAR TREK™

Esther Friesner, Kriegskind · 06/5430
Melissa Scott, Der Pirat · 06/5434 (in Vorb.)
Nathan Archer, Walhalla · 06/5512 (in Vorb.)

STAR TREK: STARFLEET KADETTEN
John Vornholt, Generationen · 06/6501
Peter David, Worfs erstes Abenteuer · 06/6502
Peter David, Mission auf Dantar · 06/6503
Peter David, Überleben · 06/6504
Brad Strickland, Das Sternengespenst · 06/6505
Brad Strickland, In den Wüsten von Bajor · 06/6506
John Peel, Freiheitskämpfer · 06/6507
Mel Gilden & Ted Pedersen, Das Schoßtierchen · 06/6508
John Vornholt, Erobert die Flagge! · 06/6509
V. E. Mitchell, Die Atlantis Station · 06/6510
Michael Jan Friedman, Die verschwundene Besatzung · 06/6511
Michael Jan Friedman, Das Echsenvolk · 06/6512

STAR TREK: VOYAGER
L. A. Graf, Der Beschützer · 06/5401
Peter David, Die Flucht · 06/5402
Nathan Archer, Ragnarök · 06/5403
Susan Wright, Verletzungen · 06/5404 (in Vorb.)
John Betancourt, Der Arbuk-Zwischenfall · 06/5405 (in Vorb.)

DAS STAR TREK-UNIVERSUM, 2 Bde.,
überarbeitete und aktualisierte Neuausgabe!
von *Ralph Sander* · 06/5150

DAS STAR TREK-UNIVERSUM, Ergänzungsband
von *Ralph Sander* · 06/5151

William Shatner/Chris Kreski, Star Trek Erinnerungen · 06/5188
William Shatner/Chris Kreski, Star Trek Erinnerungen: Die Filme · 06/5450

Phil Farrand, Cap'n Beckmessers Führer durch
STAR TREK – DIE NÄCHSTE GENERATION · 06/5199
Phil Farrand, Cap'n Beckmessers Führer durch
STAR TREK – DIE CLASSIC SERIE · 06/5451

Diese Liste ist eine Bibliographie erschienener Titel
KEIN VERZEICHNIS LIEFERBARER BÜCHER!